HEYNE
HARD
CORE

Das Buch

Vor sieben Jahren wurde Maggie, die Tochter von Ex-Cop Ian Hunt, aus ihrem Kinderzimmer entführt. Alle Suchaktionen blieben erfolglos, vor wenigen Monaten wurde Maggie offiziell für tot erklärt. Hunts Ehe ist gescheitert, seine Karriere ebenfalls. Wie ein Schock trifft ihn da in der Telefonzentrale der Polizei ein Notruf: Am anderen Ende der Leitung ist Maggie, und sie fleht um Hilfe. Doch bevor sie nähere Angaben zu ihrem Kidnapper machen kann, wird die Verbindung unterbrochen. Die eingeleitete Ermittlung fördert zumindest einen brauchbaren Zeugen zutage – der Fall wird neu aufgerollt. Und es finden sich Verbindungen zu anderen Kindesentführungen. Bald gibt es einen Hauptverdächtigen. Doch als man ihn vernehmen will, kommt es zur Katastrophe. Der Verdächtige erschießt zwei Beamten und flüchtet mit Maggie, die miterleben muss, wie ihr Vater schwer verletzt wird. Trotzdem nimmt Hunt die Verfolgung auf. Von Texas geht die Jagd bis nach Kalifornien.

Der Autor

Ryan David Jahn wuchs in Arizona, Texas und Kalifornien auf. Mit sechzehn Jahren verließ er die Schule, um in einem Plattenladen zu arbeiten. Seit 2004 arbeitet er als Drehbuchautor für Film und Fernsehen. Für seinen ersten Roman *Ein Akt der Gewalt* wurde er mit dem renommierten Debut Dagger Award ausgezeichnet.
www.ryandavidjahn.com

Lieferbare Titel

Ein Akt der Gewalt

RYAN DAVID JAHN

DER COP

Thriller

Aus dem amerikanischen Englisch
von Ulrich Thiele

WILHELM HEYNE VERLAG
MÜNCHEN

Die Originalausgabe erschien unter dem Titel
The Dispatcher
bei Macmillan, London

Unter www.heyne-hardcore.de finden Sie das komplette Hardcore-Programm, den monatlichen Newsletter sowie unser halbjährlich erscheinendes CORE-Magazin mit Themen rund um das Hardcore-Universum.

Weitere News unter facebook.com/heyne.hardcore

MIX
Papier aus verantwortungsvollen Quellen
FSC® C014496

Verlagsgruppe Random House FSC® N001967
Das für dieses Buch verwendete
FSC®-zertifizierte Papier *Holmen Book Cream*
liefert Holmen Paper, Hallstavik, Schweden.

Vollständige deutsche Taschenbuchausgabe 03/2014

Printed in Germany 2014
Redaktion: Ulf Müller
Umschlaggestaltung: Melville Brand Design GmbH, München,
unter Verwendung des Originalmotivs: © Maggie Payette;
Artwork: © Jonathan Barkat; Fotos: © Stephen Shore / Gallery Stock,
DEK / ImageBroker / Superstock
Druck und Bindung: GGP Media GmbH, Pößneck

ISBN: 978-3-453-43640-4

www.heyne-hardcore.de

Für meinen Vater

THOMAS NATHAN JAHN

1949–2004

Liebst du mich nicht, so werde ich nicht geliebt.
Lieb ich dich nicht, so werde ich nicht lieben.

SAMUEL BECKETT

Was aus Liebe getan wird,
geschieht immer jenseits von Gut und Böse.

FRIEDRICH NIETZSCHE

EINS

Ian Hunt hat noch eine knappe Stunde bis Schichtende, als seine tote Tochter anruft. Es ist über sieben Jahren her, dass er ihre Stimme zuletzt gehört hat. Damals war sie ein anderer Mensch – ein siebenjähriges Mädchen mit dicklichen Fingern, einem fehlenden Schneidezahn und grünen Augen, die einem das Herz brechen konnten, wenn sie es darauf anlegte. Deshalb begreift Ian im ersten Moment nicht, dass er tatsächlich mit seiner Tochter spricht.

Aber es ist seine Tochter.

Ian sitzt in der Leitstelle des Polizeireviers von Bulls Mouth, Texas, in einem kleinen Gebäude an der Crouch Avenue. Wie gewöhnlich ist er allein im Zimmer, aber würde er sich aufraffen und seinen Kopf durch die Tür in den Empfangsraum stecken, würde er dort mit ziemlicher Sicherheit Chief Davis sehen, wie er auf seinem zurückgekippten Stuhl döst, die Stiefel auf dem Tisch, den Stetson über die Augen gezogen. Im Fenster links von Ian rumort die urzeitliche Klimaanlage, Wasser tropft von den Lamellen auf den verschimmelten Teppichboden, doch die Julihitze lässt sich davon kaum beeindrucken. Ian rinnt der Schweiß über die Schläfen. Er neigt den Kopf, hebt die Schulter und reibt die Feuchtigkeit ins Uniformhemd, bevor er sich wieder der Solitär-Partie auf dem rechnergestützten Einsatzleitsystem widmet. Gott sei Dank weiß niemand, dass er fünfundneunzig Prozent seiner Arbeitszeit mit

Patiencen totschlägt. Die Leute würden ausrasten, wenn sie es erführen.

Aber Bulls Mouth ist nun mal keine besonders große Stadt: inklusive Umland dreitausend Menschen, und das auch nur dann, wenn man die ganzen Endzeitfanatiker, selbst ernannten Propheten, Schlangenbeschwörer, Meth-Köche, Schulabbrecher und Junkies mitzählt. Wahrscheinlich sollte man sie mitzählen. Mit all diesen Leuten muss die Polizei von Bulls Mouth sich schließlich herumschlagen.

Obwohl Bulls Mouth das prototypische Provinznest ist, handelt es sich bei ihm doch um die zweitgrößte Stadt im gesamten Tonkawa County. Immerhin ein Viertel von dessen Bevölkerung wohnt hier.

Ian greift zum Kaffeebecher und kippt sich die kalte Brühe die Kehle hinunter. Er schneidet eine Grimasse, nimmt aber trotzdem einen zweiten Schluck. Es hilft nichts, er muss seine drei Kannen Folgers-Kaffee täglich schaffen, und so schüttet er sich einen Becher nach dem anderen hinunter, während er sich durch Hunderte Partien von Solitär klickt.

Kaum hat er den Becher abgestellt, kommt der Anruf rein, von einem Münztelefon an der Main Street, ein Stückchen nördlich der Flatland Avenue. Wahrscheinlich bloß ein Scherz, denkt er. Warum sonst sollte man im Handyzeitalter noch ein Münztelefon benutzen? Nein, wahrscheinlich wollen nur ein paar angeödete Highschool-Kids ein bisschen auf den Putz hauen, um sich den langweiligen Sommertag zu vertreiben. Ian kann ihnen nicht wirklich böse sein, denn damals in Venice Beach, Kalifornien, als er selbst noch jung war, war er genauso drauf.

»Polizeinotruf. Was kann ich für Sie tun?«, spricht er ins Headset, die Finger schon über der schwarzen Tastatur, um die notwendigen Informationen einzugeben.

»Bitte helfen Sie mir!«

Ein Mädchen oder eine Frau, Ian ist sich nicht sicher. Auf jeden Fall zittert die Stimme vor Panik, und das Mädchen/die Frau ist völlig außer Atem. In der Leitung knackt es, als würde ein heftiger Wind wehen. Sie keucht in den Hörer, tief aus ihrer Kehle dringen hohe Quietschlaute. Wenn das ein Scherz ist, hat er es mit einer verdammt guten Schauspielerin zu tun.

»Bitte, Ma'am, bewahren Sie Ruhe. Sagen Sie mir einfach, was los ist.«

»Er ist hinter mir her, er ...«

»Wie heißen Sie, und wer ist hinter Ihnen her?«

»Ich heiße Sarah. Das heißt, nein. Nein, ich heiße Maggie, Maggie Hunt, und der Mann, der hinter mir ... Ich war ... Er ... Er ...«

Maggie Hunt. Ian spürt seine Lippen nicht mehr. Ein eigenartiges Zittern läuft durch seinen Körper, als wäre in ihm eine Stahlsaite angeschlagen worden. Schwindelgefühl in fis-Moll.

Er schluckt.

»Maggie?« Ian atmet durch die Nase ein und durch den Mund aus, ein lang gezogenes, bebendes Seufzen. »Ich bin's, Maggie. Daddy.«

Die Beerdigung war im Mai, das ist jetzt zwei Monate her. Eigentlich wollte Ian keine Beerdigung. Was für ein absurdes Ritual, dachte er – eine Vergangenheit zu begraben, die noch so lebendig war. Noch so lebendig ist. Man schaufelt doch niemandem ein Grab, solange sein Herz noch schlägt. Aber Debbie überzeugte ihn schließlich. Es ginge nicht anders, sagte sie, sie brauche einen deutlichen Schlusspunkt. Zumindest war das die Meinung ihres Therapeuten, für dessen Ratschläge sie jedes Mal bis nach Houston fuhr. Also hielten sie die Beerdigung ab. Viele Leute kamen. Pastor Warden stellte sich vor einen kleinen, leeren Sarg und erging sich in Gemeinplätzen.

Seine Worte waren genauso leer wie der Sarg.

Die Leute weinten, sangen Lieder, selbst wenn sie nicht singen konnten, sanken auf die Knie, neigten den Kopf und beteten. Sie betrachteten Bilder der hübschen kleinen Maggie, von ihrem ersten Lebensjahr bis zum siebten, aber nicht darüber hinaus. Maggie in ihrem Kinderstuhl, das Gesicht mit Kuchen verschmiert. Maggie bei ihren ersten wackligen Gehversuchen. Maggie vor blauem Hintergrund auf dem Porträt im Jahrbuch ihrer zweiten Klasse. Maggie auf der Treppe vor ihrem Haus am Grapevine Circle Nummer 44, mit aufgeschlagenem Knie, einem Sturzhelm auf dem Kopf und einem durchtriebenen Grinsen im Gesicht. Wie die Grinsekatze aus dem Wunderland.

Im September wäre sie fünfzehn geworden.

Ian hatte nicht mitgesungen. Auch nicht mitgeweint. Er hatte überhaupt keinen Laut von sich gegeben. Stattdessen saß er in der letzten Reihe, mit geradem Rücken, die gefalteten Hände auf dem Schoß. Schon im Mai war es in der Baptistenkirche von Bulls Mouth brütend heiß, aber er wischte sich nicht den Schweiß von Stirn oder Schläfen. Er rührte sich überhaupt nicht. Sein Kopf war wie ein leeres Zimmer, unmöbliert. Erst als die Leute kamen, um ihm ihr Beileid auszusprechen, bewegte er sich wieder. Er schüttelte ihnen die Hände, bedankte sich, ließ sich auf jede Umarmung ein. Dabei wollte er die ganze Zeit nur weg, nach Hause gehen und allein sein.

Ganz zum Schluss kam Debbie. Mit Bill Finch, ihrem neuen Mann. Auch Bill war Gesetzeshüter; allerdings arbeitete er nicht für die städtische Polizei, sondern für die Dienststelle des Sheriff's Department von Tonkawa County in Bulls Mouth, gleich neben dem County-Gefängnis gegenüber von Ians Polizeirevier. Bill stürzte sich immer wieder in Kompetenzstreitigkeiten mit Chief Davis, selbst wenn es bloß um irgendwelche Kleinigkeiten ging, die seit jeher von der örtlichen Polizei geregelt wurden. Überflüssige Diskussionen, die meist in lautstarken Auseinandersetzungen zwischen Davis und Sheriff Sizemore, Bills Vorgesetztem, mündeten. Bill war einer von drei Beamten, die das County in Bulls Mouth stationiert hatte, ihr eigentliches Hauptquartier hatten sie in Mencken. Da die Polizei in Bulls Mouth das Tagesgeschäft mehr oder weniger allein abwickelte, landeten sämtliche Notrufe zunächst in Ians Leitstelle.

Auf der Beerdigung hatte Debbie ihn umarmt und sich bedankt, dass er der Zeremonie zugestimmt hatte. Bill und er nickten sich knapp zu, doch keiner der beiden streckte die Hand aus. Dann gingen sie ihrer Wege – Debbie und Bill zu ihrem Haus, den mittlerweile dreijährigen Zwillingen, den zwei Hunden, dem Garten mit Swimmingpool. Ian zu seinem Apartment an der College Avenue, dem summenden Kühlschrank und seinem persönlichen Ozean aus Reue.

»Daddy?«, fragt Maggie ins Telefon.

Einen Moment glaubt er, die Sprache verloren zu haben. »Ja … Ich … Ich bin hier«, antwortet er schließlich. Erst jetzt erinnert er sich an seine eigentliche Aufgabe. »Bitte sag mir, wo du bist. Auf der Main Street?«

Die Ortsangabe des Leitsystems ist eindeutig, aber nicht immer verlässlich. Und wenn seine Tochter in Gefahr ist, will er sichergehen, dass er den Streifenwagen auch zur richtigen Stelle schickt.

»Ich weiß nicht. Bitte hilf mir!«

»Ja, Maggie, ja. Ich helfe dir. Aber dazu muss ich wissen, wo du bist. Siehst du ein Straßenschild? Oder irgendwelche Läden?«

Eine unendlich lange Pause. Ganze Kontinente entstehen und vergehen. »Ja, ja, das ist die Main Street, das Main Street Shopping Center!«

Noch vor zwei Monaten war sie tot. Während Ian mit seiner Tochter spricht, steht ihr Grabstein auf dem Hillside Cemetery gleich hinter der Wallace Street. Reihe 17, Nummer 29. Doch das

Grab ist leer, und der Mensch, der eigentlich dort unter der Erde liegen sollte, befindet sich im Main Street Shopping Center und presst sich einen Telefonhörer ans Ohr.

Seine Tochter lebt. Ian weiß es, denn er kann sie atmen hören.

»Gut, Maggie, gut. Und der Mann, der dich entführt hat, wie sieht er aus?«

»Er ... Er ist groß«, sagt sie, »mindestens so groß wie du, vielleicht noch größer. Und alt, wie ein Opa. Oben auf dem Kopf hat er keine Haare mehr, da kann man seine Haut glänzen sehen. Und seine Nase ... an seiner Nase sind lauter aufgeplatzte Adern und ... Oh Gott, er kommt! Daddy, er kommt!«

Ian ringt um Atem. Er muss schlucken, um überhaupt etwas herauszubringen. »Was hast du an?«

»Was? Er kommt!«

»Maggie, was hast du an?«

»Ein ... ein Kleid, ein blaues Kleid mit rosa Blumen drauf!«

»Weißt du, wie der Mann heißt?«

»Er heißt H...«

Weiter kommt sie nicht. Ian hört nur noch ihren Schrei.

Am anderen Ende kracht der Hörer gegen irgendetwas, anscheinend schwingt er an der Schnur. Noch ein Krachen, und noch eins, und so weiter, wie Trommelschläge, die in immer kürzeren Abständen ausklingen. Bis kein weiterer Schlag mehr folgt, bis sich die Stille ins Unendliche dehnt. Nichts als leerer Raum.

WÄRE DIE TÜR NICHT OFFEN GEWESEN, wäre Maggie nicht geflohen.

Sie hätte es nicht mal versucht. Nach Jahren der Gefangenschaft ist ihre Hoffnung erkaltet. Maggie spürt sie nicht, schon lange nicht mehr. Gut möglich, dass sie gar nicht mehr da ist.

Oder doch? Ja, vielleicht existiert die Hoffnung noch, als kleiner Schimmer.

Egal ob Tag oder Nacht, sie ist immer hier unten. Sie ist am Leben, aber unter der Erde. Begraben, gefangen zwischen den Betonwänden des Kellers, im Albtraumland. So hat sie diesen modrig stinkenden Ort getauft. Sie ist allein mit den lebendigen Schatten, allein mit ihren Gedanken.

Aber nicht immer. Manchmal ist Borden bei ihr. Sie hat ihn damals erst nach ein paar Tagen entdeckt, er hatte sich in den Schatten versteckt. Ein kleiner, dünner Junge in Chucks, Levis und einem roten, zugeknöpften Hemd, das er immer in die Hose steckt. Aber sein Gesicht ist kein normales Jungengesicht. Vom Haaransatz bis zur Schnauze ist es von glänzendem braunem Fell bedeckt. Er hat schwarz schimmernde Pferdeaugen und aufgeblähte Nüstern und riesige, rechteckige Zähne. Am Anfang hat sie sich vor ihm gefürchtet, aber ihre Einsamkeit war größer als ihre Angst. Jetzt ist er ihr bester, ihr einziger Freund.

Er hat ihr nie gesagt, wie er hierhergekommen ist. Außer Maggie weiß niemand, dass er bei ihr ist. Sobald oben die Tür aufgeht, sobald die ersten Schritte auf der Holztreppe knarren, versteckt er sich. Maggie versteckt sich nicht. Es würde nichts bringen. Sie wissen, dass sie hier ist, sie haben sie hergebracht, an diesen schrecklichen Ort. Es ist ein winziger Ort, abgeschnitten vom Rest der Welt, getrennt vom blauen Himmel, von den Bäumen und den Wiesen und den Freundinnen, mit denen sie früher gespielt hat.

Ihr einziger Zugang zur Außenwelt ist ein Fenster. Würde sie die Außenwelt nicht durch diese rechteckige Öffnung sehen, hätte sie schon vergessen, dass es noch etwas anderes als den Keller gibt. Aber sie kann nur gucken. Denn das Fenster ist zu klein, nicht mal eine Katze könnte sich hindurchzwängen. Dafür scheint morgens die warme, helle Sonne auf Maggies Haut. Kurz nach Mittag legen sich Schatten auf den Boden, sie werden immer länger, je später es wird, aber der Morgen gehört ihr.

Leider wuchert Unkraut draußen vor dem Fenster, und Dreckspritzer überziehen die Scheibe. Maggies größte Angst ist, das Unkraut könnte eines Tages so dicht werden, dass sie überhaupt nichts mehr sieht. Dass sie sich nicht mehr in den hellen Schein stellen kann, der die Dunkelheit jeden Tag für einen halben Tag zerteilt. Das heißt, nicht jeden Tag. Wenn es sehr wolkig ist, dringt nur ein fahles graues Leuchten in den Keller, das sie irgendwie immer an eine Erkältung denken lässt. Aber jetzt ist Sommer, der Himmel ist blau und das Licht strahlend hell.

Das war es zumindest.

Denn mittlerweile ist es Nachmittag. Die Sonne scheint zwar noch, aber sie ist auf die andere Seite des Hauses gewandert, und bald wird sie wieder am Horizont versinken.

Aber wenn das Licht in den Keller fällt, stellt sich Maggie mitten hinein. So lang wie möglich. Sie geht mit, während sich der helle Fleck langsam über den Boden schiebt. Doch jetzt ist die Sonne verschwunden, und sie sitzt auf ihrer Matratze in der Ecke, die Knie angewinkelt, die Arme um die Beine geschlungen. Neben ihr liegt ein Buch. Donald bringt ihr ab und zu Bücher, und manchmal gibt er ihr sogar Unterricht, aber im Moment hat sie keine Lust auf Lesen.

»Borden?«, fragt sie flüsternd in die Schatten. Keine Antwort.

Dann muss sie eben zählen. Eins zwei drei vier fünf sechs sieben acht. Maggie zählt oft. Wenn sie nicht zählt, drängen sich lauter schlimme Gedanken in ihren Kopf, und ihr wird schlecht. Manchmal hilft es, wenn sie liest, manchmal nicht. Zählen ist besser, das funktioniert immer. Sie zählt, bis ihr Kopf voller Zahlen ist. Am Anfang klappt es noch nicht so gut, weil die kleinen Zahlen zu einfach sind, da braucht sie sich nicht zu konzentrieren, und so können sich immer noch ein paar schlimme Gedanken dazwischenschmuggeln. Aber die hohen Zahlen, zum Beispiel zweitausenddreiundzwanzig, zweitausendvierundzwanzig, sind so groß, dass nichts anderes mehr Platz hat. Sie füllen den ganzen Kopf aus, alles in ihr wird still, und sie hat keine Angst mehr.

Schon bei dreihundertsiebzehn kommt Beatrice die Treppe herunter, um den leeren Teller vom Mittagessen zu holen. Er steht auf dem kleinen Klapptisch, an dem Maggie meistens isst. Manchmal setzt sich Borden zu ihr, dann reden sie über alles Mögliche, auch wenn sie sich hinterher kaum an die Gespräche erinnern kann. Und wenn sie ihm etwas von ihrem Essen geben will, schüttelt er immer den Kopf.

Dreihundertsieb…

Mit einem Knarren öffnet sich die Tür. Beatrice steht oben an der Treppe, ihr riesiger Schatten füllt den gesamten Türrahmen aus. Als sie den Schalter umlegt, leuchtet gelb die Glühbirne auf, die in der Mitte des Kellers von einem bräunlichen Kabel hängt. Blasses Licht vertreibt die Schatten. Maggie kneift die Augen zusammen und sieht zu, wie Beatrice die Treppe heruntersteigt: Sie stellt den rechten Fuß auf die erste Stufe, zieht den linken nach und atmet einen Moment durch. Dann setzt sie ihren Weg fort, wieder mit dem rechten Fuß voran.

»Wie geht es dir, Sarah?«, fragt sie, als sie unten angekommen ist.

»Ganz okay.«

»Gut.«

Maggie schweigt.

»Soll ich dir ein bisschen die Haare bürsten, bevor ich den Abwasch mache?«

»Nein.«

»Willst du mir die Haare bürsten?«

»Nein.«

»Geht's dir auch wirklich gut?«

»Ja.«

»Du lügst mich doch nicht an, oder?«

»Nein.«

»Na gut.«

Beatrice geht zum Klapptisch und schnappt sich den leeren Teller. Er ist weiß mit blauen Blumenranken am Rand. Maggie hasst diesen Teller.

»Schön, dass du aufgegessen hast.«

»Ja, Ma'am. Danke für das Essen.«

»Ich wünschte mir, du würdest mich nicht immer Ma'am nennen.«

»Tut mir leid.«

»Ich wünschte mir, du würdest mich Mommy nennen.«

»Okay.«

»Das sagst du immer, und dann tust du's doch nicht.«

»Tut mir leid.«

»Okay.«

Damit geht Beatrice zur Treppe zurück und schleppt sich wieder nach oben. Als sie die Hand schon an der Klinke hat, dreht sie sich noch einmal um.

»Zum Abendessen gibt's Hackbraten. Mit schön viel geriebenen Karotten, genau wie du es magst.«

Beatrice schaltet das Licht aus, tritt in die Küche und zieht die Tür hinter sich zu. Aber Maggie hört kein Klicken des Schlosses. Sie hört auch nicht, wie der Riegel einrastet. Sie kauert auf der Matratze und lauscht in die Stille. Nichts.

Nach einer Weile steht sie auf und schleicht zum Fuß der Treppe. Sie schaut hinauf. Da oben, zwischen Tür und Wand, schimmert ein heller Spalt. Licht fällt auf die obersten Stufen; sie sind ausgetreten, abgeschliffen von den Schuhen, die so oft darüber hinweggeschlurft sind. Hier und da ragen rostige Nägel aus dem Holz.

»Borden«, sagt sie. »Borden, die Tür ist offen.«

Etwas in ihr wandelt sich. Die lange Sonnenfinsternis endet, das Licht kehrt in ihr Inneres zurück.

Noch bevor sie einen Entschluss fassen kann, noch bevor sich der Instinkt zu einer Handlung formt, spürt sie, wie ihr das Herz klopft bis zum Hals, wie ihr Mund schlagartig trocken wird. Ihre Hände ballen sich zu Fäusten und zerknittern das Kleid an ihrer Hüfte. Sie stellt erst einen nackten Fuß auf die unterste Stufe, dann den zweiten. Statt kühlem Beton spürt sie nun warmes, gemasertes Holz. Es fühlt sich gut an, irgendwie lebendig, als würde es zur Außenwelt gehören, nicht zu allem anderen hier unten.

Noch ein Schritt. Vorsichtig rollt sie den Fuß ab, verlagert das Gewicht auf die rechte Seite und drückt sich nach oben ab. Zum Glück ist sie leichter als Beatrice; bei der knarren die Stufen immer, Maggies Gewicht hingegen tragen sie schweigend. Bis auf das dumpfe Dröhnen des Fernsehers hinter der Wand und das rhythmische Pochen ihres Herzens in der Brust, den Ohren und ihren Schläfen ist es völlig still.

Der nächste Schritt – oh Gott, lass die Stufe bloß nicht knarren –, dann noch ein Schritt.

Als sie oben angelangt ist, kriegt sie kaum noch Luft. Ihre Handflächen jucken, und wenn sie ein- und ausatmet, klingt es, als hätte sie anstatt der Lunge einen löchrigen Gartenschlauch in der Brust.

Maggie schluckt ihre Angst herunter.

Ihre Hand legt sich auf die Klinke. Sie spürt kühles, glattes Metall. Kurz entschlossen zieht sie an der Tür. Helligkeit ergießt sich auf die Treppe, der Spalt verwandelt sich in ein türgroßes Rechteck aus Licht an der Wand zu ihrer Linken, in der Mitte nur geteilt vom Schatten ihres Arms.

Und als sie durch die Tür linst, sieht sie aufgeplatzten, grünen Linoleumboden, dunkle Schränke und eine laminierte Küchentheke mit einem Berg schmutziger Teller, der an einen Stapel

Porzellanpfannkuchen erinnert. Der Herd ist uralt. Früher muss er einmal weiß gewesen sein, doch nun ist er von einer Schicht aus Essensresten überzogen. Wassertropfen sprenkeln das Fenster über der Spüle. Fliegen kleben an der Decke.

Eine Kakerlake huscht aus dem Geschirrhaufen hervor und verschwindet im Waschbecken.

Links dröhnt der Fernseher. Also sind Henry und Beatrice im Wohnzimmer, auch wenn sie die beiden weder sieht noch hört.

Dann hört sie die beiden doch. Zumindest einen von ihnen, denn auf der anderen Seite der Wand knarren die Dielen.

Maggie weicht zurück, schließt die Tür bis auf einen Spalt und späht hindurch. Ihr stockt der Atem. Sie würde so gern blinzeln, aber sie traut sich nicht. Mit trockenen, weit aufgerissenen Augen beobachtet sie, wie Beatrice in die Küche tritt. Maggies Muskeln verkrampfen sich. Sie kann sich nicht rühren.

Auf dem Weg zur Spüle greift sich Beatrice durch den Stoff ihres Kleids hindurch zwischen die Beine und kratzt sich. Danach dreht sie den Hahn auf. In den Rohren ertönt ein Klappern und Seufzen. Der Hahn spuckt einen Schwall rostige Brühe aus, gefolgt von rötlichem und schließlich klarem Wasser. Bald dampft es aus dem Waschbecken. Trotz der Hitze beschlägt das Fenster sofort.

Beatrice spritzt etwas orangefarbenes Spülmittel auf einen grünen Schwamm, dann nimmt sie sich einen schmutzigen Teller – den blau-weißen von eben –, befeuchtet ihn und fängt an, ihn zu schrubben. Als der Teller sauber ist, taucht sie ihn kurz ins Wasser, stellt ihn in das rostige Abtropfgestell und schnappt sich den nächsten.

Sie steht mit dem Rücken zu ihr. Vielleicht ist das ihre einzige Chance, hier rauszukommen. Jetzt oder nie. Maggie spürt die Schwelle unter den Füßen. Der Weg ist frei. Wieder öffnet sie die Tür, ganz leise. Ein paar Augenblicke lang steht sie reglos da, obwohl sie für jeden zu sehen ist. Als würde sie es darauf anlegen, entdeckt zu werden. Ihr Herz schlägt unglaublich laut, eigentlich müsste Beatrice das Klopfen hören. Tut sie aber nicht. Anstatt sich umzudrehen, spült sie weiter.

»Komm zurück, bevor sie dich sieht.«

Eine Stimme in ihrem Rücken. Maggie zuckt zusammen.

Hinter ihr, auf halber Höhe der Treppe, steht Borden. Das Licht aus der Küche erleuchtet seinen Pferdekopf, der Körper verschwindet in den Schatten. Maggie sieht ihm in die Augen, tiefe, dunkle Löcher, wie mit einem Eisportionierer ausgehöhlt. Weißer Schaum bedeckt seinen Mund.

Erneut muss sie schlucken – und schüttelt dann den Kopf. Nein, ich komm nicht zurück. Sie dreht sich wieder um. Beatrice steht immer noch vor der Spüle.

»Komm zurück.«

Nein.

Hier oben kennt sie sich nicht aus, aber sie weiß, dass sie nicht nach links kann, denn von dort hört sie den Fernseher. Deshalb schleicht sie sich nach rechts durch die Küche, so leise wie möglich. Bitte, Gott, mach, dass der Boden nicht knarrt. Ein Schritt, noch ein Schritt. Eins, zwei, drei, und du bist frei.

Beatrice stellt den nächsten Teller ins Gestell.

Vorne rechts führt eine Tür in den Flur. Gelbliches Licht fällt auf die schiefen, altmodischen Bilder an der gegenüberliegenden Wand. Maggie weiß nicht, woher das Licht kommt, aber es schimmert wie die Reflexion auf einer Wasseroberfläche. Hoffentlich kommt es von draußen, von der Sonne. Wenn ja, ist es nicht mehr weit bis zur Außenwelt. Bis zu einer Welt, in der die Sonne scheint.

Sie wirft einen Blick auf Beatrice. Die schnappt sich gerade einen dreckigen, mit trockenem Kohl verkrusteten Stieltopf und fängt an, ihn mit dem Schwamm zu bearbeiten. Dabei summt sie vor sich hin, ein Lied, das Maggie gut kennt. *Jesus liebt mich, oh ja, denn die Bibel sagt es mir. Kleine Kinder, die sind sein, denn er ist stark, und sie sind …*

Plötzlich bellt ein Hund. Maggie zuckt zusammen – und schreit. Sofort schlägt sie sich die Hände vor den Mund, um den Schrei wieder einzufangen, aber es ist zu spät. Er ist heraus, und Beatrice kann ihn hören.

Dabei weiß Maggie eigentlich, dass hier oben ein Hund ist. Jahrelang hat sie über ihrem Kopf seine Tatzen über den Boden klackern hören. Sie weiß sogar, wie er heißt: Buckshot. Aber sie hat ihn noch nie gesehen. Bis jetzt. Buckshot steht in der Tür, die von der Küche in den Flur führt. Er reicht ihr bis zur Hüfte, sein Fell ist braun wie Baumrinde, und die Zunge hängt ihm aus dem Maul. Er wedelt so wild mit dem Schwanz, dass er ihn dauernd an den Türrahmen schlägt.

Beatrice hat den Topf sinken lassen. Sie steht da und starrt auf Maggie. Ihr Unterkiefer hängt herab, ihre Schultern hängen herab, ihre nassen Hände hängen herab und tropfen auf den schmutzig grünen Linoleumboden.

Buckshot knurrt. Ein Knurren, das zu einem kurzen, hektischen Bellen anschwillt.

Wieder zuckt Maggie zusammen.

Gleichzeitig hört sie Bordens Stimme aus dem Keller. Er flüstert laut zu ihr herüber: »Wenn du jetzt zurückkommst, tun sie dir nichts.«

»Henry!«, ruft Beatrice. »Henry, sie ist draußen! Sarah ist aus dem Keller entwischt!«

Ein Blick zum Fernsehzimmer. Henry ist nicht zu sehen, aber bestimmt wird er gleich auftauchen. Ein Blick zum Flur. Buckshot steht noch immer in der Tür, sein Schwanz schlägt unverändert gegen den Rahmen. Wie soll sie bloß an ihm vorbeikommen? Er hat struppiges Fell, Narben ziehen sich über sein Gesicht und seine Seiten. Aber das macht ihr weniger Angst als Henry. Damit ist ihre Entscheidung gefallen. Als sie an Buckshot vorbeirennt, leckt er ihr über die Hand, und sein Schwanz klatscht auf ihre Hüfte, aber er beißt nicht zu, er bellt nicht mal. Rechts führt der Flur tiefer ins Haus hinein, links sieht sie eine Holztür, deren obere Hälfte eine gelbe Strukturglasscheibe umrahmt. Die Scheibe lässt ein wenig Licht herein und hält neugierige Blicke fern. Maggie packt den Knauf der Tür, drückt mit dem Daumen den kleinen Metallhebel herunter und zieht.

Eine Wand aus Hitze schlägt ihr entgegen, sie starrt in gleißendes Licht. Es ist, als hätte sie eine Ofentür geöffnet und dabei ein ganzes Universum entdeckt. Wind weht ihr um die Nase.

»Sarah, komm zurück! Sie will abhauen, Henry!«

Als sie sich umdrehen will, spürt sie Beatrice' Finger im Nacken. Sie sprintet vorwärts über die Veranda und stößt sich mit aller Kraft vom Boden ab. In hohem Bogen segelt sie durch die Luft und landet im Kies der Einfahrt. Scharfe graue Steinchen bohren sich in ihre nackten Sohlen. Fast wäre sie hingefallen, aber nur fast. Sie schaut sich um. Wohin jetzt? Links liegt eine Weide mit ein paar Kühen, die stumm vor sich hin kauen, rechts ein Wald mit Walnussbäumen, Eichen und Kiefern. Vielleicht kann sie sich dort verstecken. Also los.

Sie spürt jeden Herzschlag, jeder Atemzug kratzt in ihrer trockenen Kehle. Aber die Sonne scheint ihr auf die Haut, ein wundervolles Gefühl. Sie ist draußen draußen draußen, und der warme Wind treibt sie immer weiter an, drückt sie nach vorne, weg von hier, hinein in die Freiheit.

Gegenüber der Einfahrt, kurz vor dem Waldrand, blickt sie zurück – und sieht Henry. Der alte Mann rennt, so schnell er kann, sein riesiger Bauch schwingt hin und her wie das Pendel einer Standuhr, ein paar Strähnen des ansonsten ordentlich über den Schädel gekämmten Haars flattern im Wind. Sein Gesicht verzerrt sich, seine Augen treten hervor, seine grässlich rote Nase ragt in die Luft wie eine Geschwulst, die kurz vorm Platzen steht.

»Du«, brüllt er zwischen keuchenden Atemzügen, »du bleibst jetzt stehen, Sarah!« Noch ein Keuchen. »Bleib verdammt noch mal stehen!«

Maggie rennt in den Wald.

Und hört nicht auf zu rennen. Sonnenstrahlen dringen durchs Blätterdach, durchschneiden die Dunkelheit. Das Licht fällt ihr aufs Gesicht, auf Arme und Beine. Sie hört Vögel singen, die fliehen, sobald sie näher kommt. Hört das Rauschen der Blätter im Sommerwind. Sie ist draußen. Sie ist frei. Ein Blick zurück – niemand zu sehen. Sie ist draußen. Keine Wände mehr, kein Keller.

Sie rennt, bis jeder Atemzug wehtut. Sie springt über Pflanzen, die wie Gifteiche oder Giftefeu aussehen, sie duckt sich unter dicken Ranken hindurch, die zwischen den Bäumen wuchern und sich um die Stämme winden, dann wird das Seitenstechen unerträglich. Sie rennt, bis es nicht mehr geht, bis sie nicht mehr kann.

Also bleibt sie stehen, stützt sich auf die Knie und schnappt nach Luft. Selbst den Schmerz in ihren Lungen genießt sie. Gierig saugt sie die heiße, saubere Sommerluft ein, sie kann gar nicht genug davon bekommen. Dann hält sie inne, um zu lauschen. Nichts. Sie hört nichts, und als sie sich umschaut, ist auch niemand zu sehen.

Vielleicht hat er aufgegeben. Vielleicht ist sie tatsächlich frei.

Ein paar Meter weiter fällt ein breiter Sonnenstrahl durchs Blätterdach. Maggie stellt sich mitten in das weiße Licht. Als Außenstehender würde man ein blasses, zerbrechliches Mädchen sehen, das von innen heraus zu leuchten scheint, während der Rest der Welt im Schatten liegt. Als Außenstehender würde man einen Engel sehen. Aber es gibt hier keinen Außenstehenden. Es gibt nur Maggie und das Licht der Sonne und die Stille des Waldes.

Diesen einen ruhigen Moment gönnt sie sich, und fast hätte sie sich auch ein paar Tränen gegönnt. Aber nein, sie muss sich zusammenreißen, sie muss weiter. Zuerst geht sie, dann joggt sie, kurz darauf rennt sie wieder.

Und das Rennen tut gut, auch wenn jeder einzelne Schritt sie schmerzt. Im Keller konnte sie nicht rennen, deshalb genießt sie den vielen Platz, den sie auf einmal hat.

Fünf Minuten später stößt sie auf eine sonnengebleichte Straße. Risse überziehen den Asphalt wie Flüsse eine Landkarte.

Links oder rechts? Sie entscheidet sich für links, ohne nachzudenken, ohne zu wissen, warum. Ihre nackten Füße klatschen über den aufgeheizten Teer, und auch dieses Gefühl genießt sie. Der Boden ist fast zu heiß; würde sie nicht rennen, sondern gehen, wäre es bestimmt nicht zu ertragen. Aber sie geht nicht. Sie rennt.

ALS BEATRICE NACH IHM RUFT, sitzt Henry vor dem Fernseher und nuckelt an einer Dose Budweiser wie an einer Mutterbrust.

»Henry!« Bees Stimme kommt aus der Küche. »Henry, sie ist draußen! Sarah ist aus dem Keller entwischt!«

»Shit«, murmelt er, steht auf und leert, den Kopf in den Nacken gelegt, das Budweiser bis auf den letzten Rest. Dann stellt er die Dose auf den Wohnzimmertisch. »Wie zum Teufel hat sie das denn geschafft?«

»Sarah, komm zurück! Sie will abhauen, Henry!«

»Bin schon auf dem Weg!«

Henry geht in die Küche – Beatrice steht am anderen Ende des Raums und starrt auf die offene Haustür. Als sie ihn kommen hört, dreht sie sich um.

»Sie ist draußen.«

»Verdammte Scheiße!«

»War doch keine Absicht.«

»Scheiße!«

»Ich hab's dir gleich gesagt!«

Ohne weitere Worte eilt er zur Haustür – und sieht Sarah barfuß über die geschotterte Einfahrt rennen. Anscheinend will sie zum Wald westlich des Hauses.

Henry rattert die Vortreppe hinunter und nimmt die Verfolgung auf. Sofort wird ihm speiübel. Für so was ist er einfach zu alt. Sarah wird bereuen, dass sie weggerannt ist, dafür sorgt er schon. Sie wird bereuen, dass sie *ihn* gezwungen hat zu rennen. Sie wird vor Reue *schreien*, oh ja, das wird sie. Sie wird wochenlang schreien.

Am Waldrand wirft sie einen Blick zurück.

»Du«, brüllt er zwischen zwei keuchenden Atemzügen, »du bleibst jetzt stehen, Sarah!« Noch ein Keuchen. Bestimmt hat er gleich einen Herzinfarkt. »Bleib verdammt noch mal stehen!«

Sie fürchtet sich vor ihm, das weiß er. Dabei wäre es ihm lieber, wenn es auch anders ginge, wenn sie endlich einsehen würde, dass sie nun zu dieser Familie gehört. Immerhin hatte sie alle Zeit der Welt, um sich daran zu gewöhnen. Warum macht sie es allen so schwer? Vor allem sich selbst? Es ist jammerschade, aber so was kann man sich eben nicht aussuchen. Wenigstens fürchtet sie sich vor ihm, und deshalb tut sie, was er sagt.

Entsprechend erwartet Henry, dass sie seinem Befehl gehorcht. Er kann es sich gar nicht anders vorstellen. Doch sie bleibt nicht stehen, sondern dreht sich wieder um und verschwindet im Unterholz.

»Fuck!«

Er rennt zum Wald und hinein in ihn.

Zwischen den Stämmen blitzt ab und zu ihr blaues Kleid auf, daran kann er sich orientieren. Äste kratzen ihm über das Gesicht und verhaken sich in seiner Kleidung, während er versucht, Sarah nicht aus den Augen zu verlieren. Ein Ding der Unmöglichkeit. Wenn er nicht auf den Weg achtet, läuft er noch geradewegs gegen einen Baum. Bald sieht er sie überhaupt nicht mehr – bis dreißig, vierzig Meter vor ihm wieder das Blau des Kleides durch das Blattwerk blitzt. Er sprintet direkt darauf zu, doch der Absatz seines Stiefels verfängt sich in einer Wurzel. Henry landet mit dem Gesicht voraus im Dreck und schmeckt halb verrottete Blätter. Er spuckt aus, steht wieder auf, sieht sich um. Keine Spur von Sarah. Kurz überlegt er, ob er trotzdem weiterrennen soll, aber nein, zu Fuß hat er keine Chance. Doch der Wald wird rundherum von Straße begrenzt, und irgendwann muss sie ja rauskommen.

Also dreht er sich um und rennt zurück zum Haus.

»Die Schlüssel, Bee!«

Einen Augenblick später erscheint Beatrice in der Haustür.

»Hast du sie erwischt?«

»Nein. Die Schlüssel, verdammt noch mal!«

»Für den Pick-up?«

»Wofür denn sonst? Ich hab nur einen Schlüsselbund. Jetzt mach schon!«

»Okay.«

Beatrice dreht sich um und läuft ins Haus. Als sie zurückkehrt, baumelt der Schlüsselbund von ihren Fingern. Sie wirft ihn in seine Richtung, doch er landet einen Meter vor seinen Füßen im Kies. Henry bückt sich und murmelt einen Fluch, verdammte Scheiße, aber dann hat er den Schlüssel in der Hand und marschiert zu seinem Pick-up, einem grünen Ford Ranger, Baujahr '97, den er vor ein paar Jahren gebraucht bei Davis Dodge, dem Autohändler um die Ecke, erstanden hat. Schon damals war die Kupplung etwas weich, aber was soll man schon erwarten, wenn man seinen Wagen bei Todd Davis kauft, dem Chef der örtlichen Polizei. Und wer weiß, vielleicht winken sie ihn ja seltener raus, weil auf dem Rahmen des Nummernschilds *Davis Dodge* steht.

Henry schiebt sich hinters Steuer und rammt den ersten Gang rein. Kiesel spritzen in die Luft, als er die Einfahrt hinunterrast, nach Norden, zur Crouch Avenue.

Während er über die alte, von Schlaglöchern übersäte Straße Richtung Westen brettert, schielt er immer wieder nach links in sein eigenes Waldstück. Vielleicht blitzt ja irgendwo ein Fetzen weiße Haut oder blaues Kleid auf. Rechts liegt Pastor Wardens Grundstück, wie immer bellen seine Hunde aus vollem Hals. Ein Krach wie auf dem Pausenhof, denkt Henry. Warden züchtet Dackel, um sie an Tierhandlungen in Mencken und anderen größeren Städten zu verkaufen, vielleicht sogar bis rauf nach Houston, und die verdammten Köter können einfach nicht still sein. Keine Ahnung, wie Warden den Lärm erträgt. Aber okay, wenn ihm ein paar notleidende Gemeindemitglieder wieder mal die Ohren vollgeheult und ihre Schuld bei ihm abgeladen haben, ist das Gekläffe vermutlich sogar Musik in seinen Ohren.

Henry erreicht die Main Street, ohne eine Spur von Sarah entdeckt zu haben. Aber damit hat er gerechnet. Sie ist Richtung Westen in den Wald gerannt, also warum sollte sie ausgerechnet im Norden rauskommen? Da müsste sie schon komplett die Orientierung verloren haben. Deshalb biegt er links ab und fährt nach Süden, am westlichen Waldrand entlang.

Vor ihm erstreckt sich graue, leblose Straße.

Er spürt einen unbestimmten Druck in seiner Brust. Als würde sich ein Schraubstock um sein Herz schließen.

Sollte Sarah aus dem Wald entkommen und irgendjemandem begegnen und diesem Jemand erzählen, was sie erlebt hat, wäre seinem langen, friedlichen Leben hier in Bulls Mouth ein Ende bereitet. Henry kennt die ganze Stadt, die ganze Stadt kennt ihn, und die meisten mögen ihn. Natürlich nur, weil sie ihn nicht *wirklich* kennen, weil er immer allen auf die Schulter klopft und sagt, schöne Grüße an deine Frau, Dave. Aber das ist doch auch normal. Wer zeigt der Welt schon seine Eingeweide? Eingeweide sind ekelhaft, sonst bräuchte man doch keine Haut. Was wäre ein Mensch ohne Haut? Sicher kein besonders beliebter Nachbar.

Auf dem Weg Richtung Süden schaut er immer wieder nach links auf den Wald. Irgendwann muss Sarah doch auftauchen.

»Wo steckst du, du kleines Miststück?«

Plötzlich sieht er sie – nicht im Wald, sondern auf der Straße, in einiger Entfernung vor ihm. Sie rennt zum Main Street Shopping Center. Allerdings hat sie einen ziemlichen Vorsprung. Vielleicht ist es auch irgendein anderes Mädchen im blauen Kleid, auf die Distanz ist das nicht so einfach zu erkennen.

Aber nein, er ist sich ziemlich sicher. Henry schaltet vom zweiten in den dritten Gang und drückt das Gaspedal durch.

»ER HEISST H…«

Weiter kommt sie nicht. Ian hört nur noch ihren Schrei.

Am anderen Ende kracht der Hörer gegen irgendetwas, anscheinend schwingt er an der Schnur. Noch ein Krachen, und noch eins, und so weiter, wie Trommelschläge, die, schneller werdend, ausklingen. Bis kein weiterer Schlag mehr folgt, bis sich die Stille ins Unendliche dehnt. Nichts als leerer Raum.

»Maggie?«

Keine Antwort. Sie ist weg.

»Officer Peña? Deine Position? Bist du einsatzbereit?«

»Ecke Oak Street und Flatland. Was liegt an?«

»Bist du im Walmart?«

»Bis jetzt noch nicht mal auf dem Parkplatz.«

»Fahr sofort zum Main Street Shopping Center. Es geht um eine Entführung. Der Verdächtige ist ein hochgewachsener Weißer über sechzig mit grauem Haar und Halbglatze. Das Opfer ein vierzehnjähriges Mädchen namens Maggie Hunt. Blondes Haar, grüne Augen. Sie trägt ein blaues Kleid. Code drei.«

»Bin auf dem Weg. Hast du gesagt, das Opfer heißt Maggie Hun…«

»Ja. Meine Tochter.«

Bevor Diego etwas erwidern kann, reißt Ian sich das Headset vom Kopf und beugt sich über den Mülleimer. Er zittert am ganzen Körper, seine Arme und Beine vibrieren wie Trommelstöcke, Schweiß bedeckt seine Haut. Gleich muss ich kotzen, denkt er, doch als er den Mund öffnet, kommen bloß ein paar Tropfen saurer Speichel und fallen auf das zerknüllte Blatt gelben, linierten Papiers am Boden des Mülleimers. Er weiß, dass er vorhin irgendetwas auf dieses Blatt gekritzelt hat, aber was? Er hat keine Ahnung, und es ist ihm auch egal. Seine Tochter lebt, das ist alles, was jetzt noch zählt. Er starrt auf das zerknüllte Blatt Papier und erinnert sich.

Es war Frühling, als Maggie entführt wurde. Ihr großer Bruder Jeffrey sollte auf sie aufpassen. Jeffrey stammt aus Ians zweiter Ehe, Debbie war seine dritte Frau. Heute ist sie seine dritte Exfrau. Jeffrey war aus Los Angeles herübergeflogen, um die Schulferien bei seinem Vater zu verbringen. Damals war er vierzehn, jetzt ist er zweiundzwanzig. Er hatte erst letzten Monat Geburtstag, am siebenundzwanzigsten, um genau zu sein. Ian hat ihm kein Geschenk gekauft, keine Karte geschickt. Die ersten Jahre nach Maggies Verschwinden hatten sie noch eine Art Beziehung aufrechterhalten, auch wenn sie häufig aneinandergerieten. Doch mit der Zeit wurde es immer weniger, bis schließlich nichts mehr übrig war. Auf Ians Wohnzimmertisch ist noch immer die Schachpartie aufgebaut, die sie vor drei Jahren begonnen haben. Ganz unten in seiner Sockenschublade liegen zwei Geburtstagskarten, die er nie abgeschickt hat. Alles Gute zum Geburtstag, mein Sohn. Ich hab dich lieb. Vor zwei Jahren hat er versucht, bei ihm anzurufen, er hat dem Freizeichen gelauscht, bis sein Sohn abgehoben hat. Hallo? Plötzlich hat er keinen Ton mehr herausgebracht. Die Worte sind ihm einfach im Hals stecken geblieben, Widerhaken aus Vokalen und Konsonanten.

Es war Frühling, als Maggie entführt wurde, und obwohl er sich dessen nicht bewusst war, nicht bewusst sein konnte, hat ihm der Entführer gleich zwei Kinder genommen. Nur, dass es beim zweiten ein Verlust auf Raten war. Jeffrey ist nicht auf einen Schlag verschwunden, sondern nach und nach.

Aber damals, in dieser einen Nacht im Frühling, hat es angefangen. Es war Samstag. Am unendlich schwarzen Himmel hing ein knochenweißer, aufgeblähter Vollmond.

Und Ian saß hinter dem Steuer seines teilrestaurierten '65er Ford Mustang. Sein Vater hatte den Wagen gekauft, als Ian siebzehn war und noch bei seinen Eltern in Venice Beach lebte. Das wäre doch eine nette Sache, meinte sein Vater, das Auto zusammen auf Vordermann zu bringen. Und tatsächlich unternahmen sie ein paar Ausflüge zum Schrottplatz in Downy, wo sie einen passenden Kotflügel, einen grau grundierten Kofferraumdeckel und eine Rückleuchte aufstöberten. Nur leider kam ihnen etwas dazwischen: Ians Vater nahm sich das Leben. Drei Monate, nachdem er den Mustang erworben hatte, hielt er es für eine gute Idee, sich den Lauf einer Schrotflinte in den Mund zu stecken und abzudrücken. Ian fand ihn auf dem Boden im Schlafzimmer, als er von der Schule heimkehrte.

Doch in dieser Nacht, der Frühlingsnacht, in der Maggie entführt wurde, saß Ian hinter dem Steuer, Debbie neben sich, die Fenster des Wagens heruntergekurbelt. Er genoss den kühlen Wind in seinem Gesicht, während er dem Radio lauschte: »Love Comes in Spurts« von Richard Hell. Debbie trug ein enges Sommerkleid, ihre großen Brüste quollen über den Rand des Dekolletés. Als er mit der rechten Hand über die Mittelkonsole griff und sanft die Innenseite ihres Oberschenkels streichelte, spreizte sie leicht die Beine.

»Bin ich froh, dass wir uns den Abend gegönnt haben«, sagte er. Gerade fuhren sie die Crockett Street entlang, auf dem Weg von Morton's Steakhouse nach Hause. Endlich wieder mal ein Abendessen zu zweit. »Hat Spaß gemacht.«

Debbie nahm sachte seine Hand, schob sie an der Innenseite ihres Schenkels hinauf, unter ihr Kleid, an ihren Slip. Durch den Stoff hindurch spürte er ihr kratziges Schamhaar und ihre heiße, angenehm klebrige Feuchtigkeit.

Dabei dachte er an ein Erlebnis aus seiner Kindheit in Venice Beach: Er war elf oder zwölf Jahre alt, sein Vater hatte noch den Surfladen. Damals ging er immer zum Strand, um mit den älteren Jungs herumzuhängen und vielleicht ein Bier zu schnorren. Eines Tages fiel ihm ein Mädchen auf, sie war so um die zwanzig – sie trug einen Bikini, und zu beiden Seiten des Höschens schauten ihre Schamhaare hervor. Weil sie gerade aus dem Wasser kam, schmiegte sich der Stoff eng an ihren Körper, und er konnte den leicht gekräuselten Hügel zwischen ihren Beinen sehen. Es war ein fremdartiger, seltsamer und sehr aufregender Anblick. Er wusste nicht, was da mit ihm passierte, aber er verzog sich sofort ins Meer, wo ihn niemand sehen konnte, und holte sich einen runter, zu dem Bild, das noch ganz frisch in seinem Kopf war. Er spritzte einfach so ins Wasser ab, und auch das fand er ziemlich geil. Obwohl es schon ewig her ist, erregt ihn der Gedanke an dieses Mädchen bis heute, an ihre rätselhafte, kaum zu begreifende Sexualität. Wie das Mädchen, mit dem er zum ersten Mal Sex hatte, mit vollem Namen hieß, weiß er nicht mehr – Jennifer irgendwas –, nicht mal ihr Gesicht kann er sich ins Gedächtnis rufen. Aber diesen Tag am Strand, vier oder fünf Jahre vor Jennifer irgendwas, hat er nie vergessen. Er erinnert sich an jedes Detail.

Er blickte auf und sah Debbie in die Augen.

»Der Abend hat gerade erst angefangen«, sagte sie und lächelte. »Das Beste kommt noch.«

Nachdem er sie ein letztes Mal gestreichelt hatte, musste er die Hand wohl oder übel zurückziehen, um rechts in die Crouch Avenue und kurz darauf links in den Grapevine Circle einbiegen zu können. Rechts lag glitzernd der Speichersee von Bulls Mouth, der riesige Mond und die Sterne spiegelten sich im Wasser und wirkten wie leuchtende Fische. Als sie der scharfen Rechtskurve der Straße folgten, sah er einen Streifenwagen in zweiter Reihe vor ihrem Haus parken. Blaulicht blitzte durch die Nacht.

»Sind die etwa bei uns?«, fragte Debbie.

»Oh Gott.«

»Nur die Ruhe. Ist bestimmt nichts Schlimmes.«

»Ich *bin* ruhig.«

Trotzdem raste er die Straße in halsbrecherischer Geschwindigkeit hinunter, riss dann das Lenkrad nach rechts und stieg knapp vor der Nummer 44 und dem geparkten Streifenwagen gleichzeitig auf Kupplung und Bremse. Als er den Fuß von der Kupplung nahm, soff der Motor ab. Er riss den Schlüssel aus der Zündung, stieß die Tür auf und sprang aus dem Wagen. Debbie kam schon von der Beifahrertür herüber.

Die Kühlung surrte unter der Motorhaube. Das Rauschen des Verkehrs auf dem Interstate 10. Tagsüber bemerkte man es kaum, doch in der Stille der Nacht war es deutlich zu hören. Ein leises Bellen im Westen, Pastor Wardens Hunde. Einige Nachbarn standen auf ihren Verandas und glotzten mit offenem Mund herüber. Ian hasste jeden Einzelnen von ihnen. Und sich selbst. Und Debbie.

Es war ihre Schuld. Sie hätten Maggie niemals mit Jeffrey allein lassen dürfen. Doch Ian hatte auf dem Abend zu zweit bestanden, und Jeffrey war ja auch schon vierzehn, eigentlich alt genug, um auf seine kleine Halbschwester aufzupassen. Aber wenn ihr irgendetwas passiert war, würde er es sich nie …

Jeffrey stand auf dem Rasen vor dem Haus im gelben Lichtkegel der Verandabeleuchtung und sprach mit Chief Davis. Offenbar hatte es der alte Chief für nötig erachtet, seinen Whiskyschlaf zu unterbrechen und sich persönlich hierherzuschleppen. Kein gutes Zeichen. Davis machte sich Notizen, während Jeffrey redete. Jeffreys Augen waren gerötet, er wischte sich ständig mit dem Handrücken über die Nase.

»Was ist passiert?«, rief Ian schon aus ein paar Metern Entfernung. »Wo ist Maggie?«

Jeffrey und Davis drehten sich um und sahen ihn schweigend an.

»Wo ist Maggie?«

Immer noch keine Antwort.

Er packte Jeffrey an den Schultern und schüttelte ihn. Seine Finger bohrten sich tief in das weiche Fleisch. »Wo ist Maggie? Wo ist sie?«

»Liebling«, sagte Debbie. »Hör auf.«

»Ian.« Als er Davis' Hand auf seiner Schulter spürte, fuhr er herum und stieß sie weg. Der Chief blinzelte hinter seiner eulenhaften Brille, rieb sich den Schnurrbart und schob den Stetson nach hinten. Dann hakte er die Daumen in die Hosentaschen, begann auf den Fersen seiner Stiefel zu wippen und schaute zur Seite. Debbie schaute nicht zur Seite.

»Fasst mich nicht an!«, schnauzte Ian, ohne genau zu wissen, wen er überhaupt meinte, und wandte sich wieder an seinen Sohn. »Jeffrey. Wo ist Maggie?«

Als Jeffrey den Blick hob, sah Ian die Angst in seinen Augen. Sie brannten vor Panik, die hinter den Pupillen tanzte wie Flammen hinter dunklen Fenstern. Schnell sah Jeffrey wieder auf seine Füße. Er trug Hausschuhe aus blauem Cord, deren Stoff vom Gehen durch das nasse Gras dunkel angelaufen war. Sie hatten ihm die Hausschuhe letztes Jahr zu Weihnachten geschenkt. Debbie hatte sie in der Drogerie gesehen und mitgenommen, als sie ein Rezept für Antibiotika eingelöst hatte, und zu den anderen Geschenken in das Paket geworfen, das sie alljährlich nach Kalifornien schickten, zusammen mit einer höflichen, aber distanzierten Grußkarte für Lisa, Jeffreys Mutter und Ians zweite Frau.

»Sie ist weg«, sagte Jeffrey schließlich. Dabei starrte er weiter auf seine blauen Hausschuhe.

»Weg?« Ian hatte mit allem gerechnet. Dass sie sich verletzt, den Arm gebrochen, die Finger auf der Herdplatte verbrannt oder sich schlimm geschnitten hatte – aber einfach weg? Was sollte das heißen? Sein Verstand scheiterte an diesem einen kleinen Wort.

Jeffrey nickte, ohne aufzublicken.

»Wie, weg?«

Ein hilfloses Schulterzucken. »Ich ... Ich weiß nicht ... Ich hab sie ins Bett gebracht und *David Letterman* geschaut ... Und auf einmal war da so ein Lärm in ihrem Zimmer, ich dachte, sie ist wieder aufgestanden. Also hab ich gerufen, sie soll ruhig sein und schlafen gehen, ich ... ich hab ziemlich rumgebrüllt. Dann ist es sehr still geworden, und ich hab ein schlechtes Gewissen bekommen, weil ich so geschrien habe. Deshalb bin ich zu ihr, um nach ihr zu schauen und mich zu entschuldigen, falls sie beleidigt war, aber da war sie schon ...« Er befeuchtete sich die Lippen. »Sie war weg.« Jeffrey blickte kurz auf und sofort wieder zu Boden.

Wortlos ging Ian zum Haus, vorbei an Jeffrey und Chief Davis, den er dabei an der Schulter streifte. Er ging hinein und geradewegs in Maggies Zimmer. Das nun nicht mehr Maggies Zimmer ist. Das jetzt, in der heutigen, der anderen Welt, die der von damals gar nicht so unähnlich und doch völlig anders ist als sie, den Zwillingen gehört. Debbie und Bill haben es renoviert, gestrichen, einen neuen Teppich verlegen lassen, bis es kaum noch wiederzuerkennen war. Damals war es leer. Er lief zum

Bett und legte die Hand auf die Mulde in der Matratze. Kalt. Nicht mal ein kleines bisschen Wärme war von ihrem Körper geblieben. Unter dem Kissen fand er einen Zahn. Die Zahnfee würde nicht mehr kommen. Zu spät. Er ging zum Fenster; es stand offen, eine leichte Brise bewegte den Vorhang. Der Rahmen des Fliegengitters befand sich noch an Ort und Stelle, das Gitter selbst war herausgeschnitten. Ein paar einzelne Fäden zitterten in der Luft, der Rest lag draußen im Gras. Bei jedem Windstoß blähte sich das Netz wie ein lebendiger Schatten.

»Ian«, hörte er Davis in seinem Rücken sagen. »Du solltest besser nicht drin sein. Ich hab Sheriff Sizemore gebeten, ein paar Leute aus Mencken rüberzuschicken. Um die Spuren zu sichern.«

Ian nickte, ohne sich umzudrehen. Er starrte hinaus in die Nacht. Ein erneuter Windstoß, das Fliegengitter bewegte sich. Nach einer Weile hörte er, wie Davis den Raum verließ. Ein paar Sekunden später riss er sich vom Fenster los und folgte ihm.

Damals war er achtunddreißig, heute ist er fünfundvierzig, obwohl er sich manchmal älter vorkommt. Drei Ehen, eine Abtreibung, zwei Kinder (einen Sohn, mit dem er zuletzt vor drei Jahren gesprochen hat, eine Tochter, die mehr als doppelt so lange verschwunden war), sieben Knochenbrüche (vier Finger, das Schlüsselbein, die Nase, ein Zeh), eine Schussverletzung, vier Autounfälle, drei tote Haustiere, zwei tote Eltern. Ja, manchmal kommt er sich wirklich älter vor.

Wirft man einen Blick über die Schulter auf das ganze Gepäck, das man sein Leben lang mit sich herumschleppt, kann man schon mal ans Aufgeben denken.

Jeden Morgen ist es dasselbe: Er wacht auf und kann den Hals nicht richtig drehen, in der rechten Hand spürt er einen ersten Anflug von Arthrose, das rechte Knie ist so stark geschwollen, dass er es die erste Stunde über gar nicht beugen kann, sein Rücken tut weh, und sein Kopf ist voller Erinnerungen, von denen er schon lange nichts mehr wissen will. Jeden Morgen wacht er auf, duscht sich, zieht sich an. Er rasiert sich nur jeden zweiten Tag, denn er ist blond und kann es sich daher leisten, in dieser Hinsicht ein bisschen faul zu sein. Danach isst er zwei hart gekochte Eier (manchmal auch ein Toast) und trinkt einen Becher Kaffee. Dann auf zur Arbeit, acht Stunden lang herumsitzen, Solitär spielen und Anrufe entgegennehmen. Wenn irgendwo Verstärkung benötigt wird und es nicht allzu weit entfernt ist, fährt er auch mal selbst zu einem Einsatz (daher das Blaulicht im Handschuhfach seines Wagens). Auf dem Papier ist er ein echter Polizist, er geht jeden Tag in Uniform aus dem Haus – aber nur, weil der Stadtrat keinen Zivilisten für die Leitstelle anheuern wollte. Die meiste Zeit hockt er im Büro und telefoniert. Manchmal sind die Anrufe nicht ohne: Ehemänner, die beim Pferdefüttern zusammenbrechen oder versuchen, ihre Pferde zu beschlagen, und dabei einen Huftritt abbekommen; Söhne, die sich versehentlich einen Finger absägen; Hausfrauen, die sich einen Eimer ätzender Lauge über das Kleid kippen. Und wenn ein solcher Anruf reinkommt, lässt der nächste nie lange auf sich warten. Fast immer häufen sich die schlechten Nachrichten, als hätte ein böser Wind das Unglück in die Stadt getragen. Nach solchen Tagen fühlt Ian sich völlig leer, ausgehöhlt wie ein Kürbis zu Halloween. Am Ende der Schicht fährt er heim zu den Skyline Apartments, stellt den Wagen ab, schließt sich in seiner Wohnung ein und schaut fern. Sitcoms. Dabei leert er exakt sechs Flaschen Guinness, dazu freitags noch ein Glas Scotch (meistens Laphroaig), bis er nach ein paar Stunden auf der Couch einschläft.

Wiederum fünf oder sechs Stunden später wacht er auf, und das Spiel beginnt von Neuem.

Doch heute ist alles anders. Normalerweise macht er um vier Uhr Schluss; heute verlässt er seinen Platz schon um Viertel nach drei.

Er steht auf und geht rüber in den Empfangsraum.

Wie erwartet döst Chief Davis auf seinem zurückgekippten Stuhl, mit den Stiefeln auf dem Tisch, den Stetson über die Augen gezogen. Die Leute halten ihn für faul, aber immerhin ist er vierundzwanzig Stunden täglich im Dienst und muss sich die Nacht oft genug mit besoffenen Idioten und gewalttätigen Ehemännern um die Ohren schlagen. Ian kann es ihm daher nicht verübeln, dass er schläft, wann immer sich die Gelegenheit bietet.

»Chief«, sagt er.

Davis stöhnt und wischt sich einen Speicheltropfen aus dem Mundwinkel.

»Chief.«

Jetzt richtet er sich auf, schiebt den Stetson nach hinten, reibt sich die Augen und zieht die Brille aus der Hemdtasche. Nachdem er sich noch einmal mit den Handflächen über das Gesicht gefahren ist und kurz geblinzelt hat, mustert er Ian.

»Ian.«

»Da ist gerade ein Anruf reingekommen.«

»Was für ein Anruf?«

»Maggie hat angerufen.«

»Maggie?« Ein Blinzeln. Noch ein Blinzeln. »Deine *Tochter?*«

Ian nickt.

»Bist du dir sicher?«

Ian nickt noch einmal. »Sie hat von einem Münztelefon vorm Main Street Shopping Center angerufen. Sie lebt. Diego ist schon auf dem Weg, die Jungs vom County auch, aber ich will selber hin. Kannst du mich kurz vertreten?«

»Nein. Du weißt doch, ich muss mich um Sizemore kümmern. Soll sich Thompson ans Telefon setzen.«

Steve Thompson ist der zweite reguläre Officer der Tagschicht bei der Polizei von Bulls Mouth. Soweit Ian es beurteilen kann, ist er kein schlechter Polizist – zumindest solange etwas los ist. Andernfalls verdrückt er sich gerne mal. Ab vier Uhr nachmittags sind nur noch zwei Mann im Dienst, eine der drei Teilzeitkräfte am Telefon und ein Officer im Streifenwagen. Und im Notfall natürlich Chief Davis. Von vier Uhr bis Mitternacht ist Armando Gonzales im Einsatz; er hat die Schicht vor Kurzem von Diego Peña übernommen, der sich rasch hochgearbeitet hat: vom Telefondienst in Teilzeit zur Vollzeitkraft in der Tagesschicht. Von Mitternacht bis acht Uhr hält Ray Watkins die Stellung.

Ian nickt ein drittes Mal. »Auch gut. Wo ist er?«

»Hinten im Hof. Wäscht meinen Pick-up. Sag ihm, er soll sich ans Telefon setzen, und dann nichts wie weg hier.«

Ian nickt ein letztes Mal.

»WAS HAST DU AN?«

»Was?« Maggie blickt sich um – und sieht, wie der grüne Ford Ranger auf sie zurast. Hinter der Windschutzscheibe erkennt sie Henrys riesenhaften Schatten. Er beugt sich über das Lenkrad wie ein Bär über seine Beute. »Er kommt!«

»Maggie, was hast du an?«

»Ein ... ein Kleid, ein blaues Kleid mit rosa Blumen drauf!«

Mit quietschenden Reifen fährt der Pick-up auf den Parkplatz. Am Boden bleibt eine dunkle Spur zurück, es stinkt nach verbranntem Gummi. Während der Motor weiterläuft, öffnet sich die Tür. Maggie hört Henrys Stiefel hinter sich auf dem Asphalt. Sie blickt über die Schulter zurück. Mit gewaltigen Schritten marschiert er auf sie zu und flucht dabei vor sich hin. Seine Arme hängen seitlich herab, seine Fäuste öffnen und schließen sich.

Öffnen und schließen sich, öffnen und schließen sich, öffnen und ...

»Weißt du, wie der Mann heißt?«

»Er heißt H...«

Weiter kommt sie nicht. Henry packt sie an der Hüfte. Als sie schreit, legt er ihr die Hand vor den Mund und zerrt sie zurück, weg vom Telefon. Sie versucht, sich am Hörer festzuhalten, sie will bei Daddy bleiben, oh Gott, das war Daddy, sie will unbedingt bei ihm bleiben, doch ihre schweißnassen Finger rutschen ab, und der Hörer schwingt an der Schnur zurück und kracht gegen ein Telefonbuch, das an einem Eisenring befestigt ist. Sie versucht erneut zu schreien, aber es geht nicht, sie kann Henrys Hand nicht abschütteln, der Schrei kann nicht heraus.

Maggie tritt mit den Füßen und kratzt mit ihren Nägeln, sie klammert sich an Henrys Finger, um sie einzeln zu lösen, sie krümmt ihren Körper, um den Entführer beißen zu können, aber sie hat keine Chance. Er trägt sie einfach zum Pick-up.

»Tu das nie wieder, du kleines Miststück«, sagt er. »Tu das nie wieder.«

Damit schleudert er sie durch die offene Fahrertür ins Wageninnere. Sie schlittert der Länge nach über den beigen Plastikbezug der Sitze und knallt mit dem Kopf gegen die Beifahrertür, rappelt sich dann wieder auf und blickt sich um. Zuerst ist sie völlig orientierungslos, sie kommt sich vor wie im Traum – bis sie die offene Tür sieht. Da ist ihr wieder klar, wo sie ist und was sie zu tun hat. Sie krabbelt auf die Tür zu Richtung Freiheit.

Doch im nächsten Moment wird die Öffnung von Henrys massigem Körper verdunkelt. Er schiebt sich auf den Fahrersitz, schlägt die Tür zu, löst die Handbremse und steuert den Pick-up auf die Straße. Maggie schaut aus dem Fenster: Der Telefonhörer baumelt immer noch an der Schnur. Daddy.

Instinktiv zerrt sie am Türöffner und drückt die Tür auf. Sie will rausspringen, solange der Wagen noch nicht so schnell ist, doch auf der Straße steigt Henry aufs Gas, und der Schwung schlägt die Tür wieder zu. Als sie die Finger wegzieht, um sich die Hand nicht einzuquetschen, erwischt Henry sie hinten am Kleid, reißt sie zurück und verpasst ihr eine Ohrfeige.

»Lass das, verdammt noch mal!«

Wütende, verzweifelte Tränen strömen ihr übers Gesicht. »Ich hasse dich.«

»Halt's Maul, Sarah!«

»Ich heiße Maggie.«

»Maul halten, verdammt noch *mal!*« Die letzte Silbe unterstreicht er mit einer weiteren schallenden Ohrfeige.

»Halt doch selbst das Maul!«, schreit sie – und geht auf ihn los. Sie will ihm das dumme Gesicht zerkratzen, sie trommelt mit den Fäusten auf seiner Brust, auf seinem Hals. Henry hält sie mit der rechten Hand auf Abstand und lenkt mit der linken. Als er nach ihrem Nacken greift, schlägt sie ihre Zähne in das weiche Gewebe zwischen Daumen und Zeigefinger seiner Hand. Mit einem Schrei zieht er die Hand zurück, während sie, den salzigen, verschwitzten Blutgeschmack auf ihrer Zunge spürend, ausspuckt, sich mit dem Handrücken über den Mund wischt und erneut zum Angriff übergeht. Doch er stößt sie mit aller Kraft zurück, und Maggie wird quer über den Sitz geschleudert und knallt mit dem Hinterkopf gegen das Beifahrerfenster.

An der Abzweigung zur Crouch Avenue bricht der Pick-up seitlich aus, rollt knapp fünfzig Meter in Schlangenlinien über die zweispurige Straße und kracht dann in den Maschendrahtzaun um Pastor Wardens Dackelzucht. Zwei Zaunabschnitte, die nur von einem Stück Draht zusammengehalten wurden, rollen sich, als der Draht durchtrennt wird, wie der Deckel einer Sardinendose zurück. Ein kurzes, ohrenbetäubendes Kratzen und Knarren ist zu hören, bevor die Bremsen blockieren und Maggie gegen das Armaturenbrett geschleudert wird. Von dort rutscht sie auf den Boden.

Der Pick-up schlittert noch ein paar Meter über die Erde und kommt schließlich zum Stehen.

Sofort legt Henry den Rückwärtsgang ein, blickt sich um und steuert zurück auf die Straße. Noch einmal kratzt Metall über

Metall, dann holpert der Pick-up die Böschung hinauf, und schon haben sie wieder Asphalt unter den Rädern.

Maggie rappelt sich auf und geht erneut zum Angriff über.

Wieder wird sie von Henry zurückgestoßen, wieder knallt sie mit dem Kopf gegen die Scheibe, doch diesmal tut es noch mehr weh, und ihr wird schwindlig und übel. Das Innere des Pick-ups verschwimmt vor ihren Augen, sie kippt zur Seite, vielleicht muss sie sich gleich übergeben. Am Hinterkopf scheint sie eine Platzwunde zu haben, denn im Nacken spürt sie warme Nässe.

Als sie nach der Wunde tastet, schlägt Henry wieder zu. Seine Faust trifft sie zwischen Ohr und Schläfe – eine seiner Lieblingsstellen, denn dort kann Beatrice den blauen Fleck nicht sehen. Maggie hat das seltsame Gefühl, in etwas Dickflüssigem zu versinken. Dann spürt sie überhaupt nichts mehr. Alles um sie herum wird schwarz.

HENRY LEGT DEN VORWÄRTSGANG EIN und steigt aufs Gas. Gehorsam setzt sich der Pick-up in Bewegung. Als er in den Rückspiegel schaut, sieht er, wie gut zwei Dutzend Dackel durch die Lücke im Maschendrahtzaun entkommen. Gut möglich, dass er sich später dafür verantworten muss, denn der ganze Wagen ist für jeden sichtbar zerkratzt. Aber egal, sollte man ihm dadurch tatsächlich auf die Schliche kommen, wird er einfach sagen, er hätte einen über den Durst getrunken. Dazu setzt er dann ein breites Lächeln auf und murmelt eine aufrichtige Entschuldigung, und falls Chief Davis persönlich an die Tür klopft, wird er hinzufügen: »Soll nicht wieder vorkommen, Chief. Vielleicht schau ich bald mal bei dir im Laden vorbei, dann verkauf ich dir den Wagen. Viel wird er wohl nicht mehr bringen, ist ja ziemlich hinüber. Und grüß Pastor Warden von mir, sag ihm, es tut mir leid. Selbstverständlich komm ich für den Schaden auf.

Ach ja, hast du grad was im Angebot? Einen neuen Gebrauchten vielleicht?« Damit sollte das Problem aus der Welt sein, sofern es sich überhaupt zu einem echten Problem entwickelt. Einfach mal abwarten.

Worum sich Henry eher sorgt, sind mögliche Zeugen im Main Street Shopping Center. Was dort passiert ist, lässt sich nicht so leicht erklären.

Über die Jungs im Horizon Video muss er sich wohl nicht den Kopf zerbrechen. Die sitzen bloß den ganzen Tag im Hinterzimmer, rauchen Gras und glotzen Pornos. Nur wenn die Türglocke läutet, watet einer von ihnen durch den Marihuanadunst zur Theke und steht sich die Beine in den Bauch, während die Laufkundschaft durch die Regalreihen wandert. Der Friseur hat sonntags und montags sowieso geschlossen. Bleiben der alte Schuster neben Horizon Video, die Reinigung und Bill's Liquor. Letzterer dürfte auch kein Problem sein, außer es waren gerade Kunden im Laden. Und so kommt Henry zu dem Schluss, dass ihn vielleicht – aber nur vielleicht – wirklich niemand gesehen hat.

Aber was bringt es, darüber nachzugrübeln? Entweder wurde er gesehen oder er wurde nicht gesehen. Wenn ja, wird er sicher bald davon erfahren. Sich nun den Kopf zu zerbrechen ist überflüssig wie ein Kropf.

Er spürt ein saures Brennen in der Kehle. Schnell zieht er eine Rolle Magentabletten aus der Hemdtasche. Er klaubt einen Fussel von der Folie, rollt die Folie zurück und drückt sich zwei von den geschmacklosen, kreideartigen Dingern in den Mund.

Während er vor sich hin kaut, wirft er einen Blick auf Sarah. Sie ist immer noch bewusstlos, inzwischen ist ihr Kopf ans Beifahrerfenster gesunken. In ihren Haaren glänzt eine dünne Blutspur, ein paar tiefrote Tropfen haben sich unter ihrem Kinn gesammelt und sind auf die beigefarbene Armlehne gefallen. Gerade löst sich ein weiterer Tropfen.

»Verdammtes Miststück«, sagt er. »Glaub ja nicht, dass ich mit dir schon fertig bin.«

Er pult mit der Zunge in den Backenzähnen, wo ein paar Krümel der kreideähnlichen Masse kleben geblieben sind, und schaltet runter in den zweiten Gang. Kurz darauf setzt er den Blinker – klick klack, klick klack – und steuert auf die geschotterte Einfahrt.

Der Pick-up brettert über den Kies, Steinchen spritzen von den Reifen.

Als er mit Sarah auf dem Arm ins Haus kommt, steht Beatrice in der Küche und reibt Karotten in eine Schüssel mit rohem Hackfleisch. Sie dreht sich um, ihr Blick wandert von ihm zu dem leblosen Mädchen, und ein besorgtes Grunzen dringt aus ihrer Kehle.

»Was ist passiert?«

»Ist hingefallen.«

»Blutet sie etwa?«

»Sieht so aus.«

»Warum ist sie denn hingefallen?«

»Gestolpert. Was denkst du denn?«

Beatrice schweigt. Henry geht an ihr vorbei zur Kellertreppe, stößt mit dem Fuß die Tür auf und bringt Sarah nach unten.

IAN LÄSST SICH AUF DEN FAHRERSITZ seines Ford Mustang rutschen und schließt die Tür.

Aus dem Aschenbecher ragt ein gut sieben Zentimeter langer Zigarrenstummel. Er nimmt ihn heraus, rammt sich das abgekaute Ende zwischen die Zähne und zündet ihn sich an. Dabei schielt er zum vorderen Ende und saugt, bis es hellorange glüht und raucht. Dann kurbelt er das Fenster herunter, bläst einen dünnen Rauchfaden ins Freie und spuckt einen Tabakkrümel auf den Asphalt, steckt die Zigarre wieder in den Mund, rollt sie zwischen den Lippen und startet den Motor.

Automatisch schaltet sich das Radio ein, aber auf Musik hat er jetzt keine Lust. Er dreht den Ton ab, zieht die Sonnenbrille aus dem Hemdausschnitt und schiebt sie sich ins Gesicht, eine Brille mit großen, verspiegelten Gläsern, wie sie Cops im Fernsehen tragen. Das übliche Abschiedsgeschenk an der Akademie.

Schweiß rinnt ihm über die Wangen und tropft auf sein Hemd. Über ihm hängt die grellweiße Sonne in einem Himmel aus blauem Glas. Als er den Rückwärtsgang einlegt, verbrennt er sich am schwarzen Plastik des Schalthebels. Schnell zieht er die Hand zurück und wedelt mit den Fingern in der Luft. Jeden Tag dasselbe. Man sollte meinen, er würde irgendwann daraus lernen. Nach einem kurzen Blick über die Schulter setzt er rückwärts aus der Parklücke. Dabei versucht er, das Lenkrad so wenig wie möglich zu berühren, um sich nicht schon wieder zu verbrennen. Aber ohne Servolenkung ist das quasi unmöglich.

Nachdem er sich noch einmal über die Stirn gewischt hat, schaltet er in den ersten Gang und lenkt den Mustang auf die Straße.

Aber was will er eigentlich im Main Street Shopping Center? Chief Davis hat einen guten Grund hinzufahren – er muss die Kooperation mit Sheriff Sizemore regeln. Für Kapitalverbrechen ist das Sheriff's Department von Tonkawa County zuständig, die städtische Polizei soll dabei nur Hilfestellung leisten. Und diese Regelung ergibt durchaus Sinn, denn das Sheriff's Department verfügt über Forensiker, Detectives und eine professionelle Spurensicherung und kann darüber hinaus seine Beziehungen spielen lassen. Die Stadt dagegen bringt es nur auf neun Officers (drei davon in Teilzeit), drei Streifenwagen, die sie in Houston nicht mehr haben wollten (ein Ölwechsel und eine frische Lackierung, und die Karren waren wieder wie neu), und ein mickriges Polizeirevier mit einer einzigen Arrestzelle, das kleiner war als die meisten der Wohnhäuser hier.

Außerdem ist Ian schon seit über zehn Jahren kein richtiger Cop mehr, seit seiner Schussverletzung im Knie, wegen der ihn Debbie überredet hat, nach Bulls Mouth zu ziehen, in ihre Heimatstadt, wo es doch viel ruhiger und sicherer sei als in Los Angeles. Vor allem Maggie würde der Ortswechsel guttun, denn dort könne sie in einer friedlichen Umgebung aufwachsen, und er selbst müsse sich keine Sorgen mehr machen, sich eine weitere Kugel einzufangen.

Stimmt schon. Es gibt keinen Grund für ihn, ins Main Street Shopping Center zu fahren. Wahrscheinlich ist er dort völlig überflüssig.

Aber das ist ihm egal. Er will genau an dem Ort stehen, wo seine Tochter gestanden hat. Bestimmt wird er ihre Gegenwart spüren, wenn auch nur wie einen vagen Duft. Natürlich weiß er, dass sie schon weg war, als Diego auf dem Parkplatz angekommen ist. Doch Ian will sie spüren, will fühlen, dass sie nicht tot ist.

Kurz darauf biegt er von der Crouch Avenue rechts in die Wallace Street ein, passiert die Post, die Feuerwehr und die Bulls Mouth Highschool, wo längst Sommerferien sind, und fährt links in die Hackberry Street. Fünf Minuten später hat er den Parkplatz des Main Street Shopping Center erreicht. Er hält direkt neben Diegos Streifenwagen und einem Schild mit der Aufschrift:

PARKPLATZ NUR FÜR KUNDEN DER REINIGUNG
WIDERRECHTLICH ABGESTELLTE
FAHRZEUGE WERDEN ABGESCHLEPPT

Diego Peña steht vor dem Münztelefon und dreht sich eine Zigarette. Er ist halb Spanier, halb Apache – auffällig schlank gebaut, mit gewelltem schwarzem Haar und sonnengebräunter Haut. Sein Gesicht ist übersät mit einer Reihe kleiner, knotiger Narben, ein Andenken an einen Einsatz vor fünf Jahren, als er noch Nachtschicht geschoben hat. Die alte Geschichte: Gewalt in der Ehe.

Damals wohnten Jimmy Block und seine Frau Roberta noch zusammen in einem Haus im Südteil der Stadt, gleich hinter der Clamp Avenue. Ein Nachbar hatte angerufen, der Lärm sei unerträglich. Diego klopfte an die Tür, Roberta öffnete ihm. Eine Maske aus Blut bedeckte die untere Hälfte ihres Gesichts, um ihr linkes, tränennasses Auge hatte sich eine Schwellung gebildet, die entfernt an den abnehmenden Mond erinnerte. Währenddessen saß Jimmy schweigend am Esstisch. Als Diego rübergging, um ihn mitzunehmen und seiner Frau zumindest eine Nacht Ruhe zu verschaffen – immerhin war er diesen Monat schon zum dritten Mal hier –, schnappte sich Jimmy eine Rolle Stacheldraht, die vor ihm auf dem Tisch lag. Eigentlich wollte er damit am nächsten Tag die Regenwurmzucht hinter seinem Angelladen einzäunen, damit sich die Kinder auf dem Weg zum Speichersee nicht mehr einfach so von seinem Eigentum bedienen konnten; stattdessen schleuderte er den Stacheldraht auf Diegos Gesicht. Ein Stachel bohrte sich knapp einen Zentimeter neben seinem linken Auge in die Haut. Jimmy kam nicht für eine Nacht hinter Gitter, sondern für sechs Monate.

Und Roberta nutzte die Gelegenheit, um sämtliche Schlösser auszutauschen und die Scheidung einzureichen.

Ian steigt aus dem Wagen, hinein in die Hitze des Nachmittags. Er schnippt die Asche vom Ende der Zigarre, steckt sich den Stummel zurück in den Mund und kaut darauf herum.

Während Chief Davis hinter Ian auf den Parkplatz fährt und den Wagen neben seinem Mustang abstellt, blinzelt Diego in seine Richtung. »Alles in Ordnung mit dir?«

»Nein. Bewachst du das Telefon?«

»Ja. Könnten schließlich Fingerabdrücke drauf sein. Der Sheriff schickt vermutlich ein paar Jungs vom County vorbei, um das Ding abzupinseln.«

»Wollte denn irgendwer telefonieren?«

Diego schüttelt den Kopf. »Hast du Lust, später zum Abendessen vorbeizukommen? Cordelia würde sich freuen.«

»Danke, aber mir ist jetzt nicht nach Gesellschaft.«

»Bist du sicher, dass du heute Abend allein sein willst?«

»Ja.«

Chief Davis stellt sich neben Ian und legt ihm eine Hand auf die Schulter. »Ich schau mich mal nach Zeugen um, bevor sich Sizemore auf die Leute stürzt und alles versaut.«

»Ich komm mit.« Ian lässt die Zigarre fallen und zerdrückt sie mit dem Absatz auf dem Boden.

»Die Einladung steht«, sagt Diego.

»Ja, danke.«

Ians Blick bleibt an dem Münztelefon hängen. Er weiß nicht, warum, aber am liebsten würde er sich den Hörer ans Ohr pressen – als wäre Maggie noch da, als könnte er noch einmal ihrer Stimme lauschen. Sie war erst vor Kurzem hier. Von diesem Telefon aus hat sie ihn angerufen.

»Okay«, meint Davis. »Dann hören wir uns mal ein bisschen um.«

Zuerst nehmen sie sich den kleinen Schusterladen vor. Auf den Regalbrettern an der Wand warten Schuhe, die zur Reparatur abgegeben und nie abgeholt wurden: weiße Lederslipper mit Goldschnallen, fein gemusterte Schlangenlederstiefel, frisch besohlte Budapester und niedrige Rodeostiefel, alle mit weißen, in blauer Tinte beschrifteten Preisschildern versehen.

Hinter der Theke am Ende des schmalen Raums steht ein alter Mann mit gebeugten Schultern und einem knorrigen Gesicht wie ein Kerngehäuse, das längere Zeit in der Sonne gelegen hat. Als er sie mit einem strahlenden Lächeln begrüßt, gerät der obere Teil seines schlecht sitzenden Kunstgebisses ins Rutschen. Schnell schlägt er die Kiefer aufeinander – *klack!* – und kaut auf den Prothesen herum, um sie wieder halbwegs in Position zu bringen. Seine Hände ruhen auf der hölzernen Arbeitsplatte, schwarze Schuhcreme klebt in den fein gekräuselten Hautfalten seiner Daumen und unter den Fingernägeln. Ein glänzendes Putztuch liegt griffbereit zu seiner Rechten, neben einer Dose Politur und einem Paar blitzsauberer Schuhe.

Als er das Gebiss gerichtet hat, fragt er: »Womit kann ich dienen?«

Gleichzeitig senkt sich sein Blick von ihren Gesichtern auf ihre Füße. Kein Zweifel, die Schuhe sind der Maßstab, nach dem er die Menschen bewertet. Er runzelt die Stirn. Offensichtlich erfüllen weder Ian noch Chief Davis seine Mindestanforderungen.

»Einmal Schuhe putzen vielleicht?«

»Haben Sie draußen einen Tumult mitbekommen?«, fragt Davis. »Vor etwa zehn, fünfzehn Minuten?«

»Einen Tumult?«

»Haben Sie irgendwas gehört?«

»Vielleicht einen Schrei?«, ergänzt Ian. »Oder ein kleines Gerangel?«

Der alte Mann schüttelt den Kopf.

»Gar nichts?«

»Leider nein.«

Ian zieht seinen Geldbeutel aus der rechten Hosentasche und holt das Foto von Maggie heraus. Der Rand des Bildes ist vom vielen Anfassen braun und zerfasert. Einen Moment lang betrachtet er seine lächelnde Tochter; so hat sie damals im Jahrbuch der ersten Klasse gelächelt. Dann legt er das Foto auf die Theke, dreht es herum und schiebt es zu dem alten Mann hinüber.

»Haben Sie dieses Mädchen schon mal gesehen?«

Ohne auf das Foto zu schauen, schüttelt der Schuster den Kopf. Er hat es nicht mal versucht. Stattdessen blickt er mit leeren, unruhigen Augen auf irgendein Nichts in der Mitte des Ladens. »Nein, kenn ich nicht.«

»Und Sie haben auch nichts gehört?«, versucht es Chief Davis noch einmal.

Wieder schüttelt der Alte den Kopf und fasst sich dann an den Bügel seines Hörgeräts. »Vielleicht ist die Batterie alle.«

»Ja, vielleicht.«

»Uns verstehen Sie aber ziemlich gut«, meint Ian.

»Stimmt auch wieder.«

»Und jetzt schauen Sie sich bitte das Bild an.«

»Ich hab Ihnen doch gesagt, ich hab nichts ...«

Ian schlägt mit der flachen Hand auf die Theke. Das laute Klatschen lässt den Schuster zusammenzucken, als hätte man ihm eine Ohrfeige verpasst. »Schauen Sie sich verdammt noch mal das Bild an!«

»Ruhig«, sagt Chief Davis und legt Ian die Hand auf die Schulter. »Warum sollte der Mann uns anlügen?«

Seinen Chef ignorierend, beugt sich Ian über die Theke und starrt dem Alten ins Gesicht, bis dem nichts anders mehr übrig bleibt, als ihm in die Augen zu sehen. Der Schuster wirkt leicht verlegen, hält dem Blick aber für einige Sekunden stand, ehe er den seinen senkt und auf Ians Brust schaut.

»Das ist meine Tochter«, sagt Ian. »Sie ist vor über sieben Jahren verschwunden. Das Bild wurde kurz davor aufgenommen, jetzt sieht sie also ein bisschen anders aus. Sie ist vierzehn, im September wird sie fünfzehn. Vor nicht mal zwanzig Minuten hat sie mich angerufen, von dem Münztelefon direkt vor Ihrem Laden. Deshalb schauen Sie sich jetzt dieses gottverdammte Foto an und sagen mir, ob Sie sie gesehen haben.«

Und tatsächlich blickt der Schuster auf das Foto. Nach einer Weile streckt er die Hand aus und berührt es mit der geschwärzten Spitze seines Zeigefingers, ganz vorsichtig nur, und trotzdem hätte Ian es ihm beinahe aus der Hand gerissen. Er beherrscht sich und verschränkt die Arme hinter dem Rücken, während er zusieht, wie sich das Gesicht des Schusters entspannt, wie seine Augen Halt finden auf dem Foto. Schließlich kratzt sich der alte Mann an der Backe.

»Ich hab sie kaum gesehen«, meint er, ohne aufzuschauen. »Aber ja, könnte sein, dass es dieses Mädchen war.«

»War ein Mann bei ihr?«

»Sie meinen den, der sie mitgenommen hat?«

»Genau. Haben Sie ihn gesehen?«

Der Schuster nickt. »Ja, aber ich kenne ihn nicht. Ich bin ja erst seit vier Jahren hier, und ich habe nur mit den Leuten zu tun, die in meinen Laden kommen.«

»Sie sind ihm also vorher noch nie begegnet?«

»Doch. Ich weiß nicht, wie er heißt, aber ich glaube, ich habe ihn ein paarmal im Albertsons gesehen.«

»Auf einem Foto würden Sie ihn also wiedererkennen?«

Abermals nickt er. »Glaube schon.«

»Über sechzig, graues Haar, Halbglatze, rot geäderte Nase, etwa so groß wie ich. Kommt das hin?«

»Er war dicker als Sie, aber von der Größe her …« Der Schuster hebt den Arm, um die Höhe abzuschätzen. »Ja, könnte passen. Wissen Sie denn schon, wer es war?«

Ian schüttelt den Kopf. »Meine Tochter hat ihn mir beschrieben.«

»War er zu Fuß unterwegs?«, fragt Chief Davis.

Eine kurze Pause. »Nein. Nein, ich hab einen Motor gehört. Aber gesehen hab ich den Wagen nicht, wahrscheinlich hat er seitlich vom Schaufenster geparkt.«

»War es ein normaler Wagen oder ein Pick-up?«, fragt Ian.

»Ian«, wendet Davis ein, »er hat doch gesagt, er hat ihn nicht …«

»Ein Pick-up.« Der Schuster nickt, als habe er eine Bestätigung aus seinem Inneren empfangen. »Ich bin mir sicher.«

»Danke«, sagt Ian. »Sie haben uns sehr geholfen. Später kommt wahrscheinlich ein Kollege vorbei, um Ihnen ein paar Fahndungsfotos vorzulegen. Sollte der Mann nicht dabei sein, müssen Sie vielleicht rauf nach Mencken und den Kollegen helfen, ein Phantombild zu erstellen.« Während er das sagt, greift er über die Theke, nimmt das Foto und steckt es wieder in den Geldbeutel, den er in der Hosentasche verschwinden lässt. »Und falls der Mann wieder auftaucht, rufen Sie uns bitte sofort an.«

»In Ordnung.«

»Mensch, Ian«, sagt Chief Davis draußen vor der Tür, »falls dir die Arbeit in der Leitstelle mal zu langweilig wird, kannst du sofort bei mir im Laden anfangen. Du würdest die Leute bearbeiten, bis sie jede Schrottlaube mitnehmen würden. Ich sag's dir, in einer Woche wär ich ausverkauft. Also überleg's dir, okay?«

Ian nickt. »Nett von dir, Chief.«

Cora Hanscomb von der Reinigung nebenan behauptet, nichts gesehen oder gehört zu haben. Diese Auskunft erteilt sie, ohne den Blick ein einziges Mal vom Fernseher loszureißen. Sie sitzt auf einem Klappstuhl hinter der Theke, ihre Hand wandert ununterbrochen von der Popcorntüte auf ihrem Schoß zu ihrem Mund. Die gelbe Kunstbutter hat ihre Finger mit einer glänzenden Fettschicht überzogen. Der Boden und ihre Hose sind von Popcornkrümeln übersät.

»Gar nichts?«, fragt Ian.

»Nö.«

»Klar, Sie sind ja auch ziemlich beschäftigt, da hat man keine Zeit für so was Banales wie Kidnapping.«

»Hm.«

»Sie haben wohl nicht mal Zeit, mich anzuschauen, wenn ich mit Ihnen rede?«

»Hm.«

»Alles klar. Wissen Sie was? Sie können mich mal.«

»Pass auf, was du sagst.« Nicht mal jetzt blickt sie vom Fernseher auf oder ändert ihre stupide leiernde Tonlage.

Ian stößt die Tür auf. »Fick dich ins Knie.«

Als Nächstes versuchen sie es in Bill's Liquor. Beim Eintreten wirft Ian einen Blick auf Donald Dean, der wie immer hinter der orange laminierten Theke steht. Ein leicht gammelig wirkender, stets gelangweilter Typ um die fünfundvierzig, vielleicht auch schon fünfzig, mit fettigem braunem Haar und einem löchrigen Bart, als hätte eine Katze ihre Krallen daran gewetzt. Darüber, auf Höhe der Wangenknochen, prangen Akne-Narben. Er ist spindeldürr, leichenblass und hat offensichtlich zu viele Zähne im Mund. Wenn er, was selten vorkommt, lächelt, sieht es aus, als würde er eine Grimasse schneiden. Jetzt nickt er Ian zu und greift gleichzeitig in eine Dose mit roten Lakritzstangen, die zwischen einem Glas mit eingelegten Schweinefüßen und einem mit Trockenfleisch steht, zieht eine Stange raus und kaut darauf herum.

Während Chief Davis zur Theke marschiert, geht Ian zum Kühlschrank rechts hinten an der Wand. Nach einem kurzen Blick auf die Auswahl öffnet er die Glastür, die sofort weißlich beschlägt, und nimmt sich ein Sixpack Guinness. Er lässt die Tür zufallen, dreht sich um und geht rüber zu Donald und Chief Davis.

»... gar nichts?«, fragt Davis gerade.

»Nein.«

Davis wendet sich an Ian. »Er hat auch nichts gehört.«

»Vielleicht hat auch bei ihm das Hörgerät schlappgemacht.«

»Was? Ich hab kein ...«

»Vergiss es.« Ian stellt das Sixpack neben die Kasse.

Donald tippt den Preis ein. »Noch was?«

Ians Augen wandern über das Regal hinter der Theke und bleiben knapp unter den harten Schnäpsen an einigen Zigarren- und Zigarettenschachteln hängen. »Gib mir ein paar von den Camachos«, sagt er nach kurzem Überlegen.

Donald dreht sich um und macht sich auf die Suche. »Diplomas?«

»Nein, Maduros. Ganz unten rechts.«

Er schnappt sich die Zigarrenschachtel, gibt den Preis in die Kasse ein und packt sie zusammen mit dem Bier in eine schwarze Plastiktüte. Aller Wahrscheinlichkeit nach sind die Zigarren völlig vertrocknet. Ja, bestimmt schmecken sie nach Hundescheiße, dessen ist sich Ian bewusst. Schließlich ist mittlerweile Hochsommer, und die Zigarrenschachtel liegt seit Frühling im Regal. Aber im Grunde kennt er es gar nicht anders. Eine frische Zigarre wäre direkt ungewohnt.

Während Donald mit Einpacken beschäftigt ist, klappt Ian seinen Geldbeutel auf, zieht Maggies Foto raus und hält es ihm unter die Nase.

»Du erinnerst dich doch an meine Tochter?«

Donald nickt. »Na klar.«

»Ist dir heute ein Mädchen aufgefallen, das ihr ähnlich sieht?«

»Mm-mmh«, verneint Donald und glotzt ihn mit offenem Mund an. In den Zwischenräumen seiner Backenzähne hängen kleine Fetzen rote Lakritze, wie feuerrote Plomben.

»Und du hast sicher nichts gehört?«

»Mm-mmh. Hab ich doch schon dem Chief gesagt.«

»Du hast keinen Typen um die sechzig gesehen? Groß, graues Haar, Halbglatze, rot geäderte Nase und ziemlich füllig?«

Ein merkwürdiges Kichern dringt aus Donalds Kehle, er grinst und zeigt dabei seine überzähligen Zähne. Doch als Ian keine Miene verzieht, erlischt das Grinsen wieder, und er starrt auf die Theke und kratzt mit seinen schmutzigen Fingernägeln an etwas herum, das wie die Überreste eines Preisschilds aussieht.

»Was ist daran so lustig?«, fragt Ian.

Donald schüttelt den Kopf. »Gar nichts. Es ist nur ... Na ja, die Beschreibung passt auf die Hälfte aller fetten alten Alkoholiker in dieser Stadt. Mindestens.« Als er zwischen Ian und Davis hin und her blickt, kann er das Grinsen nicht mehr unterdrücken. »Verdammt, die Beschreibung passt perfekt auf meinen Bruder Henry!«

Davis schnaubt. »Hast recht. Wie geht's ihm eigentlich? Ich hab das Gefühl, wir haben uns seit der Highschool nur noch zwischen Tür und Angel gesehen.«

»Ich glaub, ihm geht's ganz gut.«

»Arbeitet er noch beim College?«

»Ja, schon.«

»Okay«, meint Ian. »Sollte dir ein Mädchen auffallen, das meiner Tochter ähnelt, rufst du mich sofort an. Lieber einmal zu viel als einmal zu wenig.«

»Mach ich.« Donald wischt sich über die verschwitzte Oberlippe und trocknet seine Hand am Hosenbein. »Mach ich.«

Wieder treten Ian und Chief Davis in den grellen Nachmittag hinaus. Selbst als er seine Sonnenbrille aufsetzt, ist es Ian noch zu hell. Erdrückende Hitze umschließt sie wie ein Wall. Ian greift in die Plastiktüte und nimmt sich eine Zigarre heraus. Er beißt das Ende ab, spuckt es auf den Parkplatz und schiebt sich das Ding in den Mund. Als er sich Feuer gibt, blickt er an der Zigarre entlang auf Diego, der mit verschränkten Armen zusieht, wie einer der Jungs aus Mencken das Münztelefon auf Fingerabdrücke untersucht.

Kurz darauf rollt der Sheriff persönlich an. Nachdem sein Dienstwagen, ein Ford Expedition, vom Tonkawa County gestellt, mit quietschenden Reifen zum Stillstand gekommen ist, steigt er aus – 1,68 Meter groß, 118 Kilogramm schwer, das ist Sheriff Sizemore. Auf dem Weg zu Ian und Chief Davis schwingt sein Bauch hin und her wie eine Abrissbirne.

Ian wirft einen Blick auf die Uhr.

»Ich lass euch beide mal allein«, sagt er zu Davis. »Ich muss Debbie informieren. Sag Bescheid, wenn es was Neues gibt.«

»Natürlich.« Davis klopft ihm auf die Schulter. »Und schau doch heute Abend im Roberta's vorbei. Du solltest jetzt wirklich nicht allein sein.«

»Ja, vielleicht«, meint Ian, während er denkt: Sicher nicht.

ALS MAGGIE DIE AUGEN ÖFFNETE, sah sie nichts als weiß. Weiß, weiß, weiß – die Zimmerdecke. Ihre Zunge wanderte zu ihrem Wackelzahn. Aber da war kein Zahn mehr, nur weiches, nasses Zahnfleisch und eine kleine, blutige Mulde, in der es ein bisschen nach Metall schmeckte.

Irgendwer hat meinen Zahn gestohlen, dachte sie – und plötzlich war ihr alles klar: Die Zahnfee ist da gewesen! Aber sie hat selbst nichts dagelassen. Also hat sie Maggie beklaut.

Das heißt ... Vielleicht hat sie ja doch was dagelassen! Aber als Maggie sich zur Seite rollte und das Kissen wegschleuderte, sah sie bloß das zerknitterte Laken. Keine grüne Dollarnote, nicht mal eine lausige Münze. Was für eine Unverschämtheit! Da hat sich die Zahnfee mitten in der Nacht in ihr Zimmer geschlichen und ihr den Wackelzahn aus dem Mund gerissen, ohne zu bezahlen! Kurz überlegte sie, einen falschen Zahn unter dem Kissen zu deponieren, vielleicht ein Stückchen Kreide oder einen weißen Stein, der aber genau die richtige Größe haben musste. Dann könnte sie sich hinlegen und die Augen schließen, und wenn die Zahnfee kommt, würde sie sie packen und sie zwingen, die Belohnung, die ihr zustand, herauszurücken.

Im selben Moment sah sie etwas Weißes auf dem Boden blitzen, zur Hälfte im flauschigen Teppich versunken – der Zahn! Maggie sprang aus dem Bett und hob ihn auf, wischte die Flusen herunter und hielt ihn in die ersten Strahlen der Morgensonne, die durchs offene Fenster ins Zimmer fielen. Wie riesig er war! Und wie tief er in ihrem Kiefer gesteckt haben musste. Ziemlich eklig eigentlich, aber irgendwie auch toll. Als sie mit der Zunge in der Zahnlücke herumtastete, entdeckte sie ein seltsames Hautläppchen, das sich vor- und zurückklappen ließ. Ein komisches Gefühl. Maggie rannte zum Spiegel und strahlte sich an, bevor sie die Tür aufriss und rüber zu Mommy und Daddy lief, um es ihnen zu zeigen.

»Schaut mal!« Sie schoss ins Schlafzimmer wie eine menschliche Kanonenkugel, und die Tür schwang auf und knallte gegen die Wand. Die Vorhänge waren noch geschlossen und hielten das Tageslicht eher schlecht als recht zurück. Es roch merkwürdig im Zimmer, irgendwie erwachsen. Die Luft war stickig und warm, wie in einem Schlafsack, wenn man den Reißverschluss bis nach oben hin zumacht.

Daddy stöhnte und richtete sich auf. Er räusperte sich. Was für ein komisches Geräusch, dachte Maggie, wie bei einem Zeichentrickmonster. Dann rieb er sich die Augen und wischte sich mit der Hand über den Mund. Als er den Kopf nach links und rechts drehte, konnte sie ein hohles Knacken hören. Erst dann sah er in ihre Richtung. Im ersten Moment war sein Blick völlig leer.

»Schau mal.« Maggie hielt ihm den Zahn unter die Nase.

Daddy blinzelte. »Wow.« Er hustete in die Hand und gähnte. »Der ist ja riesig, das ist ja ein richtiger Erwachsenenzahn! Aber ich fürchte, für gestohlene Zähne interessiert sich die Zahnfee nicht. Das ist eine Straftat, Kleines!«

»Der ist nicht gestohlen!« Maggie ließ den Zahn in der rechten Hand verschwinden, streckte die Zeigefinger aus, hakte sie in die Mundwinkel, um ihren Mund in die Breite zu ziehen und Daddy zu zeigen, wo der Zahn gewesen war.

»Du meine Güte«, sagte Daddy. »In der Lücke kann man ja ein Auto parken.«

»Könntet ihr eure Unterhaltung bitte im Wohnzimmer fortsetzen?«, kam es kaum hörbar aus dem Deckenknäuel neben ihm. »Mommy braucht ihren Schönheitsschlaf.«

»Na, na, na, wer wird denn so ein Morgenmuffel sein?« Daddy zwinkerte Maggie zu und stand auf. Er trug rote Boxershorts, seine richtigen Hosen lagen zerknittert auf dem Boden. Jetzt klaubte er sie auf und stieg hinein. »Komm, wir machen uns Frühstück.« Er drehte sich um und grinste verschmitzt. »Fruit Loops mit schööön viel Zucker.«

Also gingen sie hinüber in den Wohnbereich, wo Maggie sofort auf einen der Barhocker an der Theke kletterte, die Küche und Wohnzimmer trennte. Sie drehte sich auf der Sitzfläche nach links, bis sie sich gerade noch an der Arbeitsplatte festklammern konnte, drehte sich wieder nach rechts, nach links, nach rechts und immer so weiter. Früher hatte sie sich immer in eine Richtung gedreht und fand es toll, wenn ihr dabei so schön schwindlig wurde, aber dann hatte sie einmal den Sitz aus Versehen komplett abgeschraubt. Sie war nach hinten gekippt, und als sie ihren Sturz abfangen wollte, hatte sie sich das Handgelenk verstaucht. Seitdem drehte sie sich nur noch abwechselnd in beide Richtungen. Während sie damit beschäftigt war, kramte Daddy im Schrank.

Schließlich stoppte sie abrupt und fragte: »Was macht die Zahnfee eigentlich mit den ganzen Zähnen? Ist doch komisch, dass sie ausgerechnet *Zähne* sammelt.«

»Na ja, die Zahnfee verwandelt die Zähne in Sterne.«

»Echt?«

»Na klar«

»Glaub ich nicht.«

»Ist aber so.«

»Echt?«

Mit einem Nicken stellte Daddy zwei Schalen auf die Theke und schüttete Fruit Loops hinein. Dann räumte er die Schachtel weg, holte einen Kanister Milch aus dem Kühlschrank und goss etwas davon auf die Fruit Loops, bevor er Maggie eine Schüssel hinüberschob. »Schön aufessen.«

»Wie wär's mit 'nem Löffel, Dummkopf?«

Daddy bohrte in seinem Bauchnabel, zog ein graues Etwas heraus und schnippte es in ihre Richtung. »Wie wär's mit 'nem Fussel?«

Schnell duckte sie sich nach links. »*Igitt.* Ist ja eklig! Deine stinkigen Fussel kannst du behalten.«

»Die stinken doch gar nicht.«

»Tun sie wohl!«

»Okay, soll nicht wieder vorkommen.«

»Der wäre fast in meinem Frühstück gelandet!«

»Stimmt doch gar nicht.«

»Und jetzt gib mir bitte einen Löffel, bevor alles total durchgeweicht ist.«

»Na gut.«

Daddy öffnete die Besteckschublade, holte zwei Löffel heraus und reichte einen davon ihr, während er den anderen in seine eigene Schale versenkte, um sich damit die erste Ladung rosa, grüne und orange Fruit Loops in den Mund zu schaufeln. Er kratzte sich an den hellen Bartstoppeln und nahm noch einen Löffel. Anschließend wischte er sich ein paar Tropfen Milch vom Kinn. »Und was wollen wir heute machen?«

»Ich will in den Streichelzoo!«

»Und wenn sie dich mit einer Ziege verwechseln und aus Versehen dabehalten?«

Maggie verdrehte die Augen. »Tun die doch nicht.«

»Wart's nur ab. Du bist zumindest genauso stur wie eine Ziege.«

»Was soll das denn wieder heißen?«

»Na ja, mal schauen, was Jeffrey dazu sagt.«

»Der findet den Streichelzoo toll!«

»Er war doch noch nie da.«

»Dann müssen wir erst *recht* hingehen! Er ist doch nur noch zwei Tage hier, und wenn er noch nie da war, muss er unbedingt einmal hin.«

»Stimmt auch wieder.« Daddy nickte. »In Ordnung.«

»Was, in Ordnung?«

»Na, das mit dem Streichelzoo.«

»Sicher?«

»Klar.«

»Sicher sicher?«

»Sicher sicher sicher.«

»Versprochen?«

»Ehrenwort. Und jetzt iss deine Fruit Loops. Sonst sind sie noch total durchgeweicht.«

»Du bist der beste Daddy der W...«

»Wach auf, Sarah.«

Eine bekannte Stimme gurgelt aus sumpfigen Tiefen an ihr Ohr.

Jemand atmet ihr Zwiebelgeruch ins Gesicht. Dann ein lautes Schluckgeräusch.

Und ein hohles Knacken, als wäre etwas Kleines zu Bruch gegangen. Ammoniakgestank steigt ihr in die Nase, mit zitternden Lidern öffnet sie die Augen. Über ihre Wangen rinnt eine warme Flüssigkeit.

Es ist so dunkel, dass sie keine klaren Formen ausmachen kann. Nur einen Schatten direkt vor ihr, ein Loch in der Wirklichkeit, wie mit der Schere herausgeschnitten. Der Schatten ähnelt einem Menschen, doch wegen des grellen weißen Lichts im Hintergrund kann sie nichts weiter erkennen. Sie schließt die Augen, öffnet sie wieder. Ihre Pupillen verengen sich, um sich an die Helligkeit anzupassen. Langsam gewinnt der Schatten Kontur, Details und Farben bilden sich heraus, er wächst in die dritte Dimension. Es ist ein Mann. Ein Mann, den sie kennt, mit einem Namen: Henry. Als sie ein weiteres Mal blinzelt, sieht sie ihn endlich völlig klar. Er steht vor ihr, seine Arme hängen seitlich herab, seine Fäuste öffnen und schließen sich.

Jetzt greift er in seine Hemdtasche, zieht eine dünne Rolle heraus und drückt sich eine kleine weiße Scheibe in den Mund. Er kaut und schluckt.

Ein höllischer Schmerz pocht in ihren Handgelenken. Sie spürt, wie warmes, dickes Blut über ihre Arme fließt. Als sie nach oben schaut, sieht sie das grobe gelbe Seil, mit dem ihre Handgelenke gefesselt sind. Das Seil ist um einen großen, in den Deckenbalken geschraubten Metallhaken geschlungen. Oberhalb der Fesseln spürt sie überhaupt nichts mehr. Ihre violett angeschwollenen Finger krümmen sich, dass ihre Spitzen sich beinahe berühren. Maggie weiß, wo sie ist: Sie hängt am Bestrafungshaken. Böses Mädchen, du warst ein böses Mädchen, Sarah. Der Anblick ihrer Finger erinnert sie an ein Spiel aus dem Kindergarten: Himmel und Hölle ...

Tief unter ihren baumelnden Füßen sieht sie den grauen, rissigen Betonboden.

Henry steht da und starrt sie an, und seine Fäuste öffnen und schließen sich, öffnen und schließen sich. Er pult mit der Zunge in einem seiner Backenzähne und atmet immer schwerer, immer schneller und lauter. Ein seltsames Schnaufen.

»Es tut mir leid«, sagt sie. »Wirklich.«

Das Schnaufen verstummt. Stille.

»Du lügst«, sagt er dann.

»Nein, es tut mir wirklich leid.«

»Was tut dir leid?«

Eins zwei drei vier fünf sechs sieben acht.

Maggie schaut sich um. Vielleicht ist Borden in der Nähe. Sie will jetzt nicht allein sein, allein mit Henry. Vielleicht versteckt sich Borden irgendwo im Dunkeln? Nicht, dass er sie vor der Bestrafung bewahren könnte, die sich Henry für sie ausgedacht hat. Aber es wäre beruhigend, wenn er jetzt bei ihr wäre.

Sie sieht ihn nicht.

Plötzlich presst sich eine Hand auf ihr Gesicht. So fest, dass ihr die Tränen in die Augen schießen und der Schmerz in der Beule über ihrem Ohr zu pulsieren beginnt. Sie hatte ganz vergessen, dass Henry sie dort erwischt hat. Jetzt spürt sie die Stelle mit jedem Herzschlag.

»Ich hab dich was gefragt. Was tut dir leid?«

Wieder schaut sie auf ihre Füße. Wie dreckig ihre Zehen sind, richtig schwarz. Wenn sie den Schmerz vergisst, kann sie sich einreden, sie würde über dem Boden schweben. Sie schwingt leicht hin und her, der längliche Riss im Beton unter ihr pendelt von der einen auf die andere Seite. Tu einfach so, als würdest du schweben, ganz leicht und unbeschwert.

Da schnellt seine Hand nach vorne. Instinktiv zuckt sie zurück, aber Henry erwischt sie doch. Er verpasst ihr eine Ohrfeige, ein schneller Peitschenschlag mit seinen Fingerspitzen, und reißt ihr Kinn nach oben, damit sie ihm direkt in die Augen schaut, in diese tiefen, dunklen Pfützen ohne jedes Mitgefühl, ohne jede Menschlichkeit. Wie sie diese Augen hasst.

»Du hast es wohl vergessen.«

»Was?«

»Was dir leidtut.«

»Dass ich …« Sie leckt sich über die trockenen, aufgeplatzten Lippen. »Dass ich weggelaufen bin.«

»Unsinn. Es tut dir leid, dass ich dich erwischt hab.«

»Nein!«

»Ach, dann wolltest du also erwischt werden?«

Wieder werden ihre Augen feucht. Sie schaut zur Seite und blinzelt. Sie will nicht heulen, nicht jetzt, nicht vor ihm, sie will keine Schwäche zeigen. Sie weiß, wie grausam er ist und dass ihn Schwäche nur herausfordert.

»Nein, du wolltest nicht erwischt werden.«

»Das stimmt nicht.«

»Und deshalb tut es dir leid, dass ich dich doch erwischt hab.«

»Weiß nicht.«

»Ich weiß es aber.«

Im selben Moment rammt er ihr die Faust in den Magen. Die Luft bleibt ihr weg, ihre Lungen entleeren sich auf einen Schlag. Würde sie nicht an den Handgelenken gefesselt über dem Boden hängen, würde sie sich zu einem kleinen Ball zusammenrollen. So kann sie nur hin und her baumeln und vor sich hin japsen wie ein Fisch am Angelhaken.

Während er dasteht und zuschaut. Während sich seine Fäuste öffnen und schließen.

»Das war nicht nett von dir, Sarah.«

Henry und Beatrice haben sie von Anfang an Sarah genannt – wahrscheinlich um sie zu quälen, um sie zu verwirren, damit sie irgendwann nicht mehr weiß, wer und was sie ist.

Kaum hat sich ihre Atmung ein wenig beruhigt, packt er sie an den Hüften und stoppt ihr Schwingen.

»Hast du mir was zu sagen?«, fragt er, nachdem er sie lange stumm betrachtet hat.

Sie atmet ein und aus, ein und aus. Ihre Brust hebt und senkt sich, ihr Magen hat sich zusammengeballt. »Mein Daddy kommt mich holen.«

»Was?«

»Ich hab meinen Daddy angerufen und ihm alles erzählt. Du solltest mich lieber freilassen, sonst, sonst kommt er her und dann …«

»Du lügst!« Ein gewaltiger Schrei, brutal wie eine tosende Welle. Doch Maggie hält seinem Blick stand, auch wenn sie automatisch zurückzuckt. »Sag mir, dass du lügst!«

Sie schüttelt den Kopf. »Er wird dich ins Gefängnis werfen.«

»Henry?« Beatrice' Stimme poltert die Treppe herunter.

»Was ist?«

»Du kommst zu spät zur Arbeit!«

Henry wirft einen Blick auf seine Uhr und stößt einen leisen Fluch aus. »Bin sofort oben!« Er packt Maggie an der Hüfte, hebt sie vom Haken und stellt sie auf den kalten Betonboden. Dann löst er die Fesseln von ihren Handgelenken und wickelt das Seil auf, zu vier blutigen Schlaufen.

Maggie betrachtet ihre Handgelenke. Das Seil hat sich tief in ihre Haut eingegraben. Schnell krabbelt sie zur Wand, ohne dabei Henry aus den Augen zu lassen. Sie rechnet mit einem letzten Akt der Gewalt.

Aber er deutet nur auf das rostige Waschbecken in der Ecke. »Mach dich sauber, bevor Bee das Abendessen runterbringt.« Dann stapft er die Treppe hinauf. Auf halbem Weg hält er inne und dreht sich noch einmal um. »Weißt du was? Du hast Bee das Herz gebrochen. Sie will doch bloß eine Tochter. Ist das denn zu viel verlangt? Sie liebt dich, das weißt du ganz genau. Sie liebt dich, obwohl du eine missratene Tochter bist.« Damit wendet er sich endgültig ab, steigt die restlichen Stufen hoch und schaltet oben das Licht aus. Die Tür schließt sich hinter ihm, und Maggie hört, wie der Riegel vorgeschoben wird.

Auf einmal ist es dunkel. Das kleine Fenster lässt noch ein bisschen Helligkeit herein, aber es ist schon später Nachmittag, und das Licht ist grau. Grau wie Spülwasser.

Nach und nach kehrt das Blut in ihre Hände zurück, begleitet von einem hellen, pulsierenden Schmerz. Während sie versucht, die Finger zu krümmen, weint sie leise vor sich hin. Sie kann nicht anders, es tut einfach weh. Aus Erfahrung weiß sie, dass der Schmerz erst in ein paar Minuten nachlassen und vorher sogar noch anschwellen wird.

Aber sie weiß auch, dass sie es beinahe geschafft hätte. Dass ihre Flucht beinahe geglückt wäre.

Nach Jahren der Gefangenschaft ist sie zum ersten Mal hier rausgekommen. Die Hoffnung, die sie vor langer Zeit begraben hat, erwacht zu neuem Leben, ein heißes Pochen in ihrer Brust. Ja, sie ist zurück im Albtraumland, aber selbst hier spürt sie noch, dass sie eine Chance hat. Die Welt auf der anderen Seite des Fensters ist nicht mehr unerreichbar. Sie hat ihren Boden unter den Füßen gespürt. Sie ist zwischen ihren Bäumen hindurchgerannt. Sie hat Daddys Stimme an ihrem Ohr gehört.

Bei ihrem Ausbruch heute hatte sie bloß Glück, das ist ihr klar. Aber wenn sie alles genau plant, muss sie sich nicht mehr auf ihr Glück allein verlassen. Und diesmal wird sie niemand zurückbringen.

HENRY GEHT ZUM KÜHLSCHRANK. Im obersten Fach liegt die braune Papiertüte, die Beatrice für ihn vorbereitet hat. Er schaut hinein: eine Tupperware-Dose mit einem Brocken Corned Beef in einer wässrigen Kohlsuppe. Immer bekommt er die Reste vom Vortag; er freut sich schon auf das morgige Frikadellenbrötchen. Wenigstens hat sie ihm zwei eingeschweißte Schokomuffins dazugepackt. Missmutig rollt er die Tüte zusammen und schnappt sich das Sixpack, das er zu Mittag angebrochen hat. Er hakt den Zeigefinger in den leeren Plastikring und lässt die übrigen fünf Biere von den Schlaufen baumeln.

Kurz darauf tritt er ins Licht des Spätnachmittags. Lange Schatten strecken sich über den Boden. Er stapft die Treppe hinunter und quer über die Einfahrt zum Pick-up, öffnet die Tür, schiebt sich hinters Steuer und wirft seine Brotzeit auf den Beifahrersitz. Dabei reißt er ein Bier aus der Plastiklasche. Als er die Dose öffnet, sprudelt ihm der Schaum entgegen. Schnell führt er sie zum Mund, um das Bier aufzusaugen, aber es läuft schon über den Rand und tropft ihm vom Kinn aufs Hemd und in den Schoß. Nach zwei ordentlichen Schlucken blickt er an sich hinab auf seine Jeans.

»Scheiße.«

Jetzt sieht er aus, als hätte er sich angepisst.

Er nimmt einen weiteren Schluck, bevor er die Dose zwischen die Beine klemmt. Die Kälte an den Oberschenkeln tut gut, denn heute ist es verdammt heiß. Zumindest werden bei der Hitze die Flecken längst getrocknet sein, wenn er auf der Arbeit ist. Gott sei Dank. Eine der Bürotussis hat sich schon mal beschwert, weil er angeblich nach Alkohol riecht. Aber jetzt hat er wirklich andere Sorgen.

Als er an Sarahs Worte vorhin im Keller denkt, wird ihm ganz schlecht. Sie habe ihren Vater angerufen, habe ihm alles erzählt. Kein Zweifel – sollte sie die Wahrheit gesagt haben, landet er früher oder später im Gefängnis. Nicht in der Arrestzelle, wo er in seiner Jugend öfter mal seinen Rausch ausgeschlafen hat, sondern im Gefängnis, bei den richtig harten Jungs.

Henry dreht den Zündschlüssel um, legt den Gang ein und brettert die Einfahrt hinunter zur Straße.

Die erste Sarah ist vor dreizehn Jahren im Mencken Regional Medical Center zur Welt gekommen. Man kann nicht behaupten, dass sie ein Wunschkind war. Beatrice war bereits vierundvierzig Jahre alt, und in den achtundzwanzig Jahren ihrer Ehe hatten sie nie verhütet. Henry war längst davon ausgegangen, dass sie keine Kinder bekommen konnten, selbst wenn sie welche gewollt hätten. Aber als Beatrice plötzlich schwanger wurde, veränderte sie sich so sehr, dass er doch dankbar war. Er hatte sie noch nie so glücklich gesehen, sie sang die ganze Zeit. So etwas hatte er noch nicht erlebt.

Als das Baby schließlich da war, nannten sie es Sarah, Sarah Jasmine Dean. Gewicht: 3260 Gramm. Ein kleines Mädchen mit einem hübschen ovalen Gesicht und seidigem blonden Haar, das ihr immer zu Berge stand. Sie lächelte ununterbrochen, mit offenem Mund und leuchtenden grünen Augen. Dauernd strampelte sie mit den Beinen und lachte und lachte und lachte.

Bis sie plötzlich nicht mehr lachte.

Beatrice hatte Sarah in die Badewanne gelegt und war Spielsachen suchen gegangen. Eine gelbe Plastikente, einen Ball. Als sie zurückkehrte, lag Sarah mit dem Kopf unter Wasser. Angeblich hatte sie das Bad nur für ein paar Augenblicke verlassen, aber Henry wusste es besser. Irgendetwas hatte sie abgelenkt, und dann hatte sie die Zeit vergessen.

Nach der Beerdigung, nachdem der winzige Sarg in einem Grab auf dem Hillside Cemetery verschwunden war, saß Beatrice nur noch heulend auf der Couch. Henry hätte alles dafür getan, es wieder gutzumachen, sie wieder glücklich zu sehen. Aber was sollte er tun? Sarah war weg. Er konnte sie nicht zurückholen.

Dann hatte er eine Idee.

Doch weil er nicht wusste, wie Beatrice reagieren würde, wartete er ab. Vielleicht würde sie sich ja doch noch fangen, dachte er, und sich aus ihrem Loch herausarbeiten. Sie hatte immer zu ihm gestanden, die ganzen achtundzwanzig Jahre lang. Trotz der vielen Male, die er wegen Trunkenheit hinter Gitter gekommen war. Trotz der Löcher, die er mit der Faust in die Wand gerammt hatte. Trotz der Prügeleien mit ihrem Bruder. Obwohl ihm öfter mal die Hand ausgerutscht war, wenn sie ihn zu sehr genervt hatte, was überhaupt erst zu den Auseinandersetzungen mit ihrem Bruder geführt hatte. Aber würde sie immer noch zu ihm stehen, wenn er seinen Plan in die Tat umsetzte? Dabei würde er es ganz allein für sie tun. Nur für sie.

Doch es wurde immer schlimmer. Beatrice wusch sich nicht mehr, manchmal pinkelte oder schiss sie einfach auf die Couch. Sie wollte nicht aufstehen. Wollte nur dasitzen und fernsehen und essen und heulen. In der Spüle und auf der Arbeitsplatte stapelte sich das schmutzige Geschirr. Ein durchdringender Gestank verbreitete sich im Haus. Henry zog sie aus und versuchte, sie mit einem Waschlappen abzuwischen, während sie reglos dahockte, sich nicht wehrte, ihm aber auch nicht half. Doch es brachte nichts, bald entdeckte er die ersten wunden Stellen auf ihrer Haut, kleine runde Flecken, wie mit einer glühenden Zigarette eingebrannt. Manche dieser Flecken entzündeten sich. Doch sie wollte sich immer noch nicht rühren.

Das konnte er nicht länger mit ansehen. Er musste etwas tun.

Also fuhr er ein paar Tage durch die Gegend und hielt Ausschau nach möglichen Sarahs. Er lungerte vor Kindergärten in Mencken herum, aber die Kinder waren alle zu groß, sie hätten ihre Sarah nicht ersetzen können. Er probierte es im Mencken Regional Medical Center, aber dort kam er nicht weiter als bis zum Empfang. Doch dann hatte er Glück – ausgerechnet in einer Albertsons-Filiale. Dabei war er eigentlich gerade gar nicht auf der Suche, er wollte nur den Wocheneinkauf erledigen. Doch plötzlich bot sich ihm die ideale Gelegenheit: ein Baby allein im Einkaufswagen, während die Mutter über dem Kofferraum eines Kombis hing und mit einem Haufen Tüten kämpfte. Diese Chance konnte er sich nicht entgehen lassen. Kurz entschlossen schlenderte er zum Einkaufswagen, griff sich das Baby und lief in der Deckung eines grauen Nissan zurück zu seinem Pick-up. Er ging zügig, aber ohne zu rennen. Damit hätte er sich nur verraten, das wusste er. Gleichzeitig warf er einen ersten Blick auf das Baby: Es hatte ein ovales Gesicht, blaue

Augen – keine grünen – und eine rosa Schleife im Haar. Die Augenfarbe passte nicht genau, aber es würde reichen. Er legte das Baby auf den Beifahrersitz und schnallte es an. Als er gerade den Schlüssel ins Zündschloss steckte, hörte er die Frau schreien. Er spähte durch die Schicht von toten Insekten auf der Windschutzscheibe.

Die Frau stand neben ihrem Wagen, den Mund geöffnet, die Brauen hochgezogen, während ihre aufgerissenen Augen vor Panik flirrten. Immer wieder drehte sie sich um sich selbst und rief: »Becca? Becca?« Und nach einer kurzen Pause: »Mein Baby ist weg!« Ihre Hände krallten sich in ihr Haar. »Hilfe, bitte helfen Sie mir doch! Mein Baby ist weg! Irgendwer hat mir mein Baby weggenommen!«

Henry legte den Gang ein und steuerte zur Ausfahrt. Im Rückspiegel sah er noch, wie ein Angestellter aus dem Albertson zu der schreienden Frau lief. Als er nach rechts auf die Straße bog, verschwand sie aus seinem Blickfeld.

Beatrice war im siebten Himmel. Sie strahlte übers ganze Gesicht, als sie der Kleinen über die Wange strich. Sie war richtig verliebt. Sie bestand darauf, dass Henry die ganzen »Lumpen«, die gebrauchten Klamotten, die Sarah auf dem Parkplatz getragen hatte, auf der Stelle verschwinden ließ. Henry stopfte alles in eine Tüte; erst wollte er es einfach wegschmeißen, aber dann vergrub er die Tüte irgendwo im Wald, wo sie niemand finden konnte. Ihr Alltag kehrte in geregelte Bahnen zurück, sie waren richtig glücklich – eine glückliche Familie, die ein ganz normales Leben führte.

Sechs Monate später musste er die Kleine neben ihrem alten Zeug begraben. Bee hatte ihr nichts zu essen gegeben. Angeblich hatte sie es vergessen, aber Henry hatte eine andere Theorie: Wahrscheinlich war ihre Milch versiegt, als die erste Sarah gestorben war, was Beatrice sich aber nicht eingestehen wollte. Er hatte selbst miterlebt, wie das Baby an ihrer Brust gesaugt und geheult hatte – und wie es noch eine Viertelstunde später nicht zu heulen aufgehört hatte, weil es immer noch hungrig war. Aber wie auch immer, die zweite Sarah war tot, er konnte es nicht ändern.

Eine Woche lang klammerte sich Beatrice an das tote Baby. Sie wollte es nicht hergeben, sie hielt es fest und wiegte es in ihren Armen, versuchte ihm die Haare zu kämmen. Einmal löste sich dabei ein Hautlappen vom Schädel; sie strich ihn wieder glatt und tat so, als wäre nichts gewesen. Schließlich wartete Henry, bis sie eingeschlafen war, dann nahm er ihr das Baby weg und brachte es ebenfalls in den Wald. Nachdem er ein Loch gegraben und die Kleine hineingelegt hatte, versuchte er, ein Gebet aufzusagen, das er irgendwann in der Kirche gelernt hatte, aber er konnte sich nicht mehr erinnern. Also dachte er sich etwas aus und sprach von der Unschuld der Kinder, und bitte nimm dieses unschuldige Wesen in dein Himmelreich auf, Amen, bevor er Erde auf ihr Gesicht schaufelte, damit er es nicht mehr sehen musste.

Zwei Wochen später hatte er die dritte Sarah gefunden. Sie überlebte fünf Jahre, bis er ihr einmal etwas zu fest den Hintern versohlte. Es tat ihm leid, aber es war ein Unfall, was sollte er machen? Sie hatte sich schlecht benommen, und schlechtes Benehmen musste nun mal bestraft werden. Okay, die Strafe war zu hart ausgefallen, aber war das nicht vor allem ihre Schuld? Hätte sie nicht aufgemuckt, hätte er gar nicht erst die Geduld verloren. Henry begrub sie neben der vorigen Sarah und machte sich erneut auf die Suche.

Die vierte Sarah schrie, als er sie packte, er musste ihr den Mund zuhalten. Da schrie sie nicht mehr, aber sie atmete auch nicht mehr.

Danach kam die heutige Sarah. Nach einer Woche erfolgloser Sucherei rang er sich endlich dazu durch, einen Ausflug zum Streichelzoo zu unternehmen. Der Streichelzoo lag im Norden der Stadt, direkt am Interstate 10, und wurde vor allem von Durchreisenden besucht. Am Straßenrand sahen die Leute das Schild mit der Aufschrift:

BULLS MOUTH STREICHELZOO
ÖFFENTLICHE TOILETTEN

Und schon quengelten die Kinder, bis sich die lieben Eltern zu einem halbstündigen Zwischenstopp breitschlagen ließen. Henry fuhr an einem Samstag hin; wahrscheinlich würde er Dutzende potenzielle Sarahs zur Auswahl haben.

Es war ein schöner Apriltag. Ein sanfter Wind flüsterte in den Bäumen.

Die Kinder rannten kreuz und quer durch den Zoo und bestaunten die Tiere: Hängebauchschweine, Hasen, Miniaturpferde. Sie streckten die Hände durch den Zaun und strichen ihnen übers Fell. Manche standen vor einem Gemüsewagen Schlange, an dem eine Frau Karotten und Sellerie verkaufte.

Alle außer Henry hatten Kinder dabei. Er fühlte sich sehr verdächtig, wie ein Riese auf einer Zwergenversammlung. Aber niemand schien durch seine Gegenwart beunruhigt. Und warum auch? Er bewegte sich in der Öffentlichkeit und benahm sich entsprechend – ein leicht dümmliches Lächeln zog seine Mundwinkel nach oben und seine Lippen einen Spaltbreit auseinander, er vergrub die Hände in den Taschen und glotzte mit großen, leuchtenden Augen vor sich hin, während er ziellos durch die Reihen tapste. Ein harmloser alter Mann, wahrscheinlich auf der Suche nach seiner Enkeltochter, die irgendwohin verschwunden war, vermutlich auf die Toilette.

»Wie wär's mit ein bisschen Gemüse für die Tiere?«

»Ein andermal«, sagte er, zuckte die Schultern und kehrte die Innenseiten seiner Taschen nach außen: leer.

»Immer gerne.«

Da sah er sie: seine Sarah. Sie stand gleich hinter der Frau mit dem Gemüsewagen, neben ihrem Vater und einem Teenager. Alle drei starrten auf ein Alpaka hinter einem Zaun.

»Schau mal, Jeffrey!«, rief sie, als ihr das Alpaka ein Stückchen Sellerie aus der Hand fraß.

»Ich schau doch schon, Blödi.«

»Selber Blödi!«

Henry war sich sicher: die und keine andere. Sie war perfekt – ein ovales Gesicht, grüne Augen, die vor Freude und Humor nur so sprühten. Beatrice würde sie lieben.

Er folgte ihnen aus sicherer Entfernung, um den richtigen Moment abzupassen, doch ihr Vater hielt sie die ganze Zeit an der Hand, und nach einer letzten Runde durch den Streichelzoo spazierten sie zum Ausgang.

Auf dem Parkplatz östlich vom Zoo, einer staubigen, nicht asphaltierten Fläche, krochen sie in einen roten '65er Ford Mustang mit grauem Kofferraumdeckel. Henry setzte sich in seinen Pick-up und fuhr ihnen hinterher, erst auf die Crouch Avenue, dann links auf den Grapevine Circle und einmal um den Speichersee herum. Zu seiner Rechten sah er das Wasser, zu seiner Linken einige Bäume, die Stämme von den dicken Ranken einer Wildrebe umschlungen, und überall dazwischen Brombeersträucher. Im Sommer würden sich in jedem zweiten Haus am Speichersee Gläser mit eingeweckten Brombeeren stapeln. Bei der Nummer 44 bog der Mustang in die Einfahrt. Henry fuhr weiter und wendete an der nächsten Kreuzung. Ein paar Häuser nach der Nummer 44 parkte er auf der gegenüberliegenden Straßenseite und wartete. Er wartete einige Stunden, bis die Eltern das Haus verließen – ohne sie – und der Teenager, der offensichtlich auf das Mädchen aufpassen sollte, die Kleine endlich ins Bett geschickt hatte. Er saß da und wartete und pinkelte währenddessen drei leere Bierdosen voll, die er, während sie noch warm waren, neben dem Pick-up auf die Straße stellte. Er saß da, beobachtete das Haus und summte vor sich hin, einmal nickte er einem Passanten zu. Als die Kleine in ihrem Zimmer war, stieg er aus und ging am Rand des Grundstücks entlang zu ihrem Fenster. Er lugte hinein und sah ihr zu, wie sie sich bettfertig machte. Die kleine Sarah. Er wartete, bis sie eingeschlafen war, bevor er das Teppichmesser aus der Tasche zog und das Fliegengitter aufschnitt. Er wollte nicht, dass sie sich erschreckte, ehe er nah genug war, um ihr den Mund zuzuhalten.

Die Warterei hatte sich gelohnt. Als er ihr die neue Sarah brachte, strahlte Beatrice genau so, wie er es sich vorgestellt hatte. Die Sonne ging wieder auf.

An der Ecke Crockett und Hackberry muss Henry an einer roten Ampel halten. Er legt den Kopf in den Nacken, leert sein Bier bis auf den letzten Rest und wirft die Dose zu den anderen gefallenen Soldaten in den Fußraum. Dann zieht er ein frisches Budweiser aus dem Sixpack. Als er aus dem rechten Fenster schaut, entdeckt er einen von Pastor Wardens Dackeln – der Hund gräbt mit geducktem Kopf und wirbelnden Beinen im Blumenbeet vor der Rollschuhbahn. Erdklumpen segeln durch die Luft und regnen auf den Gehsteig. Henry fragt sich, wann oder ob überhaupt es jemandem auffallen wird, wie zerkratzt sein Wagen plötzlich ist, und daraufhin die Verbindung zu Wardens Zaun zieht, zumal der grüne Lack des Pick-ups wahrscheinlich Spuren am Maschendrahtzaun hinterlassen hat.

Die Ampel schaltet auf Grün, und Henry drückt aufs Gaspedal.

Wenig später biegt er auf den Parkplatz an der Ostseite des kleinen Campus ein, hält vor dem zweistöckigen Gebäude, in dem der Unterricht abgehalten wird, und stellt den Motor ab. Im Erdgeschoss ist noch bis zehn Uhr abends Betrieb, doch bis dahin haben er und Mike mit dem ersten Stock genug zu tun.

Dort ist schon ab vier Uhr nachmittags keine Menschenseele mehr.

Henry leert das zweite Bier, greift sich die restlichen drei Dosen und die Brotzeittüte und steigt aus.

Als er das Hausmeisterbüro betritt, schlüpft sein Kollege Mike gerade in den blauen Arbeitsoverall. Mike gehört fast schon zum Inventar, er ist seit bald drei Jahren dabei, obwohl er nicht fest angestellt ist. Sobald er mehr als hundertachtzig Tage am Stück arbeitet, hat er Anspruch auf Sozialleistungen. Daher muss ihn Henry alle sechs Monate entlassen, um ihn nach einem Monat wieder einzustellen. Nicht, dass ihm das Spaß machen würde, ganz im Gegenteil, aber das College bewilligt ihm nun mal keinen Vollzeitangestellten.

Mit einem Lächeln auf den Lippen schlendert er durch die Tür. »Hey, Mike. Bin ein bisschen spät dran, tut mir leid.«

»Dann lässt du mich heute die Klassenzimmer machen?«

»Ganz so leid tut es mir auch wieder nicht.«

»Aber Doug behauptet immer, ich würde Chips aus dem Ständer klauen.«

»Dann klau halt keine Chips aus dem Ständer.«

»Du weißt doch, was ich verdiene. Sechs Dollar die Stunde.«

Henry zuckt die Schultern. So ist das Leben. Nachdem er ebenfalls in seinen blauen Overall gestiegen ist, geht er rüber zu seinem Putzwagen, rückt ihn ein Stück von der Wand ab und begutachtet ihn mit kritischem Blick. Volle Putzmittelflaschen, ausreichend Müllbeutel, Gummihandschuhe, Papierhandtücher und ein paar Neonröhren, falls er über die eine oder andere defekte Deckenleuchte stolpert. Alles ist, wie es sein soll, und so rollt er den Wagen aus dem Büro auf den Flur.

Bis zwei Uhr morgens wird er sich damit beschäftigen, die Klassenzimmer auf Vordermann zu bringen. Das ist seine Aufgabe, und ihm gefällt der Job. Besonders anspruchsvoll ist er nicht, vor allem nicht besonders abwechslungsreich, aber dafür umso entspannter. Sobald man den richtigen Rhythmus gefunden hat, kann man die Nacht einfach an sich vorbeiziehen lassen.

Er geht zur Cafeteria, die jetzt geschlossen ist – wie immer zwischen vier Uhr nachmittags und sechs Uhr morgens –, sperrt auf, marschiert zum Chipsständer und stibitzt eine Tüte Doritos. Gemächlich trottet er zurück zur Tür und schließt hinter sich ab. Natürlich wird Doug merken, dass eine Tüte fehlt, aber das kann ihm egal sein. Er kann es ja auf Mike schieben.

IAN HÄLT VOR DEM HAUS, das früher sein Haus war. Eigentlich ist es nichts Besonderes – ein einfaches Ziegelgebäude mit einem Rasenstück davor und einem Baum daneben, dessen Äste in den Himmel ragen wie gebrochene Finger. Aber früher hat es ihm gehört. Jetzt schläft ein anderer Mann neben seiner Frau, schaut Baseball auf seinem Fernseher, isst Mahlzeiten, die in seiner Küche zubereitet wurden, und benutzt dazu das Geschirr und das Besteck, das Ians Mutter ihm und Debbie zur Hochzeit geschenkt hatte, bevor sie zwei Jahre später an Lungenkrebs gestorben ist. Alle diese Dinge haben eine Geschichte, aber davon hat Bill Finch natürlich keine Ahnung. Für ihn existieren sie erst, seitdem er den Schlüssel für die Haustür in die Hand gedrückt bekommen hat.

Nach Maggies Entführung war Ian lange Zeit wie abwesend. Er lebte wie in einem seltsamen Nebel vor sich hin. Als Debbie ihn dann aufforderte auszuziehen, wurden nur wenige Worte gewechselt. Innerlich hatte er sich wohl schon längst verabschiedet. Er blickte nicht mal vom Fernseher auf, wo gerade ein Werbespot für ein neues Toilettenpapier lief.

»Ich will, dass du ausziehst.«

Ein paar Sekunden Stille. Dann: »Okay.«

»Okay?«

Er nickte.

»Du regst dich gar nicht auf? Du wehrst dich nicht mal?«

Ein Kopfschütteln. »Nein.«

»Willst du wissen, warum?«

»Nein.«

»Ich schlafe mit Bill Finch.«

»Ich weiß.«

Debbie rührte sich nicht, und Ian drehte sich nicht zu ihr um, obwohl er spürte, dass sie immer noch da war und ihn ansah. Erst nach einiger Zeit sagte sie: »Na gut.« Und ging.

Die folgende Nacht verbrachte er bei Diego und Cordelia auf der Couch.

Eine Woche später mietete er sich einen Kleinlaster bei Paulson's U-Haul, holte den zweiten Fernseher, ein paar Bücher und Regale, das Sofa aus der Garage, Maggies Bett und seine Kleidung ab und schaffte alles in sein neues Apartment. Er hätte sich auch ein Haus leisten können, aber wozu? Häuser waren was für Familien, für Menschen, deren Zukunft größer wurde. Seine Zukunft schrumpfte nur noch.

Die ersten paar Wochen waren seltsam, er konnte kaum schlafen. Nein, er vermisste Debbie nicht, nicht wirklich – er war es einfach nicht gewöhnt, allein im Bett zu liegen. Doch schon bald begann ihm die Einsamkeit zu gefallen. Sein Körper merkte, dass er die ganze Matratze für sich hatte. Eine Zeit lang wachte er noch mitten in der Nacht auf und rief Debbies Namen, aber das ging irgendwann auch vorbei. Irgendwann hatte er kapiert, dass sie nicht bloß kurz ins Bad gegangen war.

Ian klopft an die Haustür.

Während er wartet, kratzt er sich oben am Kopf, wo ihm allmählich das blonde Haar ausgeht, und wischt sich mit dem

Hemdsärmel den Schweiß von der Stirn. Es ist immer noch höllisch heiß.

Debbie öffnet die Tür. Sie trägt beigefarbene Shorts und ein weißes Shirt, ihre Arbeitskleidung – auf der rechten Brust prangt in kursiver Schrift der Aufdruck PINK'S SALON. Anscheinend ist sie eben erst heimgekommen. Debbie leitet den Salon für Vickie Dodd; ohne Vickie säßen die Dodds wahrscheinlich längst auf der Straße, denn mit Carney, Vickies Bruder, ist rein gar nichts anzufangen. Bei Ians Anblick runzelt Debbie die Stirn, nur ganz kurz, für einen Sekundenbruchteil, dann weicht das Stirnrunzeln einem höflichen Lächeln. Doch Ian weiß, was davon ehrlich ist und was aufgesetzt, und er weiß auch, warum. Für Debbie ist er ein wandelndes Andenken an den schlimmsten Verlust ihres Lebens, er kann für sie nichts anderes sein, dafür sah ihm ihre Tochter viel zu ähnlich. Sieben Jahre lang hat sie versucht, Maggie zu vergessen, zu begraben, immer und immer wieder zu begraben. Ian gehört zu einem Teil ihrer Vergangenheit, den sie am liebsten aus ihrem Gedächtnis streichen würde.

»Ian.«

»Debbie.«

»Ist etwas passiert?«

»Hast du's schon von Bill oder Sheriff Sizemore gehört?«

»Nein. Was denn?«

»Kann ich kurz reinkommen?«

»Was ist denn los? Ist irgendwas mit Bill?«

»Nein, Bill geht's gut. Ich dachte nur, er hätte dich vielleicht angerufen.«

»Angerufen weshalb?«

»Du solltest dich lieber setzen.«

»Um Himmels willen, was ist denn los?«

Ian wartet stumm, das Gesicht zu einer ausdruckslosen Maske geglättet, während sie ihn forschend anblickt.

Bis sie endlich zur Seite tritt, um ihn hereinzulassen.

Sie setzt sich auf die Couch und starrt ihn von unten herauf an. Ihre Schultern wirken verspannt, die Sehnen an ihrem Hals treten hervor, ihre Hände umkrallen die Knie. Mit diesen Händen hat sie ihn früher berührt, gestreichelt. Aber das ist lange her. Ian weiß nicht mal mehr, wie es sich angefühlt hat.

»Was ist los?«, fragt sie noch einmal.

»Es geht um Maggie.«

Debbie seufzt. Sämtliche Anspannung weicht aus ihrem Körper, sie sinkt in sich zusammen, in ihre übliche nachlässige Haltung. »Sie haben die Leiche gefunden.«

Wie erleichtert sie klingt! Das »Gott sei Dank« hat sie sich gerade noch verkniffen, aber es schwingt in ihrer Stimme mit. Beinahe hätte er sie an den Schultern gepackt und geschüttelt und ihr ins Gesicht geschrien: Was bist du nur für ein Mensch? Das ist deine Tochter, *deine Tochter!* Wie kannst du es wagen, *erleichtert* zu sein, wenn es um ihren Tod geht?

Dabei weiß er ganz genau, was für ein Mensch sie ist: ein Mensch, der loslassen will. Doch die Beerdigung hat nicht die gewünschte Wirkung gehabt, sie konnte trotzdem nicht mit der Vergangenheit abschließen. Erinnerungen lassen sich nicht in Särge sperren oder in der Erde begraben. Deshalb sehnt sie sich nach der Leiche. Sie hat noch nicht begriffen, dass ihr auch die Leiche nicht weiterhelfen wird. Sie hat noch nicht begriffen, dass die Toten erst mit denen sterben, die sie gekannt und geliebt haben.

Ian schüttelt den Kopf. »Nein. Es gibt keine Leiche. Maggie lebt.«

Maggie lebt, und sie ist nicht mehr sieben Jahre alt, nicht mehr eingefroren in der Zeit. Sie ist vierzehn, im September wird sie fünfzehn, und heute hat sie um Hilfe gerufen. Direkt an seinem Ohr.

Er wird nicht zulassen, dass sie zum zweiten Mal stirbt.

ZWEI

ALS IAN DIE AUGEN ÖFFNET, liegt er auf der Couch. Den Kopf nach rechts gedreht. Mit einem Auge sieht er ein Stück der gegenüberliegenden Wand, auf dem Boden davor seine Arbeitsschuhe; das andere Auge wird von seinem Arm bedeckt, der halb über seiner Stirn hängt. Einer seiner Schuhe ist zur Seite gekippt, an der Ferse klebt ein verdreckter Kaugummi. Ian richtet sich auf. Sofort spürt er einen stechenden Schmerz im Nacken. Sonnenlicht fällt durch das schmutzige Wohnzimmerfenster auf sechs leere Guinness-Flaschen, die ordentlich aufgereiht vor ihm auf dem Tisch stehen. Sechs gläserne Kegel. Bei zweien fehlt das Etikett; er hat es abgepult und in den Flaschenhals gestopft wie eine Flaschenpost mit geheimer Botschaft. Daneben steht ein Stieltopf mit verrußtem Boden. Oben ragt eine Gabel heraus, an der Innenseite kleben angebrannte Fertignudeln und ein verkochtes Karottenstück. Ganz hinten auf dem Tisch ist ein Schachbrett aufgebaut, mit einer angefangenen Partie. Es kommt ihm vor, als wäre sie vor Urzeiten abgebrochen worden, aber er weigert sich, sie aufzugeben und wegzuräumen. Ian lässt das Gesicht in die Hände sinken und reibt sich die Wangen. Seine Bartstoppeln kratzen wie Sandpapier.

Da piept seine Armbanduhr. Er wirft einen Blick auf sein Handgelenk. Keine Uhr. Klar, er hat sie auf die Küchentheke gelegt. Also muss er wohl oder übel aufstehen.

»Scheiße.«

Ian stemmt sich vom Sofa hoch, geht rüber in die Küche und schaltet den Alarm ab. Danach spült er den Stieltopf von gestern Abend aus, legt zwei Eier hinein und füllt ihn mit Wasser, bis die Eier bedeckt sind. Er stellt den Topf auf den Herd, dreht das Gas auf, und nach einem Klicken lodern mit leisem Puff blaue Flammen mit orangen Spitzen auf. Jetzt noch den Kaffee. Er schaufelt Pulver in den Filter, füllt den Wassertank und drückt auf den Knopf. Ein Licht blinkt erst rot, dann grün. Die ersten Tropfen fallen in die fleckige Kanne und tanzen zischend auf dem erhitzten Glas.

Mit der ersten Tasse schwarzen Kaffees und zwei gepellten, weich gekochten Eiern geht er rüber zur Couch. Dort schiebt er die leeren Bierflaschen auf dem Tisch zur Seite, zieht das Schachbrett ein Stück nach vorne und betrachtet die Figuren. Er fühlt sich, als hätte er das Spiel vor einer halben Ewigkeit begonnen, als wäre es ein Relikt aus längst vergangenen Zeiten, doch er weigert sich, es einfach aufzugeben. Das Schachspiel selbst hat er in einem Ramschladen gekauft: ein schlecht verarbeiteter Holzkasten, der innen mit kariertem Stoff ausgekleidet ist und auf der Oberseite eine Einlegearbeit aus schwarzen und weißen Marmorquadraten, das eigentliche Schachbrett, aufweist. Die Figuren sind ebenfalls aus minderwertigem, stark geädertem Marmor geschnitzt, offenbar von einem Lehrling oder einem alten Mann mit zittrigen Händen. Sonst wäre das Set ja nicht so billig gewesen. Über Brett und Figuren hat sich eine dicke Staubschicht gelegt. Ian hat sie nie abgewischt, er wollte das Spiel nicht durcheinanderbringen. Dabei hat er es schon so oft angestarrt, so oft jeden einzelnen Zug im Kopf nachvollzogen, dass es auch nicht weiter schlimm wäre, wenn er die Figuren aus Versehen über den ganzen Boden verteilen würde. Er könnte sie binnen Minuten wieder korrekt aufstellen.

Er ist am Zug. Seit drei Jahren schon. Seit über drei Jahren, um genau zu sein. Genauso lang weiß er schon, wie sein nächster Zug aussehen wird. Nachdem er eine Stunde mehr oder weniger betrunken über dem Brett gebrütet hatte, war er sich sicher: Dame auf B4. Aber da war es schon zu spät, um noch anzurufen, selbst in Kalifornien, wo Jeffrey lebte, damals noch bei seiner Mutter Lisa. Deshalb verschob er den Anruf auf den nächsten Tag und fing lieber ein weiteres Zwölferpack Bier an, das ihn bei Laune hielt, bis die Sonne aufging und er zur Arbeit fahren musste. Inzwischen hat er klare Regeln aufgestellt – höchstens ein Sixpack im Apartment –, aber damals war er noch nicht so weit. Als er nach Hause kam, ließ die Wirkung des Alkohols allmählich nach, doch in seinem verkaterten Zustand konnte er unmöglich mit Jeffrey sprechen. Ein weiterer Tag verging. Und noch ein Tag. Eine Woche, sechs Monate. Und sollte er seinen Sohn etwa nach sechs Monaten Funkstille anrufen, um ihm zu sagen: Dame auf B4?

Jetzt hebt er die verstaubte schwarze Dame an und stellt sie auf ihr neues Feld. Er nippt an seinem Kaffee und betrachtet die veränderte Lage. Nur leider hat der Zug nicht stattgefunden, solange Jeffrey nicht davon erfährt. Ian zieht die Dame zurück und schiebt das Schachbrett zur Seite. Vielleicht wird er ihn später anrufen.

Er streut Salz und Pfeffer auf das erste Ei, schiebt es sich als Ganzes in den Mund und kaut gemächlich vor sich hin. Dann spült er den Brei mit einem Schluck Kaffee hinunter.

Es ist schon seltsam. Je länger man mit etwas wartet, desto schwerer fällt es einem. Statt die Dinge anzupacken, schiebt man sie vor sich her – man kann sich ja später noch drum kümmern, und irgendeine Ausrede findet man immer. Aber was man nicht erledigt, wird größer und größer, wie ein Schneeball, den man über eine verschneite Wiese rollt. Was man vorher noch einfach in die Tasche stecken konnte, ist irgendwann so groß und schwer wie ein ganzer Planet.

Ian rülpst und widmet sich dem zweiten Ei.

Kurz darauf betritt er den Fahrstuhl.

Das Gebäude, in dem er wohnt, war früher mal ein Hotel. Der alte Carl Dodd hatte es im Jahre 1924 errichtet. Aus unerfindlichen Gründen war er der festen Überzeugung gewesen, Bulls Mouth würde sich zur größten Stadt zwischen Houston und San Antonio entwickeln. Ein Irrtum. Seine Kinder Carney und Vickie, die das Hotel 1996 samt der Molkerei Dodd Dairy erbten, verkauften es auf der Stelle an einen Immobilienmakler aus Houston. Der Makler ließ die Hotelzimmer zu günstigen Apartments umbauen, vor allem für Studenten, die von zu Hause wegwollten. Das heißt, »Umbau« ist übertrieben – im Wesentlichen wurde das alte Schild über der Tür durch ein neues ersetzt. Und den Aufzug hat sich mit Sicherheit seit zwanzig Jahren kein Techniker mehr angeschaut. Heute ist es so weit, denkt Ian jeden Tag aufs Neue, heute reißen die Seile.

Mit einem Knarren schließt sich die Tür. Ian drückt auf den Knopf für das Erdgeschoss. Die Kabine erzittert, als hätte sie schon selber Angst, und setzt sich dann zögernd in Bewegung.

Als sich die Tür wieder öffnet, wirft er einen Blick auf die Uhr. In zwanzig Minuten muss er auf der Arbeit sein.

MAGGIE HAT IN DER NACHT kaum geschlafen, weil sie ständig überlegt hat, wie sie hier rauskommen kann. Sie hat es mit Zählen versucht, aber es hat nicht funktioniert, sie hat dauernd den Faden verloren. Sie hat sich hin und her gewälzt, bis sie sich hoffnungslos in den Laken verknotet hatte. Sie fand einfach nicht die richtige Lage, und ihre Gedanken wollten nicht zur Ruhe kommen.

Jetzt ist es Morgen. Maggie steht auf Zehenspitzen unter dem Fenster und hält das Gesicht in die hellen Sonnenstrahlen. Die Wärme auf der Haut tut ihr gut. Wie gerne wäre sie wieder da draußen, wie gerne würde sie wieder das Laub und die Erde unter ihren Füßen spüren, die Vögel singen hören. Hören, wie die Luft zum Leben erwacht, wenn der heiße Sommerwind durch die Blätter fährt.

»Wenn du es noch einmal versuchst, bringt er dich um.«

Die Stimme kommt von links. Borden.

Sein Pferdekopf ragt aus der Dunkelheit, seine Nüstern blähen sich, ein einzelnes schwarzes Auge schimmert in dem bisschen Licht, das vom Fenster in die düstere Ecke sickert. Ansonsten sieht sie nur die Spitzen seiner Chucks. Alles andere liegt im Schatten.

»Ich glaube, du wärst nicht die Erste.«

Wie immer bewegt sich sein Mund nicht, wenn er spricht. Die Worte steigen aus seinem Kopf auf, verteilen sich in der Luft und setzen sich in Maggies Kopf wieder zusammen.

»Glaub ich auch«, sagt sie. »Aber ich kann trotzdem nicht bleiben.«

»Hast du vergessen, was er dir gestern angetan hat?«

»Natürlich nicht.« Sie fasst sich an die Handgelenke, wo sich Armreife aus Schorf gebildet haben.

»Wie kannst du dann so etwas denken?«

Schweigend dreht sie sich zum Fenster. Sie will wieder die Wärme auf ihrem Gesicht spüren.

»Nächstes Mal wird es noch schlimmer.«

»Ich weiß.«

»Vielleicht wird er dich nicht gleich töten, aber es wird auf jeden Fall schlimmer werden.«

Sie nickt. Bordens Worte zwingen sie, sich in die Situation hineinzuversetzen: Wie sie am Bestrafungshaken hängt, mit violett angeschwollenen Händen und blutigen Handgelenken, während ihr Körper hilflos, schutzlos, hin und her baumelt. Wie oft hat sie das schon erlebt? Mindestens zwei Dutzend Mal, und es ist jedes Mal furchtbar.

Wenigstens kann sie treten. Dadurch kann sie Henry eine Weile auf Abstand halten, aber nicht auf Dauer. Irgendwann muss sie aufhören, und wenn sie es tut, bestraft er sie nur noch härter. Oft reicht schon der Gedanke an den Bestrafungshaken, und sie fügt sich, selbst wenn die Schrecken des Albtraumlands so groß werden, dass sämtliche Zellen ihres Körpers rebellieren.

»Ich weiß«, wiederholt sie.

Aber jetzt, als die Morgensonne auf ihr Gesicht fällt, ist es ihr egal. Nein, die Bestrafung ist ihr nicht egal, sie hat unglaubliche Angst davor, aber es hilft nichts, sie muss das Risiko eingehen. Sie kann nicht länger hier unten bleiben. Erst recht nicht seit gestern. Seit gestern weiß sie, dass sie jedes Risiko eingehen wird.

»Sogar wenn er dich umbringt?«

»Sogar dann.«

»Und was ist mit mir?«

»Du kannst mitkommen.«

»Das geht nicht.«

»Warum nicht?«

»Ich kann hier nicht raus. Ich bin hier zu Hause.«

»Du kannst dir ein neues Zuhause suchen.«

»Nein. Ich wurde hier geboren. Da draußen kann ich nicht überleben.«

»Versuch's doch wenigstens.«

»Nein. Es geht nicht. Ich kann hier nicht raus.«

»Warum?«

Keine Antwort.

»Borden?«

Immer noch keine Antwort. Dann: »Wenn du abhaust, sag ich's ihnen.«

»Das meinst du nicht ernst.«

»Doch. Wenn du abhaust …«

»Was dann?«

»Du darfst nicht abhauen.«

»Und du darfst es ihnen nicht sagen.«

»Ich komm hier nicht raus, du kommst hier nicht raus.«

»Du darfst es ihnen nicht sagen!«

Er weicht einen Schritt zurück in die Schatten.

»Borden?«

Stille. Maggie schließt die Augen. Sie stellt sich vor, wie sie am Bestrafungshaken hängt, wie das Blut aus ihren aufgerissenen Handgelenken über die Arme rinnt. Sie spürt den schrecklichen Schmerz in ihren Schultern und Händen. Sie spürt jeden einzelnen Schlag.

Nach einer Weile öffnet sie die Augen und späht in die Dunkelheit. Sie ist undurchdringlich wie ein schwarzes Tuch. Wer weiß, was sich in dieser Dunkelheit verbirgt.

Du kommst hier nicht raus.

DIEGO PEÑA HASST DIE SONNE. Wie sie da oben über den Bäumen prangt, ihr weißes Licht in seine Augen treibt und seinen dröhnenden Kopf grillt, während er die Flatland Avenue entlangfährt – als würde sie sich über ihn lustig machen! Wenn er könnte, würde er seine Dienstwaffe zücken und das Ding vom Himmel ballern, es einfach auspusten wie eine Kerze. Und zusehen, wie es auf den Boden klatscht, als wäre es ein toter Vogel.

Er rülpst und muss schnell schlucken, um sich nicht zu übergeben. Das war knapp.

Keine Ahnung, wie viel er gestern im Roberta's getrunken hat. Auf jeden Fall zu viel. Er sollte einfach nicht mehr hingehen und das O'Connells zu seiner Stammkneipe machen. Im Roberta's hat er sich einfach nicht im Griff.

Seit er mitten in der Nacht wegen eines Ehekrachs zu Roberta und ihrem damaligen Noch-Ehemann Jimmy Block gerufen wurde und ihm eben dieser Mann eine Rolle Stacheldraht ins

Gesicht geknallt hat, kann er bei ihr umsonst trinken. Genauer gesagt, seit sie die Bar sechs Monate später im Zuge der Scheidungsvereinbarung zugesprochen bekommen und den Namen geändert hat. Aus dem Jimmy's wurde das Roberta's, auch wenn sich einige Stammgäste bis heute weigern, den neuen Namen zu benutzen, und es weiter Jimmy's nennen. Aber egal. Diego rülpst noch einmal und schluckt noch einmal herunter, was immer da in seiner Kehle aufsteigt. Hätte er mal lieber nicht die Reste vom gestrigen Ochsenschwanzragout gefrühstückt. Aber er dachte eben, er hätte lange genug vor der Toilette gekniet, und etwas feste Nahrung würde vielleicht das letzte bisschen Alkohol in seinem Magen aufsaugen.

Für seine Frau sind die vier Jahre, die er nun gratis gesoffen hat, zweifellos genug. Zumindest deutet er so den Blick, den sie ihm heute Morgen zugeworfen hat. Natürlich hing er in diesem Augenblick über der Kloschüssel, und als er mit einem Speicheltropfen am Kinn zu ihr aufschaute, drehte sie sich bereits um und ging, sodass er ihr Gesicht nur für einen kurzen Moment gesehen hat. Von daher kann er sich nicht ganz sicher sein. Danach hat er sie nur noch murmeln hören: *»... hace lo que le sale de los cojones.«*

Jetzt wäre genau der richtige Moment für einen Red Rooster: ein leichtes Bier mit etwas Tomatensaft, ein wenig scharfer Soße, einem Schuss Muschelsaft und einem rohen Ei. Ja, das würde ihm jetzt guttun. Er guckt auf die Uhr: halb acht. Das Roberta's macht erst in zweieinhalb Stunden auf. Dann muss er sich noch etwas gedulden.

Also ist er jetzt wohl im Dienst.

Gewissermaßen.

Gestern um halb acht, als die Stimmung im Roberta's endlich etwas stieg, kam auf einmal Pastor Warden herein, um eine Belohnung auf seine entlaufenen Dackel auszusetzen: zehn Dollar für jeden Hund, den man ihm zurückbringt.

Andy Paulson blickte von seinem Platz an der Bar auf. »Tot oder lebendig?« Er grinste über die Schulter und zeigte dabei seine schiefen Zähne, die Diego immer an eine Reihe Porzellansplitter erinnern. In seinem lächerlich gewachsten Schnurrbart hingen Schaumfäden.

»Lebendig«, erwiderte Warden. »Sonst bekommt ihr am Sonntag eine sechsstündige Predigt über die Sünde der Trunkenheit zu hören.«

Und schon war er wieder verschwunden, während die halbe Bar in schallendes Gelächter ausbrach. Aber seitdem sind einige Stunden vergangen, und mittlerweile klingen zehn Dollar pro Hund gar nicht so schlecht, auch wenn Diego im Moment ein bisschen neben sich steht. Nach Cordelias Blick heute Morgen käme ihm das Geld gerade recht, um ihr davon auf dem Heimweg einen Blumenstrauß im Albertsons zu kaufen.

Er fährt rechts auf die Main Street. Während er den Flatland Park passiert, schielt er rüber auf die Wiese. Dort könnten sich ein paar Hunde tummeln. Aber nein, Fehlanzeige. Also fährt er weiter Richtung Süden zum Bulls Mouth Nine. Auf dem Golfplatz entdeckt er Andy Paulsons Bruder Fred, den Besitzer der U-Haul-Autovermietung neben Andys Futterladen an der Wallace Street. Anscheinend spielt er gerade ein Loch zu Ende – er steht mit hochrotem Kopf in einem Sandbunker, hackt mit einem Pitching Wedge auf den Ball ein und stößt am laufenden Band Flüche aus, als hätte er sie bei Walmart im Dutzend erworben. Schließlich donnert er den Schläger auf den Boden, klaubt den Ball auf und wirft ihn rauf aufs Grün. Dann sammelt er den Schläger wieder ein und klettert aus dem Bunker, den er so lässt, wie er ist. Soll ihn doch der nächste Spieler harken.

Diego biegt in die Underhill Avenue ein. Er schaut abwechselnd nach links auf den Golfplatz und nach rechts in den Wald. Die Brombeeren sind schon überreif und liegen prall und fett am Boden unter Büschen und vergammeln.

Auf halbem Weg zur Crockett Street sieht er seinen ersten Dackel: Der Hund gräbt in einem nierenförmigen Sandbunker, der sich am vierten Loch entlangschlängelt.

Sofort fährt Diego rechts ran und reißt die Tür auf – doch kaum ist er ausgestiegen, wird ihm schwindlig. Er klammert sich ans Autodach und schluckt sauren Magensaft herunter. Als er ein paarmal zwinkert, verzieht sich der Grauschleier vor seinen Augen, und das Blut kehrt in seinen Kopf zurück. Er kneift die Augen zusammen und späht hinüber auf den sonnigen Golfplatz. Der Hund ist immer noch am Buddeln. Nachdem Diego ein Stück an dem hüfthohen Maschendrahtzaun entlanggelaufen ist, der das Bulls Mouth Nine begrenzt, schwingt er sich mit einem Satz auf die andere Seite. Ein schwerer Fehler, wie sich im nächsten Moment herausstellt.

Er landet zwar auf den Füßen, stürzt aber schon nach zwei Schritten auf die Knie und übergibt sich – fast nur Flüssigkeit, der Rest vom gestrigen Fest und das bisschen Frühstück, das er heute Morgen heruntergewürgt hat. Als nur noch Speichel kommt, rappelt er sich wieder auf, hält sich abwechselnd die Nasenlöcher zu, um sich ins Gras zu schnäuzen, und wischt sich über die feuchten Augen. Schon besser. Sein Magen brennt nicht mehr ganz so schlimm. Vielleicht ist es jetzt überstanden, vielleicht hat er den Wendepunkt erreicht. Gut möglich, dass er sich schon bald wieder etwas menschlicher fühlt. Er spuckt ein letztes Mal aus, klopft sich die Hosen ab und schaut sich um.

Der Dackel kauert im Rough nördlich des vierten Lochs. Diego fängt an zu rennen, überlegt es sich aber sofort anders und verlangsamt seinen Schritt.

»Hierher, Hundchen.«

Als der Hund auf der Rückbank hockt und Diego wieder hinterm Steuer sitzt, beugt er sich zum Beifahrersitz und öffnet das Handschuhfach. Nachdem er einige Kugelschreiber und Servietten und anderen Müll, den er irgendwann dort deponiert hat, zur Seite geräumt hat, ertasten seine Finger endlich das Gesuchte: ein Probefläschchen Mundwasser, das er für Tage wie diesen in Reserve hat. Er nimmt einen Schluck, gurgelt einige Sekunden und spuckt das Zeug dann aus dem Fenster.

Und weiter geht's. Sein Ziel für den heutigen Tag sind fünfzig Dollar.

An der Abzweigung zur College Avenue steht Ian Hunt mit seinem Mustang und wartet auf eine Lücke im Verkehr. Als Diego an ihm vorbeifährt, winken sie einander zu. Im Rückspiegel sieht er, wie Ian rechts in die Crockett Street einbiegt. Anscheinend ist er auf dem Weg zum Revier.

Nicht so Diego.

Den Alkohol ist er los, zumindest größtenteils. Dafür hat er jetzt wieder Hunger. Na toll.

ALS IAN DIE TÜR ZUM POLIZEIREVIER AUFSTÖSST, sitzt Chief Davis an seinem Schreibtisch und blättert durch seinen Papierkram. Er sieht zu Ian auf. »Morgen.«

»Morgen. Seit wann fängt Diego so früh mit der Arbeit an?«

»Glaub nicht, dass er arbeitet.«

»Ach nein?«

Davis schüttelt den Kopf. »Irgendwer ist in Wardens Zaun gekracht, und die ganzen Köter sind abgehauen. Gestern stand er plötzlich im Roberta's und meinte, er zahlt zehn Dollar pro Hund.«

Ian nickt. »Gibt's was Neues von Maggie?«

Schlagartig verschwindet das Lächeln von Davis' Lippen. »Nein. Der Schuster hat sich die Fahndungsfotos angeschaut, aber niemanden erkannt. Und das Phantombild, das Sizemores Jungs aus ihm rausgekitzelt haben, sieht aus wie ein kahlköpfiger John

Goodman. Mit dem alten Knacker ist rein gar nichts anzufangen. Die Ergebnisse der Spurensicherung kommen noch. Wer weiß, vielleicht waren ja Fingerabdrücke auf dem Telefon. Ach ja, Sizemore lässt Bill Finch und John Nance alle vergleichbaren Vermisstenfälle im County durchgehen. Vielleicht gibt's Parallelen.«

»Finch? Warum gerade der?«

Davis zuckt die Schultern. »War nicht meine Idee.«

»Schon klar.« Ian dreht sich zur Tür der Leitstelle, hält dann aber noch mal inne. »Kannst du den Sheriff bitten, Kopien der Akten rüberzuschicken? Ich würde gern selbst einen Blick drauf werfen.«

»Mach ich. Thompson soll das Zeug abholen. Da fällt mir ein, hast du das hier schon gesehen?« Davis hält die aktuelle Ausgabe des *Tonkawa County Democrat* hoch. Sofort steht Ian neben ihm und reißt ihm die Zeitung aus der Hand – als Aufmacher auf der ersten Seite des zwanzigseitigen Blättchens steht in großen Lettern:

SENSATIONELLE ENTDECKUNG:
VOR SIEBEN JAHREN ENTFÜHRTES MÄDCHEN LEBT

Ian schüttelt den Kopf. Wenn das eine Entdeckung war, entdeckt man auch die Faust, die man in die Fresse kriegt.

Der Artikel rekapituliert, wie Maggie aus dem Haus entführt wurde, »während ihre Eltern einen romantischen Abend zu zweit verbrachten«, wie man sie für tot erklärte und eine Beerdigung abhielt, »obwohl die Leiche nie gefunden wurde«. Darauf folgt eine Beschreibung des Entführers, die auf jeden Mann ab einem gewissen Alter zutrifft.

Ian schleudert die Zeitung auf Davis' Tisch. »Hast du die Typen informiert?«

»Sizemore. Er hat auch den lokalen Nachrichtensendern Interviews gegeben. Dadurch ist ihr Bild jetzt im Umlauf, und die

Beschreibung des Kidnappers auch. Und die Leute wissen wieder, wo sie sich melden müssen: ›Bei Hinweisen zum Verbleib von Magdalene Hunt oder zu ihrem Entführer, wenden Sie sich bitte direkt an das Sheriff's Department von Tonkawa County.‹ Das alte Spiel eben. Geht nun mal nicht anders. Wahrscheinlich bringt's nicht viel, aber wer weiß?«

»›Während ihre Eltern einen romantischen Abend zu zweit verbrachten.‹« Ian schüttelt den Kopf. »Das klingt, als hätten wir sie ganz allein im Haus gelassen.«

»Tja.« Davis zuckt die Schultern. »Ihr wart wirklich aus, oder? Also ist es irgendwo die Wahrheit.«

»Eine Tatsache«, sagt Ian, »nicht die Wahrheit.«

»Wenigstens ist ihr Bild in der Zeitung und im Fernsehen.«

Ian nickt und geht rüber. In der Tür der Leitstelle dreht er sich noch einmal um. »Denkst du an die Akten?«

»Versprochen.«

Auf dem Weg zu seinem Platz schaltet Ian die Kaffeemaschine ein. Dann lässt er sich mit einem tiefen Seufzen in den Stuhl fallen und setzt sich das Headset auf.

Doch er fühlt sich nicht wohl dabei. Es ist falsch. Er sollte nicht hier sitzen. Er sollte da draußen sein und nach Maggie suchen. Das sollte und das will er tun. Aber wie? Solange sie keine Fingerabdrücke haben, die zu vorbestraften Kriminellen passen, solange er die Akten aus dem Büro des Sheriffs noch nicht hat, solange es überhaupt noch keine echte Spur gibt, kann er da draußen gar nichts ausrichten. Anders als hier an seinem Platz. Bulls Mouth ist keine Großstadt, oft langweilt er sich den halben Tag, und trotzdem: In seiner Zeit hier hat er schon mehr als ein Leben gerettet. Maggie kann er noch nicht retten, aber vielleicht jemand anderen. So könnte er auch einen Teil der nervösen Energie abbauen, die sich in seinen Eingeweiden angestaut hat, weil er etwas tun will, aber die Umstände ihn nicht lassen. Wie eine scharfe Patrone in einem verstopften Pistolenlauf – wenn er nicht aufpasst, könnte er jeden Moment explodieren. Also muss er sich irgendwie nützlich machen, um zumindest etwas Druck abzulassen, um das Warten ein bisschen erträglicher zu gestalten.

»Polizeinotruf. Was kann ich für Sie tun?«

»Ich hab meine Autoschlüssel verloren.«

»Wie bitte?«

»Ich hab meine Autoschlüssel verloren und bin sowieso schon spät dran.«

Ian seufzt. »Und was soll ich da tun, Thompson?«

»Keine Ahnung. Du könntest dich mal umschauen.«

»Hier sind sie bestimmt nicht. Du bist doch mit dem Auto heimgefahren.«

»Stimmt auch wieder.«

»Schon mal in der Hosentasche nachgeschaut?«

»Klar, was denkst du ...« Ein überraschtes Lachen. »Scheiße, du hast recht.«

Ian schenkt sich den ersten Becher Kaffee ein und nimmt einen Schluck. Es ist völlig still. Nur die Klimaanlage im Fenster rattert leise vor sich hin.

»Polizeinotruf. Was kann ich für Sie tun?«

»Hallo.« Die dünne Stimme eines kleinen Mädchens.

»Hallo. Spielst du etwa mit dem Telefon?«

»Nein.«

»Wo wolltest du denn anrufen?«

»Beim Polißeimotruf.«

»Wirklich?«

»Ja. Bist du der Polißeimotruf?«

»Ja, hier ist die Polizei. Wie heißt du denn?«

»Thalia.«

»Hallo, Thalia. Warum willst du bei der Polizei anrufen?«

»Wegen Mama.«

»Was ist mit deiner Mama?«

»Sie steht nicht mehr auf.«

»Was ist passiert, Thalia?«

»Papa hat es ihr verboten.«

»Was hat dein Papa ihr verboten? Aufzustehen?«

»Nein.«

»Was dann? Was wollte sie denn machen?«

»Koffer packen.«

»Wollte sie weggehen?«

Stille am anderen Ende der Leitung.

Ian wartet ein paar Sekunden. »Thalia?«

»Ja?«

»Hast du grade mit dem Kopf genickt?«

»Ja.«

»Deine Mama wollte also weggehen?«

»Ja.«

»Deine Mama wollte weggehen, und dein Papa hat es ihr verboten?«

»Ja.«

»Hat er sonst noch was gemacht?«

»Hat sie geschlagt.«

»Und wo ist er jetzt?«

»Weg.«

»Er ist also nicht mehr zu Hause?«

»Nein.«

»Und wo ist deine Mama?«

»Sie ist müde.«

»Aber wo ist sie?«

»Im Schlafzimmer.«

»Schläft sie?«

»Papa hat sie geschlagt, und danach hat er gesagt, sie macht ein Nickerchen.«

»Wann war das?«

»Bevor er weg ist. Aber sie wacht gar nicht mehr auf. Und ich hab Hunger.«

»Blutet sie?«

»Darf man beim Polißeimotruf anrufen, weil man Hunger hat?«

»Natürlich, Thalia. Blutet deine Mama?«

»Hat wieder aufgehört.«

»In Ordnung. Gleich wird ein Polizist bei euch vorbeikommen. Bitte bleib am Telefon, bis er da ist. Okay?«

»Ist der Polizist gut?«

»Komm, Thalia, wir unterhalten uns noch ein bisschen.«

»Okay.«

Ian sitzt über den kopierten Akten, die das Büro des Sheriffs rübergeschickt hat, als drüben die Vordertür auffliegt und Diego mit einem gemurmelten »Morgen« das Polizeirevier betritt. Ian nimmt das Headset ab, steht auf und stellt sich in die Tür zum Empfangsraum.

Dort lässt sich Diego gerade auf die Couch an der Seitenwand fallen. Aus seinem Mundwinkel hängt eine selbst gedrehte Zigarette. Er schiebt die Sonnenbrille hoch und steckt mit ihr sein gewelltes Haar zurück. Seine Augen sind gerötet, er wirkt todmüde. Als er Ian bemerkt, nickt er und grunzt eine Begrüßung.

»Wie viele hast du erwischt?«

»Wie viele was?«

»Hunde.«

»Ach so. Vier. Eigentlich wollte ich fünf.«

»Und hat Warden gezahlt?«

Diego greift in seine Brusttasche, zieht zwei Zwanziger raus und hält sie für ein paar Sekunden ins Licht, bevor er sie wieder in der Tasche verschwinden lässt.

»Will sie Anzeige erstatten?«

»Wer?«

»Genevieve Paulson.«

»Ach so. Nein, natürlich nicht. Sie wartet lieber, bis Andy sie irgendwann umbringt. Du hättest ihr Gesicht sehen sollen.«

»Schlimm?«

»'ne Pflaume mit Augen.«

»Und wie geht's Thalia?«

»Sie war wie immer. Hat die ganze Zeit gelächelt. Ein richtiger Sonnenschein.«

Ian schüttelt den Kopf. Mit einem Vater wie Andy Paulson kann sie nur verlieren. Das hübsche kleine Mädchen wird sich in eine dieser fetten, verwahrlosten Frauen verwandeln, die mit ihrem Mann im Wohnwagen hausen und jedes Mal von ihm durchgeprügelt werden, wenn er auf der Arbeit einen Anschiss bekommen hat, weil er den Laster nicht schnell genug beladen oder den leeren Tank des Gabelstaplers nicht aufgefüllt hat. Und nur, weil Andy Paulson ein verdammtes Arschloch ist.

»Mit Andy müsste man mal ein ernstes Wörtchen reden.«

»Genau das hab ich gemacht. Ich war grad bei ihm im Laden.«

»Und was hat er gesagt?«

»Dass es ihm unendlich leidtut. Dass es nie wieder vorkommen wird.«

»Die alte Leier.«

Diego nickt. »Die alte Leier.«

»Die ewigen Verwarnungen bringen doch nichts.«

»Tja, Andy ist eben ein Mann der Tat. Mit Worten kommt man da nicht weit.«

»Vielleicht sollte man es dann mal mit was anderem versuchen.«

MAGGIE SITZT IM SCHNEIDERSITZ auf der Matratze, den leeren Teller vom Mittagessen neben sich. Die Deckenbeleuchtung ist abgeschaltet, die Sonne bereits über das Haus gewandert, und die ersten Schatten kriechen über den Boden. Im dünnen grauen Licht des Kellerraums wirkt das Dunkel der Ecken undurchdringlich. Maggie späht hinüber auf der Suche nach einer Bewegung. Aber Borden ist verschwunden. Das ist nicht weiter ungewöhnlich, doch seit heute Morgen traut sie ihm nicht mehr über den Weg, und sie will sichergehen, dass er sich nicht von hinten an sie ranschleicht. Seit ihrem Streit hat er sich nicht mehr gezeigt. Dabei hat sie sogar laut gesagt, dass sie es nicht noch einmal versuchen wird. »Es ist zu gefährlich«, hat sie gesagt. »Ich bleibe lieber hier.« Sie hat so getan, als würde sie mit sich selbst sprechen, aber der eigentliche Adressat ihrer Worte war Borden. Vielleicht hat er ja zugehört. Wahrscheinlich hört er immer zu. Sie kann nur hoffen, dass er sie nicht verrät.

Doch selbst wenn er sie zunächst verschont, ist ihr jetzt klar, dass sie ihm nicht trauen kann. Sie hat immer gedacht, er würde zu ihr halten, aber das stimmt nicht. Er hält einzig und allein zu sich selbst. Sie muss hier raus, und zwar bald, aber sie muss sich vorsehen. Selbst hier unten im Keller, wo sie ganz allein ist, darf sie nicht durchblicken lassen, was sie vorhat. Denn in Wirklichkeit ist sie nicht allein.

Ab heute ist alles anders. Sie weiß nun, dass sie fliehen wird. Noch ist es zu früh, sie muss erst einen Plan schmieden. Aber heute fängt es an. Sie wird das Albtraumland hinter sich lassen, schon bald. Und ihr ist egal, ob Borden mitkommt oder nicht. Eigentlich hofft sie sogar, dass er hier unten bleibt. Sie will ihn nie wiedersehen. Bald wird sie im Sonnenlicht stehen. Und sie wird sich nicht mehr fürchten.

»Du wirst Beatrice traurig machen.«

Sie blickt sich um, erst nach links, dann nach rechts.

Er sitzt neben einem Stapel Umzugskartons in der hintersten Ecke des Kellers. Maggie hat längst herausgefunden, was in den Kisten lagert: haufenweise alter Weihnachtsschmuck, alte Hefte mit nackten Frauen, Cowboyromane, alte Klamotten, die nur noch als Putzlappen verwendet werden. Borden hält sich im Schatten verborgen, doch ein Teil seines Körpers ragt ins trübe Licht. Er rührt sich nicht.

»Warum?«

»Ich weiß, dass du immer noch abhauen willst.«

»Das ... Das stimmt doch gar nicht.«

»Warum bleibst du nicht einfach?«

»Tu ich doch.«

»Du weißt, dass sie dich lieb hat.«

»Hat sie nicht.«

»Natürlich liebt sie dich.«

»Sie liebt ein Mädchen, das Sarah heißt.«

»Du könntest Sarah sein.«

»Bin ich aber nicht.«

»Du könntest es aber sein. Du warst es länger als alle anderen davor. Warum gibst du ihr nicht, was sie will? Sie will dich doch nur lieb haben. Alles wäre viel besser.«

»Ich gehöre aber nicht hierher.«

»Doch. Und deshalb kommst du hier auch nicht raus.«

»Ich ...« Sie will sich nicht schon wieder auf diese Diskussion einlassen. »Ich will doch gar nicht mehr abhauen.«

»Willst du wohl. Ich kann deine Gedanken lesen.«

»Du lügst!«

»Tu ich nicht. Ich kann deine Gedanken lesen, das weißt du ganz genau. Ich kann bis in die dunkelsten Ecken deiner Seele schauen. Vor mir kannst du nichts verstecken.«

Maggie spürt, wie ihre Augen feucht werden. Er hat recht, natürlich hat er recht. Wie oft hat er schon auf ihre bloßen Gedanken geantwortet? Es war immer das Gleiche, von Anfang an –

Bordens Worte sind Echos ihrer geheimsten Ängste, Ängste, die sie niemals aussprechen würde: Deine Eltern haben eine neue Tochter, sie denken gar nicht mehr an dich. Irgendwann wird Henry dich an den Bestrafungshaken hängen und nicht mehr runternehmen. Bis du tot bist.

Sie blinzelt ihre Tränen weg und wischt sich über das Gesicht. Hinten in der Ecke glitzern Bordens rollende teerschwarze Pupillen. Seine Nüstern blähen sich, sein Mund verzerrt sich zu einem hässlichen Lächeln, das seine großen, eckigen Zähne entblößt.

»Ich kann deine Gedanken lesen.«

Wieder wischt sie sich über das Gesicht. »Das kannst du nur, weil es dich gar nicht gibt. Weil du meine Einbildung bist.«

»Du kommst hier nicht raus.«

»Du willst nicht, dass ich hier rauskomme, weil ich dich dann nicht mehr brauche.«

»Du kommst hier nicht raus.«

»Ich brauche dich nicht mehr.«

»Du kommst hier nicht raus.«

»Du bist eine Einbildung.«

»Du kommst hier nicht raus, Sarah. Niemals.«

Maggie schließt die Augen und versucht, sich zu erinnern. Wann hat sie Borden zum ersten Mal gesehen? Noch bevor sie hierhergekommen ist, bevor sie entführt und an diesen Ort gebracht wurde, da ist sie sich ziemlich sicher. Genau, es war im Streichelzoo. Sie war sieben Jahre alt, ihr war gerade ein Zahn ausgefallen, die Sonne schien, alles war hell und schön, und sie war mit Daddy und Jeffrey im Streichelzoo. Dort lernte sie einen Jungen kennen, wahrscheinlich ein paar Jahre älter als sie. Er trug Chucks und abgewetzte Levis, sein rotes Hemd war zugeknöpft und ordentlich in die Hose gesteckt. So stand er da, mit hochgekrempelten Ärmeln, die Hände in den Taschen. Als sie ihre letzte Karotte an ein Miniaturpferd verfüttert hatte, zog er ein Stück Sellerie aus seiner Hosentasche und gab es ihr. Er sagte, er heiße Danny Borden, und sie bedankte sich und ließ das Pferdchen weiter aus ihrer Hand fressen. Danny Borden: ein ganz normaler Junge mit Sommersprossen auf den Wangen, braunen Augen und geradem Pony. Ihr Borden ist nur eine Kopie von diesem Jungen. Eine Albtraumkopie.

Er ist nicht echt. Er ist eine Einbildung.

Sie sieht ihn an – und plötzlich scheint er sich in einem Flackern aufzulösen, wie ein Fernsehbild bei schlechtem Empfang, wie das Licht einer Lampe, wenn der Strom ganz langsam unterbrochen wird. Aber nur für einen Moment, dann ist er wieder ganz da. Seine Augen rollen in ihren Höhlen und starren sie an.

»Du kommst hier nicht raus.«

»Ich hab keine Angst vor dir. Du bist eine Einbildung.«

Erneut ein kurzes Flackern. »Du kommst hier nicht raus. Niemals. Versuch's gar nicht erst. Sonst werd ich's ihnen sagen.«

»Du kannst es ihnen nicht sagen. Weil es dich gar nicht gibt.«

Da geht er auf sie zu, heraus aus dem Schatten. Wieder flackert es. Sie kann durch ihn hindurchschauen, auf den Kistenstapel in seinem Rücken. Bis er wieder undurchsichtig wird. Aber als er einen weiteren Schritt nach vorn macht, fängt das Flackern von Neuem an, und es wird immer stärker – Borden beginnt vor ihren Augen zu zerfallen. Ein Arm verwischt und verdichtet sich wieder. Ein Bein verschwindet flackernd, kehrt wieder zurück.

»Du kommst hier nicht …«

»Du bist eine *Einbildung!*«

Sie bückt sich zum Teller, hebt ihn hoch über den Kopf und schleudert ihn quer durch den Keller. Auf seinem Weg durch die Luft wackelt er wie ein schlecht geworfener Frisbee – aber er trifft. Das heißt, wäre Borden keine Einbildung, würde er ihn genau zwischen den Augen treffen, aber so segelt er durch ihn hindurch gegen die Umzugskartons an der Wand, prallt auf den Boden und zerspringt in tausend Stücke.

Und Borden ist weg.

Nach ein paar Minuten steht Maggie auf und geht über den kalten Beton zu den Scherben, die sich vom Ort des Aufpralls in alle Richtungen über den Boden verteilt haben. Vorsichtig setzt sie einen Fuß vor den anderen, sie will sich nicht in die Sohlen schneiden. Inmitten der Porzellansplitter blickt sie sich um. Der Teller ist nicht mehr zu flicken. Das gibt Ärger.

Nicht drüber nachdenken. Du kannst es sowieso nicht ändern, also denk nicht drüber nach.

Eins zwei drei vier fünf sechs sieben acht neun zehn elf zwölf.

Sie bückt sich und hebt die größte Scherbe auf: ein Stück vom Rand, ein gut zwanzig Zentimeter langer Halbmond, verziert mit aufgemalten Ranken, und an der scharfen Spitze blüht eine blaue Blume. Falls nötig, wird sie Beatrice die Scherbe in den Körper rammen. Aber nicht heute. Also läuft sie rüber zur Treppe. Unter der ersten Stufe gibt es einen Hohlraum, der ganz im Dunkeln liegt. Sie geht in die Knie, doch als sie die Scherbe dort hineinschieben will, zögert sie. Vor ihrem inneren Auge sieht sie, wie auf einmal eine riesige Klaue aus der Dunkelheit hervorschießt, sie am Handgelenk packt und mit sich reißt. Aber das ist natürlich Quatsch. Im Dunkeln gibt es nichts als Dunkelheit, das weiß sie. Und unter der Stufe ist sowieso kaum Platz, da könnte sich höchstens eine Katze verkriechen. Trotzdem legt sie die Scherbe lieber davor auf den Boden und stupst sie mit der Hand nach hinten, um die Finsternis nicht zu berühren. Später, wenn sie die Scherbe wieder rausholen will, wird sie keine Wahl haben, aber darüber muss sie sich jetzt keine Gedanken machen. Hauptsache, die Scherbe ist gut versteckt, und dort hinten wird sie ganz sicher niemand finden. Es sei denn, Borden hat sie von seiner Ecke aus beobachtet.

Er ist eine *Einbildung.*

Ja, Borden ist eine Einbildung. Er kann ihr nichts tun.

Als sie aufstehen will, knarrt oben die Tür. Grelles Licht fällt in den Keller. Ihr wird schlecht, sie fühlt sich ertappt, schuldig. Schnell kriecht sie hinter der Treppe hervor und blickt hoch zur Tür.

Schweigend betrachtet Beatrice die Scherben am Boden. Ihr mattes Haar klebt ihr am Kopf und schmiegt sich eng an ihr trauriges, rundes Gesicht. Die Ränder ihrer tief liegenden Augen und die Mundwinkel hängen herab, als würden zwei unsichtbare Hände ihre Wangen nach unten ziehen. Auch ihre Kleider hängen immer schlaff von den runden Schultern, erst am breiten Unterleib beulen sie sich aus und werfen Falten. Sie ähnelt einem Stofftier, das die Hälfte seiner Füllung verloren hat.

Jetzt dreht sie sich um und mustert Maggie, schwer atmend und mit offenem Mund. Nach einer Weile presst sie die Lippen aufeinander, schluckt und räuspert sich. »Wie ist das passiert?«

»Ist mir runtergefallen. Es ... Es tut mir leid.«

»Aus Versehen?«

Maggie nickt.

»Sieht aber nicht so aus.«

»So war's aber.«

»Sieht aus, als hättest du ihn geworfen.«

»Ich hab ihn nicht geworfen. Ehrenwort.«

»Und wie ist er dann da hinten in die Ecke gekommen?«

»Ich räum die Scherben weg, okay?«

»Nein, du hast keine Schuhe an. Du wirst dich noch schneiden.«

Damit dreht sie sich um und geht die Treppe hinauf. Die Stufen biegen sich unter ihrem Gewicht. Wenn ihre Oberschenkel übereinanderstreichen, raschelt es leise. Es erinnert Maggie an das Geräusch, das zu hören war, wenn Daddy früher in der

Garage Möbel abgeschliffen hat. Manchmal hat sie ihm dabei geholfen. Vor allem der feine Staub, der vom Sandpapier auf ihre Hände rieselte, hat ihr gefallen. Beatrice hält auf jeder Stufe inne, atmet ein, atmet aus und setzt ihren Weg fort, bis sie schließlich oben ist und in der Küche verschwindet.

Maggie hockt sich auf die Matratze. Sie darf sich nicht in der Nähe des Verstecks unter der Treppe aufhalten.

Kurz darauf kehrt Beatrice mit Handbesen und Kehrblech zurück, eine zerknüllte Plastiktüte in der Rechten. Sie geht genauso runter, wie sie raufgegangen ist, Stufe nach Stufe, immer erst beide Füße nebeneinanderstellend und nach Luft schnappend. Einatmen, ausatmen und weiter. Ganz unten bleibt sie stehen und keucht. Sie wirkt sehr blass, Schweißtropfen glänzen auf ihrer fettigen Haut.

Maggie durchbohrt sie mit dem Blick. Bitte, fall tot um. Bitte, bitte, bitte.

Sie hasst sich für diesen Gedanken. Sie weiß, sie ist ein schlechter Mensch, wenn sie so etwas denkt. Aber sie kann nicht anders. Sie glaubt nicht, dass sie jemanden umbringen könnte – nein, ganz sicher nicht, schon bei der Vorstellung wird ihr schlecht. Aber sie hätte nichts dagegen, wenn Beatrice einfach tot umfallen würde. Natürlich hätte sie dann ein schlechtes Gewissen, weil sie es sich gewünscht hat, aber sie hat ja sowieso schon ein schlechtes Gewissen. Und ihr Leben würde so viel leichter sein.

Dabei tut sie ihr sogar irgendwie leid. Sie spürt, dass auch Beatrice gefangen ist, anders als sie selbst, aber trotzdem. Doch wenn sie sterben würde, wären alle ihre Probleme gelöst. Zumindest wenn sie zum richtigen Zeitpunkt sterben würde, also wenn Henry auf der Arbeit ist und die Kellertür offen steht. Sollte er dann aber zu Hause sein, würde er seine Wut womöglich an ihr abreagieren. Und er hätte keinen Grund mehr, sie am Leben zu lassen.

»Ach, Gott«, sagt Beatrice. Ihre riesige Brust hebt und senkt sich, hebt und senkt sich.

»Alles in Ordnung?«

Keine Reaktion. Beatrice steht bloß da und ringt um Atem. »Ja«, meint sie dann.

Schade, denkt Maggie. Und hasst sich dafür.

Beatrice geht rüber zu den Scherben, bückt sich und fegt sie aufs Kehrblech. Nachdem sie sie in die Plastiktüte geleert hat, wischt sie noch einmal über den Boden, knotet die Tüte zu und richtet sich wieder auf.

Sie hat nicht bemerkt, dass eine große Scherbe fehlt.

»Pass ein bisschen auf, wenn du hier rübergehst, ja? Du hast ja keine Schuhe.«

»Kann ich welche haben?«

»Wozu?«

»Damit ich mich nicht schneide.«

»Henry will das nicht.«

»Na gut.«

Beatrice betrachtet sie mit leerem Blick. Ihre Stirn legt sich in Falten. »Hat er dir gestern sehr wehgetan?«

Maggie betastet die dünnen Schorfringe um ihre Handgelenke. Besonders breit sind sie nicht, ungefähr so breit wie der Daumen eines Erwachsenen, aber das Seil hat sich tief in ihr Fleisch eingegraben, und die Haut ist violett verfärbt. Sie denkt an die Ohrfeige und fährt sich mit der Zunge über die aufgerissenen Lippen. Sie denkt an den Fausthieb in die Magengrube, als ihr urplötzlich die Luft wegblieb, an das Gefühl zu ersticken. Vor allem denkt sie an die Angst: Diesmal bringt er mich wirklich um.

Sie nickt.

»Es tut mir leid«, sagt Beatrice. »Ich mag es nicht, wenn er das tut.«

»Er wird niemals damit aufhören.«

»Er will dir nicht wehtun. Manchmal regt er sich halt ein bisschen auf.«

»Irgendwann bringt er mich um.«

»Nein, das wird er ganz bestimmt nicht tun.« Sie presst die Lippen aufeinander und blickt ins Leere. »Jedenfalls nicht mit Absicht.«

»Aber vielleicht aus Versehen.«

Beatrice atmet durch die Nase aus. Und schweigt.

»Du … du könntest mich gehen lassen.«

»Das ist unmöglich, Sarah. Das weißt du doch.«

»Er könnte mir dann nicht mehr wehtun. Ich würde euch auch nicht verraten. Ich würde niemandem sagen, wo ich war.«

»Du weißt doch gar nicht, wie es da draußen ist. Da ist es viel, viel schlimmer als hier. Viel schlimmer, als Henry jemals sein könnte. Das kannst du mir glauben. Ich muss es doch wissen.«

»Aber ich will nicht hierbleiben.«

»Ach, Sarah. Wie oft müssen wir diese Diskussion denn noch führen?«

Maggie schaut auf ihren Schoß, auf ihre ineinander verkrallten Finger, auf den braunen Schorf um ihre Handgelenke.

»Sarah?«

»Nicht mehr oft«, erwidert sie, ohne aufzublicken.

»Schön. Und mach dir keine Gedanken wegen dem Teller, ja? Ich sag Henry nichts davon. Das ist unser kleines Geheimnis.«

Beatrice macht sich auf den Weg nach oben. Wieder knarren die Stufen.

Jetzt fall schon tot um. Fall einfach tot um.

Als Beatrice oben angekommen ist, verlischt die Glühbirne, dann schließt sich die Tür, und es wird dunkel. Maggie hört, wie der Riegel vorgeschoben wird.

Ihre Augen brauchen ein paar Sekunden, um sich an die Dunkelheit zu gewöhnen. Eine Weile sitzt sie bewegungslos auf der Matratze.

Dann steht sie auf, geht zur Treppe und späht in die Schatten unter der ersten Stufe. Sie will die Scherbe noch einmal in der Hand halten, doch bei dem Gedanken, in die Dunkelheit zu greifen, krampft sich ihr der Magen zusammen. Immerhin kann sie eine Ecke des Porzellans erkennen. Schnell beugt sie sich vor, fasst die Scherbe und zieht sie ins Licht. Da ist nichts, das sie am Handgelenk packt, nichts, das ihr über den Handrücken streicht oder an ihren Fingerspitzen nagt. Sie hebt die Scherbe auf, hält sie in der Faust und stellt sich vor, sie würde sie mit der Spitze in Beatrices Arm oder Bein oder Hals rammen. Wieder wird ihr schlecht. Aber egal, sie wird es trotzdem tun. Sie wird ihr die Scherbe in den Körper rammen. Vielleicht nicht unbedingt in den Hals, denn dort verlaufen wichtige Adern, das weiß sie, und sie will Beatrice ja nicht gleich umbringen. Sie will sie nur so schwer verletzen, dass sie ihr nicht folgen kann. Würde Beatrice einfach tot umfallen, würde Maggie ihr keine Träne nachweinen, aber umbringen kann sie die alte Frau nicht. Doch sie kann ihr in den Arm oder ins Bein stechen, sie kann ihr so starke Schmerzen zufügen, dass sie die Treppe nicht mehr raufkommt, dass sie nicht hinter ihr herlaufen oder Henry anrufen kann. Ja, das würde sie fertigbringen, wenn sie dafür hier rauskäme.

Sie legt den Daumen auf die Spitze. Ziemlich scharf, genau wie die Innenkante – zu scharf, um die Scherbe einfach in die Hand zu nehmen und anzugreifen. Sie würde sich nur selbst die Finger aufschlitzen. Außerdem will sie nicht so nah an Beatrice heranmüssen. Also braucht sie einen Griff.

Ihr Blick wandert durch den dunklen Keller, über die Matratze mit den Decken, die Pappkiste mit ihren paar Kleidern und den Büchern, die Donald ihr heimlich gebracht hat (Maggie hat sie alle mindestens dreimal gelesen), über das Waschbecken, an dem sie sich wäscht, die Saugglocke, die daneben auf dem Boden liegt (falls der Abfluss mal verstopft ist), die Kartons mit dem Weihnachtsschmuck, den alten Klamotten, den Cowboyromanen und den Heften mit den nackten Frauen. Die Cowboyromane hat sie alle verschlungen, vor allem weil am Schluss immer die Guten gewinnen; die Hefte hat sie alle durchgeblättert, denn zwischen den Schmuddelbildern finden sich manchmal gute Sachen zum Lesen.

Sie geht zum Waschbecken, hebt die Saugglocke auf und versucht, den Stiel herauszuziehen. Es klappt nicht, er bewegt sich keinen Millimeter. Vielleicht kann sie ihn herausschrauben? Zunächst dreht sie ihn rechts herum, aber erst als sie es in der anderen Richtung probiert, kommt sie voran. Nach vier Umdrehungen gegen den Uhrzeigersinn löst sich der Stiel aus der schwarzen Gummiglocke. Hoffentlich verstopft der Abfluss nicht vor ihrer Flucht. Sonst wird Henry merken, dass der Stiel fehlt, und natürlich weiß er dann sofort, dass sie was im Schilde führt. Oder er wird zumindest Verdacht schöpfen, was auf dasselbe hinausläuft. So oder so wird er dastehen und sie anstarren und sich immer stärker aufregen, sein Gesicht wird rot anlaufen, seine Nasenflügel werden beben und sich aufblähen, seine Fäuste werden sich öffnen und schließen, öffnen und schließen, öffnen und schließen. Zwischendurch wird er in seine Hemdtasche greifen und eine Rolle dieser komischen Dinger herausziehen, die er immer isst, und sich eins davon in den Mund drücken und es zerkauen. Dann wird er sie fragen, was das soll, was sie vorhat, aber egal was sie antwortet, er wird ihr ins Gesicht schreien, dass sie eine dreckige Lügnerin ist. Und irgendwann, wenn er richtig wütend ist, wird er sich auf sie stürzen. Sie wird versuchen wegzurennen, aber er wird sie packen, wird sie auf den Boden schleudern und ihr in die Magengrube treten. Ihr wird die Luft wegbleiben, und er wird wieder und wieder zutreten, während sie auf sein knallrotes Gesicht blickt, bis endlich Dunkelheit über sie kommt. Wenn sie aufwacht, wird sie mit blutenden Handgelenken am Bestrafungshaken hängen. Und natürlich wird er ihre Waffe gefunden haben, er wird auf sie zugehen und die Waffe schwenken, und dabei wird er lächeln, ein Lächeln voller Bosheit.

Eins zwei drei vier fünf sechs sieben acht. Eine Zeit lang hat sie versucht, rückwärts zu zählen, damit sie gleich mit richtig großen Zahlen anfangen kann, mit Zahlen, die ihren ganzen Kopf ausfüllen. Doch dabei hat sie immer das Gefühl gehabt, am Ende würde etwas Schreckliches passieren. Fünf … vier … drei … zwei …

Sie öffnet eine Kiste mit Lumpen und zieht ein verwaschenes, zerfetztes T-Shirt heraus. Der Stoff riecht nach Henry, nach seiner ganz eigenen Mischung aus Knoblauch, Schweiß, Bier und Bleichmittel. Der Gestank schnürt ihr die Brust ein, sie kann kaum noch atmen, und ihr Mund ist trocken. Mit etwas Anstrengung gelingt es ihr, den Stoff in Streifen zu reißen. Dazu muss sie immer wieder die Zähne zu Hilfe nehmen. Bald tut ihr das Zahnfleisch weh, und Blut und Speichel färben das schmutzige Weiß des Stoffes rosa. Aber wenn sie sich erst durch das Bündchen gebissen hat, kann sie die Streifen einfach herunterziehen. Als sie ein paar Stofffetzen zusammenhat, bindet sie die Scherbe mit mehreren Umwindungen an den Stiel und knotet sie fest; damit die Klinge nicht nach unten rutscht, wickelt sie einen weiteren Streifen knapp unterhalb der Scherbe um den Stiel und dann in einem X um deren Basis. Am Schluss sitzt die Scherbe bombenfest, sie wackelt kaum noch. Das Porzellan würde eher zerbrechen, als sich vom Stiel zu lösen.

Das wäre erledigt. Aber wie soll sie ihren Plan in die Tat umsetzen?

Maggie schließt die Augen, um sich den exakten Ablauf vorzustellen. Tatsächlich spielt sie mehrere Möglichkeiten durch. Eines haben sie alle gemeinsam: Sie sind blutig.

Nach ein paar Minuten öffnet sie die Augen. Morgen Abend, wenn Henry zur Arbeit gefahren ist, wird sie sich unter der Holztreppe verstecken. Sie wird warten, bis Beatrice ihr das Abendessen bringt. Bis dahin wird mindestens eine Stunde vergehen, Henry wird also schon weit, weit weg sein, was ihre Chancen deutlich verbessert. Sie wird mit dem selbst gebastelten Messer in der Hand unter der Treppe stehen und warten. Normalerweise kommt Donald nur kurz bei Beatrice vorbei, um sich den Teller mit seinem Abendessen abzuholen und sich damit in seinen Wohnwagen hinter dem Haus zu verziehen. Sollte er ausnahmsweise zum Essen bleiben, wird sie ihre Flucht auf den nächsten Tag verschieben. Aber das ist ziemlich unwahrscheinlich. An den meisten Abenden ist sie allein mit Beatrice. Sie wird also mit dem selbst gebastelten Messer in der Hand unter der Treppe warten, und wenn Beatrice herunterkommt, wird sie das Messer durch die Lücken zwischen den Stufen hindurchstoßen. Sie wird ihr die Fußgelenke aufschlitzen. Dann wird Beatrice die Treppe runterfallen. Dabei wird sie natürlich schreien, aber die Wände sind aus dickem Beton, niemand wird sie hören. Sie wird schreien und die Treppe runterfallen und unten mit dem Kopf auf den Boden knallen und einfach liegen bleiben. Bewusstlos. Sodass Maggie die Treppe hochrennen und durch die Haustür fliehen kann. Sie wird durch den Wald zur Straße und die Straße entlang zum Telefon laufen. Sie wird Daddy anrufen, und Daddy wird sie abholen und nach Hause bringen. Sie wird in seinen Armen einschlafen. Und endlich in Sicherheit sein.

Sollte Donald zum Essen bleiben, wird sie bis übermorgen warten, denn wenn er nicht da ist, hat sie ein Problem weniger. Doch länger wird sie nicht warten. Länger kann sie nicht warten. Sie muss hier raus. Am liebsten würde sie bereits heute fliehen, aber sie hat schon gehört, wie Donald hereingekommen ist. Jetzt sitzt er vorm Fernseher und lacht. Aber das heißt, dass er morgen mit ziemlicher Sicherheit nicht zum Essen bleiben wird. Er bleibt nämlich nicht besonders oft zum Essen.

Sie kann es schaffen.

Morgen wird sie in Daddys Armen einschlafen.
Morgen wird sie endlich keine Angst mehr haben.

HENRY RAMMT DURCH DIE TÜR zur Damentoilette im ersten Stock und lässt den Putzwagen im Eingang stehen. Er zerrt ein Paar gelbe Handschuhe aus der Gesäßtasche seiner verdreckten Levis und streift sie sich über die Hände. Das Gummi flutscht locker über die Haut, innen ist es noch nass und verschwitzt von letzter Nacht. Er spreizt die Finger und stößt die Tür der ersten Kabine auf. Das braun lackierte Metallblatt schwingt nach innen und knallt gegen die Trennwand.

Neben dem Klo hängt ein kleiner Edelstahlmülleimer für Tampons und Binden. Henry zieht ihn aus der Halterung und geht damit zum Wagen, dreht ihn über dem Müllsack um und schüttelt einmal mit aller Kraft. Danach schaut er hinein – an der Innenseite haften noch ein paar blutige Pads. Also schlägt er den Eimer gegen den Haltering des Müllsacks und schüttelt noch einmal. Wie er diesen Teil seiner Arbeit hasst, mit dem modrigen Gestank nach geronnenem Blut und ranziger Möse. Ein weiterer Blick in den Mülleimer: Am Boden klebt noch eine blutbesudelte Binde. Henry greift rein, fasst das eklige Ding mit Mittel- und Zeigefinger und wirft es in den Müll.

Zurück in die Kabine, den Mülleimer in die Halterung eingesetzt, und weiter geht's.

Schon komisch, dass er jetzt diese Toiletten putzt. Er kann sich noch an eine Zeit erinnern, als hier noch gar kein College stand. In seiner Kindheit gab es hier nur Bäume und Unkraut und Brombeersträucher und das Rankengestrüpp der wilden Mustang-Rebe. Er weiß noch, wie er immer in den Ranken herumgeklettert ist. Zwischen den Stämmen und Ästen der Eichen und Walnussbäume flochten sie sich zu richtigen Körben, so dicht wucherten sie. Und er legte sich in die Körbe und ließ sich von den Ranken tragen wie von einer Hängematte.

Schon komisch, wie eine Stadt heranwächst, ohne dass man es bemerkt. Um einen herum verändert sich alles, alles ist in Bewegung, bis man irgendwann von seinem winzigen Flecken Erde aufblickt und merkt, dass man die Orientierung verloren hat. Alles, was man kannte, was einem Halt gegeben hat, ist verschwunden und wurde durch Neues ersetzt, das vielleicht anderen etwas bedeutet, aber einem selber nichts. Die Bäume, in denen man als Kind gespielt hat, sind längst abgeholzt und verfeuert, ihre Stämme haben sich vor Jahrzehnten in Rauch aufgelöst. Jetzt steht dort ein städtisches College, das man auch noch sauber machen soll.

Und wenn man in den Spiegel blickt, erkennt man sich nicht wieder. Was ist das für ein Gesicht? Was ist das für ein alter, aufgedunsener Mann? Was sind das für Augen, die einem da entgegenstarren wie abgewetzte Holzknöpfe? Was ist das für ein hastig hingekritzelter Mund? Nur eins ist sicher: Das ist ein Fremder. Ein Mann, den man noch nie gesehen hat.

Heute Morgen hat der *Tonkawa County Democrat* einen Artikel über ein junges Mädchen gebracht – ein junges Mädchen, das vor sieben Jahren entführt wurde, gestern Nachmittag lange genug entkommen konnte, um den Notruf zu wählen, und dann sofort wieder von der Bildfläche verschwunden ist. Am Schluss des Artikels wird der Entführer beschrieben, und die Beschreibung passt ziemlich gut auf den Mann, den man tagtäglich im Spiegel sieht. Und ja, vielleicht hat der Mann im Spiegel tatsächlich das Mädchen entführt. Aber mit einem selbst kann das doch nichts zu tun haben. Wie soll ein kleiner, unschuldiger Junge, der in den Ranken der Bäume Tarzan spielte, zu einem Mann heranwachsen, der sich mitten in der Nacht in das Zimmer eines siebenjährigen Mädchens schleicht und es aus seinem Bettchen klaut? Zu einem Mann, der wahrscheinlich noch

Schlimmeres verbrochen hat? Das ist doch nicht möglich. Und trotzdem blickt einem dieser Mann jeden Tag im Spiegel entgegen.

Warum?

Was machen all diese Erinnerungen in deinem Kopf, Henry?

Die Antwort ist so einfach: Hör auf, dir in die Tasche zu lügen.

Denn er ist dieser Mann. Aber nur wegen Beatrice. Wäre Beatrice nicht gewesen, hätte er überhaupt nichts verbrochen. Nein, dann hätte er sich schon vor langer Zeit umgebracht. Er wäre an seiner eigenen Kotze erstickt, entweder auf dem staubigen Parkplatz vor dem O'Connell's oder auf dem asphaltierten Parkplatz vorm Roberta's. Er wäre mit drei Promille gegen einen Baum gerast oder hätte sich aus Versehen das Gesicht weggeballert. Beatrice war der erste, der einzige Mensch, der ihm das Gefühl gegeben hat, er habe etwas zu bieten. Obwohl er nicht gerade der Hellste ist, obwohl er manchmal ziemlich aus der Haut fährt, obwohl er ab und zu wegen Trunkenheit am Steuer oder einer kleinen Schlägerei im County-Gefängnis landet. (Wenn er trinkt oder richtig wütend wird, vergisst er sein kumpelhaft lächelndes, ewig schulterklopfendes Ich; er vergisst dann, sein wahres Ich im Keller seiner Seele einzusperren.) Beatrice hat zu ihm gehalten, ganz anders als seine Mutter, die ihm dauernd erklärt hat, er sei genau wie sein Vater, ein nutzloser Kerl, aus dem nie etwas werden würde, der nicht mal den Arsch hochkriegt, wenn man mit einem saftigen Tritt nachhilft. Aus dir wird auch mal ein Säufer oder ein Hurenbock oder beides auf einmal, hat sie immer gesagt.

Doch Beatrice hat zu ihm gehalten, immer. Und deshalb kann er doch kein schlechter Mensch sein, wenn er im Gegenzug zu ihr hält. Was er getan hat, hat er nur für sie getan. Um sie glücklich zu machen.

Aber davon hat die Zeitung natürlich keine Ahnung. Für die gibt es nur Schwarz und Weiß, Gut und Böse. Dabei hat er bloß getan, was jeder Mann tun würde, der seine Frau liebt. Davon hat die Zeitung keine Ahnung, und der Spiegel auch nicht.

Henry sprüht Reinigungsmittel auf die Klobrille und wischt mit einem dicken blauen Papierhandtuch drüber, bevor er zur nächsten Kabine geht.

NACH ENDE SEINER SCHICHT fährt Ian nicht auf direktem Weg nach Hause. Statt durch die Crouch Avenue zur Crockett Street zu fahren, biegt er in die Wallace Street ein und steuert seinen Mustang hinter der U-Haul-Autovermietung auf den Parkplatz von Andy Paulsons Futterladen. Was er gleich tun wird, könnte ihn seinen Job kosten, aber das ist ihm im Moment egal. Er will nicht länger zusehen, wie Andy seine Familie zu Gefangenen im eigenen Haus macht. Er kann nicht länger zusehen. Er muss handeln.

Also steigt er aus dem Wagen, geht über den staubigen Parkplatz zum Eingang und betritt den Laden. Es riecht nach Staub, Futterpellets und Heu, ein gar nicht mal unangenehmer Geruch. Keine Spur von Andy. Es ist völlig still, als wäre hier alles schon seit Längerem verwaist. Bis Ian ein Geräusch vom hinteren Teil des Ladens hört. Da bewegt sich etwas.

Er läuft quer durch den Raum zum Abhollager hinter dem Haus.

Andy steht am Heck von Vickie Dodds altem Chevy-Pick-up und schaufelt drei Heuballen auf die Ladefläche. Als er fertig ist, wirft er die Heugabel auf die Ballen, die sich vor der Wellblechwand stapeln, und klatscht zweimal auf den Wagen. »Bis nächste Woche!«

Im offenen Fenster der Fahrertür erscheint Vickies fleckige Hand. Der Motor heult auf, und einen Moment später sind sie allein.

Mit einem Lächeln dreht sich Andy um. »Hey, Ian. Was kann ich für dich tun?«

»Wir müssen reden.«

»Worum geht's?«

»Um Genevieve.«

»Ach, das. Mensch, Ian, das tut mir alles furchtbar leid. Ich schwöre dir, es wird nie w...«

Ian lässt ihn nicht aussprechen, sondern macht einen schnellen Schritt nach vorne und packt ihn mit der linken Hand an der Kehle. Mit der rechten zieht er seine SIG. Andys Kopf kracht gegen die Wellblechwand, ein Knall wie ein Donnergrollen, während Ian den Pistolenlauf an Andys Schläfe presst. »Du sagst es. Es wird nie wieder vorkommen.«

»Scheiße, Mann, was soll das?«

»Hör mir zu, du gottverdammter Hurensohn. Solltest du Genevieve noch ein einziges Mal anrühren, bring ich dich um. Verstanden?«

»Mann, sie wollte abhauen! Sie wollte Thalia mitnehmen! Und da bin ich ... Das musst du doch verstehen, Ian, gerade du! Sie ist alles, was ich habe, und ...«

Ian schlägt ihm den Pistolengriff gegen die Schläfe. Mit einem dumpfen Grunzen sackt Andy zusammen, doch Ian hält ihn auf den Beinen, und nach ein paar erstickten Atemzügen steht er wieder halbwegs stabil.

»Tut weh, was?«

»Hör mal, Ian, ich ...«

»Schhh. Dein Gerede interessiert mich nicht. Wenn Genevieve das nächste Mal gehen will, lässt du sie gehen. Deiner Tochter zuliebe. Sonst endet sie noch mit genauso einem Versager wie dir. Wenn du sie liebst, musst du sie gehen lassen. Kapierst du das?«

»Ian, ich versuche doch ...«

»Für Versuche ist es schon lange zu spät. Solltest du sie noch einmal anrühren, bring ich dich um, ich schieß dir eine Kugel in den Kopf und vergrab dich, wo dich keiner findet. Hast du das verstanden?«

Ein Nicken.

»Ich will es hören.«

»Ich hab's verstanden.«

»Gut so.« Und es ist wirklich gut so, denn in diesem Moment stellt Ian fest, dass er es tatsächlich ernst meint. Eigentlich wollte er Andy nur ein bisschen Angst einjagen, aber nun spürt er, dass er imstande ist, seine Drohung in die Tat umzusetzen. Dass er den Abzug drücken kann. Damit wäre die Sache ein für alle Mal erledigt. Stattdessen steckt er die SIG wieder ins Halfter und macht einen Schritt zurück.

»Wir sehen uns, Andy.«

Zurück in seinem Apartment schlägt Ian das Telefonbuch auf und blättert, bis er PAULSON, A. & G. gefunden hat. Er wählt die Nummer und wartet. Nach dem vierten Klingeln nimmt Genevieve ab und haucht ein zögerliches »Hallo?« in den Hörer.

»Genevieve? Hier ist Ian Hunt.«

»Ian …? Ach ja, Ian … Ist … Ist irgendwas mit Andy?«

Vielleicht irrt er sich, aber Ian meint, eine Spur Hoffnung in ihrer Stimme zu hören. »Nein. Ich wollte dir nur etwas sagen. Wenn du das nächste Mal gehen willst, wird er dich nicht mehr aufhalten. Ich habe ein ernstes Wörtchen mit ihm geredet und glaub mir, so etwas wie heute Morgen wird nicht wieder vorkommen.«

Mit dem Stieltopf in der Hand geht Ian zur Couch und setzt sich hin. Er stellt den Topf auf den Tisch und rührt noch ein bisschen in den Fertignudeln herum, bevor er sich den ersten tropfenden Bissen in den Mund schaufelt. Dann zerrt er die Akten aus dem Büro des Sheriffs auf seinen Schoß und schlägt die erste auf: Jamie Donovan aus Mencken. Im Jahr 2002 im Alter von elf Jahren aus ihrem Zimmer entführt und vier Tage später im Straßengraben gefunden, nach dem Tod anal missbraucht und verstümmelt. Auf einem einfachen Blatt Papier ein farbkopiertes

Foto: braune Haare, traurige braune Augen, eine etwas verschüchterte Haltung.

Ians Handy klingelt. Das ist Jeffrey, denkt er sofort. Schnell schmeißt er die Gabel in den Topf, nimmt das Telefon und wirft einen Blick aufs Display. Er hat sich geirrt.

»Hallo.«

»Ian?«

»Debbie.«

»Wie geht's dir?«

Ian kratzt sich an der Wange. Die Bartstoppeln jucken. Kein Wunder, er hat sich schon länger nicht mehr rasiert. »Nichts Neues von Maggie. Tut mir leid.«

»Ich weiß.«

»Ach ja?«

»Von Bill.«

»Stimmt. Er hätte es sicher erfahren.«

»Ja.«

»Warum rufst du dann an?« Ian hört bloß ihren Atem. Nach einer Weile fragt er: »Hast du Streit mit Bill?«

»Nein, nein, mit Bill ist alles in Ordnung. Ich hätte gar nicht anrufen sollen.«

»Schon okay. Hab heut nichts weiter vor.«

»Du hast immer dran geglaubt, oder? Ich mein, dass sie am Leben ist?«

»Ich habe es immer gehofft.«

»Hattest du nie Zweifel?«

»Doch, natürlich.«

»Aber du hast die Hoffnung nicht aufgegeben.«

»Nein.« Ian beugt sich vor, nimmt sich die Guinness-Flasche vom Wohnzimmertisch und trinkt einen Schluck.

»Aber wie du mich …« Sie verstummt. »Ich hab gesehen, wie du mich gestern angeschaut hast.«

»Wie denn?«

»Als würdest du mich am liebsten erwürgen. So viel Hass.«

»Tut mir leid. Ich wollte dich nicht ...«

»Schon gut. Ich hab es wohl nicht anders verdient.«

»Unsinn. Du hast ein neues Leben, einen neuen Mann, die Zwillinge, und das ist dein gutes Recht. Wenn ich dir deswegen Vorwürfe gemacht habe, tut es mir leid. Ehrlich.«

»Aber wie hast du es all die Jahre geschafft ...«

»Die Hoffnung war alles, was ich noch hatte.« Er wirft einen letzten Blick auf das Foto von Jamie Donovan und schließt die Akte. Doch das Bild hat sich in sein Gedächtnis eingebrannt, und als er den nächsten Schluck Guinness nimmt, verwandelt es sich in das Gesicht von Maggie. Sie lächelt ihn an, bevor sie sich über die Schulter umschaut. Ein Mann taucht hinter ihr auf, ein unscharfer Schemen. Ian kann ihn nicht erkennen, das Gesicht verschwimmt zu einem Schatten, wie mit einem feuchten Radiergummi ausgelöscht. Maggie schreit, dreht sich wieder um, starrt ihn an. »Hilfe«, sagt sie, »bitte hilf mir, Daddy.«

»Wie meinst du das?«, fragt Debbie.

»›Erst nach meinem Tod singst du mir Lieder.‹«

»Was?«

»Ach, nichts. Was ist mir denn außer der Hoffnung geblieben, Debbie?«

»Sag mal, hast du getrunken?«

»Ich betrinke mich nicht mehr.«

»Dann bist du trocken?«

»Nein. Aber ich weiß jetzt, wann ich aufhören muss.«

Debbie schweigt für eine Weile. Dann fragt sie: »Glaubst du, wir hätten es geschafft, wenn das mit Maggie nicht passiert wär? Glaubst du, wir wären zusammengeblieben?«

»Nein.«

»Warum nicht? Es hat doch eine Zeit lang gut geklappt.«

»Weil irgendwas anderes dazwischengekommen wäre. Wie das Leben so spielt: Erst passiert dies, dann das, dann kommt noch etwas anderes hinzu, und eigentlich ergibt alles überhaupt keinen Sinn. Höchstens im Rückblick. Irgendwas anderes wäre passiert, wir hätten uns getrennt und wären jetzt genau da, wo wir heute sind, jedenfalls so ungefähr. Wir würden uns genauso fragen, was um Himmels willen passiert ist. Dabei ist gar nichts passiert. Das Leben ist passiert, wie es jedem passiert. Zumindest wenn man Glück hat.«

Nun hört er nicht mal mehr ihren Atem. Absolute Stille.

»Debbie?«

»Ich bin so froh, dass sie am Leben ist. Wirklich.«

»Ich weiß. Aber du brauchtest einfach einen Schlusspunkt, und deshalb hast du einen gesetzt. Und es war ja auch das einzig Sinnvolle, was man tun konnte. In neunundneunzig Prozent der Fälle hättest du recht behalten, schon sieben Tage danach hätte jeder vernünftige Mensch mit dem Schlimmsten gerechnet. Sieben Jahre später konnte nur noch ein Wahnsinniger Hoffnung haben.«

»Im Ernst?«

»Im Ernst.«

Ein Schniefen am anderen Ende der Leitung. »Hast du Jeffrey Bescheid gesagt?«

»Nein.«

»Dann ruf ihn an. Du weißt doch, er macht sich immer noch Vorwürfe.«

»Ich weiß. Aber ich bin mir nicht sicher, ob er sich über meinen Anruf freuen würde.«

»Das kann ich dir auch nicht sagen. Aber er muss es erfahren. Du musst ihn anrufen.«

»Ich liebe dich immer noch, weißt du das?«

»Leider ist uns das Leben dazwischengekommen.«

»Ja, das Leben.«

Nachdem er aufgelegt hat, öffnet er die nächste Akte.

DREI

IAN BIEGT RECHTS IN DIE CROCKETT STREET und fährt Richtung Norden zur Arbeit. Auf dem Weg passiert er die Rollschuhbahn und das Bulls Mouth Theater (wo zerkratzte Kopien von Filmen laufen, die überall sonst schon vor einem halben Jahr aus dem Programm genommen wurden, und der altersschwache Projektor ständig die Tonanlage überdröhnt). Daran schließen sich Filialen von Wok House, Morton's Steakhouse, Dairy Queen und weitere ähnliche Fresstempel an.

Dann biegt er links auf die Crouch Avenue und fährt an der Auffahrt zum Interstate 10, der Baptistenkirche und dem Streichelzoo vorbei. Als er dem weiten Bogen der Straße entlang der Nordseite von Henry Deans Waldgrundstück folgt, kommt ihm ein Streifenwagen entgegen. Das Fahrzeug rollt langsam auf ihn zu, die Hupe ertönt, das Fenster gleitet herunter. Auf gleicher Höhe bleiben die beiden Wagen stehen.

Diego nickt Ian zu. Auf der Rückbank bellt ein Dackel.

»Was hat er denn angestellt?«, fragt Ian mit einem Blick auf den Hund.

»Versuchter Raubüberfall auf Sally's Gun & Rifle.«

»Dann hat er es verdient, geschnappt zu werden. Wer ist denn auch so blöd, sich mit Sally anzulegen.«

»Niemand, der allzu sehr am Leben hängt.«

»Wie viel hat dir das Ganze bisher eingebracht?«

»Siebzig.«

»Und wie viele von den Viechern laufen noch rum?«

»Drei oder vier, glaub ich.«

»Na hoffentlich gibst du die ganzen Nebeneinkünfte auch bei der Steuer an.«

»Das sind keine Einkünfte. Wird doch alles gleich wieder versoffen.«

»Du trinkst doch schon seit fünf Jahren umsonst.«

»Seit vier Jahren. Außerdem gebe ich öfter mal einen aus. Wenn du ab und zu mal im Roberta's vorbeischauen würdest, wüsstest du das.«

»Ich betrinke mich nicht mehr.«

»Und das Sixpack, das du jeden Tag bei Bill's mitnimmst?«

»Von sechs Bier werde ich nicht betrunken.«

»Dann trink deine sechs doch im Roberta's.«

»Ist mir zu teuer.«

»Wie gesagt, ich geb dir einen aus.«

»Ich denk drüber nach.«

»Hast du das von Genevieve gehört?«

»Was?«

»Sie hat ihn tatsächlich verlassen.«

»Wirklich?«, sagt Ian. »Gut zu hören.«

»Ja, aber komisch ist das schon. Andy war gestern Abend im Roberta's. Er hatte eine dicke Beule an der Schläfe, und die Haut war richtig aufgeplatzt. Aber er wollte einfach nicht verraten, was passiert war.«

»Hmm. Komisch.«

»Irgendwie ist mir da eingefallen, was du neulich gesagt hast. Dass man mal was anderes versuchen sollte.«

»Kann mich nicht erinnern, das gesagt zu haben.«

»Ian …« Diego befeuchtet sich die Lippen. »Ist alles in Ordnung mit dir?«

Ian wirft einen Blick auf seine Armbanduhr. »Ich muss weiter. Die Arbeit ruft.«

»Hey, hör mal …«

Doch Ian kurbelt schon das Fenster hoch, legt den Gang ein und fährt los. Als er in den Rückspiegel schaut, steht Diegos Wagen immer noch mit leuchtend roten Rücklichtern auf der Fahrbahn.

Sieben Minuten später hat er das Polizeirevier erreicht.

Um drei Uhr nachmittags geht Ian kurz vor die Tür. Er muss einfach mal weg vom Schreibtisch. Auf dem Parkplatz greift er in den Wagen und zieht einen Zigarrenstummel aus dem Aschenbecher. Dann reißt er ein Streichholz an, gibt sich Feuer und bläst eine blaue Rauchwolke aus dem Mundwinkel, während er mit zusammengekniffenen Augen in die Ferne blickt. Er könnte jetzt was zu essen vertragen. Am besten schaut er gleich mal nach, was noch so im Kühlschrank rumliegt. Wenn er sich recht erinnert, hat er am Montag eine halb volle Schachtel Hähnchen süß-sauer reingestellt; die sollte eigentlich noch da sein, falls sich keiner seiner Kollegen dran vergriffen hat. Was in dem Laden hier aber gar nicht mal so unwahrscheinlich ist.

Aber wo er schon mal hier draußen ist, kann er gleich noch einen Anruf erledigen. Genauer gesagt zwei Anrufe, wobei sich der zweite unmittelbar aus dem ersten ergibt. Privatanrufe sind im Büro nicht gern gesehen. Also zieht er sein Handy aus der Tasche und scrollt sich durch die Kontakte, bis er fündig wird.

Das Freizeichen ertönt, insgesamt dreimal, gefolgt von einem: »Hallo?«

Nein, eigentlich vermisst er Lisa nicht – aber sobald er ihre Stimme hört, trauert er seiner Vergangenheit nach, einer Zeit, in der seine Zukunft noch vor ihm lag, alles noch möglich war. Als sie sich kennenlernten, war er zweiundzwanzig Jahre alt.

Und trotzdem hatte er schon eine Ehe – und eine Scheidung – hinter sich. Seiner ersten Frau Mitsuko war er in einem Zug der Pariser Metro begegnet. Sie hatten sich Blicke zugeworfen, während sie durch den dunklen Untergrund schossen, auf dem Weg zur Rue du Sentier, wo sie beide ausstiegen. Bald wurde ihnen klar, dass sie zum Abendessen ins selbe Restaurant wollten. Im ersten Stock des Chartier, gleich neben der Treppe, gab es noch einen Tisch für zwei. Wann immer ein Kellner vorbeilief, musste Ian die Ellenbogen einziehen, und trotzdem wurde er dauernd angerempelt, weil der Besteckwagen an der Wand direkt gegenüber stand. Normalerweise hätte er sich darüber aufgeregt, doch Mitsuko lachte jedes Mal und sagte dabei: »Dein Gesicht.« Obwohl er sich fragte, was so komisch war an seinem Gesicht, konnte er einfach nicht genug bekommen von ihrem Lachen, und als zwei Wochen später sein Flieger nach Hause ging, wollte er sich nicht mehr von ihr trennen. Deshalb machte er ihr einen Antrag. Er flog heim nach Los Angeles, sie folgte ihm eine Woche später, und kurz darauf standen sie in einer Hochzeitskapelle in Torrance und sagten ihr »Ja, ich will.« Nur zwei Monate später waren sie wieder geschieden. Mitsuko hatte sich endlich dazu durchgerungen, bei ihren Eltern anzurufen, und nach zwanzig Minuten Heulerei hatte sie eingewilligt, sofort nach Japan zurückzukehren. Als sie ging, war Ian achtzehn Jahre alt, und im Grunde war er erleichtert – er war noch nicht bereit gewesen für die Ehe.

Aber vier Jahre später, als er Lisa auf dem Strand von Venice Beach kennenlernte, hielt er sich für deutlich älter und erfahrener. Er war damals zweiundzwanzig, also längst kein Teenager mehr. Und sie war wunderschön. Außerdem war sie eine hervorragende Surferin, besser als die meisten Kerle dort, und ihr jungenhaftes Lächeln strahlte ein überbordendes Selbstbewusstsein aus. Schon als er sie zum ersten Mal sah, unter der kalifornischen Sonne, noch bevor er überhaupt ihren Namen wusste, konnte er sich eine Zukunft mit ihr vorstellen, eine glückliche Zukunft mit fünf Kindern und einem Haus am Strand. Damals besaß seine Mutter den Surfladen seines Vaters noch (sie verkaufte ihn erst später, um mit dem Erlös die vielen Schönheitsoperationen zu bezahlen, von denen sie glaubte, sie würden ihr einen neuen Ehemann einbringen). Ian leitete den Laden, was seiner Mutter nur recht war, solange er genügend einbrachte, um sie mit Wodka und Zigaretten zu versorgen. Ihr schien es gut zu gehen, und warum sollte es nicht ewig so weiterlaufen? Sein Vater war schon seit fünf Jahren tot, die Erinnerung an ihn tat kaum noch weh, und Ians Zukunft schien ihm rosiger denn je: der Surfladen, ein Haus, fünf Kinder. Ja, als er dort im Sand stand und zusah, wie sie aus dem Wasser kam, klitschnass und mit dem Surfbrett unterm Arm, konnte nichts mehr schiefgehen.

Jetzt ist seine Zukunft zur Vergangenheit geworden, und im Rückblick hat dann doch so einiges schiefgehen können: kein Surfladen, kein Haus, keine fünf Kinder.

»Hallo, Lisa. Ich bin's, Ian.«

»Ian! Oh Gott, sind wir in der Zeit zurückgereist? Ist wieder 1985? Ausgerechnet jetzt, wo ich gerade meine ausgeblichenen Jeans weggeschmissen hab!«

»Schön wär's.«

»Du klingst nicht so, als würdest du aus Sentimentalität anrufen.«

»Leider nein. Ich wollte dich um Jeffreys Nummer bitten.«

»Klar, kein Problem. Hast du was zum Schreiben?«

»Ich hab ein gutes Gedächtnis.«

Ian lässt es fünfmal klingeln. Er will gerade auflegen, als doch noch jemand abnimmt: »Hallo?«

Vor Nervosität leckt er sich über die Lippen. Er spürt, wie sich seine Brust zusammenzieht.

»Hallo?«, kommt es zum zweiten Mal aus dem Hörer.
»Jeffrey?«
»Wer ist da?«
»Ich bin's, Jeffrey.«
Jetzt ist es Jeffrey, der schweigt. Eine ganze Weile lang. »Dad.«
Ian nickt. »Ja.«
»Woher hast du meine Nummer?«
»Von deiner Mutter.«
»Und warum rufst du an?«
»Weil ich dir was sagen muss.«
»Was?«
»Es geht um Maggie.«
Jeffrey schweigt.
»Sie lebt. Das wollte ich dir sagen.«
Stille. Nur ein Rauschen wie ein ferner Wüstenwind.
»Jeffrey?«
»Maggie lebt?«
»Ja. Wir haben sie noch nicht aufgespürt, aber sie lebt.«
»Wirklich?«
»Ja. Vorgestern hat sie von einem Münztelefon aus um Hilfe gerufen. Wir tun alles, um sie zu finden. Ich bin mir sicher, sie war es. Sie lebt.«
»Mein Gott.«
»Ich weiß. Ich kann es selber kaum fassen.«
»Ja.«
»Es war nicht deine Schuld. Ich weiß, du hast immer geglaubt, ich würde dir die Schuld geben. Ich war ein lausiger Vater, es tut mir leid. Es war ganz und gar nicht deine Schuld.«
Keine Antwort.
»Jeffrey?«
»Ja.«
»Ich hab deinen Geburtstag verpasst.«
»Das bin ich gewöhnt.«

»Ich weiß, und es tut mir leid. Wenn ich es irgendwie wiedergutmachen …«

»Hör mal, Dad, ich bin auf der Arbeit. Ich muss weitermachen.«

»Du hast schon einen Job?«

»Natürlich.«

Ja, natürlich. Immerhin ist Jeffrey genauso alt, wie er selber war, als er Lisa kennenlernte. Damals wohnte er schon in einem eigenen Apartment, er leitete den Surfladen und hatte eine Ehe samt Scheidung hinter sich. Also warum überrascht es ihn, dass auch sein Sohn erwachsen geworden ist? Als wäre er davon ausgegangen, Jeffrey würde immer der bleiben, der er damals war, konserviert wie eine Fliege im Bernstein, so lange, bis Ian bereit sein würde, seine Vaterrolle wieder zu übernehmen. Aber so läuft es eben nicht. So ist es noch nie gelaufen.

»Und als was arbeitest du?«

»Ich bin Redaktionsassistent bei einer Realityshow, einer dieser dämlichen Datingsendungen. Eigentlich schiebe ich nur Filmfetzen auf dem Schnittsystem hin und her. Aber sorry, ich hab jetzt wirklich keine Zeit. Danke, dass du angerufen und mir das von Maggie erzählt hast.«

»Okay.« Ian überlegt einen Moment. »Hey, weißt du noch? Unsere Schachpartie?«

»Ja? Was ist damit?«

»Dame auf B4. Und der nächste Zug wird nicht so lang auf sich warten lassen, das versprech ich dir.«

»Es gibt keinen nächsten Zug, Dad. Ich hab das Spiel vor Jahren weggeräumt.«

Klick.

Ian nimmt das Handy vom Ohr und blickt auf das Display. Anrufdauer: 3:53. Nicht mal vier Minuten.

Er hat alles falsch gemacht. Er hätte niemals von dem gottverdammten Schachspiel anfangen sollen. Er hat alles falsch gemacht.

Ian lässt die Zigarre fallen und zerdrückt sie mit dem Absatz, dann schiebt er das Telefon in die Tasche zurück, geht rein und setzt sich wieder an den Schreibtisch. Jetzt bekommt er sowieso keinen Bissen mehr herunter.

MAGGIE GEHT ZUR TREPPE, bückt sich und blickt in das Dunkel unter der ersten Stufe. Sie will nicht in die Schatten greifen, sie fürchtet sich davor, doch sie schluckt ihre Angst herunter und streckt die Hand in die Finsternis.

Und findet nichts. Keine selbst gebastelte Waffe.

Ihre Finger streichen über kalten Beton. Da ist nichts. Borden hat das Messer geklaut, denkt sie sofort. Er hat es geklaut und versteckt oder kaputt gemacht oder ist damit zu Henry gelaufen, und Henry wird sie bestrafen, er wird sie *mit ihrem Messer* bestrafen. Borden wird dafür sorgen, dass sie niemals hier rauskommt, dass sie bis in alle Ewigkeit im Albtraumland gefangen ist, allein mit ihm und den feuchten Schatten, die sich nach und nach über alles ausbreiten werden.

Aber dann fällt ihr wieder ein, dass Borden gar nicht existiert, er ist eine Einbildung. Sie selbst hat ihn sich ausgedacht, und ausgedachte Wesen können einem nicht wehtun. Außer man erlaubt es ihnen.

Aber was, wenn Henry das Messer gefunden hat?

Vielleicht hat er geahnt, dass sie etwas im Schilde führt, vielleicht hat er sich letzte Nacht in den Keller geschlichen und es an sich genommen. Und jetzt sitzt er oben und überlegt sich, wie er sie bestrafen soll. Er könnte jeden Moment runterkommen, um sie mit dem blutigen gelben Seil an den Bestrafungshaken zu binden, und während sie an den Handgelenken gefesselt über dem Boden baumelt, wird er ihr mit der scharfen Kante der Scherbe über den Bauch fahren, über die Kehle, überall, wo ihre Haut besonders weich ist, und dann …

Eins zwei drei vier fünf sechs sieben acht.

Beruhig dich, Maggie. Das Messer muss hier sein.

Denn letzte Nacht war hier niemand. Sie hätte es gehört und wäre aufgewacht. Niemand hat es gefunden. Also muss es hier sein, unter der Treppe.

Da stößt sie mit den Fingerkuppen an den hölzernen Stiel. Schnell greift sie zu, zieht die Waffe aus dem Schatten und springt auf.

Das selbst gebastelte Messer fühlt sich gut an. Gut und stabil und gefährlich.

Maggie schaut zum Fenster. Die Sonne ist bereits auf die andere Seite des Hauses gewandert, die Schatten legen sich über den Boden wie eine Picknickdecke. Der Tag ist kaum gekommen, und schon geht er wieder. Er hat den Rückzug angetreten. Früher hat sie sich gefürchtet, wenn die Sonne auf die andere Seite der Erde wanderte. Das, was sie durch dieses eine Fenster sieht, ist alles, was sie von der Welt kennt, und wenn das Licht verlischt, verschwindet auch diese Welt. Aber diesmal freut sie sich auf die Nacht, diesmal sehnt sie sich nach dem Sonnenuntergang. Und nach den Geräuschen, die dazugehören – wie die Haustür hinter Henry ins Schloss fällt, wie der Motor seines Pick-ups anspringt, wie die Reifen auf dem Schotter der Einfahrt knirschen und sich entfernen.

Doch Donalds Auto ist noch nicht vor seinem Wohnwagen vorgefahren. Allzu spät kann es also nicht sein. Aber lange hin ist es auch nicht mehr. Eine Stunde vielleicht, oder zwei oder drei, sicher nicht länger. Bald wird sie wissen, ob Donald hier bei Beatrice oder drüben im Wohnwagen isst. Meistens isst er drüben und Beatrice oben vor dem Fernseher oder hier unten mit ihr am Klapptisch. Hoffentlich ist es auch heute so. Sie will nicht noch einen Tag warten. Sie will hier raus.

Seit sie die Luft der Außenwelt geatmet hat, kann sie ihr Gefängnis kaum noch ertragen. Sie muss dem Albtraumland entkommen.

Nein, es geht nicht anders: Heute wird sie fliehen.

Donald wird hinter dem Haus parken und in seinem Wohnwagen verschwinden. Ein paar Stunden wird er sich dort aufhalten, bevor er rüberkommt, um sich einen Teller Essen zu holen. Aber dann wird sie selbst schon weg sein. Denn Beatrice wird ihr das Abendessen vorher bringen, und sie wird unter der Treppe warten. Wenn Donald rüberkommt, wird Beatrice am Boden liegen, in einer Pfütze aus Blut, während sie ihrem Daddy in die Arme fällt.

Maggie wirft einen Blick zum Fenster. Die Schatten draußen werden länger. Es ist noch Nachmittag, doch der Abend rückt näher.

Bald kommt sie hier raus.

Maggies Finger krallen sich um die Waffe. Sie nickt sich zu.

Bald.

DIEGO FÄHRT DIE MAIN STREET HINAUF zur Bücherei an der Ecke Wallace und Overhill. Georgia Simpson, die Bibliothekarin, hat angerufen – es gibt Ärger mit Fred Paulsons Sohn. Anscheinend ist der Kerl mitten in der Kinderabteilung umgekippt, natürlich sturzbesoffen, und Georgia hat keine große Lust, sich ihm zu nähern. Kein Wunder, denn ihrem Bericht zufolge hat er sich komplett vollgekotzt, bis runter zu den Stiefeln. Diego kann ihr nicht verdenken, dass sie nichts mit ihm zu tun haben will. Auch er ist nicht gerade scharf darauf, sich mit dem kleinen Arschloch herumzuschlagen. Paulson junior ist so missraten, dass ihm nicht mal sein eigener Vater einen Job gibt. Deshalb streift er tagein, tagaus durch die Stadt und baut Scheiße, wo er kann.

Als Diego die verwaiste Highschool passiert, rennt ein Hund, einer von Pastor Wardens Dackeln, aus dem Wald zu seiner Rechten auf die Straße.

»Scheiße!«

Diego steigt voll in die Bremsen. Gummi quietscht auf Asphalt, die Hinterräder brechen aus und beschreiben einen Viertelkreis nach links, bevor der Wagen mit knirschender Federung zum Stillstand kommt. Diego klammert sich ans Lenkrad, das Herz klopft ihm bis zum Hals. Nachdem er kurz durchgeatmet hat, wirft er einen Blick auf die Straße, doch der Hund ist nicht zu sehen. Und überfahren hat er ihn auch nicht, das hätte er mitbekommen.

Er schaut sich um – und entdeckt ihn am Rand seines Sehfelds.

Der Dackel steht links von der Straße auf dem Footballfeld der Highschool.

Diego fährt den Wagen rechts ran. Die Reifen wirbeln eine Staubwolke auf, die einen Augenblick in der sommerlichen Luft hängen bleibt, um sich dann allmählich wieder aufzulösen. Er wartet, bis ein Laster vorbeigedonnert ist, stößt die Tür auf und tritt ins Freie. In der rechten Hand hält er eine fettige Papiertüte, der Rest seines gestrigen Mittagessens: Chicken Wings aus dem Albertsons. Während er über das Footballfeld läuft, das noch ziemlich mitgenommen ist von der Langwanzen-Plage letztes Jahr, holt er einen Hühnerflügel aus der Tüte und grunzt eine Art Lockruf.

Noch ist der Dackel ziemlich weit weg, etwa ein halbes Footballfeld, doch er hebt sofort den Kopf und blickt sich um. Wahrscheinlich überlegt er, ob er sich für das, was da auf ihn zukommt, interessieren soll.

Außerdem hat er etwas im Mund. Einen Knochen, wie es scheint.

Diego bleibt stehen und pfeift. »Komm schon, Kleiner«, flötet er, geht in die Knie und hält ihm den Chicken Wing hin.

Brav setzt sich der Hund in Bewegung.

Der Knochen in seinem Maul, falls es einer ist, wirkt ziemlich groß, zu groß, um von einem Eichhörnchen, Erdhörnchen oder Kaninchen zu sein. Aber immer mal wieder fährt irgendwer ein Reh über den Haufen, also könnte der Knochen auch daher stammen.

Vor drei Jahren ist Carney Dodd, der mittlerweile wegen eines anderen Unfalls im Rollstuhl sitzt, mit seinem Pick-up in einen riesenhaften Hirsch gekracht. Das Tier muss eine Vierteltonne gewogen haben. Carney, der sich aus Prinzip nicht anschnallte, wurde durch die Windschutzscheibe geschleudert und knallte, sofern man seiner Erzählung trauen konnte, ganze sechs Meter weiter hinten mit dem Kopf voraus auf den Asphalt. Zum Beweis deutete er auf sein Gesicht – die Haut auf Nasenrücken und Stirn war komplett abgeschabt. Aber davon ließ er sich nicht einschüchtern, nein, kaum war er gelandet, rappelte er sich wieder auf, marschierte zum Wagen, holte seine Remington 1110 aus dem Kofferraum und jagte dem verdammten Mistvieh eine Kugel in den Schädel. Behauptete er zumindest. »Nimm das, du Hurensohn!«, und so weiter.

Ja, vielleicht ist hier irgendwo ein junges Reh unter die Räder gekommen, das sich noch in den Wald schleppen konnte, bevor es endgültig verendet ist. Und vielleicht ist der kleine, langohrige Dackel drüber gestolpert und hat beschlossen, sich einen Bissen zu genehmigen.

So weit die Theorie.

Eine Überlegung, die schnell ins Wanken gerät, als der Hund näher kommt.

Es ist ein Knochen, aber er ist weiß und ohne Fleisch dran. Dafür mit einer Art Knoten am einen Ende, von dem ein paar schwarze, quastenartige Fäden hängen, vielleicht Sehnen, vielleicht Wurzeln. Und am anderen Ende, mein Gott, Scheiße, das ist ja eine Hand. Eine kleine, menschliche Hand. Drei Finger sind bis auf den Knochen abgenagt, einer fehlt ganz, hier und da klebt etwas Schwarzes, Haut oder halb zersetzte Muskelmasse oder was auch immer an den Knöcheln – wie ein fingerloser Autofahrerhandschuh.

Als der Dackel unmittelbar vor ihm steht, schnellt Diegos Hand nach vorne. Er packt den Hund am Nacken, zerrt ihn zu sich heran und zwängt seine Kiefer auseinander; er denkt nicht weiter nach, er weiß nur, dass er den Knochen aus dem Maul herausbekommen muss. Nach einem kurzen Kampf fällt das Ding ins Gras. Ein unwirklicher Anblick. Echte Arme hängen an echten Menschen, statt auf Footballfeldern herumzuliegen wie eine Budweiser-Dose nach einer bierseligen Nacht.

Diego klemmt sich den Hund unter den Arm, steht auf und blickt zu Boden. Auf den Knochen.

Das kann doch nicht wahr sein.

Ist es aber.

Der Dackel windet sich in seinem Griff und schnappt nach seinem Gesicht. Diego kann den Kopf gerade noch wegziehen. Er bringt den Hund rüber zum Wagen, setzt ihn auf die Rückbank und kurbelt das Fenster ein Stück herunter. Danach geht er zum Kofferraum, öffnet ihn und kramt ein Paar Handschuhe und eine große Plastiktüte hervor. Auf dem Weg zurück streift er sich die Handschuhe über.

Es fühlt sich seltsam an. Mitten auf dem Footballfeld hinter der Bulls Mouth Highschool liegt ein Arm ohne Körper.

Diego hebt ihn auf und lässt ihn in die Tüte fallen. Er muss die Finger zurückbiegen, damit er reinpasst und er die Tüte versiegeln kann. Zurück im Wagen legt er sie auf den Beifahrersitz und greift nach dem Funkgerät.

Mit einer Rolle gelbem Klebeband in der Hand betritt Diego den Wald. Ihm ist speiübel. Seit sechs Jahren ist er jetzt bei der Truppe, und gleich wird er seine dritte Leiche finden. Wenn er sie denn findet, denn das Waldstück der Deans ist ziemlich groß, und wer weiß, wie tief drinnen die Leiche vergraben ist. Aber wenn jemand ein Kind umbringt und den Wald als Ort auswählt, um den toten Körper möglichst ohne großen Aufwand loszuwerden, stehen die Chancen nicht schlecht, dass er ihn nicht weiter als zwanzig, dreißig Meter von der Main Street entfernt verscharrt hat. Das reicht, um von der Straße aus nicht mehr gesehen zu werden, und ist nah genug, um das Auto einfach rechts ranzufahren, die Leiche samt Spaten durchs Unterholz zu tragen und eine flache Grube zu buddeln, um nach getaner Arbeit zum Wagen zurückzukehren und wegzufahren, bevor es jemandem auffallen würde. Wegen der alten Rostlaube am Straßenrand würde sicher niemand Verdacht schöpfen. Autopannen gehören zum Alltag. Die meisten Leute würden so einen Wagen sofort wieder vergessen, falls er nicht zufällig einem Bekannten gehört.

Wie klein der Arm war. Das Kind, dem er gehört hat, kann nicht mehr als fünf oder sechs, höchstens sieben Jahre alt gewesen sein. Jetzt sind nur noch die Knochen übrig, und ein paar Fetzen ledriges Fleisch. Es muss schon sehr lange tot sein.

Und irgendwo weint immer noch eine Mutter.

Diego hat keine eigenen Kinder, doch seit vier Jahren kümmert er sich um seinen Neffen Elias, der inzwischen neun ist. Elias' Eltern, Diegos kleine Schwester und ihr Mann, sind bei einem Autounfall ums Leben gekommen, nur der Junge hat überlebt. Und so sind Diego und Cordelia zu seinen Eltern geworden, ja, in den letzten Jahren hat er sich tatsächlich an den Gedanken gewöhnt: Elias ist sein Sohn. Was, wenn er plötzlich verschwinden würde – und einige Zeit später findet jemand seine ausgebleichten Knochen im Maul eines streunenden Hundes?

Unvorstellbar.

Auf dem Weg durch den Wald wickelt Diego kleine Streifen Klebeband um die Äste der Bäume, um seinen Pfad zu markieren. Als Kind hat er sich einmal richtig verlaufen, ein schreckliches Erlebnis, auch wenn es nur eineinhalb Stunden gedauert hat – eineinhalb Stunden Panik –, bis ihm aufgefallen ist, dass er die Autos auf der Straße hören konnte und er nur dem Lärm folgen musste, um wieder aus dem Dickicht herauszukommen. Doch es waren die längsten neunzig Minuten seines Lebens.

Bereits jetzt, nach zwanzig Metern, sieht er die Straße nicht mehr, wenn er sich umdreht. Diego bewegt sich durch graue Schatten, nur hier und da gelingt es einem Sonnenstrahl, das Blätterdach zu durchbrechen. Die Luft ist deutlich kühler als draußen.

Äste knacken unter seinen Stiefeln. Die Erde ist weich, das modrige Laub gibt unter seinen Füßen nach. Vorbei an Giftefeu und Gifteiche dringt er tiefer in den Wald vor.

Noch vor zehn Minuten war er auf dem Weg zur Bücherei, um mit Georgia Simpson zu flirten, während sie Romane von Louis L'Amour und Zane Grey in die Regale sortiert. Jetzt sucht er eine Leiche. Das war nicht gerade eine glänzende Entwicklung. Was in zehn Minuten nicht alles passieren kann.

Diego schluckt, sein Herz hämmert in der Brust. Er weiß, dass seine Angst irrational ist. Aber er weiß auch, dass das Herz sowieso macht, was es will.

Reiß dich zusammen, sagt er sich. Da war nur noch der Knochen übrig. Also warum sollte der Mörder, sofern es sich überhaupt um einen Mord handelt, noch in der Nähe sein? Das ist völlig ausgeschlossen.

Und trotzdem hört sein Herz nicht auf zu rasen.

Ein Geräusch zu seiner Linken. Diego wirbelt herum und zieht seine SIG.

Und das Eichhörnchen verschwindet hinter einem Baum.

Mit einem Lachen steckt er die Waffe zurück ins Halfter. Was bist du nur für ein Idiot. Also weiter.

Knapp fünfzig Meter von der Straße entfernt hält er erneut inne. Er hat etwas gesehen. Auf dem Boden. Als er genauer hinschaut, muss er schlucken. Dort im Laub liegt ein Büschel Haare. Verdreckte Haare voller Blatt- und Erdkrümel, zusammengehalten von einer blauen Haarspange mit einem kleinen künstlichen Brillanten in der Mitte, einem Stückchen geschliffenes Glas, das schief aufs Plastik geklebt wurde. Und der Anblick dieser Haarspange ist schlimmer als alles andere. Das gibt ihm den Rest. Das Haar ist eben nur Haar, aber die Spange – Diego kann es vor sich sehen, das kleine Mädchen, wie es vor dem Spiegel steht und sich die Spange ins Haar klemmt, wie es sich anlächelt und denkt, jetzt bin ich aber hübsch.

Das Haar ist blond. Könnte es zumindest mal gewesen sein.

Diego bindet ein Stück Klebeband an einen losen Zweig und rammt den Zweig neben dem Haarbüschel in die Erde. Dann geht er weiter.

Etwa fünfzehn Meter dahinter stolpert er über einen schwarzen Schuh mit silberner Schnalle, aus dem eine weiße Socke mit einem rosa Schleifchen ragt. In der Socke klafft ein Loch mit dunklem Rand, wahrscheinlich altes Blut; vermutlich hat ein Insekt den vollgesogenen Stoff weggefressen. Erst als Diego den Schuh aufhebt, sieht er, dass der Fuß noch drinsteckt. Zumindest die Überreste: ein bisschen trockener Knochen. Alles andere haben sich längst die Fliegen und Käfer und dergleichen geholt. Der Schuh passt locker auf seine Handfläche, ohne am Rand überzustehen. Höchstens zwei Jahre, älter kann das Mädchen nicht gewesen sein, dem dieser Schuh gehört hat. Also auf jeden Fall jünger als das Kind, dessen Arm nun in seinem Streifenwagen liegt.

Kein Zweifel, hier gibt es mehr als eine Leiche.

Er legt den Schuh zurück auf den Boden und klebt einen Streifen gelbes Band auf einen großen Stein in der Nähe.

Er geht weiter.

Etwa hundert Meter vom Waldrand entfernt entdeckt er ein Stück ausgefransten, vermoderten Stoff.

Einige Meter weiter ist die Erde ungewöhnlich aufgewühlt. Überall sonst bedeckt eine Schicht aus halb zersetztem Laub den Boden, durch die hindurch Unkraut, geschwürartige Pilze, junge Bäume und andere kleine Pflanzen sprießen. Aber hier wurde gegraben, hier wurden die Blätter zur Seite gescharrt, und hier sieht er ...

»Oh mein Gott.«

Diego hat keine Ahnung, wie viele Leichen hier liegen mögen. Wie auch, schließlich sind sie großteils von Erde bedeckt. Er geht zum nächsten Baum, lehnt den Kopf gegen den Stamm und blickt auf den Boden. Auf den Boden, der sich immer schneller dreht.

Als er sich wieder gefangen hat, sperrt er das Gebiet weiträumig ab. Eine Sache von ein, zwei Minuten. Danach folgt er der Spur aus gelben Klebestreifen zur Straße, raus aus diesem Albtraum aus Knochen und Tod. Er wird früh genug zurückkehren müssen, um die Jungs vom Sheriff's Department zum Tatort zu führen.

Im Gehen zieht er sein Handy aus der Tasche und wählt Ians Nummer.

WÄHREND IAN SICH DAS HEADSET vom Kopf zerrt und aufsteht, trinkt er noch einen Schluck kalten Kaffee, denn seit einer Sekunde ist sein Mund staubtrocken. Dann geht er rüber in den Empfangsraum des Polizeireviers.

Chief Davis sitzt am Schreibtisch, den Hörer am Ohr. »Scheiße, dann lass sie doch. Ich meine, was rufst du überhaupt an, wenn es dir sowieso egal ist? In Ordnung. Okay. Verdammt! In *Ordnung*. Ich liebe dich auch.« Damit legt er auf.

»Chief?«

»Was ist?«

»Es gibt Neuigkeiten. Könnte was mit meiner Tochter zu tun haben.«

Davis nimmt die Brille ab, putzt sie mit einem Taschentuch und schiebt sie zurück auf seinen schmalen Nasenrücken. Blinzelnd sieht er zu Ian. »Was für Neuigkeiten?«

»Leichen im Wald. Mehrere.«

»Im Ernst?«

»Ja.«

»Dann hat Diego den Besitzer des Arms gefunden?«

»Sieht so aus. Und nicht nur den.«

»Und du meinst, es könnte was mit deiner Tochter zu tun haben?«

»Mit kleinen Mädchen.«

»Meinte Diego denn, eine davon könnte ...« Davis befeuchtet sich die Lippen. »Könnte deine ...« Er verstummt und sucht seinen Hemdsärmel ab, bis er einen losen Faden findet, den er abreißen kann.

»Nein, er glaubt nicht.«

»Warum nicht?«

»Weil da nur Knochen sind. Und ein bisschen Haar und ein paar Stofffetzen.«

»Aber es sind kleine Mädchen?«

Ian nickt.

»Sind die Jungs vom Sheriff's Department schon informiert?«

»Klar. Kann sein, dass sie sogar schon da sind. Nance war sowieso in der Stadt, um unseren Fall mit Finch zu besprechen.«

»Dann mach ich mich auch mal auf den Weg. Kommst du mit?«

»Ja. Vielleicht finden wir eine Spur, die uns zu Maggie führt.«

»In Ordnung.« Davis steht auf. »Thompson soll das Telefon übernehmen. Kommst du mit mir, oder nimmst du deinen eigenen Wagen?«

Ian lenkt den Mustang an den Straßenrand und hält an. Eine einzige Hoffnung bestimmt sein Denken: Vielleicht wird er seiner Tochter gleich einen entscheidenden Schritt näher kommen. Er weiß von den mindestens zwei Mädchenleichen, die im Wald gefunden wurden, und eigentlich sollte er bestürzt sein. Aber er empfindet keine Trauer. Was er empfindet, ist nicht einmal entfernt damit verwandt. Jede der Leichen war mal irgendjemands Tochter, aber eben nicht *seine* Tochter. Seine Tochter lebt, die anderen sind tot. Seine Tochter lebt, und er wird sie finden, er wird sie nach Hause in Sicherheit bringen, und sollten ihm diese Leichen dabei helfen, hat sich ihr Tod … Er versucht den Gedanken zu verdrängen, dass sich der Tod der Mädchen dann sogar gelohnt haben könnte. Er versucht, ihn zu verdrängen, ihn in die dunkelste Ecke seiner Seele zu sperren, fernab des grellen Lichts seines Bewusstseins, wo seine ganze Hässlichkeit klar zutage tritt – aber er kann nicht anders, tief in seinem Inneren glaubt er, dass es genau so ist: Dann hat sich ihr Tod gelohnt. Er spürt es mit jedem Herzschlag.

Und wenn es Hunderter, Tausender Leichen bedürfte, um seine Tochter zurückzuholen, wäre es das wert.

Beim Aussteigen lässt Ian den Blick über die Reihe der geparkten Autos schweifen: Hinter Diegos Streifenwagen stehen zwei Fahrzeuge des Sheriff's Department, dahinter Chief Davis' Wagen, aus dem sein Chef zeitgleich mit ihm ausgestiegen ist, und schließlich sein eigener Mustang. Hilfssheriff Kurt Oliver, ein Mitarbeiter der Dienststelle in Bulls Mouth, sitzt auf der

Motorhaube des ersten Wagens. Die Augen geschlossen, den Kopf in den Nacken gelegt, genießt er die Nachmittagssonne.

Davis stellt sich neben ihn. »Sind die Detectives schon vor Ort?«

Oliver öffnet die Augen und richtet sich träge auf. »Ja, klar. John Nance aus Mencken ist da und natürlich Bill Finch.«

»Und wer sonst?«

Ein Kopfschütteln. »Der Boss müsste auch gleich kommen.«

»Was ist mit dem Gerichtsmediziner?«

»Ist informiert.«

»Und wo sind die Herren Detectives jetzt?«

Oliver nickt Richtung Waldrand. »Immer dem gelben Klebeband nach. Ihr könnt es gar nicht verfehlen.«

Ein Hundebellen aus Diegos Streifenwagen.

Davis fasst Ian an der Schulter und schiebt ihn Richtung Wald. »Dann schauen wir uns mal ein bisschen um.«

»Oliver«, sagt Ian noch, »warum bringst du den Hund nicht schnell zu Pastor Warden? Bei der Hitze krepiert das arme Viech sonst noch.«

»Warum sollte ich?«

»Hab ich doch grad gesagt. Wegen der verdammten Hitze!«

»Warum machst du's nicht?«

»Weil ich zum Tatort muss. Und du sitzt hier doch sowieso nur blöd rum. Also wenn du jetzt nicht sofort den Arsch hochkriegst und den verdammten Hund …«

»Bekommst auch zehn Dollar Finderlohn von Warden«, wirft Davis ein.

Oliver lässt sich von der Motorhaube rutschen. »Im Ernst?«

Davis nickt.

»Mann, warum hast du das nicht gleich gesagt?«

Ein paar Minuten später treffen Ian und Chief Davis am Fundort ein. Detective John Nance hat bereits eine größere Grube freigelegt, oder besser gesagt mehrere kleine, in denen sich die Knochen von drei Leichen stapeln. Drei weibliche Leichen, den Überresten der Kleidung nach zu urteilen. Alle drei jung, und mindestens eine von ihnen blond, denn an einem der Schädel hängt noch ein Büschel helles Haar. Alle drei sind in halb zersetzte Kleidchen gehüllt.

»Ist das nicht ein Job für die Gerichtsmedizin? Oder die Spurensicherung?«, fragt Chief Davis.

Nance blickt auf. »Ich bring schon nichts durcheinander. Die Insekten haben sowieso kaum was übrig gelassen, und die Kollegen von der Spurensicherung können sich noch lang genug mit den Haaren, Zähnen und Blutflecken vergnügen ... falls davon überhaupt noch was brauchbar ist.«

»Wurden die Leichen alle zur selben Zeit begraben?«, fragt Ian.

Der Detective sieht ihn an. »Ist nicht mein Fachgebiet, aber wenn Sie mich fragen: Nein.«

Ian nickt.

John Nance ist Ende vierzig oder Anfang fünfzig. Er hat graues Haar und ein Gesicht wie geschmolzenes Wachs. Im Stehen ähnelt er einem Wackelpudding, der unter dem eigenen Gewicht zusammengesunken ist – runde Schultern, hängende Arme, schlaffe Wangen. Aber im Moment steht er nicht, sondern hockt vor den drei freigelegten Skeletten und mehreren Haufen scheinbar wahllos zusammengetragener Gegenstände: Schuhe, Kleidungsstücke, Spielsachen. Offensichtlich waren die Sachen in Tüten verpackt, doch zwei der Tüten sind zerfallen, nur noch ein paar Fetzen davon sind übrig. Aus dem Haufen neben der ältesten Leiche zieht Nance eine verdreckte Haarbürste hervor und legt sie auf eine Plastikplane, die zu seiner Linken über den Boden gebreitet ist. Auf der Plane liegen bereits einige andere Gegenstände: ein Armreif, ein leeres Paar Schuhe, ein paar Kleidchen, eine Puppe mit nur einem Auge.

Bill Finch steht daneben und dokumentiert alles mit einem kleinen Digitalcamcorder. »Soll ich auch noch ein paar Fotos machen?«

»Später.«

»In Ordnung.«

Diego, der sich etwas abseits eine Zigarette gedreht hat, steckt sich die Kippe hinters Ohr und stellt sich neben Ian. »Die armen Dinger, alle so jung.«

Ian nickt. »Ja.«

»Wie alt war Maggie noch mal, als sie ... Sieben, oder?«

»Sie ist nicht dabei.«

»Nein. Natürlich nicht. Aber schau dir doch mal die Kleider an. Die sind zum Teil einfach zu groß für die drei hier. Vielleicht hat der Killer ja auch was von Maggie vergraben.«

»Meinst du?«

»Könnte doch sein.«

»Warum sollte er das tun?«

»Keine Ahnung. Menschen tun komische Dinge.«

»Und du denkst, es könnte was von Maggie dabei sein?«

»Schon möglich.«

Ian geht rüber zur Plastikplane und betrachtet die erdigen Gegenstände, die dort liegen wie Fundstücke einer archäologischen Grabung. So oder ähnlich wird sich die Kultur des späten zwanzigsten und frühen einundzwanzigsten Jahrhunderts präsentieren, wenn die Außerirdischen eines Tages doch noch über die Erde stolpern und die menschliche Zivilisation in ihrem selbst geschaufelten Grab entdecken sollten. Schweigend mustert Ian die Gegenstände, einen nach dem anderen. Er spürt keine Regung in sich. Als hätte man sein Inneres ausgehöhlt und mit Steinen gefüllt.

»Das hat meiner Tochter gehört.« Er deutet auf ein rosa Nachthemd, das ordentlich gefaltet und mit einer Schicht aus Laub und Erde bedeckt auf der Plane liegt. Am Kragen entdeckt er ein paar kleine braune Flecken. Wahrscheinlich Blut. Maggies Blut.

Nance schaut aus seiner Grube herüber. »Ihrer *Tochter?*«

»Das ist Ian Hunt«, erläutert Bill Finch.

»Wir haben uns mal kennengelernt«, sagt Ian an Bill gewandt. »Ist aber schon ein paar Jahre her.«

»Und das hat Ihrer Tochter gehört?« Mit dem Kinn deutet Nance auf das Nachthemd.

»Ja.«

»Sind Sie sich sicher?«

Am Tag von Maggies Entführung blieb Ian nach dem Abendessen mit den Kindern am Tisch sitzen, um sich durch die Steuererklärung zu wühlen. Debbie machte sich im Schlafzimmer chic, Maggie war im Bad. Nach einer Viertelstunde hörte er ihre hohe Stimme: »Daddy!« Er ging rüber und stieß die Tür auf – sie stand mitten im Raum, Wasser tropfte von ihrem dünnen Mädchenkörper auf die Fliesen, und hinter ihr gluckerte der Abfluss der Badewanne.

»Was ist?«, fragte er.

»Ich hab das Handtuch vergessen.«

»Und?«

»Kannst du's mir holen?«

»Kann ich's dir holen und weiter?«

»Das Handtuch.«

»Das hab ich nicht gemeint.«

»Kannst du's mir *bitte* holen?«

»Kann ich dir bitte was holen?«

»Daddy!«

»Schon gut.«

Er ging zum Wäscheschrank, zerrte ein Handtuch raus und warf es ihr rüber ins Badezimmer.

»Das Nachthemd hab ich auch vergessen!«

»Was hast du denn noch alles vergessen? Hast du vielleicht auch vergessen, dich zu waschen?«

»Nein. Außer … na ja.«

»Was?«

»Außer hinterm rechten Ohr.«

»Und warum?«

»Ist ein Experiment.« Sie grinste ihr breites Zahnlückengrinsen.

»Ein Experiment?«

»Ja. Mom hat gesagt, wenn ich mich nicht hinter den Ohren wasche, wächst mir da Brokkoli.«

»So, so, hat sie das gesagt.«

Maggie nickte.

»Und du hast ihr nicht geglaubt.«

»Weiß nicht. Ist eben ein Experiment.«

»Aber überall sonst hast du dich gewaschen?«

»Natürlich. Ich bin doch nicht bescheuert.«

»Natürlich nicht. Ich geh dann mal dein Nachthemd holen.«

»Das pinke! Bitte!«

Eine Ellipse aus drei Tropfen Blut, knapp unter dem Kragen, unter einer Schicht aus Laub und Erde. Auf einer Plastikplane neben lauter Gegenständen, die Ian nie zuvor gesehen hat. Gegenstände, die anderen Mädchen gehört haben. Mädchen, die schon lange tot sind.

»Ja«, sagt Ian. »Ich bin mir sicher.«

»In Ordnung.« Nance richtet sich auf. »Wenn eins der Opfer noch lebt, die Tochter eines Kollegen, Ihre Tochter, dann würde ich sagen, wir hauen jetzt mal so richtig auf den Putz.«

Chief Davis blinzelt mehrmals. »Was ist Ihr Plan, Detective?«

»Zuerst knöpfen wir uns den naheliegendsten Verdächtigen vor, bevor er Wind von der Sache bekommt. Wir quetschen ihn aus, suggerieren, wir wüssten mehr, als wir tatsächlich wissen, und schauen, wie er reagiert.«

»Und wer ist der naheliegendste Verdächtige?«

»Der Besitzer dieses Grundstücks. Sie wissen doch sicher, wer das ist?«

»Henry Dean«, meint Ian.

»Natürlich muss der Boss vorher sein Okay geben, aber dann …«

»Ich arbeite nicht für Sizemore«, sagt Davis.

»Tut mir leid, aber Mordfälle fallen nun mal in die Zuständigkeit des Sheriff's Department«, schaltet sich Bill Finch ein. »Weil wir die entsprechenden Leute haben, zum Beispiel Nancy hier.« Er blickt in die Runde. »Wir haben es hier nicht mit Fred Paulson zu tun, der mal wieder seinen Wagen gegen einen Baum gesetzt hat, hier geht es um mehrfachen Mord!«

Davis betrachtet Finch mit zusammengekniffenen Augen. »In Ordnung.«

»Sobald wir die Zustimmung von Sizemore haben«, meint Nance, »bringen wir Dean auf die Dienststelle und verhören ihn nach allen Regeln der Kunst. Wer weiß, vielleicht knickt er ja ein.«

»Der Wald liegt direkt an der Main Street«, sagt Diego. »Da könnte jeder die Leichen abgeladen haben.«

Davis nickt. »Schon klar. Aber irgendwo muss man anfangen, wenn man weiterkommen will.«

»Ganz meine Meinung«, pflichtet ihm Nance bei.

Davis sieht ihn an. »Ich denke, unsere beiden Dienststellen sollten hier zusammenarbeiten. Ich kenne Henry Dean seit der ersten Klasse. Ich weiß, wie er tickt.«

»Seit der ersten Klasse?«

»Ja.«

»Glauben Sie, er ist unser Mann?«

»Schon möglich.«

»Ich meine, wäre er dazu fähig?«

»Was weiß ich? Man weiß nie, wozu jemand fähig ist, bis er es einfach tut und man nur noch mit offenem Mund dastehen kann.«

Nance nickt, bevor er sich an Bill Finch wendet. »Wo hast du den Boss zuletzt geseh…«

»Redet ihr von mir?« Und tatsächlich – in dem Moment kommt Sheriff Sizemore auf sie zugewalzt.

Nance nickt ihm zu. »Sheriff.«

»Ich komm mit zu Dean«, sagt Ian, als er mit Chief Davis und Bill Finch zurück zur Straße geht, während Diego im Wald geblieben ist, um dem Gerichtsmediziner später schildern zu können, wie und wann er die Leichen gefunden hat.

Davis schüttelt den Kopf. »Tut mir leid, Ian, aber das geht nicht, du bist selbst zu sehr betroffen.«

»Es geht um meine Tochter.«

»Ian, hör mal …«

»Ich komm mit. Ende der Diskussion.«

»Du würdest da doch nur dumm rumstehen«, sagt Finch. »Wir sollen den Typen lediglich zur Dienststelle bringen, damit Nancy ihn in die Mangel nehmen kann. Das ist alles.«

»Und wenn's brenzlig wird?«

Finch zuckt die Schultern. »Hilfssheriff Oliver wird uns begleiten.«

»Oliver? Der kann sich ohne fremde Hilfe doch nicht mal die Schuhe zubinden. Vergiss es, Finch. Meine Tochter könnte sich in diesem Haus befinden. Du magst ja deine Finger überall in meinem Leben haben, aber es ist verdammt noch mal immer noch mein Leben. Und meine Familie.«

»Jetzt mal langsam, Ian. Ich weiß, Maggie könnte dort sein, und ich weiß, wie sehr du sie liebst. Aber schau dich doch mal an. Du bist jetzt schon auf hundertachtzig, und wir wissen nicht mal, ob der Typ überhaupt etwas damit zu tun hat. Du würdest uns bloß Scherereien machen, und deshalb bleibst du hier. Kapiert?«

»Du hast meinen Officers nichts zu befehlen, Finch«, mischt sich Chief Davis ein.

»Officer ist er doch nur auf dem Papier! In Wahrheit macht er einen Schreibtischjob. Und du hast selbst gesagt, dass er zu sehr davon betroffen ist.«

»Ja, das habe ich«, meint Davis, »aber als sein Vorgesetzter hab ich auch das Recht dazu. Anders als der Typ, der sich in das Bett seiner Frau eingeschlichen hat …«

»Ich habe mich nirgends eingeschlichen …«

»Stopp mal«, geht Ian dazwischen. »Das steht hier doch gar nicht zur Debatte. Ich komme mit und damit basta.«

Sie treten aus dem Wald auf die sonnige Straße.

»Na gut«, gibt Davis nach. »Aber du bleibst schön im Wagen sitzen und steigst nur aus, wenn wir dich wirklich brauchen. Verstanden?«

»Verstanden.« Ian geht zu seinem Mustang. »Danke, Chief.«

Wieder ist sein Mund staubtrocken.

MAGGIE GEHT IM KREIS und schaut dabei zur Decke. Von oben kommen seltsame Geräusche: lautes Klappern, laute Stimmen, laute Schritte, die sich immer auf und ab bewegen. Und irgendwelches Zeug wird hin und her gerückt. Was ist da nur los? Normalerweise sitzen Beatrice und Henry bloß vor dem Fernseher und träumen mit offenen Augen vor sich hin, und sie hört nur das dumpfe Dröhnen der Lautsprecher. Aber heute ist alles anders, und das gefällt ihr nicht. Es darf nicht anders sein. Anders ist gefährlich.

Also, was geht da oben vor sich? Sind sie ihr auf die Schliche gekommen? Bauen sie gerade eine große Foltermaschine, um sie zu bestrafen, um sie …

Eins zwei drei vier fünf sechs sieben acht.

Nein. Sie sind ihr nicht auf die Schliche gekommen. Ja, sie machen merkwürdige Geräusche. Ja, sie unterhalten sich über irgendetwas. Henry wird laut, er schreit Beatrice an. Aber höchstwahrscheinlich hat es nichts mit ihr zu tun. Wäre Henry wütend auf sie, wäre er schon längst hier unten. Das kann es also nicht sein.

Trotzdem ist sie nervös, denn heute wird sie fliehen. Deshalb soll heute ein ganz normaler Tag sein, ein völlig normaler Tag, normaler als alle anderen Tage. Absolut normal. Bis auf ihre Flucht natürlich. Normale Tage lassen sich vorhersehen, und sie muss alles vorhersehen, wenn sie hier rauskommen will. Und sie muss hier raus. Sie muss frische Luft in den Lungen und die Sonne auf der Haut und Daddys Arme um ihren Körper spüren. Es geht nicht anders.

Sie weiß nicht, was da oben los ist, aber es ist ganz sicher nicht normal. Es könnte ihren Plan zunichtemachen.

Nein. Ihr Plan wird gelingen. Weil er gelingen muss. So einfach ist das. Es hat keinen Sinn, weiter darüber nachzudenken.

Zum dritten oder vierten Mal an diesem Tag geht sie zur Treppe und zieht die Waffe aus dem Dunkel. Sie zögert nicht mehr. Der Gedanke, noch eine einzige Nacht im Keller zu verbringen, ist schlimmer als alles, was in der Finsternis lauern könnte.

Als sie sich vorstellt, was sie gleich machen wird, dreht sich ihr der Magen um. Sie fühlt sich, als hätte sie literweise saure Milch getrunken. Aber sie wird es tun. Am liebsten hätte sie es schon hinter sich gebracht, wäre schon die Treppe rauf und aus der Haustür hinausgerannt und würde jetzt unter der gelben Sonne stehen.

Sie schließt die Augen und malt sich aus, wie die scharfe Kante der Scherbe in die Haut an Beatrice' Knöchel fährt. Wie sich ein Schlitz in der Haut öffnet, als wäre die ein Stück dickes Leder, und wie dabei die vielen organischen Hebel und Seile zum Vorschein kommen, die einen menschlichen Körper am Laufen halten. Wie das Blut herausschießt und in großen roten Tropfen auf die schmutzige Holztreppe fällt. Wie die schwere Frau umkippt wie ein gefällter Baum.

Sie kann es schaffen. Sie muss sich nur noch ein bisschen gedulden. In etwa zwei Stunden wird Beatrice runterkommen. Dann wird sie sich unter der Treppe verstecken und …

Ein metallischer Knall auf der anderen Seite der Kellertür – der Schlüssel wird herumgedreht, der Riegel zurückgeschoben.

Schnell wirft sie einen Blick zum Fenster. Nein. Nein, das kann nicht sein. Es ist viel zu früh. Donalds Wagen ist noch gar nicht die Einfahrt heraufgerollt. Es ist viel zu früh.

Soll sie es trotzdem tun? Oder soll sie warten? Da ist irgendetwas im Gange, etwas, das sie nicht versteht, aber wenn sie wartet, bekommt sie vielleicht keine zweite Chance.

Da läuft irgendetwas aus dem Ruder. Irgendwie ist alles falsch. Alles ist falsch, falsch, falsch.

Borden hat sie verraten. Borden ist doch keine Einbildung, und er hat sie verraten. Er will, dass sie für immer im Albtraumland bleibt. Für immer und immer und immer. Er will nicht allein sein, er …

Er ist eine Einbildung. Es gibt keinen Borden. Es hat ihn nie gegeben.

Mit einem Knarren öffnet sich die Tür. Ein massiger Umriss erscheint im Rahmen. Beatrice. Beatrice kommt herunter. Aber sie hat keinen Teller in der Hand, sie bringt ihr nicht das Abendessen. Wie auch, dafür ist es viel zu früh. Weil die Schatten noch nicht lang genug sind, weil Henry noch zu Hause ist. Bis in den Keller hört sie seine tiefe Stimme, die die Dielen über ihrem Kopf vibrieren lässt. Aber da sind auch noch andere Stimmen, die sie weniger hört als fühlt. Sie vibrieren anders als Henrys Stimme. Was ist da nur los?

Maggie verzieht sich in die Schatten unter der Treppe, das selbst gebastelte Messer in der verschwitzten Hand. Was soll sie tun? Soll sie es verstecken? Oder soll sie zustechen? Vielleicht bekommt sie keine zweite Chance.

Die fremden Stimmen über ihrem Kopf. Der unerklärliche Krach. Henrys wütendes Geschrei. Vielleicht ist es ihre einzige Chance.

Eigentlich wollte sie warten, bis er weg ist. Normalerweise würde er in ein paar Stunden gehen.

Aber heute ist nichts normal. Vielleicht wird er nie wieder gehen. Sie hat keine Ahnung, was da los ist. Sie kann sich auf nichts mehr verlassen.

Und sie darf ihre einzige Chance nicht verstreichen lassen.

Also wird sie handeln. Sie wird zustechen. Dann wird Beatrice schreien. Der Schrei wird Henry anlocken – und wenn er die Treppe runtergelaufen kommt, wird sie auch ihm die Knöchel aufschlitzen. Wahrscheinlich wird er nicht besonders lange liegen bleiben, aber egal. Sie muss nur die Treppe rauf und aus der Haustür rennen, dann wird alles gut.

Sie kann es schaffen.

Sie kann es immer noch schaffen.

Die oberste Stufe knarrt, als Beatrice sich auf den Weg macht. Ihr Atem klingt seltsam, noch schwerfälliger als sonst, irgendwie zähflüssig. Träge schleifen ihre Füße über die Holzstufen. Jede einzelne gibt unter ihrem Gewicht nach.

»Sarah?«

Maggie schweigt. Sie steht im Dunkel unter der Treppe, die Waffe in der Hand. Die Luft bleibt ihr in der Kehle stehen. Sie wartet.

Beatrice tritt auf die nächste Stufe. Zwischen den Brettern, unmittelbar vor Maggies Augen, taucht ihr rechter Fuß auf. Weißes, weiches Fleisch. Wenn sie will, könnte sie es berühren. Oder zerschneiden.

Tu's.

Das Herz klopft ihr bis zum Hals.

Ihr Gesicht fühlt sich taub an.

Tu's. Du weißt, dass du es kannst. Du musst es tun, also *kannst* du es tun. So einfach ist das.

Sie ist nicht schwach. Sie ist stark, stark genug, um zu tun, was getan werden muss. Das weiß sie, Daddy hat es ihr gesagt: Du bist ein starkes, mutiges Mädchen. Einmal meinte er, sie sei der tapferste Mensch, den er kennt.

Beatrice bewegt das linke Bein. Und stellt den linken Fuß neben den rechten.

Maggie hebt die Waffe und rammt die Klinge mit beiden Händen in das nackte Fleisch.

Ein roter Strich auf makellosem Weiß.

Blut tropft auf Maggies Hände und Arme, heißes Blut, viel heißer, als sie gedacht hätte.

Und Beatrice schreit.

ZURÜCK. AM WESTLICHEN HORIZONT steigt die Sonne auf. Am blassen, jeansblauen Himmel verdichten sich die Wolken wieder, die zuvor vom Wind zerfasert wurden. Autos rasen rückwärts über die Straßen. Die Scherben eines Bierglases erheben sich von den Fliesen, setzen sich wieder zusammen und schweben hinauf in Roberta Blocks rechte Hand, die das Glas ins seifige Spülwasser taucht und mit Dreck beschmiert. Ein Truthahngeier segelt rückwärts über die Landschaft. Genevieve Paulson sitzt im Gästezimmer ihrer Eltern auf dem Bett, Tränen rinnen ihre Wangen hinauf und verschwinden in den Winkeln ihrer Augen, während ihre Tochter Thalia einen gesagten Satz ungesagt macht und ihr dadurch das gebrochene Herz wieder flickt, bevor sie das Schlafzimmer rückwärts verlässt und den Flur hinunter in die Küche geht, wo ihre Großmutter ein Blech Kekse zu rohem Teig backt. Alle Zeiger aller Uhren laufen rückwärts, alle Uhrwerke ziehen ihr Tick und ihr Tack aus dem Lauf der Zeit zurück in ihr Inneres, um es erneut erklingen zu lassen. Stopp.

Derselbe Truthahngeier hängt dicht über dem Haus der Deans, gleich südlich der Crouch Avenue. Er bewegt sich weder vor noch zurück, als wäre er ins Blau genagelt.

Nichts rührt sich. Einatmen. Und nach einem einzigen Herzschlag: Ausatmen. Die Zeit läuft wieder an, der Truthahngeier gleitet über das Haus zum Wald, angezogen vom Geruch des Todes.

Gleichzeitig tritt Henry Dean aus der Tür, den rechten Zeigefinger locker in den Schlüsselbund gehakt. Ihm ist das Bier ausgegangen, er will sich noch schnell zwei, drei oder auch ein paar mehr Dosen für den Weg zur Arbeit besorgen. Und für die Arbeit selbst natürlich. Mit ein bisschen Alkohol im Blut vergeht die Nacht gleich viel schneller. Also trottet er die Vortreppe hinunter und weiter über die Einfahrt zum Pick-up, reißt die Tür des Wagens auf und schiebt sich auf den Fahrersitz. Er lässt den Motor an, legt den ersten Gang ein, nimmt den Fuß von der Kupplung, stellt den anderen aufs Gaspedal. Schotter spritzt zur Seite, als sich der Wagen in Bewegung setzt.

Während er nach links auf die Straße biegt, kurbelt er das Fenster einen Spaltbreit herunter. Mal ein bisschen Luft reinlassen in diesen Ofen aus dem Hause Ford. Die Klimaanlage schaltet er aus Prinzip nicht ein. Tausende Jahre ist die Menschheit ohne Klimaanlage ausgekommen, und er ist schließlich kein Weichei. Klimaanlagen sind was für Weiber.

Ein Schweißtropfen rinnt ihm über die Stirn, bleibt einen Moment an der grauen, buschigen Augenbraue hängen und rollt schließlich weiter hinab, am Bogen der Härchen entlang Richtung Schläfe. Missmutig wischt er sich die Nässe mit der Hand in das spärlicher werdende Haar.

Er biegt links auf die Main Street und nähert sich Bill's Liquor. Ein Stück weiter vorne, hinter den Hitzeschwaden, die vom aufgeplatzten Asphalt aufsteigen, sieht er einige Wagen am Straßenrand stehen. Henry nimmt den Fuß vom Gas.

»Was zur Hölle ...«

Schnell schaltet er runter in den dritten Gang, dann in den zweiten und schließlich in den ersten, während er auf die geparkten Wagen zurollt, zwei Fahrzeuge des Sheriff's Department von Tonkawa County und eines von der örtlichen Polizei. Auf der Motorhaube des vorderen Wagens hockt ein Hilfssheriff, nuckelt an einer Zigarette und starrt dabei ins Leere.

Als er auf gleicher Höhe ist, kurbelt Henry das Fenster herunter. »Hey, Sheriff! Wie geht's denn so?«

»Ganz okay, Henry. Und selber?«

»Kann nicht klagen.« Er lächelt. »Verdammt heiß heute, was?«

»Das kannst du laut sagen. Heißer als die Kleine im Waffenladen.«

»Sag mal, was macht denn die ganze Polizei hier?«

Der Hilfssheriff blickt sich um. Niemand zu sehen. Er beugt sich vor und haucht in verschwörerischem Tonfall: »Willst du das wirklich wissen?«

»Nee, hab nur zum Spaß gefragt. Nun sag schon.«

»Leichen.«

Henrys Gesicht versteinert, aber er darf sich nichts anmerken lassen. »Du verarschst mich doch.«

»Nein. Da hinten im Wald hat irgendwer Leichen vergraben. Kleine Mädchen, mindestens zwei oder drei.«

»Im Ernst?«

»Ja.«

Henry zwingt sich zu einem überraschten Pfeifen samt ungläubigem Kopfschütteln. »Wahnsinn.«

»Du sagst es.«

»Was für ein Arschloch bringt denn kleine Mädchen um?«

»Ein krankes Arschloch halt. Wahrscheinlich hat er sie vorher noch gefickt.«

Henry spürt, wie ihm das Blut ins Gesicht schießt. Heiße Wut presst seine Brust zusammen wie eine Rohrzange. Verdammt, er ist kein Vergewaltiger! Er ist ein Familienmensch! Er liebt seine Frau, er würde sie niemals betrügen, erst recht nicht mit kleinen Mädchen, er doch nicht, verdammte Scheiße! Am liebsten würde er sich aus dem Fenster lehnen, den Hilfssheriff am Kragen packen und ihn mit der Fresse voran gegen den Türrahmen knallen. Doch er kann sich gerade noch zusammenreißen. »Hast recht. Gott, ist das krank. Hoffentlich schnappt ihr den Hurensohn bald.«

»Aber klar doch.«

»Also, viel Glück noch«, sagt Henry und salutiert zackig, bevor er den Gang einlegt und weiterfährt Richtung Süden die Main Street hinunter. Sobald er außer Sichtweite des Hilfssheriffs ist, schwindet alles Leben aus seinem Gesicht, und sein freundliches Lächeln fällt in sich zusammen. Das Leuchten in seinen Augen erlischt, die Mundwinkel sinken herab, es ist, als hätte er sich eine Totenmaske aufgesetzt.

Kaum ein klarer Gedanke dringt durch den grauen Nebel, der sein Denken umhüllt. Er spürt nichts als instinktive Furcht, die Angst des Tiers, das in die Enge getrieben wird. Doch kurz vor der Hackberry Street kommt ihm Chief Davis' Wagen entgegen, gefolgt von einem roten '65er Mustang, und auf einmal ist der Nebel wie weggeblasen.

Sie haben die Leichen gefunden, und bald werden sie eins und eins zusammenzählen. So blöd ist die Polizei auch wieder nicht. Und auch wenn an den Leichen selbst keine Spuren sind – aber mit der ganzen modernen Technik heutzutage wird man seine DNA wohl überall auf den kleinen Körpern finden –, liegen die Mädchen immer noch auf seinem Grundstück. Also werden sie zuerst zu ihm kommen, vielleicht sogar mit einem

Durchsuchungsbefehl. Henry weiß, wie dicke Sheriff Sizemore mit seinen Lieblingsrichtern ist; wenn er will, bekommt er den Befehl im Handumdrehen. Und wenn sie das Haus durchsuchen, finden sie Sarah. Und wenn sie Sarah finden, ist alles aus.

Dieses verdammte kleine Miststück. Dabei hat sie ihm noch gesagt, sie hätte ihren Vater angerufen. Aber er wollte es ihr ja nicht glauben. Er wollte nicht wahrhaben, dass sein Leben gerade den Bach runtergeht. Das durfte, das konnte nicht wahr sein. War es aber. Ist es aber. Keine Ahnung, wie die Kleine von den Leichen im Wald erfahren hat, aber offensichtlich hat sie davon gewusst und es ihrem ...

Als die beiden Wagen vorüber sind, reißt er das Steuer herum und wendet auf der Straße.

Kein Bier heute. Keine Arbeit heute. Sein ganzes Leben steht auf dem Spiel.

Er braucht einen Plan. Auf dem Weg nach Hause, zu dem Haus, das die letzten vierzig Jahre seine Heimat war, überlegt er, was jetzt zu tun ist. Sein Bruder Ron lebt in Kalifornien, in einer weitgehend verlassenen Bergbausiedlung namens Kaiser knapp hinter der Grenze zu Arizona. Dort könnten sie sich verstecken, bis Gras über die Sache gewachsen ist. Auch wenn das eine Weile dauern dürfte. Tote Mädchen geraten nicht so schnell in Vergessenheit, erst recht nicht, wenn sie noch so klein waren. Die Nachrichtensender werden ihn schon in ein paar Tagen als Mörder verurteilt haben, die Medien brauchen ihren Bösewicht. Aber da werden sie, Beatrice, Sarah und er, schon lange in Kaiser sein. Und sobald Gras über die Sache gewachsen ist, können sie ... Ja, was können sie dann? Plötzlich weiß er nicht mehr weiter. Sein schönes Gedankengebäude gerät ins Wanken.

Doch er reißt sich zusammen. Sollten sie nicht genug gegen ihn in der Hand haben, um ihn hinter Gitter zu bringen, kann er vielleicht sogar zurückkehren, zurück nach Hause. Natürlich wird er sich durch seine Flucht erst recht verdächtig gemacht haben, aber was soll's, ein Verdacht ist noch lange kein Beweis. Aber wenn er ehrlich zu sich ist, sieht es eher so aus, als würde Bulls Mouth schon sehr bald ein Teil seiner Vergangenheit sein. Also gingen sie am besten nach Mexiko. Natürlich erst, wenn sich die Lage etwas beruhigt hat, aber dann sollte es kein Problem sein, über die Grenze zu kommen. Die Grenzer achten eher auf die, die in die Staaten reinwollen, als auf die, die rauswollen. Wie er sich in Mexiko durchschlagen kann, wird er sich dann überlegen. Irgendwas wird sich schon ergeben. Vielleicht reicht es sogar für ein Haus am Meer. Da wollte er schon immer hin, ans Meer. Oder doch nach Kanada? Da oben sprechen sie wenigstens Englisch. Aber darüber kann er sich später noch den Kopf zerbrechen.

Chief Davis und der rote Mustang halten hinter den anderen Wagen. Als Henry kurz darauf an ihnen vorbeifährt, muss er seinen ganzen Willen zusammennehmen, um nicht Vollgas zu geben. Er darf sich auf keinen Fall verdächtig machen.

An der Crouch Avenue biegt er ab, zwei Minuten später rollt der Ford Ranger die Einfahrt hinauf. Die Reifen knirschen auf dem Schotter, Steine spritzen gegen die Hauswand.

Henry hält an, springt aus dem Wagen und stürmt die Vortreppe hinauf, nimmt die Veranda in zwei Sätzen und bricht durch die Tür.

»Bee!«

»Was ist?«

Er stolpert in die Küche – Beatrice steht an der Spüle, einen seifigen Teller in der Hand, und starrt ihn verwundert an.

»Was ist?«

»Lass alles stehen und liegen. Wir müssen hier weg.«

»Weg? Warum denn?«

»Weil wir hier wegmüssen. Also pack ein, was du mitnehmen willst. Was du in zwanzig Minuten oder was weiß ich in Kisten packen kannst. Okay? Wir müssen raus aus der Stadt, und ich hab so ein Gefühl, dass wir uns dabei ein bisschen sputen sollten.«

»Raus aus der Stadt? Aber warum denn?«

»Weil wir in Schwierigkeiten stecken.«

»Was denn für Schwierigkeiten? Haben wir was falsch gemacht?«

»Nein, wir haben gar nichts falsch gemacht, aber das werden die Leute nicht kapieren. Also los, geh packen. Wir müssen hier weg.«

»Und wann kommen wir zurück?«

»Wahrscheinlich gar nicht mehr. Scheiße, Bee, nun mach schon! Wir haben jetzt keine Zeit für diese Fragerei.«

»Aber wie soll ich denn in zwanzig Minuten unsere ganzen Sachen einpack…«

»Du sollst doch nicht *alles* einpacken. Nur das Nötigste. Also los, beweg deinen fetten Arsch. Wir haben überhaupt keine Zeit zu vertrödeln. Ich weiß nicht, wann die Bullen da sein werden, aber lange kann es nicht mehr dauern. Also los, verdammt noch mal!«

Beatrice' Kinn bebt, ihre Augen glänzen. Ein seltsames, trauriges Quieken dringt aus ihrer Kehle.

»Es tut mir leid, Bee, ich wollte dich nicht anschreien. Aber wir müssen uns wirklich beeilen, und ich kann dir jetzt nicht lang und breit erklären, warum. Ich will, dass du jetzt in die Garage gehst, ein paar Umzugskartons holst und einpackst, was dir wichtig ist. Okay?« Er legt seine raue, schwielige Hand auf ihre runde, weiche Wange. »Okay, Liebling?«

Ein stummes Nicken.

»Bist ein gutes Mädchen. Und jetzt mach.« Henry gibt ihr einen kleinen Kuss auf die Wange und geht ins Schlafzimmer.

»Bill's Liquor?«

»Hi, Donald.«

»Henry. Was gibt's?«

»Bee und ich hauen ab, und das solltest du vielleicht auch tun. Ich weiß nicht, ob es nötig ist, aber …«

»Scheiße, was ist denn passiert?«

Siebzehn Minuten später klopft es an der Tür, deutlich früher als gedacht. Henry hatte gehofft, schon längst über alle Berge zu sein, wenn sie kommen, aber das hat sich jetzt zerschlagen. Sie hätten gar nichts packen sollen. Hätten einfach in den Pick-up steigen und davonrauschen sollen. Aber die Vorstellung, sein ganzes Leben hinter sich zurückzulassen, ohne nur ein kleines bisschen …

»Henry?«

»Ich geh schon, Bee!«

»Okay.«

Henry schließt die Augen, atmet einmal tief durch, öffnet die Augen wieder. Er tastet zwischen Matratze und Lattenrost nach seiner Lupara, zieht die kompakte abgesägte Schrotflinte hervor und klappt sie auf – beide Läufe sind geladen. Gut. Schnell steckt er sich die Waffe hinten in die Jeans, schnappt sich noch ein paar Patronen und stopft sie in seine Taschen. Wahrscheinlich wird es nicht zu einem Schusswechsel kommen, aber wenn doch, ist er lieber vorbereitet, damit er nicht am Ende mit dem Gesicht nach unten auf dem Schotter liegt, während ihm irgendein schwanzlutschendes Arschloch von Hilfssheriff die Knie in die Eier rammt und Handschellen anlegt. Wenn er Glück hat, ist es nur Chief Davis, der ihn über den Vorfall im Wald informieren will: Hey Henry, lang nicht mehr gesehen. Wie geht's? Freut mich. Entschuldige die Störung, aber, na ja, ich dachte, ich schau mal kurz vorbei, weil … Ist dir hinten im Wald mal was Verdächtiges aufgefallen? Hat sich da irgendwer rumgetrieben oder so? Und damit, hofft Henry, wäre die Angelegenheit vielleicht schon erledigt. Aber er kann sich nicht darauf verlassen, dass alles wunschgemäß verläuft. Deshalb geht er auf dem Weg in den Flur noch am Schrank vorbei und schnappt sich sein .22er Kleinkalibergewehr.

In der Schlacht kann man gar nicht genug Waffen haben.

Beatrice steht in der Küche und packt Geschirr in eine Kiste. Als er sie am Arm fasst und herumwirbelt, rutscht ihr ein Teller aus der Hand, der dabei auf den Boden fällt und zerspringt.

»Bee, doch kein Geschirr! Wir brauchen kein beschissenes Geschirr.«

»Aber ...«

»Nichts, aber. Du gehst jetzt runter in den Keller und wartest, bis ich dich rufe.«

»Ah. Okay.«

»Mach schon.«

»Okay.« Sie nickt und ist wieder kurz vorm Heulen.

Es klopft erneut. Buckshot steht vor der geschlossenen Tür und bellt sich die Seele aus dem Leib.

»Komme!«

Henry wirft einen schnellen Blick über die Schulter zu Beatrice, die gerade die Kellertür öffnet, um im nächsten Moment dahinter zu verschwinden.

Gut. Da unten ist sie in Sicherheit. Er marschiert durch den Flur zum Eingang. Buckshot hockt vor der Tür auf dem Boden und starrt sie an, während er ein weiteres Bellen ausstößt. Hinter der gelben Milchglasscheibe sind zwei menschliche Gestalten zu erkennen. Henry lehnt die .22er in die Ecke, wo sie von der Tür aus nicht zu sehen ist.

Dann zieht er eine Rolle Rolaids aus der Hemdtasche, drückt sich eine der Tabletten in den Mund und kaut mit geschlossenen Augen. Hier ist alles in Butter. Wir können kein Wässerchen trüben. Tut mir leid, Chief, mir ist nichts Besonderes aufgefallen, aber wenn ich ehrlich bin, kümmer ich mich kaum um das Grundstück. Weißt du, Bäume machen normalerweise keinen

Ärger, außer sie trinken einen über den Durst, und meine sind gottlob schon länger trocken. Ha ha ha.

Mit der Zunge pult Henry die gipsartige Masse der Tablette aus einem Backenzahn.

»Schon gut, mein Junge. Schon gut«, sagt er zu Buckshot und krault den Hund am Kopf.

Auf der anderen Seite der Scheibe erscheint eine geschlossene Faust, bereit, erneut zu klopfen.

Doch Henry kommt ihr zuvor. Er packt den Knauf, drückt den kleinen Metallhebel herunter und öffnet die Tür.

WÄHREND CHIEF DAVIS UND BILL FINCH über die geschotterte Einfahrt zur Tür laufen, muss Ian in seinem Auto sitzen bleiben und zusehen. Er würde alles geben, um mitzukommen, um dem Typen in die Augen zu schauen. Wenn er ihm nur einmal in die Augen schauen könnte, wüsste er Bescheid. Aber nein, er muss hier im Auto bleiben. Wegen der Hitze hat er das Fenster heruntergekurbelt, doch jetzt bläst ihm ein ofenheißer Wind direkt ins Gesicht. Sein Magen brennt, sein Mund ist ausgetrocknet, seine Augen schmerzen. Widerwillig zieht er einen Zigarrenstummel aus dem Aschenbecher, schiebt ihn sich in den Mund und kaut darauf herum, ohne das Ding anzuzünden.

Drüben hebt Chief Davis gerade die Hand und klopft auf das gelbe Milchglas, das die obere Hälfte der Tür ausfüllt.

Ein gedämpftes Bellen ertönt.

Ian beugt sich vor. Nichts tut sich. Zeit verstreicht.

»Klopf noch mal«, murmelt er vor sich hin.

Als hätte er Ian gehört, hebt Chief Davis erneut die Hand – doch Bill Finch packt ihn am Handgelenk. »Ich hab hier das Kommando.«

Davis zuckt die Schultern und blinzelt einmal. »Wenn dir das hilft, dich wie ein Mann zu fühlen.«

Finch starrt ihn wortlos an, bevor er sich zur Tür dreht und selber klopft.

Wieder dringt Bellen aus dem Haus, jetzt gefolgt von einer Stimme. Ian versteht nicht, was sie sagt, er ist zu weit weg. An der Tür tut sich immer noch nichts. Chief Davis und Bill Finch stehen da und warten. Stehen einfach da und glotzen vor sich hin.

»Jetzt reicht's.« Ian rupft sich die aufgeweichte Zigarre aus dem Mund, stopft sie zurück in den Aschenbecher und stößt die Tür auf. Kiesel knirschen unter seinen Stiefeln, als er aussteigt. Sofort fährt Chief Davis herum und nagelt ihn mit dem Blick fest. Ian hält inne, eine Hand an der offenen Autotür. Er geht nicht rüber, steigt aber auch nicht wieder ein.

Als Finch ein drittes Mal klopfen will, öffnet sich die Tür.

Wieder bellt der Hund, nun deutlich lauter.

»Still«, sagt Henry Dean und tätschelt ihm den Hals.

Da ist er. Ist das der Mann, der Maggie entführt, der Ians Tochter gestohlen hat? Ein schlaffes Gesicht, ein kahler Schädel, Augen wie blasse Steine in feuchtem Lehm, eine hervorstehende, rot geäderte Nase. Ian ist ihm oft über den Weg gelaufen, und jedes Mal haben sie sich zugenickt, vielleicht sogar einen Gruß gerufen. Jedes Mal hätte er ihn einfach nur am Kragen packen und würgen müssen, bis er tot gewesen wäre, jedes Mal hätte es nur ein kleines bisschen Gewalt gebraucht, um seine Tochter zu befreien. Sieben Jahre lang hat nur dieser fette, alte Mann zwischen ihm und Maggie gestanden. Falls er denn der Richtige ist.

Als Henry Dean die beiden Gesetzeshüter anblickt, leuchten seine Augen. Er lächelt. »Hey, Jungs. Was kann ich für euch tun?«

»Wir müssen reden«, sagt Chief Davis.

Bill Finch wirft ihm einen unwilligen Blick zu und wendet sich an Dean. »Es geht um eine ernste Angelegenheit.«

Dean fährt sich mit der Zunge über die Lippen. »Mist.«

»Mist?«

»Wissen Sie, warum wir hier sind?«

»Aber klar doch. Ist ja nicht schwer zu erraten.«

»Ich höre.«

»Irgendwer hat meinen Pick-up gesehen und eins und eins zusammengezählt.«

»Ihren Pick-up?«

»Na, die ganzen Kratzer.«

»Was ist mit den Kratzern?«

Dean drückt sich irgendetwas Weißes in den Mund, vielleicht ein Pfefferminzbonbon oder eine Magentablette, und starrt die beiden ungläubig an. »Ihr seid nicht wegen Pastor Wardens Zaun hier? Weil ich da reingekracht bin?«

Davis schüttelt den Kopf.

»Es geht um eine noch ernstere Angelegenheit«, meint Finch.

»Verdammt. Na, dann will ich nichts gesagt haben. Also worum geht's?«

Schweiß läuft über Ians Gesicht. Er klammert sich an die Autotür, bis seine Fingerknochen schmerzen. »Warum verhaftet ihr das Arschloch nicht?«, murmelt er.

Dean kann ihn unmöglich gehört haben, nicht auf diese Entfernung – und trotzdem huschen seine Augen für einen Sekundenbruchteil zu Ian, ehe sie sich wieder auf die beiden Männer vor ihm richten.

»Vielleicht wäre es besser, wenn Sie kurz aus der Tür treten«, meint Finch.

»Aus der Tür treten?« Dean lacht. »Warum das denn?«

Davis' Hand legt sich auf den Griff seiner Dienstwaffe. »Ist sonst noch jemand im Haus, Henry?«

»Chief. Todd. Wir waren zusammen in der Schule. Also was soll die Hand an der Pistole?«

»Beantworten Sie die Frage«, sagt Finch.

»Klar ist noch jemand im Haus. Meine Frau.«

»Wir werden Sie jetzt aufs Revier bringen und Ihnen ein paar Fragen stellen.«

»Was für Fragen denn?«

»Bitte treten Sie aus der Tür.«

Ein dumpfer Schrei aus dem Haus. Eine Frauenstimme.

Chief Davis und Bill Finch blicken an Henry Dean vorbei in den Flur. Sie lassen ihn für einen Moment aus den Augen, und plötzlich hat Dean eine abgesägte Schrotflinte in der Hand.

Und Finchs Brust explodiert.

Der Hund bellt aus vollem Hals.

Der feine rote Nebel aus Blut hängt noch in der Luft, als Finch auf den Verandaboden fällt und die drei Stufen zur Einfahrt hinunterrollt. Dort bleibt er liegen, mit dem Gesicht nach oben, die Augen auf den grenzenlos blauen Himmel gerichtet.

Chief Davis wirft sich nach links, doch fängt sich trotzdem eine Ladung aus dem zweiten Lauf ein – direkt in sein Gesicht. Er kann nicht mal mehr schreien, so schnell geht es. Gerade waren seine Züge noch in bester Ordnung, jetzt ist da nur noch eine Maske aus rohem, nacktem Fleisch, während weiße Zähne und Knochenstückchen vermischt mit Blut hinter ihm auf den Boden prasseln, wo sie ein rotes, sich verbreiterndes Trapez auf die Einfahrt sprühen, als hätte jemand mit voller Wucht auf eine riesige Ketchuptüte getreten.

Als Ian wieder zur Tür schaut, hat Henry Dean die Schrotflinte schon fallen gelassen und holt jetzt ein Kleinkalibergewehr aus dem toten Winkel.

In einer flüssigen Bewegung wirft sich Ian hinter den Wagen, öffnet sein Pistolenhalfter und zieht seine SIG. Kurz hebt er den

Kopf, um Deans Position festzustellen. Doch sofort knallt ein Schuss, ein tödlicher Schuss, auch wenn er sich anhört wie eine platzende Brotzeittüte. Die Kugel streift den Kofferraumdeckel, graue Lacksplitter spritzen auf Ians Wangen.

Der Hund bellt immer noch.

Ian lässt sich auf den Boden fallen. Steinchen bohren sich in seine Seite, in seine Arme, während er unter dem Mustang hindurchspäht. Doch Deans Füße sind außerhalb seines Blickfelds. Er sieht nichts als Kies und ein kleines Stück vom Haus.

»Fass, Buckshot! *Fass!*«

Ein Scharren im Schotter, ein Bellen, ein brauner Schatten, der auf der anderen Seite des Wagens vorüberhuscht.

Ian fährt herum, und sofort schießt der Hund auf ihn zu mit schwarzen Augen, gefletschten Zähnen und sabbernden Lefzen. Speichelfäden hängen ihm aus dem Maul. Buckshot stößt sich mit den Hinterbeinen ab und springt auf ihn zu. Ian hat gerade noch Zeit, die Waffe herumzureißen, zu zielen und abzudrücken.

Ein spitzes Jaulen, gefolgt von Stille.

Während der Hund weiter durch die Luft segelt, ein lebloser Körper, der schlaff auf Ians Brust prallt. Das offene Maul kommt auf Ians Hals zu liegen, warmer Speichel rinnt ihm in den Nacken, heißes Blut sickert in seine Uniform. Schnell stößt er das Tier zur Seite. Es klatscht auf den Boden wie ein nasser Sack, eine feuchte, klebrige Masse, und bleibt liegen.

»Verdammter Wichser!«, kreischt Henry und feuert einen weiteren Schuss ab, der den Schotter aufspritzen lässt.

Ian richtet sich auf, bis er auf den Knien hockt, den Kopf immer sorgfältig hinter den Kofferraum geduckt. Einatmen, ausatmen. Bestimmt steht Dean auf der Veranda und wartet darauf, dass er sich zeigt. Ian muss schnell sein, sofort schießen und sich augenblicklich wieder fallen lassen, wenn er nicht will, dass es ihm wie Chief Davis ergeht. Der Typ ist verdammt gut, ein hervorragender Schütze. Also noch einmal: Einatmen, ausatmen.

Er hält die Luft an, springt auf und zielt.

Eigentlich hatte er nie eine Chance.

Noch bevor er den Mann zu Gesicht bekommen hat – der jetzt am Fuß der Treppe steht, breitbeinig, den Gewehrkolben in die Schulterbeuge gestemmt, das linke Auge geschlossen und den Punkt fest im Visier, an dem Ian, wie er ganz richtig vermutet hat, soeben aufgetaucht ist –, spürt er einen leichten Stoß in der Brust, knapp rechts unter dem Brustbein, wie ein Schlag mit einem Gummihammer. Es tut nicht mal weh, zumindest nicht sofort, doch plötzlich bekommt er keine Luft mehr. Er atmet ein, er atmet aus, aber es tut sich nichts, er hört bloß ein merkwürdiges, feuchtes Schlürfen von unter seinem Hemd. Verwirrt blickt er an sich hinab: Auf dem Stoff glänzt ein kleiner Blutfleck. Er schaut auf Henry Dean. Vielleicht könnte der ihm erklären, was da eben passiert ist. Aber nein, der Mann rennt schon die Vortreppe hinauf, zurück ins Haus. Ian stürzt auf die Knie, seine Kniescheiben knirschen. Kies bohrt sich in seine Haut, aber er spürt nichts, er weiß, dass er jetzt Schmerz empfinden sollte, aber er spürt nichts. Wieder blickt er an sich hinab. Das Blut tropft nun schon auf den Schotter.

Nein, das hat er sich ganz anders vorgestellt.

Im nächsten Moment liegt er auf dem Boden und saugt feinen, weißen Staub ein. Er spuckt aus, versucht richtig zu atmen, doch jedes Mal hört er dasselbe schwache Keuchen, ein Pfeifen wie aus einem durchlöcherten Autoreifen.

Schritte auf dem Kies, schnelle Schritte.

Ian rollt sich auf die Seite, um zu sehen, was da vor sich geht.

Gerade hilft Henry Dean seiner Frau in einen grünen Ford Ranger.

Das ist unmöglich. Dean stand doch eben noch in der Einfahrt, die Waffe auf ihn gerichtet, einen Faden weißen Rauches über dem Lauf. Er hatte gar nicht die Zeit, ins Haus zu gehen, seine Frau zu holen, wieder rauszukommen und mit ihr zum Pick-up zu laufen. Die Frau heult, ihr rechter Fuß ist blutverschmiert, an der Ferse hat sich ein Hautfetzen gelöst.

Ian zwinkert mit den Augen.

Und schon sitzt Beatrice im Pick-up, die Tür knallt hinter ihr zu, und Henry Dean rennt wieder die Vortreppe hinauf.

Etwas ist mit der Zeit passiert. Irgendwer hat sie kaputt gemacht.

Wo ist meine Waffe? Ich kann ihn aufhalten, wenn ich sie in die Hand bekomme.

Er rollt sich auf die andere Seite. Scharfe Steine pressen sich in seinen Rücken. Er schaut sich nach der Waffe um. Da drüben ist sie, einen knappen Meter von ihm entfernt. Wenn er Glück hat, kommt er dran. Er streckt den Arm aus, spreizt die Hand, streift den Lauf mit den Fingerspitzen. Geschafft. Er zieht die Pistole zu sich heran, klammert sich an den Griff und rollt sich zurück Richtung Haus.

Wo Henry Dean gerade ein Mädchen aus der Tür schleift. Maggie. Sie ist blass und dünn und blutet aus der Nase, aber Ian ist sich sofort sicher: Das ist Maggie. Das ist seine Tochter. Wie erwachsen sie ist, fast schon eine Frau. Und der Mann, der sie am Handgelenk hält, hat sie ihm weggenommen. Er hat ihr ihre Kindheit gestohlen.

Ian zielt.

Doch Dean hat ihn schon gesehen. Er zerrt Maggie näher heran, drückt sie an sich wie einen menschlichen Schild. Sie grapscht nach seinen Fingern, um seinen Griff zu lösen, aber sie hat keine Chance. Blut tropft aus ihrer Nase auf Deans massige Arme.

»Schieß doch, Hunt! Los, erschieß deine eigene Tochter!«

Ian versucht, auf seine Beine zu zielen, er will ihm die Füße wegschießen, doch seine Hände zittern zu stark, und was, wenn er Maggie trifft? Er könnte nie mehr in den Spiegel schauen.

Dean geht weiter auf ihn zu, Maggie immer noch an sich gepresst, bis er unmittelbar vor ihm steht. Und ihm die Pistole aus der Hand tritt.

»Bitte, Daddy! Hilf mir!« Maggie streckt die Hand nach ihm aus, an ihrem linken Nasenloch zerplatzt eine blutige Rotzblase. Tränen fließen über ihr Gesicht, Blut schimmert auf ihren Zähnen.

Auch Ian streckt die Hand aus. »Mein Baby«, stammelt er, »meine Maggie.«

Im selben Moment rast eine Stiefelspitze auf ihn zu, ein verwischter Schemen, der ihn mitten im Gesicht trifft. Schwärze.

Als er aufwacht, hört er wieder das schwache Zischen wie von Luft, die aus einem löchrigen Autoreifen entweicht, nur dass das Geräusch aus seiner Lunge kommt. Und jetzt tut es auch weh, richtig weh. Es fühlt sich an, als wäre in seiner Brust etwas abgetrennt, als wäre da irgendeine Tür zugeschlagen. Er kann nicht atmen.

Aber seine Augen sind offen. Er starrt auf den Hinterreifen seines Mustang. Rost und Spritzer von Matsch. Dahinter steht Chief Davis' Wagen. Und in Chief Davis' Wagen ist ein Funkgerät.

Ian stemmt sich auf alle viere, hält sich an der Stoßstange fest und wuchtet sich hoch. Bis zu Chief Davis' Wagen sind es gut sechs Meter. Wenn er es dorthin schafft, wird alles gut. Thompson sitzt am Telefon. Wenn er ihn erreicht, wird alles gut.

Schon beim ersten Schritt geben die Beine unter ihm nach. Er fällt auf die Knie und kippt zur Seite.

Thompson sitzt am Telefon.

Telefon.

Er hat ein Telefon dabei.

Ian greift in seine Tasche. Seine Fingerspitzen streifen das Handy. Er muss es nicht zu Chief Davis' Wagen schaffen, er kann einfach den Notruf wählen. Zum ersten Mal in seinem Leben wird er selbst den Notruf wählen. Und wenn er Thompson erreicht hat, wird alles gut.

Alles wird gut.

HENRY SCHLEUDERT MAGGIE IN DEN PICK-UP und klettert selbst hinterher. Durch das Rückfenster sieht sie ihren Daddy. Zum ersten Mal seit einer Ewigkeit sieht sie ihn wieder: Er liegt im Schotter, auf seiner rechten Seite, und blutet aus der Brust. Sein Kopf ist auf den Boden gesunken, Blut strömt ihm aus der Nase über das Gesicht, seine Augen sind geschlossen. Er bewegt sich nicht. Nicht ein kleines bisschen. Den rechten Arm hat er ausgestreckt, die Hand zeigt mit der Handfläche nach oben. Einen knappen Meter daneben entdeckt Maggie eine Pistole. Wenn er sie doch nur aufheben und die Reifen des Pick-ups damit kaputt schießen würde. Dann könnten sie nicht wegfahren.

Aber wenn er tot ist, kann er nicht mehr schießen. Und er hat sich immer noch nicht gerührt.

»Hinsetzen, du kleines Miststück«, faucht Henry, packt sie an der Schulter und drückt sie in den Sitz.

Der Motor heult auf, der Pick-up schlittert in einem Halbkreis über den Kies und rast die Einfahrt hinunter, vorbei an einem Mann ohne Gesicht. Einem Polizisten ohne Gesicht. Es muss ein Polizist sein, das erkennt sie an der Uniform, aber er hat kein Gesicht mehr. Und der andere Polizist daneben hat da, wo seine Brust war, eine rote Mulde, in der eine dickflüssige schwarze Suppe steht, wahrscheinlich Blut.

»Ich blute, Henry! Ich blute!«, ruft Beatrice.

»Ich weiß, Bee.«

»Aber warum blute ich denn? Was ist denn passiert?«

»Nicht jetzt. Das klären wir später.«

»Aber warum ...«

»Nicht jetzt, hab ich gesagt. Ich muss nachdenken.«

Mit kreischenden Reifen biegt der Pick-up in die Crouch Avenue ein. Als Henry das Lenkrad herumreißt, hinterlässt das Gummi schwarze Streifen auf dem Asphalt.

»Aber warum blute ich denn?«

»Könntest du bitte mal dein verdammtes Maul halten?«

»Oh«, sagt Beatrice und guckt aus dem Fenster. »Okay. Entschuldigung.«

Währenddessen schielt Maggie heimlich auf Beatrice' rechten Knöchel: In der Haut klafft ein großer Schnitt. Es blutet immer noch, im Fußraum bildet sich schon eine rote Pfütze. Obwohl ihr von dem Anblick schlecht wird, kann Maggie nicht wegschauen. Beinahe wäre es ihr gelungen.

»Scheiße!«, brüllt Henry.

Maggie sieht ihn an. Er starrt vor sich auf die Straße.

Fünf Minuten später rasen sie den Interstate 10 hinunter. Richtung Westen.

DIEGO WEISS NICHT, was ihn beim Haus der Deans erwartet, aber er hat ein ungutes Gefühl. Seit Ians Anruf rechnet er mit dem Schlimmsten – doch als er die letzte Kurve der Einfahrt nimmt, begreift er, dass er die Lage sogar unterschätzt hat. Auf das hier ist er nicht vorbereitet. Das ist zu viel für ihn.

Ein Krankenwagen ist schon auf dem Weg. Bevor er aussteigt, fordert er einen zweiten an.

Chief Davis liegt auf dem blutdurchtränkten Kies und hat kein Gesicht mehr. Hin und wieder zucken die Finger seiner linken Hand. Diego weiß nicht, ob der Mann bei Bewusstsein ist und mit den Bewegungen irgendetwas bezweckt oder ob sie nur von den letzten elektrischen Impulsen herrühren, die sein sterbendes Hirn produziert, bevor es endgültig verstummt.

Einen guten Meter weiter hinten liegt Bill Finch, auf dem Rücken, die Brust ein Krater, gefüllt mit schwarzem Blut. Luftbläschen steigen aus seinem Innern auf und zerplatzen an der dunklen Oberfläche. Seine leeren Augen starren in den blauen Himmel, den weiten blauen Himmel mit seiner grellweißen Sonne.

Finch rührt sich überhaupt nicht.

Genauso wenig wie Ian, der ein Stück weiter die Einfahrt hinunter im Kies liegt, auch er auf dem Rücken, aber mit einem Telefon in der Hand und einem Einschussloch in der Brust. Seine Augen sind geöffnet, blutunterlaufene Schlitze in einem blassen, entkräfteten, zur Grimasse verzerrten Gesicht, das beinahe durchsichtig wirkt. Neben ihm liegt ein toter Hund im eigenen Blut.

»Ian, was zum Teufel ist hier passiert?«

»Ich glaube, sie sind tot.« Ein kaum hörbares Flüstern.

»Wie geht es dir?«

»Bin nicht … tot.«

Mit einem Nicken steht Diego auf und geht zu Chief Davis hinüber. Sein Gesicht endet knapp unter der Oberlippe: eine Reihe zerschmetterter Zähne, ähnlich der geriffelten Klinge eines Brotmessers, und dann – nichts. Wenn er wollte, könnte Diego das Gaumendach mit der Stiefelspitze berühren. Er will nicht. Die Haut der oberen Gesichtshälfte ist komplett verschwunden, wie weggewischt. Ein Auge fehlt; an dessen Stelle ist nur noch eine Höhle zu sehen, rot wie ein blutiges Steak, in der sich eine schwarze Flüssigkeit gesammelt hat. Das andere Auge flimmert vor Angst und Schmerz. Plötzlich bewegt es sich und sieht Diego an, der sich beherrschen muss, um nicht vor Schreck zurückzuweichen.

»Der Krankenwagen ist unterwegs, Chief.«

Ein Gurgeln dringt aus Davis' durchlöcherter Kehle. Langsam schiebt sich ein Bluttropfen über den Hals und kullert hinab zum Hemdkragen, wo er allmählich versickert.

»Du wirst nicht sterben.«

Noch ein Gurgeln.

Davis' Auge huscht nach links, zu seiner Hand. Sein Ringfinger zuckt.

»Betty weiß, dass du sie liebst.« Er zögert. »Ich bin gleich wieder da. Ich muss nur kurz nach den anderen sehen.«

Diego weicht einen Schritt zurück, dreht sich um und läuft zu Bill Finch. Besonders gut leiden konnte er den Typen nie – immerhin hat er einem Freund die Frau ausgespannt –, doch der leere Blick, den Finch jetzt auf den Himmel richtet, gefällt ihm erst recht nicht.

Er beugt sich zu ihm hinunter.

»Bill?«

Keine Antwort. Finchs Brust rührt sich nicht. Seine Gliedmaßen zucken nicht, seine Lippen bleiben stumm. Das ist nicht der Mann, den Diego gekannt hat. Das ist eine Wachspuppe, die nur aussieht wie Bill Finch.

»Tot?«, kommt es aus Ians Richtung.

Diego nickt.

Ian schließt die Augen und lässt den Kopf auf den Boden sinken.

»Alles klar mit dir, Ian?«

Keine Antwort.

Diego steht auf und dreht sich einmal im Kreis. Was soll er tun? Was um Himmels willen soll er tun? Mitten auf der Einfahrt geht er in die Hocke und wartet. In der Ferne heulen schon die Sirenen.

Die Sanitäter tragen Ian und Davis in die Krankenwagen. William Francis Finch jr., zweiundvierzig Jahre alt, wird noch vor

Ort für tot erklärt. Der Verstorbene hinterlässt seine Ehefrau und zwei Kinder. Diego fragt sich, ob er Debbie anrufen soll. Vielleicht wäre es besser, wenn sie es von einem Freund erfährt statt von Sheriff Sizemore. Bei dem Gedanken, die vier Worte auszusprechen, wird ihm schlecht: Dein Mann ist tot. Vier Worte, die eine ganze Welt zerstören können. Und sie hat doch schon so viel durchgemacht. Trotzdem greift er zum Handy. Er muss sie anrufen. Sie braucht jetzt jemanden, der ihr zuhört.

Doch bevor er wählen kann, rollt ein grauer El Camino die Einfahrt herauf. Hinter dem Steuer sitzt Henrys Bruder Donald und starrt ausdruckslos durch die Windschutzscheibe. Sein Gesicht ist weiß wie ein leeres Blatt Papier. Unter Sirenengeheul rauschen die beiden Krankenwagen an ihm vorbei zur Crouch Avenue, auf dem Weg zum Mencken Regional Medical Center. Neben Diego hält Donald an und steigt aus.

»Mein Gott, was …«

Diego packt ihn am Arm, zerrt ihn zu seinem Wagen und reißt die hintere Tür auf. »Einsteigen.«

»Warum das denn?«

»Steig verdammt noch mal ein.«

»Bin ich jetzt etwa verhaftet?«

»Wenn du so weitermachst, ja.«

Donald zögert. Er blickt sich um und fährt sich mit der Zunge über die Zähne. Natürlich hat er mitbekommen, wie es auf der Einfahrt aussieht: überall Blut und Knochensplitter, mehrere Streifenwagen, ein abgedeckter Leichnam, der tote Hund. Und sicher ist ihm aufgefallen, was fehlt: Henrys Pick-up. Henry selbst. Er kann gar nicht anders, als sich das eine oder andere zusammenzureimen. Nach ein paar Augenblicken nickt er und steigt ein.

Als er das linke Bein hineingezogen hat, knallt Diego die Tür zu.

»Ich hab keine Ahnung, was du da redest.«
»Du lügst.«
»Tu ich nicht!«
»Wie ist dein Verhältnis zu deinem Bruder?«
»Henry ist zwanzig Jahre älter als ich. Er könnte mein Vater sein.«
»Du hast die Frage nicht beantwortet.«
»Wir hatten nie viel miteinander zu tun.«
»Aber du gehst zum Abendessen zu ihm rüber.«
»Ja, manchmal.«
»Machst du das öfter? Bei Leuten zu Abend essen, die du gar nicht leiden kannst?«
»Ich hab nie gesagt, dass ich ihn nicht leiden kann. Nur dass wir nicht viel miteinander zu tun haben. Und abends ist er ja sowieso nur am Wochenende da.«
»Aber zum Abendessen gehst du rüber.«
»Ja, manchmal. Hab ich doch schon gesagt.«
»Ist dir dabei jemals was Ungewöhnliches aufgefallen?«
»Was meinst du mit ungewöhnlich?«
»Ungewöhnlich eben. Stell dich nicht blöder, als du bist.«
»Hmm. Henry und Bee waren schon immer ein bisschen seltsam.«
»Inwiefern?«
»Weiß nicht.« Donald kratzt sich am Dreitagebart. »Hör mal, wenn du mich fragen würdest, ob mir irgendwas Verdächtiges aufgefallen ist, dann würde ich sagen: Nein. Mir ist nichts aufgefallen«
»Sicher?«
»Ja.«
»Hast du nie den Verdacht gehabt, dass da noch eine dritte Person wohnt?«
»Weiß nicht. Ich glaube nicht.«
»Ich will nicht wissen, was du glaubst.«
»Mann, ich hab einfach nie drüber nachgedacht.«

»Dann denk jetzt drüber nach.«

»Nein, mir fällt nichts ein. Okay, vielleicht hab ich mal Spielsachen oder Kinderklamotten rumfliegen sehen, aber ich dachte halt, das Zeug ist von ihrem eigenen Kind.«

»Sie hatten ein Kind?«

»Ja. Ist vor über zwölf Jahren gestorben.«

Diego reibt sich die Wangen. Ja, jetzt erinnert er sich wieder an die Geschichte. Im Roberta's hat mal irgendwer davon erzählt, aber da er Henry nur alle Jubeljahre mal über den Weg gelaufen ist, hat er nicht weiter drüber nachgedacht – bis zu diesem Moment. »Junge oder Mädchen?«

»Mädchen.«

»Wie alt ist sie geworden?«

»Nicht mal ein Jahr.«

»Wie ist sie gestorben?«

»In der Badewanne ertrunken.«

»Und du hast nur Spielsachen und Klamotten für Babys rumfliegen sehen?«

»Weiß nicht.«

»Wir werden das Haus durchsuchen.«

»Tut das.«

»Und wenn wir da lauter Kram für Teenager finden, wissen wir, dass du uns angelogen hast.«

»Ja, ja, schon klar. Aber ich lüg dich nicht an. Ich hab einfach nicht weiter drüber nachgedacht.«

»Du denkst generell nicht viel nach, was?«

»Weiß nicht.«

»Und du weißt auch nicht viel.«

Donald zuckt die Schultern und atmet schnaufend aus.

»Hast du mal irgendwelche Geräusche gehört?«

»Nicht, dass ich wüsste.«

»Aha. Du glaubst also wirklich, ich würde es dir abnehmen, dass du in einem Wohnwagen keine zwanzig Meter hinter dem

Haus gelebt hast, dass du manchmal zum Essen rübergegangen bist, und trotzdem nie auch nur den leisesten Verdacht hattest, die beiden könnten ein Mädchen gefangen halten? Und zwar sieben Jahre lang? Du glaubst wirklich, das nehme ich dir ab?«

»Es ist die Wahrheit.«

»Und du hast natürlich keine Ahnung, wo sie jetzt hinwollen?«

»Das hab ich dir schon vor 'ner Stunde gesagt.«

»Und wenn du nicht gelogen hast, kannst du sicher wiederholen, was genau du da gesagt hast.«

»Dass ich keine Ahnung hab, aber wenn du mich fragst, wahrscheinlich nach Juarez. Über El Paso.«

»Hältst du deinen Bruder wirklich für so blöd?«

»Na ja, er ist nicht gerade hochbegabt.«

»Aber ist er so blöd, dass er über die Grenze will, wenn er ganz oben auf den Fahndungslisten steht?«

»Keine Ahnung. War ja nur geraten.«

»Aber ziemlich schlecht geraten. So bescheuert kann dein Bruder gar nicht sein, und das weißt du auch.«

Es klopft an der Tür. Die Scharniere quietschen.

Diego dreht sich um und sieht Sheriff Sizemore, der den Kopf durch den Spalt steckt, seinen Stetson nach oben schiebt und sich mit der Hand über den Mund wischt. »Officer Diego?«

»Peña. Officer Peña.«

»Ich muss mit Ihnen sprechen.«

Diego nickt, steht auf und folgt dem Sheriff in den leeren Empfangsraum des Polizeireviers. Die Tür zum Verhörzimmer schließt er sorgfältig ab.

»Was gibt's, Sheriff?«

»Sie sind jetzt schon eine volle Stunde da drin und noch keinen Schritt weitergekommen.«

»Sicher, aber irgendwann wird er einen Fehler machen. Ich werde ihn schon zermürben.«

»Hören Sie, das hier ist unser Fall. Mord gehört nun mal in die Zuständigkeit des Countys. Sie haben für so was einfach nicht die Mittel. Ich habe aus reiner Höflichkeit zugestimmt, dass Sie ihn für eine Stunde bekommen. Sie wissen schon, wegen Officer Hunts Tochter, und natürlich wegen dem Chief. Klar, dass ihr den Typen rankriegen wollt, das verstehe ich. Und ja, ich dachte mir, vielleicht springt sogar was dabei heraus. Aber auch wir haben heute einen Mann verloren, und die Stunde ist vorbei. Sie hatten Ihre Chance, Officer Diego.«

»Officer Peña. Geben Sie mir noch dreißig Minuten.«

»Nein, tut mir leid.«

»Keine Chance?«

»Nein.«

»Und warum nicht?«

Der Sheriff zuckt die Schultern. Auf einmal scheint ihn das Gespräch nur noch zu langweilen. »Weil es zu nichts führt. Weil wir eine Großfahndung laufen haben und ich ganz sicher nicht zusehen werde, wie Sie sich mit unserem einzigen potenziellen Zeugen weiter im Kreis drehen.«

Und so muss Diego zusehen, wie Sizemore den jungen Dean zu seinem Wagen führt und ihn auf die Rückbank bugsiert. Der Sheriff dreht sich noch einmal um und nickt ihm zu. Diego rührt sich nicht. Kurz darauf sitzt Sizemore hinterm Steuer, startet den Motor und fährt Donald Dean quer über die Straße zur Dienststelle des Sheriff's Department.

Diego versucht, sich eine Zigarette zu drehen, aber seine Hände zittern zu stark, und er bekommt den Tabak nicht auf das Papier. Beim dritten Versuch ist das Zucken so heftig, dass alles auf den Asphalt rieselt. Er zerknüllt das Papier, lässt es fallen und geht wieder rein.

Er hat sowieso keine Lust auf Rauchen.

MAN STELLE SICH VOR: ein ruhiges Meer, schwarz wie Öl. Von Horizont zu Horizont nichts als flaches, ödes Wasser. Ein ganzer Planet aus finsterer, flüssiger Mitternacht, beleuchtet von einem Mond, der wie eine Silbermünze am Himmel steht, und dazu ein paar Sterne. Sonst nichts. Keine Inseln, keine Bäume. Keine Fische, keine Wale. Nur die tote Stille. Nur der eine Mann, der in der Mitte der Dunkelheit auf dem Rücken im Wasser treibt, Arme und Beine ausgestreckt wie da Vincis vitruvianischer Mensch: Ian. Ian inmitten des Nichts. Seine Augen sind geöffnet, er starrt in die Höhe, auf der Suche nach Gott, doch er findet – nichts. Er hört nichts als die Stimme des dunklen Raums zwischen den Sternen, ein hohler Ruf, der Wüstenwind des Alls.

Da berührt ihn etwas an der linken Hand. Jemand. Ein Mensch. Er ist nicht allein. Ian versucht, den Kopf zu drehen. Vergeblich. Jemand streicht ihm über das zarte Gewebe zwischen Daumen und Zeigefinger.

Er versteht nicht, warum er den Kopf nicht bewegen kann.

Mach die Augen auf.

Sind sie nicht schon offen? Schließlich sieht er die Silbermünze am Himmel, die Stecknadelköpfe der Sterne.

Mach die Augen auf.

Er öffnet die Augen. Der Nachthimmel weicht einer weißen Decke, erst verschwommen und weich, dann gewinnt das Bild an Schärfe. Er zwinkert, einmal, zweimal, dreimal. Wieder versucht er, den Kopf zu drehen. Diesmal gelingt es ihm.

Debbie blickt auf. Ihr Kinn war auf die Brust gesunken, aber jetzt sieht sie ihn an. Ihr Gesicht wirkt schmal. Sie sieht müde aus, und alt. Zum ersten Mal findet er sie alt. Vielleicht weil sie kein Make-up aufgelegt hat – ihre Augen sind gerötet, die Haut ihrer Wangen ist fleckig und grau, die Mundwinkel sind herabgezogen.

»Hi«, flüstert er.

Hat sie ihn überhaupt gehört? Zuerst reagiert sie nicht; sie betrachtet ihn und schweigt. Bis sie sich mit dem Handrücken über die rote, wundgeheulte Nase wischt und sagt: »Bill ist tot.«

»Es tut mir leid.«

Ian muss husten. Ein merkwürdiges Gefühl, als würde er versuchen, unter Wasser zu atmen. Und er kann nicht mehr aufhören zu husten. Wahrscheinlich müsste er Schleim oder sonst was hochwürgen, aber es klappt nicht, es kommt nichts raus. Seine Muskeln verkrampfen sich. Schmerz schießt ihm von dem kieselsteingroßen Punkt, wo die Kugel ihn geküsst hat, in alle Glieder. Gleichzeitig hört er ein seltsames Schmatzen aus dem dünnen Tuch über seinem Oberkörper. Er hebt das Laken an – eine durchsichtige Röhre, ein Katheter vom Durchmesser eines zierlichen Daumens, ist knapp unter der Achsel mit ein paar Stichen in die Brust genäht. Die Haut schließt sich um das Plastik wie Lippen um einen Strohhalm, eine außerirdische Tulpe aus Fleisch und Kunststoff, während sich eine pinke Flüssigkeit, ein Gemisch aus Blut und Eiter, durch den Schlauch zu einem kleinen Kasten auf dem Boden schiebt. Gerade verschwindet ein dicker Klumpen in dem Gerät mit der Aufschrift PLEUR-EVAC.

Bei jedem Hustenstoß fließt ein bisschen rosa Masse aus der Brust in die Röhre. Aber das Schlimmste ist der Schmerz, der Schmerz bei jedem einzelnen Atemzug.

»Scheiße«, sagt er, als er endlich wieder Luft bekommt.

»Du hast eine Kugel abbekommen.«

Wieder muss er einen Moment warten, bis er antworten kann. »Ich weiß.«

»Deine Lunge war kollabiert.«

Ian nickt.

Debbies Blick senkt sich auf ihren Schoß. Sie runzelt die Stirn. »Die Zwillinge sind noch so jung. Sie werden sich nicht an Bill erinnern. Sie werden groß werden und sich nie an ihren Vater erinnern.«

Lange Zeit treibt Ian auf dem unwirklichen Floß seines Halbbewusstseins. Erst nach einer Weile wird ihm klar, was Debbie gesagt hat. »Vielleicht«, murmelt er, »vielleicht ist es besser so. Wenn es schon so kommen musste. Vielleicht vermisst man etwas weniger, wenn man sich nicht daran erinnern kann.«

»Ich fürchte, so einfach ist das nicht.«

Er drückt ihre Hand. »Es tut mir so leid. Bill hat dich glücklich gemacht. Du hast es verdient, glücklich zu sein.«

Debbie nickt, ohne etwas zu sagen, und dreht sich zu dem leeren Stuhl in der Ecke.

»Haben sie ihn wenigstens erwischt?«, fragt Ian, als sie nach einer halben Minute immer noch auf den leeren Stuhl starrt. »Ist Maggie in Sicherheit?«

Debbie schüttelt den Kopf. »Bill ist tot, Chief Davis ist noch lange nicht über den Berg, er hat kein Gesicht mehr, und wenn er durchkommt, muss er sich sein Leben lang durch einen Schlauch ernähren, du liegst hier – und dieser verdammte Hurensohn hat Maggie immer noch in seiner Gewalt. Das ist nicht fair, das ist einfach nicht …« Der Satz endet in einem erstickten Schluchzen. Mit bebenden Schultern starrt sie auf den Boden.

»Wir werden sie zurückbekommen, Deb.«

»Wie denn?«

»Ich weiß es noch nicht, aber wir werden sie befreien. Ich überleg mir was.«

Wieder drückt er ihre Hand, bevor er von der nächsten Hustenattacke überwältigt wird. Schmerz sickert durch seinen Körper wie ätzendes Gift, ein weiterer Schwung Blut und Eiter fließt aus seiner Brust in den Katheter.

»Scheiße«, sagt er und atmet durch. »Ich überleg mir was. Bald ist sie wieder bei uns, dafür werde ich sorgen. Versprochen.«

»Glaubst du das wirklich?«

»Ja.«

Debbie nickt. »Dann glaub ich es auch.«

Die Sonne, die schon halb am westlichen Horizont versunken ist (und dadurch Maggie an eine umgekehrte Grapefruithälfte auf einem Tisch erinnert), spuckt ihr pinkes Licht in den Nachthimmel. Der Ford Ranger hält direkt auf sie zu, aber Maggie weiß, wenn sie wirklich dorthin wollen, werden sie nie ankommen. Sie erinnert sich an ein Gespräch mit Daddy – sie hatte ihn gefragt, warum Motten immer um Glühbirnen herumschwirren. Das ist so, antwortete er, in der Nacht orientieren sich Motten am Mond, sie wollen unbedingt zum Mond fliegen, auch wenn sie niemals ankommen. Und wenn sie eine Glühbirne sehen, denken sie, das ist der Mond. Aber wenn sie dann bei der Glühbirne ankommen, wissen sie plötzlich nicht mehr, was sie tun sollen, denn den Mond, das haben sie gelernt, werden sie sowieso nie erreichen. Deshalb haben sie sich nie überlegt, was sie tun sollen, wenn das doch einmal passiert.

»Irgendwie traurig«, sagte Maggie.

Aber Daddy zuckte nur die Schultern und biss das Ende seiner Zigarre ab.

Henry schaut über ihren Kopf hinweg zu Beatrice. »Wie geht's da drüben?«

»Ich blute immer noch, und mir ist furchtbar schwindlig. Aber wie hab ich mich denn bloß geschnitten? Hast du's gesehen, Sarah?«

Maggie schüttelt den Kopf. Im Fußraum hat sich eine große Blutlache gebildet. Beatrice ist blass, sie schwitzt stark. Fast hätte sie es geschafft. Fast. Beatrice ist umgekippt wie ein gefällter Baum, genau, wie sie es sich vorgestellt hatte, sie hat geschrien und ist umgekippt. Doch dann hat Maggie ihren Plan vergessen – statt zu warten, bis Henry die Treppe runterkommt, hat sie versucht, an Beatrice vorbeizurennen, aber Beatrice hat sie gepackt, am Knöchel, sie hat sie am Knöchel festgehalten und gekeucht: »Was war das, Sarah?« Maggie ist gestürzt und mit dem Kinn auf die dritte Stufe von unten geknallt, ihre Nase hat sich ganz komisch zurückgebogen, und auf einmal war ihr Gesicht voller Blut. Alles um sie herum wurde grau, ein grauer Nebel breitete sich aus, und als er sich wieder verzogen hatte, war Henry schon da. Er hat Beatrice die Treppe raufgezerrt und oben die Tür abgeschlossen. Ein paar Minuten später ist er zurückgekehrt, hat Maggie gepackt und auch sie rausgetragen. Da hat sie Daddy gesehen, wie er im Kies lag mit dem blutigen Loch in der Brust.

»Da vorne«, sagt Henry.

Er deutet auf ein kleines Backsteinhaus eine Viertelmeile abseits der Straße. Unter dem rosaroten Himmel rupfen ein paar Pferde das bräunliche Gras der Weide. Es ist kein Mensch zu sehen, aber ein Fenster ist erleuchtet, und in einem selbst gezimmerten Verschlag aus verwitterten Sperrholzplatten steht ein grauer Pick-up. Eine Reifenschaukel hängt von einer großen, alten Eiche und baumelt stumm vor sich hin.

»Da halten wir an. Wir verarzten dich und lassen den Wagen verschwinden. Ist viel zu gefährlich, weiter damit rumzufahren.«

»Aber was ist denn nur passiert, Henry?«

»Erklär ich dir später.«

»Und warum mussten wir das Geschirr dalassen?«

»Weil die Polizei hinter uns her ist. Das hab ich dir doch schon gesagt. Scheiße, du hast doch gesehen …«

»Ich hab nichts gesehen.«

»Doch, du hast die Bullen in der Einfahrt …«

»Ich hab gar nichts gesehen. Ich hatte solche Schmerzen.«

Henry wirft ihr einen langen, unergründlichen Blick zu. Maggie weiß nicht, was der Blick zu bedeuten hat, auch aus dem Gespräch der beiden wird sie nicht schlau. Natürlich hat Beatrice das viele Blut gesehen, und auch die Polizisten, die sich nicht mehr rührten. So was kann man nicht übersehen. Trotzdem behauptet sie genau das Gegenteil.

»Wie geht's dir, Liebling?«

Maggie dreht sich zu Beatrice und schaut sie an. »Gut.«

»Keine Angst, Sarah, wir schaffen das schon. Wir haben dich lieb. Du hast doch keine Angst, oder?«

Statt zu antworten, sieht Maggie rüber zu dem Haus. Bald sind sie da. Sie betrachtet das erleuchtete Fenster. Was für Leute dort wohl wohnen? Sie stellt sich einen Cowboyhut mit salzig-weißem Schweißrand vor, der an einem Haken neben der Tür hängt. Einen Mann auf der Couch in schmutziger langer Unterwäsche. Eine Frau, die Socken stopft. Und ein Baby, das auf dem Teppich spielt, nackt bis auf eine Stoffwindel. Vielleicht können ihr diese Leute helfen. Henry will bei dem Haus anhalten. Vielleicht ist das ihre Chance – vielleicht kann sie das eine, entscheidende Wort mit den Lippen formen, wenn er gerade nicht hinschaut: Hil-fe. Und wenn sie es verstehen und ihr helfen, kann sie vielleicht doch noch fliehen.

»Und pass auf, dass du dich ordentlich benimmst, Sarah. Kapiert?«

Heißes Blut schießt ihr ins Gesicht. Sie fühlt sich ertappt, als hätte er ihre Gedanken gelesen, als hätte er sie durchgeblättert wie Karteikarten und alles gesehen, was sie sich heimlich notiert hat. Genau wie Borden.

Aber Borden war eine Einbildung. Henry gibt es wirklich.

Sonst hätte er nicht auf Daddy schießen können. Sonst hätte Daddy nicht mit einem Loch in der Brust dort in der Einfahrt gelegen.

Und das alles ist ihre Schuld. Hätte sie Daddy nicht angerufen, wäre nichts von alldem geschehen: Daddy wäre nicht vorbeigekommen, Henry hätte nicht geschossen, den Polizisten wäre nichts passiert. Sie würden zu Hause mit ihrer Familie am Abendbrottisch sitzen, statt im Krankenhaus zu liegen oder im Sarg.

»Sarah?«

Maggie sieht ihn an.

»Hast du gehört, was ich gesagt habe?«

Ein stummes Nicken.

»Wir gehen jetzt da rein und tun, was getan werden muss. Wenn du den Mund hältst und alles glattläuft, kommt niemand zu Schaden. Aber wenn du Scheiße baust, sterben die Leute, die in diesem Haus wohnen, und davon hast du auch nichts. Kapiert?«

Noch ein Nicken.

»Gut.«

»Aber du wirst doch niemanden umbringen?«, fragt Beatrice.

»Sei still, Bee.«

»Aber Henry ...«

»Ich mein's ernst, Schnauze jetzt.«

Beatrice starrt aus dem Fenster, während Henry in die Tasche greift und ein altes Taschentuch herauszieht. Er spuckt einmal drauf und hält es Maggie unter die Nase. Was soll sie damit? Trotzdem nimmt sie es entgegen, sie hat ja keine Wahl. Als sie seinen Speichel riecht, dreht sich ihr der Magen um.

»Wisch dir das Gesicht ab«, sagt er. »Wir können da nicht reingehen wie drei Gestalten aus 'nem Horrorfilm.«

HENRY FÄHRT VOM INTERSTATE AB und rollt eine einspurige asphaltierte Straße hinunter auf das kleine Backsteinhaus zu. Das Seitenfenster des Pick-ups hat er heruntergekurbelt, die Sonne ist fast verschwunden, und trotzdem ist es immer noch brütend heiß.

Vor der Einfahrt versperrt ein Tor den Weg. Henry hält an und steigt aus, um es zu öffnen, doch es ist mit einem Vorhängeschloss gesichert. Also geht er zurück zum Wagen, steckt den Arm durch die offene Tür und drückt auf die Hupe. In der stillen Abendluft klingt das Hupen doppelt so laut. Er ist sich nicht sicher, was er gleich sagen soll, erst recht nicht, wie er Beatrice' Verletzung erklären soll – er weiß ja nicht mal, mit wem er es zu tun bekommt. Aber egal, ihm wird schon was einfallen. Wie immer.

Kurz überlegt er, die Lupara hinten in die Jeans zu stecken, entscheidet sich dann aber dagegen. Wahrscheinlich wird er sie nicht brauchen. Besser, die Schrotflinte bleibt vorerst unter dem Fahrersitz.

In diesem Moment öffnet sich die Haustür. Ein Mann um die fünfunddreißig tritt auf die Veranda, eine dürre Vogelscheuche in Jeans und T-Shirt und ohne Schuhe an den Füßen. Als er mit zusammengekniffenen Augen zu ihnen hinüberspäht, hebt Henry die Hand, winkt und lächelt. Der Mann erwidert den Gruß und bückt sich zu einem Paar Stiefel, das neben der Schwelle steht. Er hüpft erst auf dem einen, dann auf dem anderen Fuß herum, bis er die Stiefel endlich angezogen hat und losgehen kann. Kurz vor dem Tor schießt ein Schwall brauner Tabaksaft aus seinem Mund und klatscht mit einem Geräusch wie ein feuchter Furz in das matschige Rinnsal vor seinen Füßen.

Henry lächelt und streckt die Hand über die Schranke. »Tag auch.«

»Tag.« Der Typ schüttelt ihm die Hand. »Habt euch wohl verfahren, was?«

»Nee, gar nicht. Wir brauchen nur kurz Hilfe.«

Der Typ weicht einen Schritt zurück und kneift die Augen zusammen. »Warum?«

»Meine Frau hat sich wehgetan.«

»Ach ja?«

»Ja. Wir haben kurz angehalten, damit sie, na ja, damit sie ihr Geschäft machen kann, und plötzlich ist sie auf den Arsch gefallen. Ich hab mich halb totgelacht – ist nicht besonders höflich, ich weiß, mein Gott, ist halt einfach über mich gekommen –, aber dann stellt sich heraus, sie hat sich in den Knöchel geschnitten, und zwar ziemlich übel. Wir haben keine Ahnung, wie das passiert ist. Wollten auch nicht länger bleiben, um's herauszufinden.«

»Ist es schlimm?«

»Ja, schon.«

»In Ordnung. Kommt rein.«

Als der Mann das Vorhängeschloss löst, schwingt das Tor von allein in einer tief in die Erde eingegrabenen Rille nach innen, bis es im hohen Gras der Böschung zum Stehen kommt. Nach einem letzten Blick auf die Sonne, die gerade endgültig am Horizont versinkt, dreht er sich um und geht zum Haus.

Fast hätte Henry ihm geraten, den Anblick zu genießen. Gut möglich, dass der die Gelegenheit nie wieder haben würde.

Flint, so hat der dürre Mann sich ihnen vorgestellt, hilft Beatrice ins Haus und setzt sie behutsam auf einen Stuhl, den er mit dem Fuß unter dem Tisch hervorgeangelt hat. Währenddessen geht seine Frau Naomi, ein hübsches Mädchen Anfang bis Mitte zwanzig, auf und ab, ringt die Hände und sagt: »Was sollen wir denn jetzt tun, Flint?«

»Wir rufen Doc Peterson an.«

»Nein!«, erwidert Henry vielleicht eine Spur zu scharf.

Flint kneift die Augen zusammen. »Warum nicht?«

»Weil ... weil ich so was lieber selber erledige. So schlimm ist es auch wieder nicht.«

Flint betrachtet ihn aufmerksam, dann dreht er sich um, lutscht noch einmal an dem Tabakklumpen unter seiner Zunge, nimmt eine Coladose vom Tisch und spuckt einen Schwall braunen Speichel hinein. Danach wischt er sich über das feuchte Kinn und stellt die Dose zurück auf den Tisch. »Wie ist das mit dem Knöchel noch mal passiert, Kumpel?«

»Hab ich dir doch erklärt. Behauptest du vielleicht, ich würde lügen?«

»Ich behaupte gar nichts.«

»Hört sich aber so an.«

»Und warum willst du keinen Arzt?«

»Kann ich mir nicht leisten.«

»Peterson ist Tierarzt. Wird dich keine fünfzig Mäuse kosten.«

»Wenn du Nadel und Faden dahast, flick ich sie schnell selber zusammen. Ein Angelhaken mit ein bisschen Schnur tut's auch. Man braucht nur den Widerhaken abzubrechen, und schon kann man loslegen.«

»Ich weiß nicht …«

»Bee. Kannst du den Fuß bewegen?«

»Glaub schon.«

»Versuch's doch mal.«

Beatrice streckt das Bein und versucht, ihren Fuß nach rechts zu drehen. Nach einer Weile schafft sie es, auch wenn sie dabei leise wimmert.

»Geht doch wunderbar.«

»Trotzdem«, sagt Flint. »Wir sollten den Arzt holen.«

»Ist ja nett von dir, dass du dir solche Sorgen machst«, erwidert Henry. »Aber das hier ist immer noch meine Entscheidung. Klar?«

Flint kratzt sich an der Wange. »Okay. Holst du mal mein Angelzeug, Naomi?«

IAN LÄSST DEN SCHMUTZIG WEISSEN HÖRER von den Fingerspitzen gleiten und hört zu, wie er klappernd auf die Gabel rutscht. Er fühlt sich wie betäubt.

»Stimmt was nicht?«, fragt Debbie.

Als er schlucken muss, spürt er den Schmerz wieder. »Hilf mir mal auf. Ich kann hier nicht länger tatenlos rumliegen.«

»Was hat Diego gesagt?«

»Dass Sizemore Deans kleinen Bruder freigelassen hat. Sie haben nichts Belastendes gefunden, weder bei ihm im Wohnwagen noch im Haus, und die Ergebnisse der Spurensicherung sind noch nicht da. Beim Verhör hat er sich auch keinen Fehler geleistet, deshalb mussten sie ihn laufen lassen. Er soll in der Stadt bleiben, falls sich noch was ergibt, aber ansonsten ist er ein freier Mann.« Ian schiebt die Decke beiseite, richtet sich auf und lässt die Beine von der Bettkante baumeln. Seine Füße fühlen sich sehr kalt an und sehen sehr weiß aus. Er schaut sich um. »Weißt du, wo meine Klamotten sind?«

»Ian. Du hast eine Kugel abbekommen.«

»Donald lügt, da bin ich mir sicher. Damals in seinem Laden, kurz nach Maggies Anruf, hat er mir praktisch ins Gesicht gesagt, dass Henry Maggie entführt hat. Ich hab es da nur nicht kapiert. Er weiß etwas, ganz bestimmt. Und ich kann hier nicht einfach rumliegen und warten, bis sie Maggie irgendwo im Straßengraben finden, tot und verstümmelt und …«

Ian muss husten, aus der Tiefe der Lunge. Blut spritzt auf seine Hand und rinnt über sein Kinn. Nach einem Blick auf seine rot gesprenkelte Handfläche wischt er das Blut ins Laken und fährt sich mit dem Unterarm über den Mund. Trotz der Hustenattacke hält sich der Schmerz in Grenzen, wahrscheinlich weil sie ihn bis oben hin mit Schmerzmitteln abgefüllt haben. Kein Wunder, dass er kaum einen klaren Gedanken fassen kann. Er schließt die Augen und versucht, sich zu konzentrieren.

»Scheiße«, sagt er nach einer Weile.

»Du solltest dich wieder hinlegen.«

Er öffnet die Augen und sieht Debbie an. »Nein.«

»Ian.«

»Weißt du, wo meine Klamotten sind?«

»Im Müll. Dein Hemd mussten sie dir vom Körper schneiden, und deine Hosen waren voller Blut.«

»Und meine Schuhe?«

»Ian.«

»Meine Schuhe?«

»Keine Ahnung.«

»Mein Geldbeutel? Mein Handy?«

Nach kurzem Zögern gräbt sie in ihrer Handtasche und zieht eine durchsichtige Plastiktüte heraus: sein Geldbeutel, sein Handy, ein paar Münzen, ein Streichholzbriefchen, seine Uhr. Die Schlüssel hat er wohl im Wagen stecken lassen.

»Gut«, sagt er.

Ian betrachtet den Infusionsbeutel, der über seinem Kopf an einer Stange hängt, die hinter ihm aus dem Bett herauswächst. Ein Schlauch windet sich vom Beutel zu einer Nadel in seinem Handrücken, die mit etwas Klebeband befestigt ist. Weiß der Teufel, was sie ihm da einflößen. Ist ihm auch egal. Er reißt die Nadel raus und betastet das kleine Loch, das zurückgeblieben ist. Den Bluttropfen, der sich sofort bildet, schmiert er in die Haut. Danach hievt er sich hoch, stellt die Füße auf den kalten Boden und steht auf. Ihm wird schwindlig, die Umgebung färbt sich grau, schwarze Flecken schweben vor seinen Augen. Für einen Moment glaubt er, das Bewusstsein zu verlieren, doch er nimmt alle Kraft zusammen und hält sich auf den Beinen. Wenn auch knapp.

Als er sich wieder besser fühlt, lächelt er Debbie an. »Du bist doch sicher mit dem Auto da, oder?«

»Ich mach da nicht mit.«

»Willst du Maggie zurückhaben oder nicht?«

»Hör auf. Du weißt, dass ich das will.«

»Dann hilf mir, sie zu finden.«

»Darum geht es hier nicht, du kannst nicht …«

»Doch. Es geht nur um das, um nichts anderes.«

Auf der Fahrt von Mencken nach Bulls Mouth herrscht absolute Stille zwischen ihnen. Ian schaut aus dem Fenster. Die Sonne ist fast am Horizont versunken, nur ein Zipfel von ihr ist noch zu sehen. Ihm ist heiß und kalt zugleich. Wahrscheinlich hat er Fieber. Das Thoraxdrainagegerät hat er zwischen die Beine in den Fußraum gestellt. Debbie sitzt hinterm Steuer. Auf die Blicke, die sie ihm von der Seite zuwirft, reagiert er nicht. Er darf ihr nicht in die Augen sehen, sonst könnte sie bemerken, wie schlecht es ihm in Wirklichkeit geht, und versuchen, ihn aufzuhalten. Und aufhalten lässt er sich nicht.

»Du kannst mich am Revier absetzen«, sagt er, als sie nach Bulls Mouth hineinfahren. »Wahrscheinlich haben sie meinen Wagen auf dem Parkplatz abgestellt.«

»Und was willst du jetzt machen?«

»Was auch immer nötig ist.«

»Was zum Teufel soll das jetzt wieder heißen?«

Statt zu antworten, kurbelt er das Fenster herunter. »Ganz schön heiß, was?«

Sie fahren auf den Parkplatz des Polizeireviers. Ians Mustang steht ganz hinten, an der Rückseite des Gebäudes. Debbie steuert ihren Toyota direkt daneben, hält an und schiebt den Schalthebel auf Parken. Die Hände am Lenkrad, bleibt sie einfach sitzen und blickt starr geradeaus auf die Backsteinwand des Gebäudes.

»Ich werde sie zurückbringen«, sagt Ian.

Debbie entgegnet nichts, sie nickt nicht einmal, sondern starrt weiter auf die Wand.

»Deb?«

Ein gedehntes Schweigen. Dann: »Geh einfach, Ian.«

Mit einem Nicken stößt er die Tür auf und stellt die nackten Füße auf den Asphalt. Seine linke Hand schließt sich um den Henkel des Drainagegeräts, mit der Rechten stemmt er sich vom Sitz hoch.

Er beißt die Zähne zusammen. »Gibst du mir meine Sachen?«

Wortlos zieht sie die Plastiktüte aus der Tasche und hält sie ihm hin.

»Danke.«

Als er gerade die Tür ins Schloss werfen will, hört er ihre Stimme.

»Ian.«

Er dreht sich um.

Sie sieht ihn von unten herauf an, den Kopf leicht angewinkelt. Ihre Augen glänzen im schwindenden Abendlicht. »Pass auf dich auf, ja?«

Eine Weile steht er da und erwidert ihren Blick, ohne etwas zu sagen. Was soll er auch sagen? Da gibt es nichts. Also nickt er noch einmal und schließt die Tür. Er betrachtet sie weiter durch die Scheibe. Schließlich beugt sie sich vor, legt den Rückwärtsgang ein und setzt den Wagen langsam zurück. Kurz darauf biegt sie auf die Straße.

Ian sieht ihr hinterher, bis die roten Rücklichter verschwinden.

Armando Gonzales sitzt vor dem Rechner der Leitstelle und klickt sich durch eine Partie Backgammon. »Eine sechs. Klar würfelt der Wichser eine sechs, was denn sonst?«, murmelt er, als Ian einen Blick durch die Tür in sein Büro wirft. Unbemerkt geht er an der Tür vorbei zum Schreibtisch von Chief Davis und öffnet die oberste Schublade. Genau, wie er gedacht hat: sein Schlüsselbund. Autoschlüssel, Wohnungsschlüssel, Revierschlüssel und ein kleiner Plastikanhänger mit dem Logo eines Pannendienstes samt Telefonnummer. Ian steckt ihn in seine Tasche und schließt die Schublade.

Dann geht er weiter in den hinteren Teil des Gebäudes, vorbei am Verhörzimmer und der winzigen Küche in einen kleinen Abstellraum, einen fünf Meter langen und drei Meter breiten Schlauch mit Metallregalen an den Wänden. Und in den Regalen: unzählige Schachteln, einzelne Aktenordner mit draufgekritzelten Nachnamen, stapelweise Fotografien, orangefarbene Verkehrskegel, Schilder, die wahlweise zum VORFAHRT GEWÄHREN, LANGSAM FAHREN oder ANHALTEN auffordern, gelbe Westen mit fluoreszierenden Streifen, gelbes Klebeband zur Tatortsicherung, Schulterriemen, einige Dosen Pfefferspray, ein paar gebrauchte Schnelllader für Dienstrevolver, die schon lange nicht mehr verwendet werden, einige alte Magazine, Handschellen und PR-24-Schlagstöcke. Links von Ian befindet sich ein Spind von der Größe einer Standuhr, Heimat all der Waffen, die die Polizei von Bulls Mouth über die Jahre konfisziert hat.

Ian entriegelt das Schloss, öffnet die Tür und betrachtet das Angebot. Groß ist es nicht. Immerhin entdeckt er eine Remington-Pumpgun mit fünfzehn Zentimeter langem Lauf und abgesägtem Schaft. Er nimmt sie und arbeitet sich weiter durch den Bestand. Leider findet er nichts für größere Distanzen. Also muss er wohl bei Sally's Gun & Rifle vorbeischauen.

Er geht zurück durch den Flur, die Pumpgun in der einen, das Drainagegerät in der anderen Hand. Auf dem Weg wirft er wieder einen Blick in die Leitstelle, doch Armando starrt noch immer auf den Monitor.

Draußen gönnt er sich eine Pause. Er lehnt sich kurz an die Wand und hustet. Schon der kleine Ausflug ins Revier hat ihn über die Maßen angestrengt, und ihm steht noch ein langer Abend bevor.

Er stößt sich von der Wand ab und geht zum Wagen.

Zu Hause schlüpft er in eine Levis und zieht sich ein Hemd über, wobei er den Katheter unten aus dem Hemd herausführt. Das Drainagegerät verstaut er in einer Umhängetasche. Damit es keinen Rückstau gibt, stellt er den Riemen möglichst lang ein. Nun hat er wieder beide Hände frei.

Zwanzig Minuten später hat er das Apartment bereits verlassen.

Sally's hat bis acht geöffnet. Es ist 19.45 Uhr, als Ian seinen Mustang auf den Kundenparkplatz an der Ecke Crouch und Reservoir lenkt.

Sie steht hinter der Theke. Sally ist italienischer Abstammung und ein wandelnder Widerspruch – ein Tiger, der an einer Teetasse nippt, wäre gewöhnlich dagegen. Was für ein Anblick: ein Meter sechsundsiebzig purer Sex. Versace-Kleid, hochhackige Schuhe, rot angemalte Lippen, hervorquellende Brüste, kokett ausgestellte Hüfte. Als würde sie nur darauf warten, dass ein besonders Mutiger den Abzug drückt, um das glückliche Opfer postwendend in den siebten Himmel zu schicken. Unfassbar, dass diese Frau einen Waffenladen in Nirgendwo, Texas, besitzt. Ian hat sie schon öfter gefragt, wie es dazu gekommen ist. Sie hat ihm nie eine Antwort gegeben.

»Ian Hunt. Was für eine Überraschung. Hätte nicht gedacht, dass ich dich heute Abend noch sehe.«

»Die Gerüchte über meinen Tod«, sagt er, »sind stark übertrieben.« Er hustet und wischt sich die Hand an der Hose ab. »Na ja, zumindest ein bisschen.«

»Wie fühlst du dich denn, Schätzchen?«

»Wie hundert Kilo pure Scheiße.«

»Komm mal her.« Sie tritt hinter dem Tresen hervor und breitet ihre Arme aus.

»Vorsicht«, sagt er, während er auf sie zugeht. »Bin grad ein bisschen zerbrechlich.«

Trotzdem umarmt sie ihn, wobei er natürlich Schmerzen spürt, aber dafür bekommt er einen feuchten Kuss auf den Mund gedrückt. »Für einen Toten siehst du gar nicht schlecht aus.«

»Und du siehst nie schlecht aus.«

»Warum sind wir dann nie im Bett gelandet, Süßer?«

»Weil das mein Tod gewesen wäre, Sally. Ich hätte mich gefühlt wie ein Teddy, der versucht, eine Stange Dynamit zu knutschen.«

Sie lacht lange und laut, bevor sie zum Geschäftlichen kommt. »Na ja. Was kann ich dann für dich tun?«

»Zwei Dinge. Einmal brauche ich ein Großkalibergewehr mit gezogenem Lauf. Sollte sich für Entfernungen bis zu hundertfünfzig Meter eignen.«

»Hab ich da.«

»Außerdem noch was für größere Distanzen.«

»Was für Distanzen schweben dir vor?«

»Hmm. Tausend Meter. Vielleicht tausendfünfhundert.«

»Oh.« Sie sieht ihn verwundert an.

»Hast du da was in der Hinterhand?«

Sally schürzt die Lippen, und ein verschwörerisches Funkeln blitzt in ihren Augen. »Da fällt mir ein, hab neulich eine Lieferung verlegt. Ich werd's gleich morgen melden, versprochen. Also, was hättest du gerne?«

Nach ein paar Minuten einigen sie sich darauf, dass Sally vor Kurzem ein DPMS Panther, Kaliber .308, abhandengekommen ist. Sie legt die Waffe neben die Remington 11-87 mit gezogenem Lauf, holt drei Schachteln Munition aus dem Regal und stapelt sie auf die Theke.

»Dann gehst du heute Abend auf die Jagd?«, fragt sie.

Ian schüttelt den Kopf. »Glaube kaum. Heute wird's eher auf Körperkontakt hinauslaufen.«

Sie lächelt. »Schade, dass ich nicht dabei sein kann.«

»Oh nein.« Ian denkt an seine Pläne für den Abend. »Das würdest du sicher nicht wollen.«

MAGGIE HOCKT AM UNTEREN ENDE des Tischs. Gegenüber, am Kopfende, beugt sich Henry über sein Essen, die Gabel in der geschlossenen Faust. Links von ihr sitzen Flint und Naomi, rechts von ihr Beatrice. Vor jedem von ihnen steht ein Teller mit gebratenem Hühnchen, einem Haufen Buttererbsen und einem Berg Kartoffelbrei, aus dem geröstete Knoblauchstückchen ragen. Maggie stochert in den Erbsen herum. Sie versucht, die kleinen grünen Dinger nur mit der linken Zacke ihrer Gabel aufzuspießen, eine nach der anderen, wie Perlen auf einer Kette. Als sie sechs Stück beisammen hat, lutscht sie sie einzeln herunter.

»Eins muss man euch lassen«, sagt Henry, den Mund voller Kartoffelbrei, »von Gastfreundschaft versteht ihr was. Stimmt doch, oder, Bee?«

Bee nickt, ohne vom Teller aufzuschauen.

»Kein Problem«, meint Flint.

»Nee, ist echt verdammt nett von euch.«

Flint nickt.

»Und das Essen ist auch sehr gut, wirklich sehr gut, Ma'am.«

»Danke.« Naomi lächelt vorsichtig. Als sie an ihrer Cola nippt, klimpern die Eiswürfel im Glas.

»Nein, nein.« Henry schnappt sich ein Hühnerbein und schlabbert die Haut herunter. Bevor sie zwischen den Lippen verschwindet, klatscht ein fettiger Lappen gegen sein Kinn. »*Wir* haben zu danken.« Er fummelt ein Stück Fleisch vom Knochen und schiebt es sich in den Mund.

»Die Marinade ist von Flint«, sagt Naomi.

Henry kaut genüsslich. »Wirklich hervorragend, Flint.«

»Ihr habt eine Reifenschaukel«, bemerkt Maggie.

»Sei still, Sarah.«

»Nein«, erwidert Flint. »An meinem Tisch darf jeder reden.«

Einen Moment lang starren sich die beiden Männer an. Als Henry nichts entgegnet, wendet sich Flint lächelnd an Maggie. »Was wolltest du sagen, Sarah?«

»Ich hab eure Reifenschaukel gesehen.«

»Ja?«

Sie nickt. »War die Schaukel …« Sie befeuchtet sich die Lippen. »War sie schon da, als ihr das Haus gekauft habt?«

»Nein, wir haben einen Sohn. Er ist sechs Jahre alt.«

»Oh. Ist er schon im Bett?«

»Nein, er ist bei seinen Großeltern. Die ganze Woche.«

»Oh.« Wieder stochert sie in den Erbsen herum, blickt aber noch einmal auf. »Und wie heißt er?«

»Samuel.«

»Das ist ein schöner Name.«

»Danke«, sagt Flint. »Wir haben ihn nach Naomis Dad genannt.«

Henry räuspert sich. »Der Kleine ist sechs Jahre alt?«

»Ja«, erwidert Flint kühl.

»Ist Naomi nicht ein bisschen jung für einen Sechsjährigen?«

»Nein, sie ist achtundzwanzig. Auch wenn ich wirklich nicht weiß, was dich das angeht.« Flint legt die Gabel neben den Teller. »Ich schätze, ihr müsst sofort nach dem Essen aufbrechen?«

Henry beißt in das Hühnerbein, kaut in aller Ruhe und schluckt herunter. Dann legt er den abgenagten Knochen auf den Teller, nimmt die Serviette vom Schoß und wischt sich erst das Gesicht, dann die Hände damit ab, um sie anschließend auf den Teller fallen zu lassen. »Nein. Wir haben Zeit.«

»Tut mir leid, aber …«

»Was tut dir leid? Hast du etwa einen fahren lassen?«

Maggies Blick wandert von Henry zu Flint. Keiner der beiden hat etwas gesagt, das direkt auf einen Streit hindeuten würde, eigentlich unterhalten sie sich immer noch in einem freundlichen Plauderton, und trotzdem hat sich irgendwas verändert. Als hätte sich die Temperatur im Raum schlagartig abgekühlt, als wären über ihnen schwarze Wolken aufgezogen. Ihr Magen verkrampft sich, plötzlich hat sie keinen Appetit mehr. Sie schaut zwischen den beiden Männern hin und her. Sie muss wissen, was als Nächstes geschieht, auch wenn sie sich davor fürchtet.

Flint saugt an einem Eckzahn. »Sieh mal, Henry. Ich bin sehr großzügig zu dir und deiner Familie gewesen.«

»Ich weiß.«

»Lass mich ausreden.«

Henry streckt einen Arm vor und deutet eine Verbeugung an. »Wie Sie wünschen.«

»Ja, ich wünsche. Schließlich ist das hier mein Haus.«

»Jetzt krieg dich mal wieder ein, Flint. Natürlich ist es dein Haus. Also sag, was du zu sagen hast.«

Aber Flint knallt einfach nur die flache Hand auf den Tisch. Maggie, Beatrice und Naomi fahren zusammen, doch Henry bleibt vollkommen ruhig. Maggie hört, wie Flint durch die Nase ausatmet, ein lang gezogenes, pfeifendes Geräusch. Er schließt die Augen, wartet eine Sekunde und sieht dann Henry an. »Glaub mir, ich lege Wert auf Gastfreundschaft. Aber um ehrlich zu sein, ich habe einfach kein gutes Gefühl bei euch. Ich will nicht, dass ihr über Nacht bleibt. Fünfzehn, zwanzig Meilen westlich von hier gibt es ein nettes, kleines Motel direkt am Interstate. Da seid ihr sicher willkommen. Und wenn ihr gleich nach dem Essen aufbrecht, seid ihr da, bevor es dunkel wird. Ist gar kein Problem.«

»Tja, wenn es nur um eine Unterkunft ginge, wäre das wunderbar, aber da ist noch was anderes.«

»Ich habe getan, was ich konnte. Alles andere ist nicht mein Problem.«

»Doch, Flint, leider ist es dein Problem.« Henry greift in seine Hemdtasche, zieht eine Rolle Tabletten heraus und drückt sich eine davon in den Mund. »Dafür werde ich sorgen.« Beim Kauen fummelt er mit der Zunge in den Backenzähnen herum.

»Dafür wirst du sorgen?«

»Worauf du Gift nehmen kannst.«

»Wisst ihr was«, sagt Flint, nimmt die Serviette vom Schoß und wirft sie auf den Tisch. »Ich werde gar nicht erst warten, bis ihr mit dem Essen fertig seid. Ich bitte euch, jetzt zu gehen. Sofort.«

»Aber Liebling«, flüstert Naomi.

Flint beachtet sie nicht einmal. Er lässt Henry keine Sekunde aus den Augen. »Ihr verschwindet jetzt.«

»Na sieh mal an.« Henry lächelt. »Er wird frech.«

Aber noch bleibt Henry ruhig. Und trotz allem, was Maggie über ihn weiß, und obwohl ihr bewusst ist, dass er schon beim kleinsten Anlass hochgeht wie eine Bombe, beginnt sie zu hoffen, dass er diesmal vielleicht nicht ausrasten wird. Dass er einfach aufstehen, zur Tür marschieren und Maggie und Beatrice rufen, die Tür dann öffnen und rausgehen wird. Und dass Flint, sobald sie draußen sind, hinter ihnen die Tür zuknallt und abschließt. Während sie selbst schon im Pick-up sitzen und wegfahren. So könnte es doch sein. Warum sollte es denn anders laufen?

Doch es läuft anders, völlig anders. Henry steht tatsächlich auf – doch statt zur Tür zu gehen, schnappt er sich das Steakmesser, das eben noch neben seinem Teller gelegen hat, und stürzt sich auf Flint.

Maggie lässt sich vom Stuhl unter den Tisch rutschen und presst sich die Hände auf die Ohren. Trotzdem hört sie Naomis Schrei. Sie schließt die Augen. Und trotzdem sieht sie, wie die ersten Bluttropfen auf den Boden klatschen.

»NA SIEH MAL AN.« Henry lächelt. »Er wird frech.«

Vor Hass hat sich sein Magen zusammengeballt, und trotz der Tablette, die er eben eingeschmissen hat, brennt es ihm schon sauer in der Kehle. Er hat es versucht. Er hat versucht, den ewig lächelnden Deppen zu spielen, doch das Arschloch hat ihn durchschaut. Genau wie vorher die Cops, aber da hatte er wohl von vornherein keine Chance. Manche Türen lassen sich nicht zuschlagen, egal was man tut. Und bei Flint – tja, bei Flint hat er sich vielleicht zu wenig Mühe gegeben. Was hätte es auch genützt? Schließlich wusste er von Anfang an, dass er ihn umbringen würde. Eigentlich wollte er die beiden im Schlaf töten, jetzt sind sie eben ein bisschen früher dran. Er braucht ihren Wagen, und wenn sie tot sind, können sie den Diebstahl nicht melden. So einfach ist das.

Also schnappt er sich das Steakmesser vom Tisch und stürzt sich auf Flint. Der Mann reißt die Augen auf, seine Lippen ziehen sich zu einer schwarzen Null zusammen. Und genau so viel kommt aus seinem Mund: nichts plus nichts plus nichts. Er schreit nicht mal. Doch er schafft es gerade noch, den Arm zu heben, um den Angriff abzublocken. Nur leider sind nackte Arme und Hände nicht der beste Schutz gegen eine Stahlklinge. Als Henry ihm das Messer in die Hand rammt, spürt er, wie die geriffelte Klinge über den untersten Knöchel des Ringfingers kratzt. Er stößt noch einmal zu. Diesmal sägt er ihm in den Daumen. Und noch einmal. Beim dritten Mal trennt er ihm den kleinen Finger ab, das Ding baumelt an einem Fetzen Fleisch wie ein grausiger Schlüsselanhänger. Schnell tritt er einen Schritt vor und sticht ihm in Arm und Schulter.

Doch Flint packt ihn am Handgelenk. Der tote kleine Finger streift dabei Henrys Haut, eine geisterhafte Berührung, und im nächsten Moment spürt er einen Fausthieb auf dem Hals. Ihm bleibt die Luft weg.

Als Henry keuchend zurücktaumelt, geht Flint zum Gegenangriff über. Ein schwerer Fehler. Offensichtlich hat er die Wucht seines Schlags überschätzt. Henry muss praktisch nichts tun. Er streckt die rechte Hand vor und duckt sich nach links, um Flints Attacke auszuweichen – und Flint läuft ihm direkt ins Messer. Henry bohrt es tief in ihn hinein, er schiebt die Faust in seinen Bauch, bis die Messerspitze an die Wirbelsäule stößt, dreht die

Klinge herum und reißt sie nach oben. Wahrscheinlich sieht es aus, als wollte er Flint hochheben, und tatsächlich hebt er ihn ein paar Zentimeter an, ehe die Schwerkraft dafür sorgt, dass er auf der Schneide nach unten rutscht. Flint zerteilt sich selbst.

Als Henry zehn oder elf Jahre alt war, kaufte sein Vater eine Kuh. Eine von Henrys Aufgaben war es, die Kuh jeden Morgen zu füttern. Eigentlich war es seine Lieblingsaufgabe, denn mit der Zeit freundeten sich die beiden richtig an. Er nannte sie Muh. Manchmal, wenn es in der Schule besonders schlimm gewesen war, setzte er sich neben sie auf den Zaun und erzählte ihr von seinem Tag. Dabei leckte sie ihm ab und zu mit ihrer breiten, rauen Zunge über die Hand. Ein Jahr lang ging das so. Doch eines Tages, als Henry mit seinen Büchern unter dem Arm die lange, staubige Straße zum Haus hinauflief, sah er, wie sein Vater Muhs Kopf mit einer Fleischsäge vom Rumpf trennte, während Onkel Fred danebenstand, die Achillessehnen durchschnitt und ihr einen großen Fleischerhaken ins Hinterteil rammte. Mit einer Seilwinde zogen sie Muh hoch, bis sie in der Luft baumelte. Dickes, dunkles Blut lief aus ihrem Nacken, klatschte auf den Boden und strömte die Einfahrt hinunter, ein Rinnsal voller rötlicher Blasen. Als Henry dazukam, bohrte sein Vater gerade ein Messer in Muhs Bauch und zog es bis runter zum Hals. So viel Blut auf einmal hatte Henry noch nie gesehen. Unmengen Blut, schäumend und zähflüssig wie Erdöl.

An diesen Tag muss Henry denken, als Flint vor ihm zu Boden fällt und das Blut aus seinem Bauch hervorquillt. Er bückt sich und zieht das Messer aus dem Körper.

Er sieht zu Beatrice. Sie sitzt auf dem Stuhl, starrt auf ihren Schoß und schaukelt vor und zurück, immer vor und zurück. »Das ist nicht wahr, das ist nicht wahr, das ist nicht wahr«, murmelt sie vor sich hin.

Aber natürlich ist es wahr. Er hat es wahr gemacht. Und zwar für sie.

Dann sieht er zu Naomi. Ihr Gesicht ist kreideweiß, ihre Augen sind weit aufgerissen. Sie ist wirklich hübsch, und die Angst steht ihr besonders gut. Schmutzig blondes Haar, volle Lippen, schöne breite Hüften. Wirklich schade drum, aber es geht nicht anders. Er muss es tun.

Offensichtlich ist sie vom Schock gelähmt, denn sie rührt sich nicht. Seit ihrem Schrei hat sie keinen Laut mehr von sich gegeben, obwohl ihr Mund leicht geöffnet ist. Hin und wieder zuckt ihr linkes Auge, ansonsten ist sie zur Statue gefroren.

»Du weißt, was gleich passieren wird«, sagt Henry. »Wahrscheinlich ist es kein großer Trost, aber wir sind gute Christen. Wir werden an deinem Grab für dich beten.«

Ein schwaches Ächzen dringt aus Naomis Kehle.

Und Henry stürzt sich auf sie.

Doch die nächsten paar Sekunden verlaufen nicht, wie er es sich vorgestellt hat. Auf halbem Weg werden seine Füße abrupt gestoppt, während sein Oberkörper weiter nach vorne schießt. Er segelt durch die Luft, kippt in die Horizontale und kracht dann mit dem Kinn voran auf den Boden. Seine Zähne knallen aufeinander, er beißt sich seitlich auf die Zunge. Das Steakmesser rutscht ihm beim Aufprall aus der Hand.

Hektisch blickt er sich um. Durch den Tränenschleier vor seinen Augen hindurch sieht er Sarah, wie sie unter dem Tisch hockt, das rechte Bein ausgestreckt.

»Lauf!«, schreit sie und meint anscheinend Naomi. »Lauf und hol Hilfe! Schnell, sonst bringt er dich um!«

Naomi erwacht aus ihrer Erstarrung. »Oh«, sagt sie, bevor sie sich umdreht, zur Hintertür rennt und am Knauf zerrt. Abgeschlossen. Mit panischen Augen schaut sie sich um, sperrt hastig auf, reißt an der Tür, stürzt ins Freie und verschwindet in der schwarzen Nacht.

Henry krabbelt zum Tisch und schlägt Sarah ins Gesicht. »Scheiße, was hast du dir dabei gedacht?«

Ihre Lippe ist aufgeplatzt, Blut läuft über ihr Kinn. Doch sie sagt nichts, weicht seinem Blick aber auch nicht aus. Sie schaut ihm einfach in die Augen und blutet vor sich hin.

Ohne nachzudenken, steht er auf, zerrt sie unter dem Tisch hervor und hebt den rechten Stiefel über ihren Kopf. Er wird ihr beschissenes Gesicht zu Brei zerstampfen, er wird dafür sorgen, dass sich das kleine Miststück selber nicht mehr wiedererkennt, oh ja, das wird er tun. Das wird ihr eine Lehre sein, beim nächsten Mal wird sie sich zweimal überlegen, ihm …

»Henry!«

Beatrice hinkt um den Tisch herum, wirft sich auf ihre Sarah und schließt sie in die Arme. »Das hat er nicht so gemeint.« Sie streichelt ihr den Kopf und sieht ihn an. »Sag ihr, dass du das nicht so gemeint hast. Bitte, Henry.«

»Pass auf, dass sie nicht abhaut.« Damit dreht er sich um, hebt das blutige Steakmesser auf und sprintet zu der Tür hinüber, durch die Naomi verschwunden ist. Sollte sie es bis zu den Nachbarn schaffen, werden sie Flints Pick-up nicht benutzen können. Und er hat wirklich keine Lust, diese ganze Scheiße hier noch einmal durchzuziehen.

Er sucht mit den Augen den Horizont ab, bis er in einiger Entfernung ein gelb erleuchtetes Fenster entdeckt. Und davor: Naomi. Sie rennt darauf zu, stolpert, fällt hin, rappelt sich wieder auf und rennt weiter.

Henry nimmt die Verfolgung auf.

IAN SITZT IM DUNKELN, ein Küchenbeil auf den Knien. Den Mustang hat er hinter dem Wohnwagen geparkt, wo Donald ihn nicht sieht, wenn er in seinem El Camino vorfährt. Jetzt kann er nur noch warten. Früher, vor gar nicht mal so langer Zeit, hätte er niemals tun können, was er – falls nötig – gleich tun wird. Aber das war mal, es ist Vergangenheit, eine Vergangenheit, die immer kleiner wird, je weiter er sich in die Zukunft bewegt.

Er denkt an seinen Besuch bei Andy Paulson, an den Moment, als ihm klar geworden ist, dass er seine Drohung wahr machen könnte. Er hat sie nicht wahr gemacht, aber was er jetzt vorhat, wird er vielleicht wahr machen. Sollte er wirklich bis zum Letzten gehen, wird er einen hohen Preis zahlen müssen: Er wird danach nicht mehr derselbe sein. Aber das, denkt er, ist es ihm wert. Genau wissen kann er es natürlich nicht, dafür muss er den Preis tatsächlich erst gezahlt und den Gegenwert bekommen haben. Doch er ist sich ziemlich sicher.

Draußen knirschen Reifen auf dem Kies. Ein Motor wird abgestellt, eine Wagentür geöffnet und wieder zugeschlagen. Schritte nähern sich, erst auf dem Schotter, dann auf der morschen Treppe vor dem Eingang. Der Knauf dreht sich, die Tür schwingt nach innen. Ein Schatten tritt ein.

Ians Finger schließen sich um den Griff des Beils. Er steht auf, dreht die stumpfe Kante nach unten, hebt das Beil und schlägt zu. Als das Metall seitlich auf den Kopf des Schattens trifft, hört er ein leises Pochen. Als hätte er auf eine Melone geklopft, um zu überprüfen, ob sie schon reif ist.

Mit einem dumpfen Grunzen bricht der Schatten zusammen.

Ian tastet nach dem Lichtschalter. Eine Glühbirne flammt auf, eingebaut in einen Ventilator, der sich träge in Bewegung setzt. Er betrachtet Donald, der zu seinen Füßen auf dem schmutzigen grünen Teppich liegt und aus einer Risswunde an der linken Schläfe, knapp oberhalb des Haaransatzes blutet. Sein Atem riecht nach billigem Bier. Die Ecken einiger zusammengefalteter Umzugskartons schauen unter seinem Bauch hervor. Wie es aussieht, wollte er packen, packen und die Stadt verlassen. Das hätte er früher tun sollen.

Ian legt das Beil auf den Tisch und macht sich an die Arbeit.

Dreißig Minuten später, als Ian im Sessel sitzt und fernsieht, macht sich Donald zum ersten Mal bemerkbar: Er ächzt. Ian nimmt die Fernbedienung von der Armlehne und schaltet aus. Das Sitcom-Lachen bricht ab, der Bildschirm verblasst wie der abendliche Himmel. Er wirft einen Blick auf Donald, der nackt und mit Händen und Füßen an einen Stuhl gefesselt vor ihm sitzt. Sein Kopf hängt herunter, das Kinn ruht auf der Brust. Ein Speichelfaden läuft aus seinem Mund, einzelne Tropfen haben es bis auf den behaarten Bauch geschafft. Das Kopfhaar klebt an seinem Schädel, Blut sickert aus den fettigen Strähnen auf seine Wange, wo es teils schon zu einer bräunlichen Kruste getrocknet ist. Noch ein Ächzen. Donald versucht, den Kopf zu heben. Zuerst scheitert er, doch dann gelingt es ihm, und er schaut sich um, verwirrt und mit schmerzverzerrtem Gesicht. Bis er Ian entdeckt.

»Donald.«

»Scheiße, was willst du denn hi…«

Das letzte Wort bleibt ihm im Hals stecken. Die Frage scheint ihm urplötzlich bedeutungslos zu sein – wahrscheinlich weil er gerade festgestellt hat, dass er weder Arme noch Beine bewegen kann. Er schaut auf seine Handgelenke. Sie sind mit Klebeband fixiert. Er schaut auf seine Beine. Das Gleiche. Kurz hält er inne, dann fängt er auf einmal an, wie wild hin und her zu zappeln und mit aller Kraft an den Fesseln zu reißen. Sein wutverzerrtes Gesicht färbt sich violett, seine Hände ballen sich zu Fäusten, seine Zehen verkrampfen sich. Doch es hat keinen Zweck. Schließlich entspannt sich sein Körper wieder, auch wenn sich seine Brust immer noch rasch hebt und senkt. Mit einem Schlucken mustert er Ian. »Was willst du von mir?« Nach seinem jähen Gewaltausbruch klingt seine Stimme erstaunlich ruhig.

»Schön, dass du gleich zur Sache kommst«, meint Ian. »Auf diesen ganzen Smalltalk hab ich eh keine Lust. Tolles Wetter heute, was? Hast du gehört, was Cora neulich im Albertsons mit der Aubergine angestellt hat? Hey, John Roberts ist schon wieder im Knast gelandet! Also los. Ich will Informationen.«

»Was?«

»Informationen. Das Wort kennst du, oder?«

»Scher dich zum Teufel.«

»Wenn es einen Teufel gibt, wirst du ihn sicher vor mir kennenlernen.«

»Ach, fick dich doch.«

»Wo will dein Bruder hin?«

»Was?«

»Dein Bruder. Henry Dean.« Ian stemmt sich hoch und stellt sich vor ihm hin. Sofort wird ihm schwindlig, doch er darf sich nichts anmerken lassen. Die Schmerzen sind kaum noch auszuhalten; die Analgetika, mit denen sie ihn im Krankenhaus vollgepumpt haben, verlieren allmählich ihre Wirkung. Einen Moment lang wagt er nicht, sich zu rühren, aus Angst, er müsse sich vielleicht übergeben.

Er muss nicht. Als er sich wieder etwas besser fühlt, geht er zum Tisch hinüber, holt das Beil und baut sich, es locker von den Fingern baumeln lassend, vor Donald auf.

Donalds Blick wandert von dem Beil zu Ians Gesicht. »Das wirst du nicht tun.«

»Ach nein?«

Ein Kopfschütteln. Donald lächelt sogar.

»Und warum nicht?«

»Weil du ein Bulle bist.«

»Ach, inzwischen hocke ich doch nur noch in der Leitstelle rum.«

»Trotzdem. Du kannst …«

»Vielleicht bekomm ich Ärger. Aber weißt du was? Heute Abend mach ich, was ich will, denn der Ärger kommt erst später, und heute Abend sind wir ganz allein. Nur du, ich und das Beil.«

Donald schluckt. Das Lächeln ist verschwunden. »Ich kann dir nicht helfen.«

»Das glaub ich dir nicht.«

»Aber ich weiß wirklich nicht, wo …«

Ian legt die Klinge auf Donalds nacktes Bein. Donald zuckt zusammen. Bestimmt ist das Metall ziemlich kalt. Vorsichtig fährt Ian mit der Schneide über das blasse Fleisch, von der Innenseite des Oberschenkels bis zum Knie. Er drückt das Beil nicht hinunter, nur dessen eigenes Gewicht lastet auf der scharfen Kante. Deshalb bleibt auf der Haut bloß eine feine, rosa Linie zurück.

»Weißt du«, sagt Ian, »eigentlich ist es ziemlich egal, was du weißt oder nicht weißt. Viel wichtiger ist, was ich denke, dass du weißt. Verstehst du? Das ist das Entscheidende, vor allem für dich. Schon möglich, dass du die Wahrheit sagst, ich kann es nicht ausschließen. Aber ich glaube dir nicht, und das ist das Entscheidende – wie gesagt, für dich. Denn ich werde dich Stück für Stück auseinandernehmen, bis ich bekomme, was ich will. Bis ich alles bekomme, was du in deinem verdammten Dickschädel versteckst. Verstanden?«

Donald leckt sich über die trockenen, aufgesprungenen Lippen und schaut wieder von dem Beil zu Ian. Ian erwidert seinen Blick. Offensichtlich versucht Donald, die Lage einzuschätzen, um abzuwägen, was er als Nächstes sagen soll. Hoffentlich sagt er das Richtige. Es wäre besser so, für Donald, aber auch für ihn selbst.

Doch stattdessen sagt er: »Und was, wenn ich dir genauso wenig glaube? Wenn ich glaube, dass du bloß das Maul aufreißt? Und wenn mich das einfach nicht beeindruckt?«

»Du solltest mich nicht auf die Probe stellen.«

»Schwachsinn. Du hast doch gar nicht die Eier da…«

Ian schlägt das Beil in den Boden. Als er loslässt, bleibt es stecken, schief ins Holz der Unterlage gerammt.

Er beobachtet Donalds Gesicht. Zuerst scheint er nicht zu begreifen, was geschehen ist – bis er an sich hinabblickt und die Klinge zwischen seinem rechten Fuß und den beiden kleinsten Zehen stecken sieht. Die abgetrennten Zehen liegen einzeln auf dem grünen Teppich. Sie erinnern an Weintrauben, die einige Monate lang unter der Couch gelegen haben, an verschrumpelte, alte gelbliche Rosinen. Erst jetzt beginnt Blut auszutreten.

Donald atmet scharf ein, ein merkwürdiges Schnaufen. Er schreit nicht, doch das Luftholen fällt ihm zunehmend schwer. Kurze Stöhnlaute dringen ihm aus der Kehle, während er ungläubig auf seinen Fuß starrt.

»Das kannst du doch nicht machen!«

»Was meinst du?«

»Du hast mir die Zehen abgehackt!«

»Eigentlich wollte ich nur den kleinen Zeh erwischen. Aber so ein Beil ist eben kein Präzisionsinstrument.«

»Mach ... mach sie wieder dran! Das kannst du doch nicht machen. Du bist ein *Bulle!*«

»Siehst du, genau diese Art zu denken wird dich heute in Schwierigkeiten bringen. Du solltest mir lieber glauben, dass ich alles tun kann, was ich will. Dass ich alles tun *werde.*«

»Aber ich weiß ...« Donald schließt die Augen, atmet ein und aus.

Ian betrachtet ihn. Er wundert sich, dass er gar nichts empfindet. Es gab Zeiten in seinem Leben, da konnte er kaum zuschauen, wenn ein alter Mann mit Gehwagen einen Fußweg entlangschlich. Sofort sah er ihn vor sich, wie er einsam und allein, umgeben nur von Kakerlaken, in einem verdreckten Schnellrestaurant seine Drei-Dollar-Suppe löffelte, das einzige Abendessen, das er sich mit seiner kleinen Rente leisten konnte. Sofort dachte er an die Bilder seiner toten Frau, die sicher überall in seinem winzigen, natürlich halb verfallenen Haus herumstanden, an sein einsames Bett, an die Abende, an denen er schlafen ging, ohne zu wissen, ob er am nächsten Morgen wieder aufwachen würde. An seine verzweifelte Hoffnung, eben das nicht mehr zu tun: aufzuwachen. Eine einzige, von Leberflecken übersäte Hand am Griff eines Gehwagens – mehr brauchte es nicht, um ihm das Herz zu brechen. Und jetzt sitzt er hier und sieht zu, wie sich die Augen eines Menschen mit Tränen füllen, aus Angst vor ihm, und dennoch spürt er nichts als Verachtung. Nichts als Verachtung und Hass. Dieser Mann weiß, wo seine Tochter ist, und er weigert sich, es ihm zu sagen.

Bald wird er es ihm sagen.

Ian bückt sich, sammelt die Zehen auf, wickelt sie einzeln in kleine Streifen Küchenrolle und lässt sie in eine Schüssel fallen, die er vorhin mit dem Inhalt mehrerer Eiswürfelschalen gefüllt hat. Als er das Beil aus dem Boden zieht, tropft Blut von der Klinge.

Sehr bald wird er es ihm sagen.

»Je eher du dein Maul aufmachst«, sagt er, »je eher du mir hilfst, zurückzubekommen, was ich verloren habe, desto früher höre ich auf, an dir herumzuschnippeln. Und je eher du im Krankenhaus bist, desto besser stehen deine Chancen, zurückzubekommen, was du verloren hast.«

»Fick dich.«

»Ganz wie du willst«, erwidert Ian und schwingt das Beil.

Ian steht im Bad und starrt auf sein von Zahnpastaspritzern gesprenkeltes Spiegelbild. Er wirkt müde. Todmüde. Kein Wunder, er bekommt ja kaum noch Luft. Träge dreht er sich um und begutachtet seinen Rücken – auf dem orangefarbenen Stoff des Hemds ist ein roter Fleck aufgetaucht, etwa so groß wie ein Zehncentstück. Dort ist die Kugel ausgetreten. Als er mit dem Beil zugeschlagen hat, muss er sich die Wundnaht aufgerissen haben. Es tut verdammt weh, besonders ohne Schmerzmittel im Blut. Was soll's. Er kann nur froh sein, dass der Katheter nicht aus der Brust gerutscht ist.

Er setzt sich auf den Klodeckel, stützt die Ellenbogen auf die Knie und lässt das Gesicht in die Hände sinken.

Er hat Donald alle Zehen abgeschlagen, und trotzdem hat er nicht geredet. Also sind jetzt die Finger dran. Aber vorher will er sich einen Moment Ruhe gönnen.

Ian sitzt da und denkt an nichts.

Über der leeren Wüste pfeift der Wind.

»Also gut«, sagt er nach ein paar Minuten, steht auf, öffnet den Medizinschrank und durchwühlt die Medikamente. Nachdem er mehrere Schachteln ins Waschbecken gewischt hat, entdeckt er ein orangefarbenes Fläschchen mit 50-Milligramm-Tramadol-Tabletten. »Je nach Bedarf alle vier Stunden eine Tablette einnehmen.« Er drückt die Kappe herunter und schüttet sich drei, vier Pillen in den Mund, dreht den Hahn auf, schaufelt mit der hohlen Hand Wasser hinterher und würgt die Dinger runter. Das Fläschchen steckt er in die Tasche, dann wischt er sich einmal über den Mund und geht wieder raus ins Wohnzimmer, wo Donald, noch immer blutend, auf ihn wartet.

»Soweit ich weiß, ist er runter nach Florida und will von da mit einem Fischerboot nach Kuba!«

Dieser Satz kostet Donald den kleinen Finger der rechten Hand. Aus Versehen hackt die Klinge auch ein Stück weit in den Ringfinger. Als Ian das Beil in die Armlehne schlägt, springt zusammen mit dem Finger ein Holzsplitter ab. Der Finger fällt wie ein toter Vogel zu Boden.

Donald ächzt, beißt die Zähne zusammen und schneidet eine Grimasse. Seine aufgeplatzten, blutigen Lippen verzerren sich, das Ächzen steigert sich zu einem Schluchzen, Tränen fließen über sein Gesicht.

Währenddessen hebt Ian den Finger auf, wickelt ihn in ein Stück Küchenrolle und legt ihn zu den zehn Zehen. Das Eis schmilzt schon, in der Schüssel schwimmt eine blutige Suppe mit Donald-Einlage. Ian muss an Jahrmarktbesuche in seiner Kindheit denken, ans Äpfelschnappen an einem großen Fass. Sein Magen zieht sich zusammen.

Er dreht sich um. »Nicht schlecht. Hast du den auch im Verhör gebracht?«

Donald starrt ihn an, schweigend, mit blutunterlaufenen Augen.

»Wie wär's? Noch ein Versuch?«

»Du bist kein Stück besser als er«, keucht Donald hervor, während er nach Atem ringt. Seine Wangen sind nass von Tränen. »Kein Stück besser.«

»Dann weißt du also, was er ist?«

»Er ist mein Bruder.«

»Er ist ein Stück Scheiße.«

»Und was bist du?«

»Ein Mann, der seine Tochter zurückhaben will.«

Donald lacht. Er lacht ihm tatsächlich ins Gesicht. Obwohl er an einen Stuhl gefesselt ist, obwohl er keine Zehen an den Füßen und an der rechten Hand auch keine Finger mehr hat, obwohl er splitterfasernackt im eigenen Blut schwimmt, lacht er ihm ins Gesicht. »Denkst du, Henry hätte nicht auch seine Gründe? Ihr seid genau gleich, du und er.«

»Und was ist mit dir?«

»Ich habe überhaupt nichts getan. Ich halte meinem Bruder nur den Rücken frei.«

»Damit hast du deine Entscheidung getroffen.«

Ian hackt das Beil in die linke Armlehne. Mittel- und Zeigefinger von Donalds linker Hand fallen auf den Boden, während Donald die Zähne zusammenbeißt. Nur ein paar Tropfen Blut quellen aus den frischen Wunden. Am Anfang war es deutlich mehr, doch jetzt ist das meiste schon im Teppich versickert, und der Rest sträubt sich, seinen Besitzer zu verlassen. Jedes Mal blutet es ein bisschen weniger. Donald wirkt bereits ziemlich blass und schwach, einmal hat er schon vorübergehend das Bewusstsein verloren. Wer weiß, wie lange er noch durchhält.

Bald wird Ian es wissen.

Donald erwidert seinen Blick, trotzig wie eh und je.

»Du hast es in der Hand«, meint Ian. »Wenn du mir sagst, wo er ist, ruf ich dir einen Krankenwagen.«

»Glaub ja nicht, du könntest deine Schuld auf mich abwälzen.«

»Wie bitte?«

»Du Arschloch. Du kaltblütiges, gefühlloses Arschloch. Steh zu dem, was du bist, und versuch es nicht auf mich abzuwälzen. Sagst, ich hätte meine Entscheidung getroffen. Hab ich mir etwa ausgesucht, dass du mir hier mit einem Beil in der Hand auflauerst? Dass du mich an einen Stuhl fesselst? Ich hab mir nicht mal meinen Bruder ausgesucht, aber du ... Steh zu dem, was du bist. Gib zu, dass du ...« Er verstummt, atmet tief durch. Für einen Moment sinkt sein Kinn auf die Brust, schnellt aber sofort wieder hoch. »Dass du kein Stück besser bist als er. Ihr habt beide kein Problem damit, andere Menschen ... andere Menschen ... Scheiß auf ... Ich hasse euch. Alle beide.«

Wieder sinkt sein Kinn auf die Brust, doch in derselben Bewegung reißt er den Kopf wieder hoch und blickt sich um, als wüsste er nicht, wo er ist. Erst nach ein paar Sekunden stellen seine Augen scharf – auf Ian. Er starrt ihn an.

»Ich bin nicht wie er«, sagt Ian.

»Du bist genau wie er.«

»Meine Tochter ist unschuldig, all die kleinen Mädchen waren unschuldig. Du bist nicht unschuldig. Das redest du dir vielleicht ein, du hast ja nichts verbrochen, nein, aber du und ich, wir wissen, dass das eine Lüge ist. Dein Bruder ist ein Monster. Das wissen wir beide, du hast es wahrscheinlich schon immer gewusst. Aber du hast ihn nicht aufgehalten. Du hättest ihn aufhalten können, aber du hast es nicht getan. Dadurch hast du dich zu seinem Komplizen gemacht. Du hast gewusst, dass er mir meine Tochter, mein Leben gestohlen hat. Du hast es gewusst und nichts getan. Jahrelang hast du mir jeden Tag in die Augen geschaut und nichts, gar nichts gesagt.«

»Deswegen hast du nicht automatisch recht.«

»Das ist mir egal. Ich will meine Tochter zurück. Das ist alles.«

Donalds Wimpern flattern, seine Augäpfel rollen in den Höhlen, doch er bleibt bei Bewusstsein. Vorerst. »Ich hab ihr Bücher gebracht. Ich hab ihr sogar Unterricht gegeben, Geschichte, Mathe und so weiter, so oft wie möglich. Ich hab oft nach ihr geschaut.«

»Aber das einzig Richtige hast du nicht getan.«

»Ich habe getan, was ich konnte. Ich konnte meinen Bruder nicht verraten.«

»Ich will sie zurück.«

Lange wird kein Wort gesprochen. Bis Donald flüstert: »Na gut.«

»Was?«

»Ich sag's dir. Henry sollte ... Henry hat es auch nicht verdient, ungeschoren davonzukommen ... Ich sag dir, wo er hinwill, aber dafür ...« Er hält inne, schließt die Augen und schluckt. »Dafür musst du mir auch was sagen.«

»Was?«

»Du wolltest mich von Anfang an umbringen, oder? Egal, was ich sage?«

Ian schweigt. Er schweigt sehr lange, teils weil er die Antwort selbst nicht kennt. Natürlich weiß er, was er sich eingeredet hat: Dass er nur bis zum Äußersten gehen wird, wenn es wirklich nötig ist. Aber er ist sich keinesfalls sicher, ob das nicht gelogen war.

»Du wolltest mich von Anfang an umbringen, oder? Egal, was ich sage?«

Ian fährt sich über die Lippen. Und nickt. »Ja.«

VIER

LANGE VOR MORGENGRAUEN macht Ian sich auf den Weg. Gestern Nacht, als er mit Donald fertig war, als er bekommen hatte, was er wollte, hat er sich kurz hingelegt. Er hatte keine Wahl, er war zu erschöpft, die Schmerzen waren zu groß. Wäre er nicht freiwillig schlafen gegangen, wäre er schlicht umgekippt. Doch er hat den Wecker auf vier Uhr morgens gestellt, und noch bevor die Sonne am Horizont erscheint, nimmt er die Verfolgung auf.

Während der ersten fünf Minuten seiner Fahrt liegt Bulls Mouth links vom Interstate, eine verworrene Lichterkette mit zahlreichen defekten Gliedern. Danach ist die Stadt Vergangenheit. Die Welt schrumpft zusammen auf den grauen Asphaltstreifen, der sich vor ihm in die Nacht rollt, die Lichter der Stadt werden von einem weiten, flachen Nirgendwo verdrängt. Nur ab und zu lockern ein paar versprengte Bäume die Leere auf, um sogleich wieder von der übermächtigen Dunkelheit verschluckt zu werden. Glühwürmchen sprenkeln die Nacht, Ian fährt mittendurch. Die Insekten klatschen auf die Windschutzscheibe, die Scheibenwischer hinterlassen leuchtende Spuren. Abgesehen von der Fahrbahn ist nichts zu erkennen, und das gefällt ihm ganz gut. Die Straße füllt alles aus, es gibt nichts als das, was in diesem einen Moment von den Scheinwerfern beleuchtet wird. Ein überschaubares Universum. In seinen Ohren klingt selbst das Dröhnen der Reifen wie ein angenehmes Schlaflied. Ians Mustang ist der einzige Wagen weit und breit.

Einige Stunden fährt er durch den zeitlosen Raum. Wenn jeder Augenblick dem vorigen gleicht, verliert der Lauf der Zeit an Bedeutung. In Schulenburg hält er an einer Citgo-Tankstelle, doch sobald er wieder hinter dem Steuer sitzt, kommt ihm sein Zwischenstopp unwirklich vor, wie ein Traum. Um halb sieben, als die Sonne über den schnurgeraden Horizont linst und ihre Strahlen in den Rückspiegel wirft, als wollte sie ihn daran erinnern, dass Minuten und Stunden verstrichen sind, erreicht er San Antonio. Er passiert eine Shady Acre Tavern, ein Lone Star Truck Equipment, einen Southern Tire Mart und Filialen von einem Dutzend anderen Ketten, die sich in den Außenbezirken der Stadt angesiedelt haben. An der Fredericksburg Road sieht er einen Denny's. Er hält an, verspeist ein Grand-Slam-Frühstück, trinkt fünf Tassen Kaffee und gibt der Kellnerin – Doris, laut Namensschildchen – zwanzig Prozent Trinkgeld.

Um kurz nach sieben ist er wieder auf der Straße.

MAGGIE HOCKT HINTERM HAUS auf dem Boden, neben sich Beatrice. Stumm schauen sie zu, wie Henry Erde ins Grab schaufelt. In das Grab von Flint und Naomi. Er musste ziemlich lange schuften, bis das Loch tief genug war; als er die harten Erdbrocken herausgehievt hat, hat er vor Anstrengung gegrunzt. Jetzt geht es deutlich schneller. Henrys Hemd steckt in der Gesäßtasche seiner Hose, sein nackter Oberkörper glänzt wie eingeölt, Schweiß tropft in den Staub. Mit rot angelaufenem Gesicht stößt er den Spaten in den Erdhaufen und wirft eine Ladung nach der anderen auf die Leichen.

Und Maggie ist traurig. Sie musste zugucken, wie Henry Flint und Naomi zum Grab geschleift hat; wie Flints Arm auf den

Boden klatschte, als Henry ihn in die Grube rollte; wie Naomis linkes Auge in den Himmel starrte; das rechte war unter dem Blut aus dem Schnitt an ihrer Stirn verschwunden. Der dumpfe Aufprall, als die beiden Körper am Grund der Grube aufschlugen. Wie zwei Kartoffelsäcke. In letzter Zeit hat sie viel Tod gesehen, genug für ein ganzes Leben. Sie hat die beiden gemocht. Flint und Naomi haben ihnen geholfen, obwohl sie es nicht brauchten. Zum Dank hat Henry sie umgebracht. Das darf doch nicht sein.

Wenn sie den Mund hält, hat Henry gesagt, kommt niemand zu Schaden. Sie hat den Mund gehalten, und er hat die beiden trotzdem umgebracht. Er hat sie angelogen.

Henry ist fertig. Er klopft die Erde mit dem Schaufelblatt fest und wirft den Spaten auf die Ladefläche des Ford Ranger, den er vorhin hinters Haus gefahren hat.

Danach, noch bevor er das Loch geschaufelt hat, das zu Flints und Naomis Grab werden sollte, hat er die Nummernschilder von seinem Ford abgeschraubt und weit hinaus aufs Feld geschleudert. Jetzt öffnet er die Fahrertür, holt zwei Waffen raus und legt sie in Flints Dodge Ram; das lange Gewehr deponiert er im Fußraum der Rückbank, das kurze unter dem Fahrersitz. Außerdem schafft er die Kartons mit ihren Sachen von der einen Ladefläche auf die andere.

Nach getaner Arbeit zieht er das Hemd aus der Gesäßtasche, wischt sich damit über das verschwitzte Gesicht und streift es wieder über seinen Oberkörper. Der nasse, dreckige Stoff schmiegt sich eng an die Haut.

Am liebsten würde Maggie wegrennen. Wenn sie nur hier wegkäme, wäre alles gut. Aber Henry würde sie kriegen. Ganz bestimmt.

Naomi hat er ja auch gekriegt. Er hat sie eingeholt, obwohl sie eine erwachsene Frau war. Er hat sie eingeholt, hat ihr ins Gesicht und in den Hals und in die Brust gestochen. Er hat sie an den Haaren gepackt, zum Haus geschleift und in den Dreck fallen lassen. Er hat sie getreten, obwohl sie schon tot war. Am Schluss hat er eine blaue Plane von einem Stapel Brennholz gezogen, über die Leiche gebreitet und an den Ecken mit Holzscheiten beschwert, damit sie nicht weggeweht wird. Maggie hat durchs Fenster zugesehen, wie er im Schein der Verandabeleuchtung gearbeitet hat. Sie hat das Blut an seinen Händen gesehen. Als er fertig war, hat er sich gebückt, die Hände mit Erde abgerieben und an der Hose abgeklopft, bevor er ins Haus gekommen ist. Dort hat er das Steakmesser aus der Gesäßtasche geholt und in die Spüle geschmissen. Einfach so. Als wäre nichts geschehen, als würde kein Blut daran kleben. Das Blut zweier Menschen, die nichts weiter getan hatten, als ihnen zu helfen. Als wäre überhaupt nichts Schlimmes geschehen.

Keine zehn Minuten nach Naomis Flucht hat er die tote Naomi zum Haus geschleift. Keine zehn Minuten. Als er gegangen ist, war sie noch am Leben, als er zurückgekehrt ist, war sie tot. Maggie hat sie retten wollen. Sie hat es versucht. Nicht aus Eigennutz. Erst später, als Naomi schon durch die Hintertür verschwunden war, ist ihr klar geworden, dass sie vielleicht selbst hier rauskommen könnte, wenn Naomi Hilfe holt. Dass die Hilfe vielleicht herkommen würde, um sie zu befreien. Aber als sie Henry ein Bein gestellt und geschrien hat, dass Naomi laufen und Hilfe holen soll, hat sie gar nicht daran gedacht. Da wollte sie nur, dass Henry nicht auch noch die Frau umbringt. Sie hat es nicht geschafft.

Am liebsten würde Maggie wegrennen. Doch sie will nicht enden wie Naomi.

Dabei hat sie schon immer gewusst, dass er sie womöglich umbringen wird, wenn sie versucht, aus dem Albtraumland zu entkommen. Aber bis gestern war der Tod nur eine vage Vorstellung, nichts Reales, Greifbares. Seit gestern kennt sie den

Tod, und er gefällt ihr nicht. Sie will leben. Sie will nicht, dass das Licht in ihrem Inneren erlischt.

Außerdem hat Henry Angst, sie sieht es in seinen Augen. Er fürchtet sich vor der Polizei. Sollte sie jetzt Ärger machen, bringt er sie vielleicht wirklich um. Wenn man ein Tier in die Enge treibt, beißt es zu. Das weiß sie von Daddy, und warum sollte sie daran zweifeln? Es gibt nichts Gefährlicheres als ein verängstigtes Tier.

Deshalb muss sie aufpassen. Sie darf nur abhauen, wenn sie sich absolut sicher ist, dass ihre Flucht gelingt. So sicher wie möglich.

Stumm nickt sie sich zu.

Sie wird fliehen. Sie muss nur den richtigen Moment abpassen.

Da kommt Henry herübergestampft. Er wischt sich über die nasse Stirn, schnäuzt sich in die Finger, schüttelt einen Rotzfaden auf den Boden und schmiert sich den Rest in die Hose. Mit zusammengekniffenen Augen mustert er Maggie und Beatrice, die Seite an Seite auf der Erde sitzen.

»Tja«, sagt er, »dann machen wir uns mal aus dem Staub.«

DIEGO KLOPFT AN IANS TÜR. Neben dem Messingknauf zieht sich ein burgunderroter Streifen über das weiß gestrichene Holz, auf dem Knauf selbst prangt ein blutiger Daumenabdruck. Diego betrachtet den Knauf. Aus seiner Perspektive sieht es aus, als hätte man den Daumenabdruck auf die linke Wange seines verzerrten Spiegelbildes gestempelt.

Als Ian nicht öffnet, klopft Diego noch einmal.

»Ian?«

Es tut sich immer noch nichts.

»Ian?«

Diego rüttelt am Knauf. Abgeschlossen, aber der Riegel ist nicht vorgeschoben, und die Tür sitzt nicht besonders fest im Rahmen. Er dreht den Knauf so weit wie möglich herum, reißt die Tür Richtung Scharnier und drückt mit der Schulter dagegen. Beim ersten Mal klappt es nicht, beim zweiten Mal knackt es im Türpfosten, und die Tür schwingt nach innen auf.

»Ian?«

Immer noch nichts. Keine Antwort ist auch eine Antwort.

Vorhin hat er Debbie angerufen und gefragt, wo Ian steckt. Sie wollte es ihm nicht sagen; angeblich wusste sie es nicht, aber das hat er ihr nicht geglaubt, und er glaubt es immer noch nicht. Er macht sich Sorgen. Ian ist gestern Abend aus dem Krankenhaus verschwunden, und Donald Dean ist heute Morgen nicht im Bill's Liquor aufgetaucht. Wahrscheinlich weiß Debbie, wie diese beiden Ereignisse zusammenhängen, doch sie will nicht reden, und er wollte sie nicht weiter bedrängen. Schließlich hat sie gerade ihren Ehemann verloren (möge das Arschloch in Frieden ruhen, auch wenn er seinem Kumpel die Frau ausgespannt hat), und Maggie ist genauso ihre Tochter wie die von Ian. Ja, vielleicht sind die letzten Tage für sie noch schwerer zu verkraften als für ihn, denn sie hatte Maggie wirklich schon begraben.

Diego tritt ein, schließt die Tür hinter sich und sieht sich um.

Zu seiner Linken steht ein Hutständer mit einem unbenutzten Stetson und einer Baseballkappe der Anaheim Angels. Soweit er weiß, hat Ian die Kappe nur ein einziges Mal getragen – während der World Series 2002, als es die Angels ausnahmsweise ins Finale geschafft hatten. Normalerweise hätte er dafür Hohn und Spott geerntet, nur schert sich in der Stadt auch niemand um die San Francisco Giants. Gleich rechts geht es in die Küche: eine geflieste Arbeitsplatte, eine Edelstahlspüle, ein kleiner weißer Kühlschrank. An der Kühlschranktür hängen ein paar Fotos von Maggie, mit Magneten befestigt. Geradeaus durch den Flur gelangt er ins Wohnzimmer: eine blaue Couch, ein niedriger Tisch mit einem Schachbrett und ein paar leeren Guinness-Flaschen darauf, ein Fernseher.

Und auf der Armlehne der Couch: ein rötlicher Streifen. Blut.

»Ian?«

Stille.

Diego geht vorbei an den Bücherregalen im Flur zum Schlafzimmer. Das Bett ist gemacht, aber anscheinend hat sich jemand draufgelegt – die Laken sind verknittert, in der Mitte ist noch eine Mulde zu erkennen. Und in der Mulde: noch mehr Blut. Auf dem Boden liegt ein zerknülltes Krankenhaushemd.

Eine Schublade der Kommode steht offen, ein Hemd hängt heraus.

Und wieder Blut. Die Spuren sind eindeutig – Ian war hier, ist aber nicht lange geblieben.

Keine Spur von ihm selbst.

Von Donald auch nicht.

Diego hat keine Wahl. Er muss zu den Deans.

Auf dem Weg versucht er es erneut auf Ians Handy, zum dritten oder vierten Mal. Nach dem fünften Klingeln meldet sich der Anrufbeantworter. Wie die Male zuvor. Er legt auf, ohne eine Nachricht zu hinterlassen – wozu auch? –, und steckt das Telefon zurück in seine Tasche.

Diegos Wagen rollt die Einfahrt hinauf. Eine surreale Erfahrung, überall Spuren der gestrigen Ereignisse: rot gefärbter Kies, gelbes Absperrband um den Tatort. Unter der Vortreppe glitzert eine .22er-Hülse. Müssen die Jungs vom County übersehen haben.

Das alles lässt Diego links liegen. Er fährt weiter zu einem bescheidenen Wohnwagen, der aufgebockt auf Betonblöcken hinter dem Haus steht. Achsen und Räder sind halb weggerostet, die Reifen längst abgefallen. Gummistreifen liegen im trockenen Gras darunter wie prähistorische Schlangen. Zur Eingangstür führt eine handgezimmerte Treppe, eine verwitterte, ergraute Konstruktion aus Sperrholz und Kanthölzern, gepunktet vom trüben Kupfer korrodierter Nagelköpfe. Der Wagen selbst ist in blassem Grün lackiert, die Blechwände sind an mehreren Stellen verbeult. Zerfetzte, ausgefranste Fliegengitter hängen von den Fenstern wie Flaggen nach einer verlorenen Schlacht. Aus den Bitumenschindeln auf dem Dach ragt eine Antenne hervor.

Diego parkt neben Donalds El Camino und steigt aus.

»In Ordnung, Diego«, macht er sich Mut, während er den Daumen ins Pistolenhalfter schiebt, um den Verschluss zu lösen. Er geht die Treppe hinauf – Ferse-Ballen, Klick-Klack – und bleibt vor der schmalen Metalltür stehen, auf einer Fußmatte, auf der Yosemite Sam zu sehen ist, der ihn von unten herauf mit einem Gewehr bedroht. Diego hat noch nicht mal Hallo gesagt, und schon hat er eine Waffe im Gesicht.

»Peng«, flüstert er, bevor er die Klingel links neben der Tür drückt.

Ein Ding-Dong ertönt von drinnen. Er wartet, doch als sich nach einer Weile immer noch nichts getan hat, klopft er an. Ein hohles Pochen, die Metalltür klappert im Rahmen.

»Donald«, sagt er, »hier ist Diego. Officer Peña. Lass mich rein.«

Donald lässt ihn nicht rein.

Mit der rechten Hand zieht Diego seine SIG, mit der linken packt er den Knauf und dreht ihn vorsichtig herum. Nicht abgeschlossen. Er drückt dagegen, nur ein bisschen. Einatmen, ausatmen. Dann presst er sich mit dem Rücken an die Außenwand und stößt die Tür auf.

Ein schneller Blick ins Innere. Sollte Donald auf ihn warten, will er ihm keine Zeit geben, zu zielen und abzudrücken. Drinnen ist es dunkel und heiß, die Vorhänge sind zugezogen. Aber ein

Licht brennt, eine trübe Lampe im träge rotierenden Deckenventilator. Das Holzfurnier der Wände lässt den Raum düster und erdrückend klein erscheinen. An der Decke sitzen Fliegen.

»Donald? Hier ist die Polizei!«

Keine Antwort.

Nachdem er noch einmal durchgeatmet hat, betritt Diego den Wohnbereich. Er kann nichts Ungewöhnliches entdecken – aber nur, weil ihm die offene Tür den Blick auf die rechte Hälfte des Wohnwagens versperrt. Links erwartet ihn tatsächlich bloß das Bild eines typischen Junggesellenzimmers: ein durchgesessener Sessel, eine durchgesessene Couch, ein Esstablett mit einem halb gegessenen Fertiggericht, ein paar leere Bierdosen auf dem Boden und, mit Reißzwecken an die Wand gepinnt, ein *Playboy*-Centerfold.

Doch als er sich einen weiteren Schritt vorwagt, an der Eingangstür vorbei, hat er plötzlich freie Sicht auf den Essbereich. Zuerst fällt ihm der Tisch auf, der von Zetteln überhäuft ist, und darauf verstreut ein paar einzelne Socken, Kugelschreiber und Bleistifte, ein Schlüsselbund und ein gelber, linierter Block mit blutigen Fingerabdrücken. In der Mitte steht eine weiße, in der Sommerhitze halb geschmolzene Kerze, daneben eine Glasschüssel mit einer braunen Suppe, in der mehrere undefinierbare, von Küchenrolle umwickelte Klumpen schwimmen. Erst dann entdeckt er, was sich zwischen ihm und dem Tisch befindet: ein Stuhl, der zur Seite gekippt ist, und auf dem Stuhl: ein Mann. Donald. Dem sämtliche Finger und Zehen fehlen. Merkwürdig, wie wenig menschlich eine fingerlose Hand wirkt – nichts als rote Stümpfe mit knochenweißen Kernen. Fliegen krabbeln über Donalds Gesicht und seine starren Augen. Sie krabbeln über die blutigen Stummel, dort, wo früher mal seine Zehen und Finger waren, und legen ihre Eier ins Fleisch.

Diego muss vor Übelkeit schlucken. Er weiß, wer für all das verantwortlich ist: sein Freund Ian. Ein Mann, der mit seiner

Familie an einem Tisch gesessen hat. Ein Mann, der bei ihm auf der Couch übernachtet hat. Ein Mann, der mit Elias Videospiele gespielt hat. Er kann nicht fassen, wie so etwas möglich ist.

Diego geht zum Tisch und wirft einen Blick in die Schüssel. Er schluckt seinen Ekel herunter und greift nach kurzem Zögern in die braune Suppe, um einen der mit Küchenrolle umwickelten Klumpen herauszuziehen. Das Ding ist schwerer als gedacht. Er wickelt es aus dem Papier. Vor ihm liegt der kleine Finger eines erwachsenen Mannes: ein weißer Kern, umhüllt von rotem Fleisch, mit einer Schale aus verschrumpelter Haut. Sieht aus wie ein eingelegter Schweinefuß.

Schnell lässt er den Finger wieder in die braune Suppe plumpsen.

Dafür ist Ian verantwortlich. Sein Freund Ian.

Er war hier, um sich die Informationen zu beschaffen, die weder Diego noch Sheriff Sizemore aus Donald hatten herausholen können. Und er hat sich Mühe gegeben. Er hat dafür getötet. Nur eines weiß Diego nicht, eines kann er nicht aus der Szenerie vor seinen Augen ablesen: Ob er bekommen hat, was er wollte. Dass er sich Mühe gegeben hat, hat nichts zu sagen. Die Leute geben sich andauernd Mühe, ohne zu bekommen, was sie wollen. Genauso oft bekommen sie, was sie wollen, ohne sich bemüht zu haben. Das Leben ist ungerecht.

Diego wischt sich über die schweißnasse Stirn.

Seine Augen streifen den gelben Block. Sind die blutigen Fingerabdrücke nicht ein Hinweis darauf, dass der Block gestern Abend, während oder nach der Folter, die sich hier abgespielt hat, benutzt worden ist? Diego schnappt sich einen Bleistift und schraffiert das oberste Blatt. Nach und nach werden Zahlen und Buchstaben sichtbar – eine Adresse:

372 Conway St
Kaiser, CA 92241

Er reißt das Blatt ab, faltet es zusammen, steckt es in die Tasche und wirft einen Blick auf die braune Suppe in der Schüssel rechts neben ihm. Und auf die Leiche. Ja, das ist auch seine Schuld. Er will es sich nicht eingestehen, aber hätte er Donald nicht dem Sheriff überlassen, würde er jetzt in einer Zelle hocken, statt hier auf dem Boden zu liegen. Vielleicht hätte er die Adresse sogar noch aus ihm herausbekommen, ohne dass ... all das nötig gewesen wäre. All das.

Diego ist ein intelligenter Mann. Er hat einen guten Highschool-Abschluss hingelegt und das Community College in Mencken ohne große Mühe mit AA abgeschlossen, obwohl er sich die meiste Zeit Hals über Kopf in diverse Kommilitoninnen verliebt und genauso schnell wieder entliebt hat. Aber selbst wenn er weniger intelligent wäre, hätte er auf den ersten Blick gewusst, was hier geschehen ist. Hier ist ein Mord geschehen. Nicht mehr, nicht weniger.

Und danach, als Donald endgültig tot war, ist Ian heimgefahren, hat sich umgezogen und vielleicht noch eine Waffe eingesteckt, bevor er sich wieder ins Auto setzte und in Richtung Westen fuhr, nach Kaiser, Kalifornien, mit einem Katheter in der Lunge und einer glatt durchschossenen Brust. Doch in Kaiser, Kalifornien, erwartet ihn wahrscheinlich nur der Tod. Denn Henry ist ein guter Schütze, das hat er gestern erst bewiesen.

Hätte Diego den Hurensohn zum Singen gebracht, wäre ...

Hätte Sizemore ihn nicht laufen lassen, könnte ...

Stopp. Er muss die Situation in Ruhe überdenken. Immerhin hat er nun eine Adresse; er weiß, wo Henry und Ian hinwollen. Jetzt könnte er das FBI einschalten. Wahrscheinlich ist es ohnehin längst mit von der Partie. Ein entführtes Mädchen in der Hand eines flüchtigen Mörders, das dürfte reichen. Vielleicht sitzen die Herren Special Agents längst in der Zentrale des Sheriff's Department von Tonkawa County in Mencken, horchen Sheriff Sizemore aus und sammeln sämtliche Akten ein, um das Zeug in ihr Büro in Houston zu schaffen. Diego müsste sie nur anrufen. Das wäre wohl das Schlaueste. Aber der Plan hat einen Haken: Ian hat einen Menschen getötet. Er hat ihn systematisch gefoltert, um an Informationen zu kommen, und dann hat er ihn getötet. Diego könnte so etwas niemals tun, das weiß er, doch er weiß auch, dass Ian aus purer Verzweiflung gehandelt hat. Und aus Liebe. Und von beidem meint Diego etwas zu verstehen. Was er hier im Wohnwagen sieht, ist die hässlichste Seite des reinsten aller Gefühle, doch er kennt diese Gefühle. Außerdem ist Ian sein Freund. Er hat bei ihm auf der Couch geschlafen, er hat mit ihm an einem Tisch gegessen, er hat mit Elias Videospiele gespielt. Er hat vor seinen Augen geheult, als Debbie ihn vor die Tür gesetzt hat. Vermutlich erinnert er sich nicht mehr daran, weil er sturzbesoffen war, und Diego wird es ihm nicht sagen, um ihn nicht zu beschämen, aber ja, er hat vor seinen Augen geheult. Und wenn er jetzt das FBI informiert und das FBI sich im Wohnwagen umsieht, wird zweifellos ans Licht kommen, was sich letzte Nacht hier abgespielt hat.

Aber wenn er den Mund hält, wird das FBI womöglich gar nicht hier vorbeischauen. Die Agents werden überall sein, nur nicht hier, denn sie werden sich voll und ganz auf die Suche nach Henry konzentrieren. Und hier ist er ganz sicher nicht.

Oder soll er im Wohnwagen aufräumen, um Ians Tat zu vertuschen, und dann das FBI informieren? Oder sich einfach irgendeine Geschichte ausdenken?

Verdammt, Ian, wie konntest du mich nur in eine so beschissene Lage bringen?

Natürlich kennt er die Antwort. Ian hat bloß an eines gedacht – an seine Tochter – und an nichts anderes. Alles andere ist ihm egal.

Nein, er kann die Spuren von Ians Tat nicht vernichten und sich dann beim FBI melden. Er könnte sich nie sicher sein, ob er nicht doch einen Hinweis übersehen hat, der ihn und Ian belastet. Außerdem will er dem FBI nicht erklären müssen, wie er an die Adresse in Kalifornien gekommen ist. Er versteht, warum Ian getan hat, was er getan hat, und auch wenn er niemals fähig wäre, etwas Ähnliches zu tun, wird er ihn dafür nicht den Wölfen zum Fraß vorwerfen. Vielleicht wäre es das einzig Richtige, aber nein, das tut er nicht.

Er kann Ians Tat nicht vertuschen und dann das FBI informieren. Aber er kann auch nicht alles lassen, wie es ist, oder? Kann sein, dass es eine ganze Weile dauert, bis irgendwer hierherkommt. Genauso gut könnte schon morgen jemand auftauchen, und diesem Jemand würde sich derselbe Anblick bieten wie ihm.

»Verdammt, Ian«, murmelt er.

Diego schließt die Augen und denkt nach. Dann öffnet er sie wieder und macht sich an die Arbeit.

Er streift sich ein Paar Handschuhe über und löst Donalds Fesseln. Er schleift ihn ins Wohnzimmer und legt ihn der Länge nach auf die Couch. Er wickelt die einzelnen Finger und Zehen aus und legt sie so neben Hände und Füße, dass die Leiche auf den ersten Blick vollständig wirkt. (Zwischendurch muss er einmal zur Toilette rennen, um sich zu übergeben.) Er spült die Mordwaffe ab und deponiert sie neben der Tür. Er hebt den Stuhl auf, schiebt ihn unter den Tisch. Er läuft von vorne bis hinten durch den Wohnwagen und überprüft die Fenster. Alle geschlossen.

Schließlich geht er in die Küche, kippt etwas Haferbrei in einen Topf, lässt Wasser drauflaufen, stellt den Topf auf den Herd und dreht das Gas auf. Der alte Herd entzündet sich nicht von selbst, und Diego hilft nicht nach. Ein leises Zischen, als wollte die Gasleitung sagen: Pssst.

Diego kann nicht fassen, was er hier gerade tut. Und tut es trotzdem.

Zurück im Esszimmer reißt er ein Streichholz an und entzündet die halb geschmolzene Kerze auf dem Tisch. Das sollte reichen, sofern die Spurensicherung nicht allzu gründlich in der Asche wühlt. Hofft er zumindest. Mit etwas Glück wird es aussehen, als hätte sich Donald einen Haferbrei aufgesetzt, um sich dann auf die Couch zu legen und zu warten, bis der Brei kocht, als plötzlich … irgendwas geschehen ist. Irgendwas.

Diego bläst die Kerze wieder aus und geht zur Couch. Er richtet die Leiche auf, steckt ihr eine Zigarette zwischen die Lippen und drückt ihr ein Feuerzeug in die Hand. Dann geht er zurück zum Tisch und zündet die Kerze wieder an. Mittlerweile riecht es ziemlich penetrant nach Gas. Nichts wie raus hier. Er hat getan, was er konnte.

Wahrscheinlich hat das Beil Kerben in den Knochen hinterlassen, die der Gerichtsmedizin früher oder später auffallen werden. Aber das wird ein paar Tage dauern – Zeit genug für Ian, und auf Diegos Anwesenheit dürfte überhaupt nichts hinweisen. Außer er hat richtig Pech.

Auf dem Weg nach draußen nimmt er noch das Beil mit. Er schließt die Tür und sperrt ab, läuft zum Wagen und steigt ein. Die Mordwaffe wirft er in den Fußraum. Er lässt den Motor an, und die Reifen knirschen auf dem Kies, als er den Wagen eilig wendet. Ein letzter Blick in den Rückspiegel: Der Wohnwagen steht da, als wäre nichts gewesen.

Diego erreicht die Crouch Avenue und biegt nach links.

Die Explosion ist laut und unerwartet kräftig, ein jäher Wind fährt durch die Bäume, Vögel ergreifen die Flucht. Das Herz schlägt Diego bis zum Hals, sein Gesicht glüht. Er schaut aus dem Fenster auf die Rauchsäule, die hinter den Bäumen aufsteigt. Ein dicker, dunkler Pfeiler, der das Himmelsgewölbe stützt.

Als er sechs Minuten später zu Hause ankommt, hat sich die Feuerwehr noch nicht auf den Weg gemacht. Gut so. Die Flammen sollen eine Chance haben, den Wohnwagen möglichst vollständig zu zerstören.

Er muss mit Cordelia reden.

»Tu's nicht. Bitte.«

»Er ist mein Freund.«

»Du hast viele Freunde.«

»Er aber nicht. Und in ein paar Tagen bin ich sowieso wieder da.«

»Das ist doch scheiße.«

»Bitte sei nicht so, Cord.«

»Und wenn ich es dir verbiete?«

»Dann bleibe ich hier. Willst du es mir verbieten?«

Für einen Moment blickt sie zur Seite, bevor sie ihm wieder in die Augen schaut. »Pass auf dich auf.«

»Mach ich.«

Diego fährt rechts ran. Zwei Löschzüge rauschen an ihm vorbei. Dann geht es weiter, zurück auf die Straße, Richtung Interstate 10.

Hinter der Windschutzscheibe breitet sich der Rauch allmählich über den gesamten Himmel aus. Er kann nur hoffen, dass er die richtige Entscheidung getroffen hat.

ALS DIEGO ZUM FÜNFTEN MAL anruft und er endlich ein Erbarmen hat, liegt Comfort, Texas, schon gut dreißig Minuten hinter Ian. Rechts und links erstreckt sich kahles Land, nur ab und zu unterbrochen von Zubringerstraßen, Privatwegen, einsamen Häusern und sommerlich belaubten Bäumen. Die Leere gefällt ihm. Aufgewachsen in Los Angeles, wo nur das Meer nicht zugebaut war, kann er sich kaum etwas Schöneres vorstellen als leeres Land.

Ian hebt ab. »Ich schätze, du wirst nie aufgeben.«

»Gut geschätzt.«

»Hab ich was gewonnen?«

»Nur wenn du errätst, wo ich bin. Du hast genau einen Versuch.«

»Im Roberta's.«

»Die macht doch erst in einer halben Stunde auf.«

»Na, für dich würde sie sicher auch 'ne Ausnahme machen. Wenn du brav bitte sagst und ihr ein bisschen schöne Augen machst. Du mit deinem Hundeblick.«

»Trotzdem falsch. Ich bin an einer Shell-Tankstelle in Columbus.«

»In Columbus? Was hast du denn in Ohio verloren?«

Obwohl sie betont locker miteinander plaudern, spürt Ian eine eisige Klinge in den Eingeweiden. Diego weiß, wo er hinwill. Er weiß es, und er wird versuchen, ihn aufzuhalten, ehe er Henry bestraft und Maggie gerettet hat. Er wird ihn verhaften, ihn verhaften lassen wegen Mordes an Donald Dean.

Wahrscheinlich hat das FBI schon eine Straßensperre errichtet, ein paar Meilen westlich von hier. Da hocken sie nun und warten auf ihn.

Natürlich hätte er im Wohnwagen aufräumen müssen, doch als er mit Donald fertig war, war er wortwörtlich fertig. Er hatte keine Kraft mehr – weder physisch noch psychisch –, die Leiche wegzuschaffen. Selbst wenn er gewusst hätte, wohin mit ihr, hätte er es nicht mehr geschafft. Er hatte erreicht, was er sich vorgenommen hatte, aber es hatte ihn an seine Grenzen gebracht. Und am nächsten Morgen, als er im Dunkeln aufwachte, wollte er nur noch weg, auf die Straße, und die Verfolgung aufnehmen.

Was ein schwerer Fehler war. Diegos Anruf ist der Beweis.

»Ich war in deinem Apartment«, sagt Diego. »Und in Donalds Wohnwagen.«

»Ich weiß.«

Ausgerechnet jetzt muss Ian husten. Er hält sich die Hand vor den Mund und schmeckt Blut. Durch den Katheter, der sich aus seinem Hemd in den Fußraum des Beifahrersitzes zur Umhängetasche windet, schiebt sich etwas weiße Flüssigkeit. Er hat keine Ahnung, was diese Flüssigkeit in seiner Lunge zu bedeuten hat. Vielleicht hätte er doch Antibiotika mitnehmen sollen. Im Medizinschrank seines Apartments hätte er sogar noch welche gehabt, übrig geblieben nach irgendeiner Infektion. Was soll's, wenigstens hat er sich stärkere Schmerzmittel beschafft, stärker als Paracetamol. Von den Tabletten wird ihm immer etwas schwindlig, aber es hält ihn am Laufen.

»Es ist noch nicht zu spät, Ian. Wir können die Sache immer noch in Ordnung bringen.«

»Genau das werde ich tun. Die Sache in Ordnung bringen.«

»Aber doch nicht, indem du …«

»Wer weiß noch von Donald?«

Ein gedehntes Schweigen. »Niemand.«

»Du hast es nicht gemeldet?«

»Willst du mich beleidigen? Du bist mein Freund.«

»Ja, aber …«

»Ich stehe zu meinen Freunden.«

»Dann kehr um und lass mich die Sache allein zu Ende bringen.«

»Ich stehe sogar zu meinen selbstmordgefährdeten Freunden.«

»Was soll das jetzt wieder heißen?«

»Dass Henry dich umbringen wird.«

»Woher willst du das wissen?«

»Ich weiß es einfach. Und du weißt es auch.«

»Der Typ hat mir meine Tochter weggenommen, Diego. Er hat mein Leben zerstört.«

»Du allein hast dein Leben zu dem gemacht, was es ist.«

Eine ganze Weile antwortet Ian nicht. Er weiß, dass Diego recht hat: Er ist, was er ist, er hat getan, was er getan hat, und was dabei herausgekommen ist, ist sein Leben. Das sind die Fakten. Es hat keinen Sinn, dagegen anzureden.

»Ian?«

»Ja. Du hast recht. Genau deshalb muss ich das jetzt durchziehen.«

»Das kapier ich nicht.«

»Musst du auch nicht.«

»Du hast immer noch die Wahl, Ian. Ich hab Donalds Wohnwagen in Brand gesteckt. Die werden glauben, es war ein Unfall mit dem Gasherd. Wir können das FBI informieren, oder irgendwen anders, wir sagen ihnen alles, was wir wissen, und dann …«

»Moment. Du hast *was* getan?«

»Kehr um, Ian. Das FBI hat ganz andere Möglichkeiten als du. Die können …«

»Der Sheriff hatte auch ganz andere Möglichkeiten. Danke, Diego, wirklich. Ich weiß, du hast verdammt viel riskiert, und ich kann dir gar nicht sagen, wie dankbar ich dir bin. Aber du kannst mich nicht aufhalten.«

»Verdammt, Ian, jetzt hör mir einfach mal …«

»Fahr nach Hause, Diego. Fahr heim zu Cordelia und lass mich in Ruhe.«

»Wenn du …«

»Ich werfe jetzt das Telefon aus dem Fenster. Schöne Grüße an Cordelia.«

»Nein, du egozentrisches Arschloch, du hörst mir jetzt …«

Ian kurbelt das Fenster herunter. Ein warmer Sommerwind fährt ihm mit der Wucht von hundertzehn Stundenkilometern ins Gesicht. Für einen Moment genießt er die Erfrischung, dann wirft er das Telefon hinaus. Kurz scheint es in der Luft zu hängen, bevor es nach hinten weggerissen wird, sich im Fallen dreht und auf dem Boden aufschlägt. Im Rückspiegel sieht er, wie es zerspringt und über den Asphalt schlittert und dabei Plastikteile versprüht, bis es nichts mehr zu versprühen gibt. Er kurbelt das Fenster wieder hoch und schaltet das Radio ein.

Natürlich weiß er, wie Diego tickt. Diego wird niemals aufgeben. Ian kann nur hoffen, dass sein Vorsprung groß genug ist – dass er getan haben wird, was er tun musste, wenn Diego ihn schließlich einholt. Er will nicht auch noch seinen Kumpel in Gefahr bringen. Er will nicht, dass noch ein Mensch das Schicksal von Bill Finch und Chief Davis teilen muss.

Genauso wenig wie er will, dass ein anderer Mensch das Schicksal von ihm selbst teilen muss.

Diego ist ein netter Kerl. Er liebt seine Frau, seine Frau liebt ihn, gemeinsam ziehen sie einen wundervollen Jungen groß. Und das soll er auch bleiben – ein netter Kerl mit Frau und Kind. Deshalb muss er sich von Ian fernhalten. Das heißt, Ian muss ihn von sich fernhalten. Zumindest bis er sich um Henry gekümmert hat.

Gestern Nacht, als er begriffen hat, wie weit er mit Donald gehen würde – bis zum Äußersten –, war ihm klar, dass er sich damit gegen Dinge entschieden hat, an die er sein ganzes Leben lang geglaubt hat und an die er nach wie vor glaubt. Aber das war ihm egal, und es ist ihm immer noch egal. Er war überzeugt, dass Donald etwas verbarg, und er war bereit, alles zu tun, um ihn zum Reden zu bringen. Ihm war bewusst, welchen Preis er dafür zu zahlen hatte, und er wollte ihn zahlen. In den nächsten Stunden und Tagen wird er einen noch höheren Preis zahlen müssen, und auch den wird er gerne zahlen. Er wird Maggie zurückbekommen. Ihr gemeinsames Leben wird er nicht zurückbekommen, nicht mehr, aber auch das ist ihm mittlerweile egal. Wenigstens wird sein Leben wieder Bedeutung haben.

Ian betrachtet das menschenleere Land zu beiden Seiten der Straße. Er stellt sich vor, wie seine Tochter auf dem freien Feld steht, in einem gelben Kleid, den Wind im goldenen Haar. Seine Tochter auf dem freien Feld, sonst nichts. Sie ist wunderschön. Sie ist alles, was es jemals gegeben hat. Alles andere, die ganze beschissene Welt, ist bedeutungslos, alles andere verschwindet hinter ihren grünen Augen. Alles, was er jemals gebraucht hat, sind fünf Worte aus ihrem Mund: Ich hab dich lieb, Daddy.

Alles andere ist ihm egal.

MAGGIE SITZT IN DEM GRAUEN DODGE RAM, eingezwängt zwischen Henry und Beatrice. Im Führerhäuschen stinkt es nach den Ausdünstungen der beiden Erwachsenen. Maggies Augen tränen in der stickigen Luft, auf ihrer Stirn glänzen Schweißperlen, doch Henry weigert sich, die Klimaanlage einzuschalten. Dann säuft der Motor wie blöd, hat er gesagt, und er habe wirklich keine Lust, an jeder zweiten Tankstelle zu halten.

Vor einer guten Stunde haben sie San Antonio verlassen, zumindest nach Maggies Berechnungen. Sie hat bis viertausendzwei, viertausenddrei, viertausendvier gezählt, und eine Stunde hat genau dreitausendsechshundert Sekunden. Also sollte es eine gute Stunde her sein, außer sie hat viel zu schnell gezählt.

Bei ihrem Zwischenstopp in San Antonio hat sie kurz Hoffnung geschöpft. Vielleicht kann ich jetzt fliehen, hat sie überlegt. Doch sie haben ihr keine Chance gelassen. Sie haben an einem Fastfood-Laden gehalten und Burger gekauft, um sie dann im Wagen zu frühstücken, Maggie immer zwischen Henry und Beatrice.

Bei jedem einzelnen Bissen hat sie an die Leute gedacht, die Henry heute Morgen begraben hat. Flint und Naomi werden nichts mehr essen, nie wieder. Aber warum hat er die beiden umgebracht? Das war doch völlig unnötig. Er hat versucht, es ihr zu erklären: Er habe keine Wahl gehabt, denn er habe ihren Pick-up gebraucht. Aber Maggie glaubt ihm kein Wort. Das ist gelogen, auch wenn er es selber glaubt. Es hätte bestimmt eine andere Möglichkeit gegeben, sich ein neues Auto zu besorgen, ohne dafür zwei Menschen umzubringen. Mittlerweile hat sie den Verdacht, dass es ihm Spaß macht, Leute …

»Na leck mich am Arsch«, sagt Henry.

Beatrice sieht ihn an. »Was ist?«

»Da.« Er deutet durch die Windschutzscheibe, die von unzähligen toten Insekten gesprenkelt ist.

»Der Volkswagen?«

»Nein. Direkt davor.«

Jetzt weiß Maggie, was er meint: einen Ford Mustang. Sieht aus wie Daddys Wagen. Das *ist* Daddys Wagen: rot mit einer grauen Kofferraumklappe.

Sie erinnert sich, wie sie früher mit Daddy in seinem Mustang gefahren ist. Manchmal, wenn sie ganz allein auf der Straße waren, durfte sie den Schalthebel bedienen. Er trat die Kupplung, und sie schob den Hebel in den nächsten Gang. Das war ein tolles, aufregendes Gefühl. An dem schwarzen Knauf, der in ihrer Hand vibrierte, spürte sie die unglaubliche Kraft des Motors, ein Zittern, das sich durch ihren ganzen Körper fortsetzte. Irgendwie beängstigend, aber gerade oder zumindest *auch* deshalb machte es so viel Spaß. Ab und zu nahm er sie sogar auf den Schoß und ließ sie lenken. Dann kurvte sie wild hin und her, lachte aus vollem Hals und drückte dauernd auf die Hupe. Am Schluss, wenn Daddy völlig verschwitzt war, meinte er immer, sie sei der mutigste Mensch, den er kennt, der mutigste und der verrückteste. Und sie steckte die Zunge raus und schüttelte den Kopf und johlte und lachte und grunzte wie ein wild gewordener Affe.

»Sag ich doch«, erwiderte er jedes Mal, »total durchgeknallt.«

Henry steigt aufs Gas. Offenbar will er den roten Mustang einholen. Er wechselt auf die linke Spur, rauscht an dem Volkswagen vorbei und zieht knapp vor ihm wieder nach rechts. Als der Volkswagen hupt, hält er den ausgestreckten Mittelfinger vor den Rückspiegel.

Maggie duckt sich, um einen Blick ins Innere des roten Mustang zu werfen. Ja, es ist Daddy. Sie erkennt ihn am Hinterkopf, an seinem dünnen blonden Haar. Er ist es, sie ist sich sicher. Dabei hatte sie solche Angst, dass er es nicht sein würde, dass er es gar nicht sein könnte, weil er tot ist. Aber er ist nicht tot, nein, er sitzt in seinem roten Mustang. Gestern hat sie ihn auf dem Kies liegen sehen, ganz voller Blut, und dann hat Henry ihm auch noch mitten ins Gesicht getreten, sein Kopf wurde zur Seite gerissen und ist einfach liegen geblieben. Da hatte sie solche Angst, dass er tot ist. Sie hat sich immer wieder gesagt, dass es nicht möglich ist, dass er nicht tot sein kann, aber die Angst ist geblieben.

Nein. Sie hat die ganze Zeit gewusst, dass er lebt.

»Das ist mein Daddy.«

Dafür bekommt sie einen kräftigen Schlag auf den Hinterkopf. »Halt dein Maul.«

Sie mustert Henry. Offensichtlich meint er es ernst.

Sein Blick wandert von ihr zur Windschutzscheibe. »Scheiße!«

Ihr Daddy lebt. Sie hatte solche Angst, aber er lebt. In ihrer Brust breitet sich ein wohliges Gefühl aus, als würde in ihrem Inneren die Sonne aufgehen, ihre eigene Sonne. Und wer weiß, vielleicht hat sie da wirklich eine Sonne.

»Daddy!« Sie winkt ihm zu. Hoffentlich schaut er in den Rückspiegel.

Noch einen Schlag auf den Hinterkopf. »Ich werd gleich wirklich sauer, Sarah.«

Aber das kümmert sie nicht. »Ich hab dir doch gesagt, dass er mich holen kommt. Ich hab's dir *gesagt!*«

DIESES VORLAUTE GÖR. Was fällt ihr ein, so mit ihm zu reden? Wenn Beatrice nicht wäre, würde er sie einfach abknallen. Abknallen und irgendwo am Straßenrand verscharren. Das kleine Miststück macht ihm nichts als Ärger. Wegen ihr musste er Chief Davis und diesen Typen vom County, Bill Finch, umbringen, wegen ihr musste er Flint und Naomi umbringen, wegen ihr mussten sie überhaupt erst fliehen. Alles wegen dem kleinen Mistding. Sarah ist schuld, Sarah und niemand anders, und dafür muss sie eigentlich bezahlen. Sie hat es nicht anders verdient.

Wenn Beatrice nicht wäre, würde sie dafür bezahlen.

Bösartige Welpen muss man erschießen, hat ihm sein Dad einmal erklärt, während er ihm seine .22er in die Hand drückte, sonst beißen sie einem irgendwann die Finger ab. Besser gleich abschlachten, bevor ein großer, böser Hund draus wird. Und deshalb kümmern wir uns jetzt um den hier. Ich geh schon mal den Spaten holen.

Wenn Beatrice nicht wäre, würde er keine Sekunde zögern. Sarah ist ein bösartiger Welpe, falsch und niederträchtig. Aber das kapiert Beatrice nicht. Beatrice ist eine Frau, und wenn Frauen etwas Kleines, Süßes sehen, wollen sie es sofort in den Arm nehmen. Sie verstehen einfach nicht, dass auch Kleines und Süßes gefährlich sein kann und dann eben besser tot ist.

Er kann es immer noch nicht fassen, dass dieses Arschloch von Ian Hunt sie gefunden oder zumindest herausgefunden hat, wo sie hinwollen. Er muss sie überholt haben, während Henry die früheren Besitzer seines neuen Pick-ups begraben hat. Eigentlich gibt es nur eine Person, die dem Wichser gesagt haben kann, wo er hinwill: Donald. Aber Donald würde ihn niemals verraten. Henry war wie ein Vater für ihn, und nach Dads Schlaganfall – Donald war da erst sieben Jahre alt – war er quasi wirklich sein Vater. Nein, Donald würde ihn niemals verraten. Egal, womit sie ihm drohen. Er würde sich alles anhören, die Bullen ausdruckslos anstarren und nichts, gar nichts sagen.

Außer sie haben ihm nicht nur gedroht.

Aber Hunt ist doch ein Cop.

Ein Cop, der sich im Moment nicht gerade wie ein Cop benimmt. Was kurvt er hier im eigenen Wagen rum, mutterseelenallein, und kein Kollege weit und breit?

Wenn die Polizei wüsste, wo er und Bee hinwollen, wäre die Straße voll mit Streifenwagen. Er hätte sie längst gesehen, er hätte sie gesehen und sich irgendwo verkrochen. Oder sie hätten ihn zuerst gesehen. Dann hätten sie ihr Blaulicht eingeschaltet, und er würde sich jetzt eine halsbrecherische Verfolgungsjagd mit ihnen liefern, falls er nicht schon längst im Knast oder über alle Berge wäre. Oder er wäre in eine Straßensperre geraten. Auf jeden Fall wäre irgendwas passiert. Aber es ist nichts passiert, anscheinend haben die Bullen keine Ahnung. Ganz im Gegensatz zu Ian Hunt.

Donald hätte ihn niemals verraten. Außer …

Ian Hunt hätte mit Sicherheit seine Kollegen informiert. Außer …

»Dieser verdammte Hurensohn.«

»Henry.«

»Halt die Klappe, Bee.«

Kurz schaut sie ihn an, bevor sie wieder auf ihren Schoß starrt. Sie streicht ihr Kleid glatt, bis alle Falten verschwunden sind, und mustert ihre Handrücken, als würde sie sie zum ersten Mal sehen. Seit gestern Abend benimmt sie sich überhaupt seltsam. Sie ist nicht mehr die Alte. Vor Beatrice hat er sich nie verstellt, er hat ihr immer sein wahres Gesicht gezeigt, doch seine dunkelste Seite hat sie nie kennengelernt. Bis gestern Abend. Sie hat ihn immer bedingungslos geliebt, trotz seiner Nächte in der Ausnüchterungszelle und obwohl er sie manchmal ein bisschen zu hart angepackt hat, wenn er mal wieder ausgerastet ist. Aber ob sie den gestrigen Abend verkraften wird? Henry ist sich nicht sicher. Sie musste alles mit ansehen, sie kann sich nicht länger einreden, sie hätte nichts mitbekommen oder nichts begriffen – es könnte wirklich zu viel für sie gewesen sein.

Letzte Nacht im Bett, als sie in der Dunkelheit nebeneinander gelegen haben, hat er gespürt, dass sie nicht zur Ruhe kam. Sie hat den Mund gehalten, aber er hat es gespürt, und er spürt es auch jetzt. Sie schweigt, und das gefällt ihm nicht. Es macht ihn nervös. Normalerweise sagt Beatrice immer, was sie denkt, heute ist es, als hätte sie die Sprache verloren. Was geht in ihr vor? Er wünschte, er könnte in ihren Kopf hineinschauen. Sie muss kapieren, dass er nur getan hat, was getan werden musste. Dass es ihm keinen Spaß gemacht hat, aber dass es nun mal nicht anders ging. Ab und zu muss man ein bisschen Blut vergießen, um zu überleben. Das weiß jeder, der um sein Leben gekämpft hat.

Die Welt ist ein grausamer Ort mit vielen messerscharfen Kanten. Manchmal muss man einen anderen vorschieben, um nicht selber aufgeschlitzt zu werden. Er mag es ebenso wenig wie sie. Doch es muss getan werden, und er hat gelernt, sich damit abzufinden.

Er hat ihren Pick-up gebraucht. Er musste ihn haben, und Flint hatte Verdacht geschöpft. Eigentlich war er von Anfang an misstrauisch gewesen. Henry konnte ihn nicht leben lassen, er hätte die Polizei informiert. Jetzt liegen Flint und seine Frau unter der Erde, und sie haben einen Wagen, mit dem sie die nächsten zwei, drei Tage unbesorgt fahren können. Und in zwei, drei Tagen sind sie längst bei seinem großen Bruder in Kalifornien.

Davor, irgendwo zwischen hier und Kaiser, muss er Ian Hunt loswerden, aber das dürfte kein Problem sein. Vielleicht kann er ihn schon heute erledigen. Er wird ihm unauffällig folgen, aus sicherer Entfernung. Keine große Sache, wenn er ein bisschen aufpasst. Hunt hat keine Ahnung, dass er hinter ihm ist, und dabei wird es auch bleiben. Okay, in West Texas, wo die Straßen leerer und das Land karger ist, wird es nicht ganz einfach, aber er wird es schon hinbekommen. Er wird ihm folgen, wird warten, bis er sich aufs Ohr gehauen hat, und dann wird er ihn ausbluten lassen wie ein Schwein.

Hunt wird bereuen, dass er nicht schon beim ersten Mal gestorben ist.

Und mit Ian Hunt wird er seine letzten Sorgen begraben. Sie werden sich in Kalifornien verstecken, ein paar Monate vielleicht. Dort wird man sie wahrscheinlich in Ruhe lassen, aber sollte die Polizei doch in Rons Haus herumschnüffeln, können sie auf tausend andere Schlupflöcher ausweichen. Ron hat so einiges im Angebot: einen unterirdischen Bunker voller Konservendosen, mit fünfhundert Gallonen Trinkwasser und einem Zweihundert-Gallonen-Wasseraufbereitungssystem. Dazu zahllose verlassene Häuser, in denen er Vorräte deponiert hat. Als sie die Eisenmine dichtgemacht haben, hat es die ganze Stadt wie mit einem Windstoß weggeweht, zumindest hat er das in seinen Briefen erzählt. Jetzt wohnen dort nur noch zwanzig, dreißig Menschen. Das heißt, vor ein paar Jahren waren es so viele. Gut möglich, dass mittlerweile nur noch Ron übrig ist. Kaiser ist voller schattiger Orte, in denen sie problemlos verschwinden können, selbst unter der grellen kalifornischen Sonne. Dort werden sie warten, bis Gras über die Sache gewachsen ist, und dann geht's runter nach Mexiko. Oder rauf nach Kanada. Nein, wahrscheinlich eher nach Mexiko.

In Texas die Grenze zu überqueren, wäre zu gefährlich, aber in Kalifornien dürfte es halb so wild sein. Außerdem kann er sich vorher ein bisschen Geld beschaffen. Er will nicht mit leeren Händen in Mexiko ankommen. Sie werden eine Weile brauchen, um sich an das fremde Land zu gewöhnen, aber das ist immer noch besser als die Alternative. Hauptsache er kommt nicht ins Gefängnis. Er kommt nicht ins Gefängnis, und die Familie bleibt zusammen, das ist das Wichtigste.

Aber dazu muss Ian Hunt sterben.

Zweihundert Meilen liegen zwischen Junction und Fort Stockton, Texas. Die Landschaft wandelt sich. Bäume weichen Sträuchern und bescheidenen gelben Blumen, die in trockener Erde und totem Gras sprießen. Wie Geschwüre brechen Hügel aus der flachen Wüste hervor, doch auf die kann der Interstate 10 keine Rücksicht nehmen. Er hat sich seine Bahn mitten durchs Gestein gesprengt, die vielfarbig gestreiften Felswände reichen bis dicht an den Asphalt und, Schicht für Schicht, bis tief in die Vergangenheit. Die letzte Feuchtigkeit verschwindet aus der Luft. Kakteen laben sich an der Sonne, mit ihren dicklichen Auswüchsen winken sie einem vom Straßenrand aus zu, exotische, längst ausgestorbene Tiefseekreaturen mit seltsam rundlichen Flossen. Auf den Erdölfeldern des Permbeckens verrichten altertümliche Förderanlagen ihre Arbeit, Pferdekopfpumpen, die wie prähistorische Vögel am Boden picken, eine bedächtige, immer gleiche Bewegung. Bald ist man allein auf der Straße, bis auf den ein oder anderen Truck mit vorspringender Schnauze, der von einer Küste zur anderen brettert, der Fahrer hinter dem Steuer mit rot unterlaufenen Augen und vollgepumpt mit Koffein. Ab und zu ein anderer einsamer Reisender. Am Straßenrand liegt ein toter Wüstenhase und offenbart den

Vorbeifahrenden sein Innerstes. Auf halbem Weg zwischen Junction und Fort Stockton, irgendwo bei Bakersfield, tauchen in der Ferne riesige Felder mit Windrädern auf, die sich gemächlich drehen, wie Ventilatoren an einem milden Sommertag. In der erbarmungslosen Wüstenhitze bewegt sich alles wie in Zeitlupe, selbst der eigene Wagen, auch wenn die Tachonadel schon länger nicht mehr unter achtzig Meilen pro Stunde gefallen ist. Man fährt und fährt und fährt und kommt doch nirgends an. Bis man plötzlich Fort Stockton erreicht, angekündigt durch einen riesenhaften Roadrunner hinter einer niedrigen Steinmauer, eigentlich ein überdimensioniertes Schild, das einen in der Zivilisation willkommen heißt. Angeblich ist es der größte Roadrunner der Welt, jede Stadt braucht schließlich ihr Wahrzeichen.

Um halb drei fährt Ian Hunt vom Interstate ab. Henry folgt ihm in sicherem Abstand. Er freut sich auf die Pause, er muss dringend raus aus dem heißen Wagen, ein bisschen die Glieder strecken. Sie sind schon stundenlang unterwegs, und langsam macht sich sein Rücken bemerkbar. Außerdem hat Bee gerade zum sechsten oder siebten Mal gesagt, dass sie mal muss, und die Tankanzeige dümpelt auch schon seit zwanzig Minuten auf Reserve. Seitdem befürchtet er, ihnen könnte jeden Moment der Sprit ausgehen, ohne eine Tankstelle weit und breit.

An der Kreuzung von Front Street und Highway 285 biegt Hunt in eine Chevron-Tankstelle ein. Henry entscheidet sich für die Konkurrenz auf der anderen Straßenseite.

Er sieht zu, wie Hunt aussteigt und die Arme reckt. Nein, eigentlich reckt er bloß den linken Arm, den rechten kann er anscheinend nur bis zur Schulter heben. Er dehnt sich und rollt den Kopf im Nacken. In der rechten Hand hält er eine Tasche, die er sich umhängt, als er sich genug gelockert hat.

Was da wohl drin ist? Wahrscheinlich Waffen.

Auf jeden Fall sieht man ihm nicht an, dass er gestern eine Kugel in die Brust bekommen hat. Normalerweise sollte er im Krankenhaus liegen.

Egal. Wenn die Sonne den Horizont berührt, wird er so oder so tot sein. Spätestens wenn die ersten Strahlen der Morgensonne den Himmel beleuchten.

Ein Schwall ätzende Magensäure schiebt sich Henrys Kehle hinauf. Er kramt in seiner Hemdtasche. Leer.

»Kann ich jetzt pieseln gehen?«

»Ja, ja, geh schon. Und nimm Sarah mit, aber pass auf, dass sie mit niemandem redet. Oder nein, lass sie besser hier. Ich geh dann mit ihr, wenn du wieder da bist. Aber bring mir ein paar Rolaids oder Tums mit oder etwas in der Art.« Er zieht eine schweißnasse Fünfdollarnote aus der Hosentasche und reicht sie über die Mittelkonsole.

»Okay.« Beatrice' Finger schließen sich um den feuchten Lappen, sie steigt aus. »Kann ich auch was zu trinken kaufen?«

»Ja, klar.«

Henry sieht ihr zu, wie sie zum Mini-Supermarkt läuft, eine Mischung aus Watscheln und Hinken. Seit gestern ist sie nicht mehr die Alte, irgendwas stimmt nicht mit ihr. Er muss dringend mit ihr reden, aber nicht vor Sarah. Keine Ahnung, warum, aber wenn Sarah dabei ist, fühlt er sich nie wirklich wohl, und diese Unsicherheit hasst er. Er ist keiner, der gerne über seine eigenen Gefühle und Gedanken spricht, nicht mal unter normalen Umständen. Über alles andere kann er endlos quatschen, in einer feuchtfröhlichen Runde grinst er und klopft den anderen auf die Schulter, alles kein Problem, aber wenn es um seine eigenen Empfindungen geht, bekommt er kaum den Mund auf. Es kostet ihn unglaublich viel Kraft, die Worte verhaken sich in seiner Kehle, sie wollen nicht raus, sie wollen bleiben, wo sie niemand hört. Aber er muss mit ihr reden. Sonst verliert er sie noch, und das will er auf keinen Fall.

Er wirft einen Blick über die Straße auf Ian Hunt, der gerade seinen Wagen volltankt und dabei in die Ferne späht. Für einen Moment glaubt Henry, er würde ihn anstarren. Aber er beobachtet nur den Horizont. Kein Grund zur Sorge.

IAN SPÄHT ÜBER DAS AUTODACH HINWEG zur anderen Straßenseite. Dort steht der graue Dodge Ram, ein Pick-up voller Matschspritzer, der anscheinend in der Landwirtschaft eingesetzt wird. Dafür spricht auch der große weiße Werkzeugkasten auf der Ladefläche. Die Heckklappe hängt etwas herunter, sie wirkt leicht verbogen, als wäre sie mal zu stark belastet worden. Seit ein paar Stunden folgt ihm dieser graue Dodge Ram. Alle paar Minuten sieht er ihn, wenn die grellweiße Sonne eine sternförmige Spiegelung auf dessen Motorhaube wirft, einen blitzenden Punkt wie eine glänzende Münze auf dem Gehsteig. Doch die Kreuzung, an der die beiden Tankstellen liegen, ist ziemlich breit, und Ians Augen sind nicht mehr das, was sie mal waren. Früher hatte er eine Sehstärke von hundertzwanzig Prozent, damit hat er gern angegeben, aber jetzt kann er das Gesicht des Typen im Dodge Ram nicht richtig erkennen. Und trotzdem, als er neben der Zapfsäule steht und den Mustang volltankt, glaubt er beinahe, es könnte wirklich Henry Dean sein.

Er muss sich sehr zusammenreißen, um sich nicht das Gewehr von der Rückbank zu schnappen, in aller Ruhe anzulegen, zu zielen und dem Typen ein Großkalibergeschoss in den Schädel zu jagen. Er sieht es direkt vor sich: Wie die Kugel ins Seitenfenster einschlägt, wie sich von jetzt auf gleich ein Spinnennetz aus haarfeinen Rissen durch das eben noch makellose, durchsichtige Glas zieht. Wie das Glas Sekundenbruchteile später aus dem Rahmen rieselt und den Blick wieder auf den Typen freilegt, der mit einem Loch in der Schläfe hinter dem

Steuer sitzt, einem Loch, das groß genug ist, um das dicke Ende eines Poolqueues hineinzustecken. Und überall im Führerhäuschen kleben Blut und Gehirnmasse, als hätte man einen Böller in einen Klumpen Hackfleisch gesteckt und angezündet. Der Typ würde nach vorne kippen, sein Kopf aufs Lenkrad knallen, und ein anhaltendes, idiotisches Hupen würde die Kreuzung beschallen.

Es wäre so einfach.

Aber er ist sich nicht sicher. Und selbst wenn er sich sicher wäre, es wäre jetzt weder der richtige Moment noch der richtige Ort. Er hätte nur einen Versuch, bevor sich irgendein Cowboy berufen fühlt, ihn zu Boden zu reißen. Sollte er ihn verfehlen, könnte Henry in aller Ruhe mit Maggie abhauen. Ja, eventuell würde er sogar Maggie erwischen – selbst wenn er Henry trifft, denn so eine Kugel hat eine ziemliche Wucht. Das Ding könnte Henry glatt durchbohren, an der anderen Seite wieder austreten und Maggie töten.

Oder eine andere unschuldige Person.

Ian hat noch nicht viel darüber nachgedacht, was aus ihm geworden ist oder wie weit er noch gehen will. Doch obwohl er sich immer mehr zum Unmenschen entwickelt, ist er nicht bereit, Unbeteiligte zu töten, um seine Ziele zu erreichen. Zumindest noch nicht. Außer es lässt sich überhaupt nicht vermeiden.

Und er ist sich ja sowieso nicht sicher, ob das da drüben Henry ist. Er glaubt, dass er es ist, dass er es sein könnte, aber er ist ein erwachsener Mann und hat sich zu oft geirrt, um nicht zu wissen, dass sich die Realität nicht immer an das hält, was man hofft oder glaubt.

Ein Klicken in seiner Hand. Die Benzinpumpe stoppt, der Tank ist voll. Ian lässt noch ein paar Tropfen nachlaufen, bis er exakt fünfunddreißig Dollar zu zahlen hat, dann steckt er die Zapfpistole in die Halterung zurück und schraubt den Tankdeckel zu. Nach einem letzten Blick über die Kreuzung geht er zum Laden, doch auf halbem Weg wird er von einem Hustenanfall überrascht. Er stolpert zur Seite, direkt in ein Ehepaar, das gerade aus der Tür tritt.

»Immer langsam, Kollege«, sagt der Mann und fasst ihn am Arm.

Ian versucht, sich an seiner Schulter abzustützen, doch die Schusswunde in seiner Brust erzeugt einen brüllenden Schmerz. Ächzend schließt er die Augen. Den nächsten Hustenanfall würgt er ab, bevor er sich über die schweißnassen Wangen wischt, erst über die linke, dann über die rechte.

»Alles in Ordnung mit Ihnen?«, fragt die Frau.

»Ja, ja, danke. Tut mir leid, dass ich Sie angerempelt habe.«

Der Mann runzelt die Stirn. »Ist auch wirklich alles okay?«

»Ja. Dieser verdammte Husten. Ist nicht weiter schlimm.«

»Sie sehen wirklich nicht gut aus. Vielleicht sollten Sie sich kurz hinsetzen.«

»Oder wollen Sie einen Schluck Wasser?« Die Frau hält eine Plastikflasche hoch. »Ist noch nicht angebrochen.«

»Danke, nein. Es geht schon wieder.«

Auf der Toilette gönnt er sich einen Moment Ruhe. Das Gesicht in den Händen, sitzt er auf der Klobrille und versucht zu atmen wie ein normaler Mensch. Doch jedes Ausatmen wird von einem hohlen Keuchen begleitet, das fast schon einem Pfeifen gleicht. Er schaut an sich hinab. Auf seinem Hemd ist ein brauner Fleck aufgetaucht, etwa so groß wie eine Vierteldollarmünze. Und der Fleck wird immer größer, langsam, aber stetig. Ihm ist heiß und kalt zugleich. Und obwohl er schweißgebadet ist, kriecht ein Zittern seine Wirbelsäule hinauf.

Ian stemmt sich hoch und geht zum Waschbecken, kippt sich zwei, drei Tramadol in den Mund, schaufelt mit der hohlen Hand etwas Wasser hinterher und schluckt die Tabletten runter.

Im Laden besorgt er sich eine Flasche Wasser, ein abgepacktes Thunfisch-Cheddar-Sandwich, eine Tüte Nachos mit Barbecue-Geschmack und eine Schachtel Koffeintabletten. Das Tramadol wirkt, er wird immer schläfriger. Wenn er nicht aufpasst, nickt er noch im falschen Moment ein. Auf wackligen Beinen geht er zur Kasse und wartet, bis er endlich an der Reihe ist. Die Frau hinter der Theke fragt, ob es sonst noch etwas sein darf, Schätzchen. Ja, eine Zigarre. Natürlich haben sie nur erbärmliches Billigzeug da, aber er ist mit allem einverstanden. Er will das Ding sowieso nicht rauchen, sondern nur darauf herumkauen, um sich wach zu halten, denn irgendwann bringt auch das Radio nichts mehr. Die Frau scannt die Waren ein und packt alles in eine Plastiktüte, mit der er wieder hinaus in die brutale texanische Hitze tritt.

Der graue Dodge Ram steht immer noch an der Tankstelle gegenüber. Ian ist sich nach wie vor nicht sicher, ob Henry hinter dem Steuer sitzt, aber ist es nicht ein seltsamer Zufall, dass ihn der Wagen seit Stunden verfolgt? Allerdings kommt so etwas ja durchaus öfter vor. Wenn man lange Strecken fährt, tuckert man gerne mal eine halbe Ewigkeit neben, vor oder hinter jemand anderem her, hält immer miteinander Schritt, auch wenn jeder sein eigenes Ziel vor Augen hat. Der andere taucht andauernd im Rückspiegel oder vorne am Horizont auf, und wenn die Sonne untergeht, hockt man plötzlich im selben Schnellrestaurant, um noch kurz was zu essen, bevor es ins Bett geht. Und vielleicht sieht man sich für einen Moment in die Augen, über den halben Raum hinweg, und nickt sich zu wie unter alten Freunden. Ach, du auch hier?

Ja, das ist gar nicht so selten. Also warum sollte ausgerechnet Henry Dean in dem grauen Dodge Ram sitzen? Trotzdem hat Ian so ein Gefühl. Nein, eigentlich ist es mehr als ein Gefühl.

Zurück im Auto, fummelt er einen Streifen Koffeintabletten aus der Schachtel und drückt sich vier davon in die Hand. Er steckt sie einzeln in den Mund und würgt sie eine nach der anderen herunter, ohne etwas hinterherzutrinken. Sie schmecken verdammt bitter. Anschließend reißt er die Folie vom Sandwich und beißt in die trockene, geschmacklose Masse. Er hat nichts anderes erwartet, denn mit Tankstellen-Sandwiches kennt er sich aus. Trotzdem knurrt sein Magen vor Vorfreude, als er kaut und schluckt. Ein Stückchen Käse bleibt am Gaumen kleben, er kratzt es mit dem Finger herunter, kaut noch einmal und schluckt erneut.

Als er fertig ist, dreht er den Zündschlüssel herum, legt den Gang ein und steuert auf die Straße. Irgendwo wird schon ein Schild stehen, das ihm den Weg zum Interstate 10 weist.

Mit einem Blick auf den Tacho schaltet er in den vierten Gang. Zweiundachtzig Meilen pro Stunde. Der altersschwache Mustang beschwert sich über die rasante Geschwindigkeit. Obwohl die Fenster geschlossen sind, braust geräuschvoll Wind durch den Innenraum. Die Gummidichtungen sind schon lange futsch.

Ian schaut in den Rückspiegel. Eine knappe Viertelmeile hinter ihm glitzert die Sonne auf der Motorhaube eines grauen Pick-ups.

Er könnte langsamer fahren und ihn herankommen lassen. Er könnte plötzlich in die Bremsen steigen, damit er ihm hinten reinrast. Dann würde er auf die Fahrertür zumarschieren und …

Nein. Das ist zu gefährlich. Sollte Henry der Fahrer sein, sitzt Maggie neben ihm oder auf der Rückbank. Außerdem hat Ian schon eine Kugel abbekommen. Wenn er Henry töten und Maggie retten will, muss er deutlich intelligenter vorgehen. Intelligenter und vor allem vorsichtiger.

Ian seufzt, murmelt einen Fluch und rollt zur Lockerung die linke Schulter. Wahrscheinlich wird er noch drei, vier Stunden durchhalten, länger nicht. Spätestens dann muss er runter von der Straße. Er ist müde, er hat Schmerzen, er bekommt kaum noch Luft, und die Hitze macht ihm sehr zu schaffen. Immer, wenn er vom Schüttelfrost erwischt wird, bildet sich unter der Schicht von kaltem Schweiß auf seinen Armen eine Gänsehaut.

»Scheiße«, sagt er und meint damit alles und nichts.

Dann schaltet er das Radio ein, um seine Gedanken zu zerstreuen.

Auf der Strecke von Fort Stockton nach Sierra Blanca wird das Land immer karger, und es gibt kaum noch Verkehr. Verstreute Felsformationen zeichnen sich am Horizont ab, davor erstreckt sich eine spärlich bewachsene Steppe, flach wie ein Blatt Papier.

Während Ian das Panorama betrachtet, die eine Hand am Lenkrad, mit der anderen die Barbecue-Chips und die zweite Hälfte des trockenen Sandwichs in sich hineinstopfend, muss er wieder daran denken, wie ungeheuer alt dieses Land ist. Als er mit der Highschool fertig war, schickte ihn seine Mutter, die Dads Selbstmord immer noch nicht verkraftet hatte, auf eine lange Tour durch Europa. Er war in London, in Paris (wo er seine erste Frau kennenlernte) und in Rom. Inmitten dieser Ansammlung von Geschichte kam er sich seltsam vor, weil er aus einem derart jungen Land stammte. Er fühlte sich wie ein Waisenkind, das keine eigene Geschichte vorzuweisen hatte. Der Fluch des gesichtslosen Amerikaners: ewig dazu verdammt, ein Kind des Nirgendwo zu sein. In Amerika fängt man bei null an, man arbeitet sich aus eigener Kraft hoch, selbst die Stiefelschlaufen, an denen man sich aus dem Sumpf zieht, muss man sich selber schustern. Andernfalls geht man unter. Glaub ja nicht, du könntest auf den Werken derer aufbauen, die vor dir da waren, denn in diesem Land gibt es kein Davor. Was für ein Unsinn. William Burroughs hatte recht: Amerika ist kein junges Land. Amerika ist ein altes, schmutziges, böses Land. Millionen Jahre hat es gewartet, still und unauffällig, bevölkert nur von Tieren, die bloß eine Sprache kannten: fressen und gefressen werden. Es hat gewartet, eine uralte, verkrustete Masse. Bis irgendwann, vor zwanzig-, dreißigtausend Jahren, die ersten Menschen eintrafen. Und trotzdem blieb das Böse, gefangen in der fruchtbaren Erde. Doch als die Europäer an der Ostküste anlegten und ihre Flaggen in den Boden rammten, befreiten sie das Böse. Es verbreitete sich über das ganze Land, es verseuchte das Wasser und die Pflanzen, die mit ihren Wurzeln davon tranken, es verseuchte Gemüse und Getreide. So gelangte das Böse in die Nahrung und schließlich in die Menschen.

Ian wirft sich den letzten Bissen Sandwich in den Mund und spült ihn mit einem Schluck Wasser herunter.

Kurz vor Sierra Blanca beschließt er, einen Zwischenstopp einzulegen und sich eine Cola zu kaufen – vor allem um zu überprüfen, ob ihm der graue Dodge Ram weiter folgt. In Sierra Blanca ist deutlich weniger los als in der Stadt davor; sollte das da hinter ihm tatsächlich Henry Dean sein, kann er der Sache vielleicht hier ein Ende bereiten. Als er vom Interstate auf die El Paso Street abfährt, wirft er einen Blick in den Rückspiegel. Weit hinten erkennt er den Dodge Ram, ein Glitzern am Horizont. Also sollte auch sein Wagen gerade so zu sehen sein.

Er fährt an einem brachliegenden Grundstück vorbei, dann an einer Feuerwache mit einem roten Löschfahrzeug in der Garage und einem Schild vor der Garagentür: Einfahrt frei halten. Neben einem leeren Parkplatz muss er an einem Stoppschild halten. Keine Autos weit und breit, nur in der Ferne bräunliche Hügel, die knapp über dem Boden zu schweben scheinen. Er nimmt den Fuß von der Bremse. Auf der rechten Straßenseite steht ein Gebäude im Kolonialstil, gegenüber, links von ihm, ein verwitterter Schuppen, wo EIS und COCA-COLA angeboten werden. Schweiß tropft ihm von den Schläfen. Ein Eis könnte er jetzt gebrauchen.

Noch ein Blick in den Rückspiegel. Die Straße hinter ihm ist leer.

Wäre ihm der Pick-up in die Stadt gefolgt, hätte er inzwischen eigentlich auftauchen müssen. Also war es vielleicht doch nur ein Zufall. Außerdem besitzt Dean gar keinen grauen Dodge Ram. Gut, selbst der letzte Idiot wäre mittlerweile auf die Idee gekommen, den Wagen zu wechseln, und auch wenn Henry vielleicht nicht sehr gebildet ist – im Sinne von »belesen« –, hält Ian ihn keineswegs für einen Idioten. Im Gegenteil, er besitzt eine messerscharfe Intelligenz. Und die setzt er ohne Skrupel für seine Zwecke ein.

Neben dem kleinen Supermarkt liegt ein Lokal namens Best Café, ein Häuschen mit Holzschindeln auf dem Dach und Tischen mit rot-weiß karierten Decken auf der betonierten Veranda. Dann kommen ein Motel und eine unbebaute Fläche mit einem alten Waggon der Southern Pacific in der Mitte, anschließend die historische Sierra Lodge und ein in Türkis gehaltener Souvenirladen mit einem Dr-Pepper-Automaten vor der Tür und einer schlaffen amerikanischen Flagge im Vorgarten. In der brutalen Hitze regt sich nichts. Ian wirft einen letzten Blick in den Rückspiegel.

Nichts.

Vor dem Branding Iron Steakhouse hält er an und steigt aus. Die weiße Sonne knallt auf den staubigen Parkplatz.

Er kneift die Augen zusammen und blickt die Straße hinunter.

Nichts.

»Scheiße.«

Plötzlich hat er keine Lust mehr auf Cola.

Ian schaltet gerade in den dritten Gang, als er den grauen Dodge Ram am Rand des Interstate stehen sieht, und dahinter einen Wagen des Hudspeth County Sheriff's Department. An der Fahrertür des Pick-ups hat sich ein Hilfssheriff aufgebaut.

Im Vorbeifahren versucht er, einen Blick auf den Mann hinter dem Steuer zu werfen, doch der Hilfssheriff nimmt ihm die Sicht. Schnell schaut er über die Schulter, um ihn vielleicht durch die Windschutzscheibe zu erkennen. Keine Chance. Es ist später Nachmittag, die Sonne ist bereits gen Westen gewandert, und ihre flachen Strahlen werden vom Glas der Scheibe reflektiert.

Als er in den vierten Gang schaltet, dreht er sich noch einmal um. Aber er ist sich einfach nicht sicher. Es könnte Henry Dean sein. Oder jeder andere. Zum Beispiel Jesus Christus, und die Jünger haben sich alle zusammen auf die Rückbank gezwängt.

»Da ist doch Wein in Ihrem Krug, Sir!«

»Ich schwöre, Officer, als ich das letzte Mal nachgeschaut habe, war es noch Wasser.«

Er fährt weiter. In der Gegenrichtung biegen zahlreiche Autos ab, auf eine Spur, die zum nächsten Grenzübergang nach Mexiko führt.

Wieder fragt er sich, ob Henry in dem grauen Dodge Ram sitzt, Henry und seine Tochter. Oder ob Henry und seine Tochter sonst wo sind.

Dabei weiß er gar nicht, was ihm lieber wäre.

MAGGIE SCHAUT AUS DEM RÜCKFENSTER des Führerhäuschens. Unter der Ladefläche des Pick-ups hervor spult sich die Straße ab wie ein graues Band. Hinter ihnen taucht ein Polizeiauto auf und blitzt einmal mit dem Blaulicht.

»Verdammt«, sagt Henry.

Er bremst und schaltet runter, und das Polizeiauto kommt näher. Hinter dem Steuer sitzt ein großer Mann mit einem rundlichen rosafarbenen Gesicht und einem großen Schnurrbart.

Maggie lächelt und winkt. Er winkt zurück, lächelt aber nicht. Seine Hand wirkt riesig.

»Die Polizei!«, ruft Maggie.

»Maul halten.« Henry setzt den Blinker, lenkt den Wagen auf den Seitenstreifen und hält an. »Dreh dich nach vorne.« Er packt sie an der Schulter. »Und schnall dich an.«

»Er hat mich doch schon gesehen.«

»Jetzt schnall dich verdammt noch mal an!«

Maggie setzt sich ordentlich hin, zieht den Gurt über den Bauch und steckt die Schnalle in die Halterung. Gleichzeitig guckt sie in den Rückspiegel. Sie will wissen, was der Polizist macht, doch aus ihrem Blickwinkel ist er nicht zu sehen. Also lauscht sie auf den Verkehr. Ein Auto rauscht vorüber, dann noch eins, bevor sie Schritte auf dem Asphalt hört. Sie beugt sich vor und linst an Henry vorbei. Vor dem Fenster taucht der Polizist auf, ein breit gebauter Mann mit schwarzen Haaren. Komisch, aus der Nähe wirkt sein Schnurrbart wie angeklebt. Sie erinnert sich an ein Halloween vor vielen Jahren. Einer ihrer Freunde, der als Pirat ging, hatte sich genau so einen Schnurrbart angeklebt.

»Tag«, sagt der Polizist.

»Tag, Sir«, erwidert Henry. »Verdammt heiß, was?«

»Ist Ihnen klar, warum ich Sie angehalten habe?«

»Leider nein.«

Maggie will dem Polizisten ein Zeichen geben, das entscheidende Wort mit den Lippen formen. Aber dazu müsste er sie erst einmal anschauen, und er interessiert sich nur für Henry.

»Weil Sie zweiundneunzig Meilen pro Stunde draufhatten.«

»Im Ernst?« Henry lacht. »Mein Gott, das tut mir jetzt aber …«

»Sie sollten den Namen des Herrn nicht missbrauchen, Sir.«

»Natürlich, tut mir leid. Sie haben ja recht. Manchmal ist mein Mund so schnell, da kommt mein Kopf gar nicht hinterher.« Dazu bewegt er die rechte Hand wie eine plappernde Handpuppe.

»Ich bräuchte dann mal den Führerschein und die Fahrzeugpapiere.«

Schau mich an, schau mich an, schau mich an. Maggie sagt es stumm vor sich hin und starrt dabei konzentriert auf das verschwitzte rosafarbene Gesicht des Polizisten.

Und wie durch ein Wunder schaut er sie tatsächlich an. Er sieht ihr direkt in die Augen, er hat grüne Augen, genau wie Daddy, genau wie sie, er sieht ihr in die Augen und nickt ihr zu. Nur ganz leicht, aber doch erkennbar.

Jetzt oder nie: Hilfe.

Der Polizist blinzelt. Offenbar hat er nicht verstanden.

»Also wo wir herkommen, tut's auch eine Entschuldigung«, meint Henry.

»Führerschein und Fahrzeugpapiere, bitte.« Wieder schaut er sie an.

Hilfe. Bitte.

Noch ein Blinzeln. Plötzlich erstarrt der Polizist, als hätte ihm irgendwer mit einem spitzen Stock in den Rücken gepiekst. Seine Augen blitzen auf, er leckt sich über die Lippen. Während er einen Schritt zurückweicht, sinkt seine rechte Hand an seine Dienstwaffe. Sein Kehlkopf hüpft auf und ab.

»Steigen Sie aus, Sir.«

»Moment, Moment.« Henry bückt sich und greift unter den Sitz. »Ich hab's doch gleich. Das Zeug muss irgendwo hier unten …«

Der Polizist zieht die Pistole und zielt auf Henry. »Ich will Ihre Hände sehen.« Ein scharfes Einatmen. »Das heißt, nein, keine Bewegung. Keine Bewegung!«

»Ist ja gut.«

Wieder leckt sich der Polizist über die Lippen. Er wirkt unsicher und verwirrt. Erst weicht er einen Schritt zurück, dann tritt er wieder vor. Und leckt sich noch einmal über die Lippen.

Während Henry vorgebeugt dasitzt, die rechte Hand unter dem Sitz. Langsam richtet er sich auf und zieht vorsichtig den Arm zurück. Da unten hat er ein Gewehr versteckt, Maggie ist sich ziemlich sicher.

»Keine Bewegung, habe ich gesagt! Und das meine ich auch so!«

»Ich bewege mich doch gar nicht, Sir. Schauen Sie mich doch an. Ich bin eine verdammte Statue.«

»Halten Sie den Mund!«

»Sie machen einen Fehler, Officer.«

»Mund halten, habe ich gesagt!«

Vorsichtig streckt der Polizist die Hand aus und öffnet die Fahrertür. Wieder leckt er sich über die Lippen. Als Maggie sieht, wie sehr er sich fürchtet, tut er ihr fast leid. Was, wenn er Henry nicht aufhalten kann? Wenn Henry auch ihn umbringt? Sollte sie ihn warnen, sollte sie ihm sagen, dass Henry eine Waffe hat? Oder würde er dann nur in Panik verfallen? Oder würde Henry in Panik verfallen? Vielleicht wird Henry gar nichts in der Hand haben, wenn er den Arm unter dem Sitz hervorzieht. Aber gestern hat sie auch immer gedacht: vielleicht, vielleicht. Und am Schluss waren zwei Menschen tot.

»In Ordnung«, sagt der Polizist. »Ziehen Sie Ihre Hand unter dem Sitz hervor. Aber langsam, schön langsam.«

»Okay.«

»Und ich hoffe für Sie, dass sie leer ist.«

»Okay.« Henry zieht die Hand unter dem Sitz hervor. Schön langsam.

Feuchtigkeit glänzt auf dem Gesicht des Polizisten. Die Pistole mit beiden Händen auf Henry gerichtet, zieht er die rechte Schulter hoch, um sich den Schweiß von der Schläfe zu wischen. Es sieht aus, als würde er die Achsel zucken.

Maggie will ihn noch warnen, aber es ist schon zu spät.

Henry hat das Gewehr in der Hand.

HENRYS SCHWEISSNASSE HAND legt sich auf den Holzgriff der Lupara. Das Ding fühlt sich schmierig an, irgendwie fremd, und sein Gesicht ist glühend heiß. Er wirft einen Blick nach links auf den Hilfssheriff, der ihn mit seiner Dienstwaffe bedroht. Der Typ ist höchstens fünfunddreißig, und offensichtlich macht er sich gerade in die Hose. Nicht gut, denkt Henry, gar nicht gut. Ängstliche Menschen sind gefährlich.

Seine Augäpfel kochen in den Höhlen, ein beißendes Jucken. Schweiß rinnt ihm über den Nasenrücken und tropft in den Fußraum. Der Puls pocht in seinen Schläfen, hämmert rhythmisch auf ihn ein. Saurer Magensaft steigt ihm in die Kehle, er würgt ihn hinunter. Wenn er doch nur eine Magentablette einwerfen könnte.

Hat der Bulle ihn erkannt? Eben war er noch ganz ruhig, jetzt hält er ihm eine Pistole vors Gesicht. Was ist passiert? Hat er ihn erkannt? Oder hat Sarah ihm ein Zeichen gegeben? Oder womöglich Beatrice?

Er wünschte, er könnte ausschließen, dass Beatrice ihn verraten hat. Aber das kann er nicht, denn seit gestern ist sie nicht mehr die Alte. Vielleicht hat er ihr Angst gemacht, und wenn sie Angst hat, wäre sie wohl imstande, ihm in den Rücken zu fallen. Er hasst die Vorstellung, dass es so sein könnte, aber ja, er hält es für möglich.

Schluss jetzt. Konzentrier dich.

Es ist still. Er hört nichts als seinen eigenen Herzschlag. Langsam zieht er die Schrotflinte unter dem Sitz hervor. Er muss den richtigen Moment abpassen. Den richtigen …

Der Hilfssheriff wischt sich mit der Schulter über die verschwitzte Schläfe.

Jetzt.

Henry reißt die Lupara unter dem Sitz hervor. Fast wäre sie irgendwo hängen geblieben; er hört noch, wie sie gegen eine Metallleiste schlägt. Aber sie bleibt nicht hängen. Er schwingt die Schrotflinte herum, dreht sie knapp über dem Boden in der Faust, bis sein Daumen den Abzug findet. Und drückt ab.

Der erste Schuss erwischt den Hilfssheriff an der Hüfte. Sarah schreit, als es den Kerl zur Seite schleudert. Beißender Rauch breitet sich im Führerhäuschen aus. Bevor er den zweiten Lauf abfeuert, hebt Henry die Waffe ein wenig an. Volltreffer. Die linke Brusthälfte des Hilfssheriffs verschwindet, wird einfach weggewischt, wie man die Haut von einem verfaulten Pfirsich wischt. Rotes Fleisch glänzt im Sonnenlicht. Der Mann stolpert zurück, kippt um, knallt auf den Asphalt.

Bremsen quietschen.

Henry schaut nach links. Ein roter Chevy rast auf ihn zu. Die Reifen blockieren, der Wagen bricht seitlich aus und kommt schlitternd zum Stehen, am Ende einer qualmenden Bremsspur und nur wenige Zentimeter neben dem leblosen Hilfssheriff, der gerade seine letzten zwei, drei Atemzüge macht. Seine Lippen sind bereits schneeweiß.

Sofort klappt Henry die Schrotflinte auf, zieht die leeren Patronen raus und lässt sie auf den Boden fallen. (Du brauchst jetzt nicht mehr vorsichtig zu sein. Jetzt ist alles egal.) Er fummelt frische Patronen aus der Hosentasche, schiebt sie in den Lauf und zielt auf die blonde Frau hinter dem Steuer. »Steig aus, du Scheißfotze! Sonst erschieß ich dich.«

Schnell blickt er die Straße hinauf und hinunter. Der Interstate ist wundersamerweise leer. Aber lange wird er das nicht bleiben.

Die Frau hinter dem Steuer ist wie versteinert. Sie starrt ihn bloß an mit ihren großen Kuhaugen.

»Aussteigen, verdammt noch mal! Oder willst du sterben?«

Sie rührt sich immer noch nicht.

Also geht Henry rüber und reißt die Tür auf, zerrt sie aus dem Wagen und wirft sie auf die Straße. Doch als er die Waffe auf ihren Kopf richtet, hört er Beatrice' Stimme.

»Sarah! Sarah, komm zurück!«

Er dreht sich um. Der Pick-up ist leer.

Henry sieht, wie Sarah über die flache, trockene Landschaft von West Texas rennt. Anscheinend will sie nach Sierra Blanca, einem Haufen niedriger, verwitterter Häuser in einiger Entfernung.

Beatrice hinkt hinterher, ein bemitleidenswerter Anblick. »Nein, Sarah!«, ruft sie. »Komm zurück!«

Henry nimmt die Verfolgung auf. »Scheiße, Sarah, bleib stehen!«

Da stolpert Beatrice. Sie schreit wie ein verletztes Tier.

Doch Henry rennt weiter, obwohl er sich alles andere als gut fühlt. Zu schwerfällig, zu ungeschickt. Die Lupara rutscht ihm aus den feuchten Fingern, er spürt es noch, und schon ist sie auf den Boden gefallen. Er bleibt stehen, aber die Schrotflinte ist im hohen Gras verschwunden. Das Scheißteil ist weg, und ...

»Henry! Henry, sie läuft weg!«

Er schaut sich um. Beatrice sitzt immer noch auf ihrem Hintern, sie hat sich keinen Zentimeter bewegt. Wenn er Sarah gehen lässt, wird sie ihm niemals verzeihen. Er sieht es in ihren Augen.

Mit einem knappen Nicken rennt er weiter. Die Lupara kann er auf dem Rückweg einsammeln. Er verfolgt das Mädchen, das verzweifelt durchs Gestrüpp stolpert, auf die paar weißen und bräunlichen Häuser von Sierra Blanca zu, die wahllos über die Steppe verteilt daliegen, wie längst vergessene Bauklötze.

ZWEIEINHALB STUNDEN HINTER SIERRA BLANCA gehen Ian endgültig die Kräfte aus. Er hat ganz West Texas durchquert, eine Landschaft wie ein fremder Planet, ist an Sparks, Southview und anderen Vororten von El Paso vorbeigefahren, bevor er sich durch die Stadt selbst gewühlt hat, Mexiko immer zu seiner Linken, seit dem Schlenker, den der Interstate im Stadtgebiet Richtung Grenze macht. Vorbei an der Holy Family Church auf amerikanischer Seite und Doniphan Park drüben in Juarez und weiter, wieder raus aus der Stadt. Nur einmal ist er in Versuchung gekommen, einen Zwischenstopp einzulegen, als ein Laden namens Rudy's Country Store & BarBQ am Straßenrand auftauchte – und damit die verlockende Vorstellung, eine warme Mahlzeit zu genießen und in ein weiches Bett in einem klimatisierten Hotelzimmer zu sinken. Kurz hat er den Fuß vom Gas genommen, doch er hatte genug von Texas, von diesem Staat, der überhaupt kein Ende nahm. Nach vierzehn Stunden hinter dem Steuer wollte er nur noch die Grenze nach New Mexico überqueren, und bei Las Cruces, an einem verlassenen Grenzübergang, hat er es endlich geschafft. Er blickt den Flugzeugen hinterher, die über den Interstate hinwegrauschen, um irgendwo rechts von ihm am Las Cruces International Airport zu landen, sofern sie nicht dort gestartet sind (nicht dass er den Flughafen gesehen hätte; ihm ist bloß ein Schild aufgefallen, auf dem ein Pfeil nach Norden zeigte). Jetzt, als er Texas hinter sich hat, kann er einfach nicht mehr. Immerhin ist er bis New Mexico gekommen. Den grauen Dodge Ram hat er seit Sierra Blanca nicht mehr gesehen. Mittlerweile ist er überzeugt, dass er sich geirrt hat. Henry ist nicht hinter ihm. Er ist irgendwo vor ihm. Morgen wird er Kaiser, Kalifornien, erreichen, und dort wird Ian ihn umbringen. Er wird ihn umbringen und Maggie retten. Das ist der Plan.

Aber der Plan muss warten. Bis morgen.

Die Sonne versinkt am Horizont und überlässt der Nacht das Feld. Schon färbt sich der Himmel grau, rötliches Abendlicht verteilt sich in der Luft wie aufgewirbelter Schlamm im klaren Wasser eines Sees. Bald wird die Dunkelheit von allem Besitz ergreifen.

Und Ian ist fertig. Einfach nur fertig.

Er nimmt die nächste Abfahrt und rollt eine namenlose Landstraße hinunter, die für eine halbe Meile parallel zum Interstate verläuft, bevor sie in dem Ascheparkplatz einer Raststätte mündet, die dem weißen, handgepinselten Schriftzug auf der modrigen Holzfassade des Gebäudes zufolge nur den Namen MOTEL/BEWIRTUNG trägt. Vermutlich findet hinter der Fassade die Bewirtung statt, während das versprochene Motel aus einem Dutzend Wohnwagen zu bestehen scheint, die kreuz und quer hinter dem Imbiss geparkt sind.

Eine große Staubwolke steigt auf, als Ian auf den Parkplatz steuert und hält. Er stellt den Motor aus und wartet, bis sich der Staub gelegt hat. Seine Lunge hat schon genug mitgemacht, er sollte ihr nicht auch noch eine Ladung Dreck zumuten. Als er wieder klare Sicht hat, stößt er die Tür auf und tritt ins Freie. Es ist immer noch verdammt heiß. Er nimmt die durchweichte Zigarre aus dem Mund und spuckt vor sich auf den Boden, steckt dann die Zigarre in die Hemdtasche und schaut hinüber zum Interstate.

Nichts als leerer Asphalt.

Nachdem er sich die Tasche mit der Thoraxdrainage umgehängt hat, nimmt er die Sonnenbrille ab und klemmt sie in den Hemdausschnitt. Auf einmal ist es so hell, dass er die Augen zusammenkneifen muss. Er geht an ein paar Tischen mit Salz- und Pfefferstreuern vorbei zum Eingang des Motel/Bewirtung.

Im Inneren erwartet ihn eine Metalltheke oder besser eine Durchreiche, denn auf der anderen Seite sieht Ian die Küche. Hinter der Theke steht ein Typ um die sechzig, wahrscheinlich der Koch. Er lehnt auf den Ellenbogen und blättert in einem Tittenheft. Aus jeder seiner Körperöffnungen scheint büschelweise graues Haar zu sprießen. Eine schlaffe Zigarette klebt an seiner Unterlippe, eine Rauchwolke wabert um seinen Kopf.

Als Ian eintritt, rattert die Glocke über der Tür; klingeln kann man es nicht nennen. Der Typ richtet sich auf und rückt die ranzige, kastenförmige Mütze auf seiner Halbglatze zurecht. Eine kleine Aschestange fällt von der Kippe auf das ausgeklappte Centerfold des Magazins und rollt in den Knick. Der Koch nimmt die Zigarette aus dem Mund und pustet die Asche sorgfältig auf den Boden, bevor er das Heft zuklappt und unter der Theke verstaut.

»'n Abend. Noch was zu essen oder lieber gleich ins Bett?«

»Erst mal was zu trinken.«

»Monica ist auf dem Scheißhaus, und Betsy ist kurz vor die Tür gegangen. Kann also ein bisschen dauern. Wirklich keinen Hunger?«

Ian hustet und wischt sich die Hand an der Hose ab. »Vielleicht einen Burger.«

»Cheeseburger?«

»Klingt gut.«

»Was für Käse? Amerikanischen, Schweizer oder Cheddar?«

»Schweizer.«

»Pommes dazu?«

»Gern.«

»Spiegelei drauf?«

»Auf die Pommes?«

»Auf den Burger.«

Ian schüttelt den Kopf.

»Sicher?«

»Ja. Kein Ei.«

»In Ordnung. Dauert nicht lang.«

Der Koch dreht sich nach links, pult von einem Stapel flacher Frikadellen eine herunter und wirft sie auf den heißen Grill. Das wäre erledigt. Danach zieht er ein Brötchen unter der Theke hervor und schmiert Mayonnaise drauf, dann kippt er ein paar Pommes in die Fritteuse und summt dabei vor sich hin, eine ganz eigene Version von »Under My Thumb«.

Irgendwo geht eine Toilettenspülung. Kurz darauf öffnet sich die Tür, und eine Frau tritt ein. »Das Klopapier ist schon wieder fast alle, Onkel Hal. Eine Rolle am Tag! Irgendwer muss hier mal seine Essgewohnheiten umstellen.« Als sie Ian entdeckt, wird sie rot. Auf einmal ist sie richtig hübsch. »Tut mir leid«, meint sie. »Ich hab dich nicht …«

»Schon gut. Monica oder Betsy?«

»Monica. Betsy ist grad bei einem … Sie schaut nach einem Zimmer.«

Ian nickt.

Monica ist etwa Mitte dreißig: ein blasses Gesicht voller Sommersprossen, eingerahmt von rötlich-braunem Haar, ein Körper wie ein Zweig, nicht mal die Andeutung einer Hüfte. Sie trägt Jeansrock und T-Shirt.

Ian weiß auch nicht, warum, aber er findet sie verdammt sexy. Er hat sich schon immer zu Frauen hingezogen gefühlt, die eher auf den zweiten Blick schön sind.

»Aha, Onkel Hal hat sich schon an die Arbeit gemacht.«

»Ja. Cheeseburger mit Pommes.«

»Mit oder ohne Ei?«

»Ohne.«

»Etwas zu trinken?«

»Was gibt's denn?«

Sie deutet mit dem Daumen über die Schulter, auf einen kleinen Kühlschrank mit Glastür, der an der Wand vor sich hin brummt.

»Dann nehm ich mal zwei Dosen Bud und 'ne Flasche Wasser.«

»Alles auf einmal?«

Ian nickt. »Hab ziemlichen Durst.«

»Bleibst du über Nacht?«

»Wenn noch was frei ist.«

Sie lässt ein kurzes, trockenes Lachen hören. »Schätze, wir können dich noch irgendwo reinquetschen. Nur du?«

»Jepp.«

»Das macht dann zweiundsiebzig fünfundvierzig. Und ich bräuchte noch eine Kreditkarte. Wegen dem Pay-TV.«

»Ich hab nicht vor fernzusehen.«

Sie lächelt. »Nicht falsch verstehen, aber wenn wir jedem trauen würden, der hier zur Tür reinkommt, wären wir schon längst pleite. Stimmt's oder hab ich recht, Onkel Hal?«

»Hast recht, Mokka.«

»Schon klar. Dein Spitzname ist Mokka?«

»Komm jetzt bloß nicht auf dumme Gedanken.«

»Es hat also nichts zu bedeuten?«

»Nein. Ist nur so ein Onkel Hal-ismus.«

Ian zahlt mit Kreditkarte und wirft eine Fünfdollarnote in eine Plastikdose, die offenbar für Trinkgeld vorgesehen ist. (Dem Etikett nach waren früher rote Lakritzstangen drin, aber jetzt liegen ein paar kleine Scheine auf dem Boden.)

Im Gegenzug bekommt er einen Schlüssel. »Zimmer vier, der erste Wagen links, die linke Tür.« Er nickt, während Monica schon zum Kühlschrank geht. Als sie sich wieder umdreht, hat sie zwei Budweiser und eine Wasserflasche in der Hand. Sie stellt alles auf die Theke, neben eine Dose mit geräuchertem Straußenfleisch, und deutet auf die paar verstreuten Tische. »Du hast die freie Wahl. Den Burger bring ich dir gleich.«

»Danke.« Ian nimmt seine Getränke und geht zu einem Tisch am Fenster. Fliegen krabbeln über die Scheibe. Er setzt sich und starrt hinaus in die Wüste. Ein Lebensmittellaster rattert vorbei und lässt eine entleerte Landschaft zurück. Fünf Minuten später donnert eine 747 über das Gebäude hinweg und lässt das Glas im Rahmen klirren. Dann wird es wieder still. Ians Lider brennen. Er schließt die Augen.

»Lust auf Fernsehen?«

Ian will gerade Nein danke sagen, wahrscheinlich kommt grad eh nur Schwachsinn, doch Monica wartet seine Antwort gar nicht erst ab. Stattdessen schnappt sie sich die Fernbedienung von der Theke, zielt auf den Fernseher und drückt auf einen Knopf. Das Gerät erwacht zum Leben, eine Sitcom flackert über den Bildschirm, ein perfekt designtes Set, untermalt vom üblichen Konservenlachen. Ian öffnet das erste Budweiser und nimmt einen Schluck. Das Bier tut gut, es kühlt seine trockene Kehle. Er ist sich nicht sicher, ob er ausgerechnet jetzt trinken sollte, schließlich verdünnt Alkohol das Blut. Scheiß drauf. Ist ja nur Bier, und nach zwei Dosen ist sowieso Schluss.

Er nickt sich zu. »Scheiß drauf.« Und nimmt noch einen Schluck.

»Wie bitte?«

Ian schüttelt den Kopf – nichts, nichts, alles in Ordnung – und schaut wieder aus dem schmutzigen Fenster. Schmerz pulsiert durch die rechte Hälfte seines Körpers.

Was, wenn es doch Henry Dean war, den der Hilfssheriff rausgewinkt hat? Wenn er ihn kurz hinter Sierra Blanca gestellt hat und Henry jetzt irgendwo im Hudspeth County im Knast sitzt, während Debbie schon auf dem Weg ist, um Maggie abzuholen? Vielleicht wartet eine Nachricht zu Hause auf seinem Anrufbeantworter: »Scheiße, Ian, wo steckst du? Ich hab dich mindestens zwanzigmal auf dem Handy angerufen, aber du gehst ja nicht ran. Egal, du wirst nicht glauben, was für ein Glück wir hatten. Henry Dean ist …«

Nein. So wird es nicht laufen. Niemals.

Bei dem Gedanken, dass es doch so laufen könnte, gelaufen sein könnte, zieht sich ihm der Magen zusammen. Warum? Er weiß es nicht.

Doch, er weiß es: Weil er sich um jeden Preis ins Verderben stürzen will. Und weil Maggies Entführung eine gute Entschuldigung ist, genau das zu tun. Belüg dich nicht selbst, Ian.

Er schiebt den Gedanken beiseite. Er weigert sich, das zu akzeptieren. Er ist nicht so.

Und selbst wenn er so wäre, würde er …

»Du bist grad ganz weit weg, oder?«

Ian fährt zusammen, und ein überraschtes Grunzen dringt aus seiner Kehle. Es dauert einen Moment, bis er sich wieder gefasst hat, dann lacht er über sich selbst. »Sieht ganz so aus«, sagt er zu Monica, die von der Theke herübergekommen ist.

»Tut mir leid, ich wollte dich nicht erschrecken«, meint sie und stellt einen weißen Teller mit Cheeseburger und Pommes auf den Tisch.

»Kein Problem.«

»Was dagegen, wenn ich mich kurz zu dir setze? Betsy ist wieder da, ich kann mir also mal 'ne Pause gönnen.« Dabei deutet sie auf die Theke. Ian hat die Türglocke gar nicht rattern gehört, aber sie hat recht – Betsy steht vor der Durchreiche, nippt an einer Dose Cactus Cooler und starrt auf den Fernseher in der Ecke. Sie ist etwas jünger als Monica, etwas hübscher und kurviger und ganz offensichtlich ihre Schwester.

Mit dem Fuß schiebt Ian den zweiten Stuhl zurück. »Nur zu.«

»Danke.«

Als sie sich setzt, lächelt er ihr flüchtig zu und schaut dann wieder aus dem Fenster. Unendliche Wüste, hier und da ein Kreosotbusch, in der Ferne Hügel.

»Da draußen gibt's nicht viel zu sehen«, meint Monica.

»Nein?«

Sie schüttelt den Kopf. »Außer du stehst auf Wüste. Und Autos, die hin und her fahren, irgendwohin, wo du nie sein wirst. Ab und zu hält einer an, und manchmal erzählen sie dir sogar ein bisschen was von den Orten, die sie gesehen haben. Aber das sind nur Geschichten, und bald sind sie auch wieder weg.«

»Und warum bist du nie weggegangen?«

Ein Schulterzucken. »Weil das gar nicht so leicht ist. Aber glaub mir, ich hab schon tausendmal die Koffer gepackt.«

»Aber gegangen bist du nie.«

Für eine Weile wird es still. Dann sagt sie: »Können wir das Thema wechseln?«

»Klar.« Ian trinkt einen Schluck Bier.

»Und was ist mit dir?«

»Was soll mit mir sein?«

»Wohin geht die Reise?«

»Nach Kalifornien.«

»Los Angeles? Hollywood?«

Ian schüttelt den Kopf. »Nein, ausnahmsweise nicht.«

»Du warst also schon mal da?«

Er nickt.

»Und kennst du irgendwelche Stars? Ist es toll da?«

»Nein. L. A. ist ein riesiger Vorort mit ein bisschen Stadt in der Mitte.«

»Quatsch. Es ist bestimmt toll.«

Ian zuckt die Schultern.

»In der Schule«, sagt sie, »hab ich mal in einem Theaterstück mitgespielt, in *Macbeth.* Oder war es doch was anderes? Jedenfalls das mit den Hexen.«

»In *Macbeth* kommen Hexen vor. Die Nornen.«

»Genau! Eine von denen hab ich gespielt.«

»Weißt du deinen Text noch?«

»Ach, Gott …« Für einen Moment blickt sie in weite Ferne, bis sie plötzlich strahlt. »›Wenn der Wirrwarr ist zerronnen, Schlacht verloren und gewonnen.‹ Mehr weiß ich nicht. Aber ich wollte unbedingt nach Hollywood und berühmt werden.«

»Es ist nie zu spät.«

»Glaubst du das wirklich?«

Er zögert. »Nein. Nicht wirklich.«

»Dacht ich's mir doch. Und was willst du in Kalifornien?«

»Jetzt würde ich gern das Thema wechseln.«

»Sorry. Ich sollte nicht so neugierig sein.«

»Schon gut.« Er schiebt sich ein paar Pommes in den Mund. Schmecken erstaunlich gut, warm und salzig und einen Tick zu lang frittiert. Genau, wie er es mag.

»Schon ziemlich einsam, was?«, sagt Monica.

Er sieht sie an – sie starrt auf die Wüstenlandschaft vor dem Fenster.

»Schon.«

»Fühlst du dich manchmal einsam?«

»Das fühlt sich doch jeder mal.«

»Bist du verheiratet?«

Er stopft sich noch ein paar Pommes in den Mund, bevor er die linke Hand hebt: kein Ring. »Aber ich war es mal. Dreimal, um genau zu sein. Hat aber nie gehalten.«

»Du warst *dreimal* verheiratet?«

»Ja. Und jedes Mal hab ich voller Überzeugung Ja gesagt.«

»Wow. Und vermisst du es jetzt?«

»Was?«

»Die Ehe.«

»Ja, manchmal. Meistens nachts.«

»Auch heute Nacht?«

»Weiß nicht. Warum?«

»Weil wir so tun könnten.«

»Wie bitte?«

Sie legt ihm eine Hand aufs Knie. »Wir könnten so tun. Als …« Sie befeuchtet sich die Lippen. »Als wären wir Mann und Frau.«

Endlich geht ihm ein Licht auf. Er lächelt sie an und legt seine Hand auf ihre – doch nach einem Moment schiebt er sie behutsam weg. »Tut mir leid, aber ich glaube, das ist keine gute Idee.«

»Kostet auch nur siebzig Dollar. Wir berechnen dir einfach ein zweites Zimmer. Du kannst mit Karte zahlen.«

»Es hat nichts mit dir zu tun, Monica. Ich hab … gesundheitliche Probleme.«

»Was ist es denn? Herpes?«

Ihre Frage und ihr naiver, ernsthafter Gesichtsausdruck treffen ihn so unvorbereitet, dass er unwillkürlich lachen muss. Das Lachen verwandelt sich in ein Husten, das er glücklicherweise rechtzeitig unterdrücken kann. »Nein«, keucht er und räuspert sich, »kein Herpes. Es ... es ist einfach keine gute Idee.«

»Na gut. Was dagegen, wenn ich trotzdem noch ein bisschen sitzen bleibe?«

»Nein«, meint Ian. »Sogar ganz im Gegenteil.«

Als Ian die letzten Pommes in den Mund steckt, beginnt eine Nachrichtensendung mit dem Neuesten aus der Region. Nach ein paar mehr oder weniger belanglosen Meldungen berichtet die Sprecherin, eine brünette Dame in einer engen Bluse mit korrektem Haarknoten und großen braunen Augen: »Vor knapp drei Stunden wurde Hilfssheriff Pagana, ein Mitarbeiter des Hudspeth County Sheriff's Department, bei der Durchführung einer routinemäßigen Verkehrskontrolle erschossen. Der Vorfall ereignete sich am Interstate 10 nahe der Kleinstadt Sierra Blanca, Texas, und wurde von der Armaturenbrettkamera des Streifenwagens gefilmt. In der Hoffnung auf Hinweise aus der Bevölkerung wurden die Aufnahmen den Medien zur Verfügung gestellt. Wir möchten Sie davor warnen, dass die folgenden Bilder verstörend wirken können und möglicherweise nicht für Kinder geeignet sind.«

Eine verlegene Pause entsteht, ein paar Sekunden lang blinzelt die Sprecherin stumm in die Kamera, bevor ein körniger Film eingespielt wird, der offenbar durch eine schmutzige Windschutzscheibe hindurch aufgenommen wurde. Ein Farbfilm mit Ton, auch wenn der so blechern klingt, dass man ihn genauso gut abstellen könnte. Eigentlich sind nur Hintergrundgeräusche zu hören, ab und zu überlagert von lautem Rattern und unverständlichen Stimmen. In der Ecke laufen Datum und Zeitanzeige mit. Zuerst ist nur die Rückseite eines grauen Dodge Ram zu sehen. Hinter der Scheibe erkennt Ian Maggies Gesicht. Sie hat sich auf dem Sitz umgedreht und schaut zum Streifenwagen, fast meint man, sie würde in die Kamera blicken, sie würde Ian anblicken. Dann sieht man eine Hand, Henrys Hand, die sie packt und nach vorne reißt. Am linken Bildrand geht ein uniformierter Hilfssheriff entlang und bleibt vor der Fahrertür stehen. Links rauscht Ians roter Mustang vorüber. Worte werden gewechselt, bis der Hilfssheriff plötzlich, ohne ersichtlichen Grund, seine Dienstwaffe zieht und einen Schritt zurückweicht. Man kann sein verängstigtes Gesicht erkennen. Er brüllt irgendetwas, öffnet die Tür des Pick-ups, brüllt wieder etwas. Mit der Schulter wischt er sich Schweiß von der Schläfe. Und fast im selben Moment: ein Blitz aus dem Pick-up. Die Hüfte des Hilfssheriffs scheint zu explodieren, er stolpert zurück, einen Schritt, noch einen Schritt, bis er aus dem Bild verschwindet. Nur der rote Nebel hängt noch in der Luft. Dann noch ein Blitz aus dem Pick-up. Henry steigt aus, klappt eine kompakte Schrotflinte auf, fummelt zwei leere Patronen heraus und lässt sie auf den Asphalt fallen. Als er die Waffe wieder geladen hat, zielt er auf einen Punkt außerhalb des Blickfelds der Kamera. Sein Mund bewegt sich, anscheinend befiehlt er jemandem, aus dem Auto auszusteigen. Laute Flüche, die entscheidenden, für Kinder ungeeigneten Wörter durch einen Piepton ersetzt. Schließlich tritt er aus dem Bild, auf die Person zu, die er angeschrien hat. Kurz darauf lässt sich Maggie vom Fahrersitz rutschen. Da ist sie, der mutigste Mensch, den Ian kennt. Sie blickt sich panisch um, rennt vorne um den Pick-up herum, und weg ist sie. Der Pick-up wackelt, als würde jemand auf der anderen Seite aussteigen, auf der Seite, die nicht im Bild zu sehen ist. Eine durchdringende Frauenstimme fordert Maggie auf, stehen zu bleiben. Plötzlich rennt Henry durchs Bild, ebenfalls vorne um den Wagen herum.

Er verfolgt Maggie. Als er verschwunden ist, erscheint wieder die Nachrichtensprecherin.

»Die Polizei geht davon aus«, sagt sie mit ernstem Gesicht, »dass es sich bei dem Täter um einen gewissen Henry Dean handelt, der bereits in Verbindung mit mehreren Kindesentführungen und Morden im Tonkawa County, Texas, gesucht wird. Offenbar ist er mit seiner Frau Beatrice Dean und einem jungen Mädchen namens Magdalene Hunt unterwegs, das er allem Anschein nach vor über sieben Jahren aus ihrem Elternhaus gekidnappt hat. Sollten Sie über Informationen zum Verbleib von Mr Dean verfügen, wenden Sie sich bitte sofort an Detective Roderick vom Hudspeth County Sheriff's Department oder an Detective Sanchez in der Zweigstelle des Federal Bureau of Investigation in El Paso, Texas.«

Telefonnummern flimmern über den Schirm.

Ian tritt hinaus in die Dämmerung, geht zum Auto, schnappt sich die Reisetasche mit seinen Klamotten und die Pumpgun aus dem Polizeirevier. Er bleibt stehen und späht hinaus auf den grauen Asphalt des Interstate, auf die trostlose Wüstenlandschaft.

Der Schmerz in seiner rechten Körperhälfte ist fast unerträglich. Er fühlt sich verschwitzt und klebrig und dreckig und spürt Übelkeit in sich aufkommen.

Nach ein paar Augenblicken dreht er sich um und geht in den hinteren Bereich des Motel/Bewirtung. Der erste Wagen links, hat sie gesagt.

STELL DIR VOR: Du stehst auf einer Straße, über dir die weiße Sonne. Schweiß rinnt dir das Gesicht hinunter, dir ist viel zu heiß, deine Arme jucken, die Kleidung klebt an deiner Haut. Wie bist du hierhergekommen? Egal. Du bist hier. Und du blickst nach Nordosten, auf Sierra Blanca. Warum? Weil sich dort etwas tut …

Ein blondes Mädchen rennt durch das hohe, trockene Gras. Sie trägt ein Kleid. Ab und zu tauchen ihre fliegenden Füße über den Spitzen der Grashalme auf – sie ist barfuß, immer wieder spritzt Dreck von ihren Fersen hoch. Würden nur ihre nackten Füße im Gras im Bildausschnitt zu sehen sein, könnte man es für eine idyllische Szene halten: ein Mädchen, das auf ihre einzig wahre Liebe zuläuft. Alles hinge nur vom Soundtrack ab. Doch du siehst nicht bloß ihre Füße, nein, du siehst sie in der Totalen, und der Soundtrack besteht aus heiserem Atmen und dem Stolpern von Füßen auf staubiger Erde. Hinter dem Mädchen taucht ein fetter, alter Mann auf. Du kennst ihn nicht persönlich, aber du weißt seinen Namen: Henry Dean. Er verfolgt das Mädchen. Bei jedem ihrer Schritte schafft er zwei, und so schließt er immer weiter zu ihr auf, immer weiter, immer weiter, immer weiter. Die ersten Häuser sind zum Greifen nah, das Mädchen schreit um Hilfe. Es kommt keine Hilfe. Bis der Mann direkt hinter ihr ist und mit seinem schweren rechten Arm ausholt. Seine Faust schwingt nach vorne wie das Ende eines Baseballschlägers und trifft sie an der Schläfe. Sofort verlieren die Füße des Mädchens den Kontakt zum Boden. Sie stürzt, aufgrund der Wucht des Schlages, seitlich nach vorne. Und wird vom hohen Gras verschluckt.

Der Boden rast auf sie zu, oh nein, wie konnte das nur passieren, sie wollte doch fliehen? Da knallt ihre Stirn auf einen Stein, ein harter Schlag, der ihr Bewusstsein ausknipst wie eine Deckenlampe. Klick. Jetzt, in der verdunkelten Kammer ihres Geistes, begreift sie nur wie von fern, was mit ihr geschieht: eine unbestimmte Wärme unter ihrem Körper – die aufgeheizte Erde, auf der sie liegt. Wind im hohen Gras, ein raschelndes Flüstern, ein sanftes *Pssst.* Eine klebrige Flüssigkeit sammelt sich in ihren geschlossenen Augen. Sie wird aufgehoben. Jemand ächzt. Aber sie ist still. Still, nur noch still.

Maggie versucht, die Augen zu öffnen. Es geht nicht. Sie versucht, etwas zu sagen. Es geht nicht. Sie sitzt in der dunklen Kammer ihres Geistes und findet keinen Ausweg, keine Tür, kein grün leuchtendes Schild mit der Aufschrift EXIT.

HENRY GEHT AUF BEATRICE ZU, die bewusstlose Sarah über der Schulter wie einen nassen Sack. Bee steht da mit schmutzigen Knien und starrt ihm mit offenem Mund entgegen.

»Hab sie eingefangen«, meint er. »Für dich.«

»Du darfst sie nicht schlagen.«

»Sie wär sonst abgehauen.«

»Du darfst sie nicht schlagen. Du darfst sie nicht schlagen, und du darfst keine Leute erschießen und du ...« Ihre Stimme zittert. Sie verstummt, zögert, schaut ihm in die Augen. »Du darfst sie nicht schlagen.«

Fast hätte er sie in aller Deutlichkeit aufgefordert, einfach das Maul zu halten, mal eine Sekunde lang nachzudenken, Scheiße, Bee, stell dir vor, sie hätte es bis zu den Häusern geschafft! Aber das bringt doch nichts. Also schließt er die Augen, stößt ein gedehntes Seufzen aus und sieht sie an. »Natürlich. Du hast recht. Es tut mir leid.«

»Okay.«

»Komm, lass uns zum Pick-up gehen. Wir müssen hier weg.«

»Sie blutet ja am Kopf.«

»Ist auf einen Stein gefallen.«

»Ist es schlimm?«

»Mein Gott, woher soll ich das denn ...«

Auf dem Interstate haben bereits mehrere Wagen gehalten, und um den toten Hilfssheriff hat sich eine kleine Menschentraube gebildet. Laute, erschrockene Stimmen. Eine Frau telefoniert mit der Polizei, sie schreit immer wieder ins Handy, es habe hier einen Mord gegeben. Die blonde Chevy-Fahrerin, die er beinahe erschossen hätte, deutet mit dem Finger auf ihn, und einige der Leute drehen sich nach ihm um. Henry denkt an das Leben, das er in Bulls Mouth zurücklassen musste, an die paar Habseligkeiten, die sie mitnehmen konnten. Alles im Dodge Ram. Alles weg. Egal. Schau nicht zurück. Die Vergangenheit ist vergangen. Was du nicht retten kannst, vergisst du am besten gleich.

Magensaft in seiner Kehle. Er schluckt die saure Soße hinunter.

»Wir gehen«, sagt er. »Wir drehen uns jetzt um und gehen.«

»Was?«

»Wir drehen uns ganz ruhig um und gehen.«

Niemand folgt ihnen.

Sie marschieren eine Schotterstraße entlang. Henry hält Ausschau nach einem Wagen, vielleicht einem Pick-up mit den Schlüsseln im Zündschloss. Fünfmal hat er es schon versucht, fünfmal war die Tür abgeschlossen. Langsam wird er nervös. Er will sich endlich hinters Steuer setzen und abhauen, bevor die Bullen anrollen. Oder wenigstens bevor sie eine Straßensperre errichten können. Sie müssen raus aus Texas, doch bis New Mexico sind es noch ein paar Stunden. Sollte er den Texanern in die Hände fallen, muss er sich keine Sorgen machen, den Rest seines Lebens hinter Gittern zu verbringen. Auf Polizistenmörder wartet hier die Todesspritze.

»Mein Fuß tut weh.«

»Ich weiß, Bee.«

Am linken Straßenrand taucht eine Scheune auf, die kurz vor dem Einsturz zu stehen scheint. Aus dem Tor ragt die gewaltige Ladefläche eines durchgerosteten altertümlichen Chevy-Pickups hervor.

Henry deutet mit dem Kinn auf den Wagen. »Wie wär's mit dem da?«

»Das Riesending?«

»Wir können jetzt nicht wählerisch sein, Bee. Wir müssen nehmen, was wir kriegen.«

Er schaut sich um. Nichts rührt sich, nichts ist zu hören, bis auf das Heulen der Sirenen in der Ferne, das langsam lauter wird. Sie haben keine Zeit zu verlieren.

Eine halbe Minute später stehen sie vor der Scheune.

»Schau nach«, meint Henry.

Beatrice hinkt zum Pick-up und zieht am Türgriff. Nicht abgesperrt. Rostspäne rieseln auf den Boden, die Scharniere knarren. Sie beugt sich vor. »Der Schlüssel steckt!«

Henry dreht den Zündschlüssel herum. Ein Ächzen aus der Motorhaube. Vorsichtig drückt er aufs Gaspedal. Der Auspuff spuckt schwarzen Rauch, der Motor springt an. Schnell legt er den Gang ein. Der Chevy holpert aus der Scheune auf die Schotterstraße. Ein Seitenblick auf Beatrice – sie hat Sarah an ihre Schulter gebettet und streicht ihr über die blonden Haare, kämmt sie mit den Fingern. Als sie der Kleinen mit dem Rocksaum das Blut aus dem Gesicht wischt, sieht Henry ihre verschwitzte weiße Baumwollunterhose.

»Die wird schon wieder«, meint er.

»Du darfst sie nicht schlagen«, erwidert Bee.

Sie fahren Richtung Süden, eine namenlose Straße entlang. Nach einer Weile erreichen sie eine Zufahrt zum Interstate 10. Henry zögert nicht, und bald hat er die Schnellstraße im Blick. Auf dem Seitenstreifen stehen mehrere Wagen der örtlichen Polizei und ein SUV des Sheriff's Department, alle mit eingeschaltetem Blaulicht. An denen kommt er nie im Leben vorbei. Das kann er gar nicht schaffen. Er hätte ... Ja, was hätte er tun sollen? Spätestens in einer halben Stunde wird es in Sierra Blanca von Polizei wimmeln. Bald wird die komplette Stadt wissen, was hier geschehen ist. Er hat sein ganzes Leben in einer Kleinstadt verbracht, er weiß, wie schnell so etwas geht. Deshalb muss er hier weg, sofort, und wo soll er schon hin, wenn nicht zu seinem großen Bruder? Ron ist der Einzige, auf den er sich jetzt noch verlassen kann.

Deshalb fährt er weiter, auf den Interstate, obwohl er sieht, dass die rechte Spur vollständig abgeriegelt ist. Blinkende Straßensperren und eine mittelgroße Autoschlange vor einem Hilfssheriff, der die Fahrer einzeln durchwinkt.

Hier wird es also enden, hier, in einem Rotzfleck von einer Stadt irgendwo unter der erbarmungslosen Sonne von West Texas. Nach allem, was er durchgemacht hat. Henry setzt den Blinker und wechselt auf die linke Spur. Gleichzeitig fummelt er seine Magentabletten aus der Hemdtasche, drückt sich eine davon in den Mund und kaut.

Noch fünf Autos bis zur Sperre. Jeder Fahrer wird ausgefragt, bevor er weiterdarf.

Hier wird es also enden.

Vorsichtig drückt Henry aufs Gaspedal. Hinter ihm liegt der Schauplatz seines jüngsten Verbrechens. Seine Brust ist wie eingeschnürt, doch je weiter sie sich vom Tatort entfernen, desto mehr lockert sich der eiserne Griff um sein Herz. Er hat es geschafft. Er kann es kaum fassen, aber er hat es tatsächlich geschafft.

»Wohin geht die Reise?«

»Nach Kalifornien, zu meinem Bruder.«

»Grund der Reise?«

»Er gibt uns seinen alten Wagen. Ist ihm nicht mehr gut genug.«

»Und da nehmen Sie die ganze Familie mit?«

»Warum nicht? Man kommt ja nicht alle Tage nach Kalifornien.«

»Woher kommen Sie?«

»Aus Houston.«

»Sie leben in Houston?«

»Leben wäre übertrieben.«

»Was für einen Wagen wollen Sie denn abholen?«

»Einen ’56er Buick Special. Will ich wieder herrichten.«

»Ist wohl Ihr Hobby?«

»Irgendwie muss man sich ja beschäftigen.«

»Na dann, viel Erfolg.«

»Danke, Sir.«

Einmal gelächelt, einmal scherzhaft salutiert, das war's. Er musste nicht mal den Führerschein zeigen. Vielleicht ist noch keiner da, der was zu sagen hat, oder sie wollten nur schauen, ob sich irgendwer verdächtig benimmt, und wer nicht auffällt, kann weiterfahren. Egal, Hauptsache, er hat es geschafft.

Vor ihnen liegt die endlose graue Straße. Bis auf das Rattern des Pick-ups ist es still. Beatrice schaut aus dem Fenster, die schlafende Sarah im Arm. Ihr Mund ist ein wenig geöffnet. Henry beobachtet ihre Spiegelung in der Windschutzscheibe, er will wissen, was sie denkt. Doch ihr Gesicht wirkt ausdruckslos, ihre Augen scheinen tot. Wie er dieses Schweigen hasst. Er tut das alles doch nur für sie. Und er will sie auf keinen Fall deswegen verlieren.

»Was denkst du, Bee?«

»Nichts.« Ein einziges Wort, und dabei schaut sie ihn nicht mal an, sondern starrt weiter auf die leere Landschaft.

»Nichts?«

»Nichts.«

»Irgendwas musst du doch denken.«

Keine Antwort.

Er leckt sich über die Lippen. »Ich liebe dich. Das weißt du doch?«

»Ja.«

»Ich weiß, die letzten Tage waren hart für dich. Da sind schlimme Dinge passiert.«

»Sie sind nicht einfach so passiert. Du hast dafür gesorgt, dass sie passieren.«

»Weil ich musste. Für dich.«

Endlich sieht sie ihn an. Sie hat Tränen in den Augen. »Du hättest aber nicht sollen!«

»Bee, ich …«

Sie schüttelt den Kopf, mit aller Kraft, ohne etwas zu sagen. Tränen rollen über ihre Wangen. »Du hättest nicht sollen.«

»Ich hatte keine Wahl.«

»Man hat immer eine Wahl.«

»Wärst du lieber ins Gefängnis gegangen, Bee?«

Sie wischt sich über die Augen. »Warum sollte ich denn ins Gefängnis gehen?«

»Hast du denn gar keine Idee?«

»Weiß nicht.«

Er seufzt. »Wegen Sarah. Wegen Sarah mussten wir von zu Hause abhauen. Wegen Sarah müssen wir zu meinem Bruder. Wegen Sarah mussten wir den Pick-up loswerden. Wegen Sarah mussten Flint und seine Frau sterben. Tu nicht so, als würdest du das nicht verstehen, als würde dich das alles nichts angehen. Das ist nicht fair, und das weißt du ganz genau.«

»Henry, ich …«

»Du weißt, was mit den anderen Sarahs passiert ist. Du weißt, was wir getan haben, wir beide zusammen, nicht nur ich allein. Ich wollte dich glücklich machen, und du hast nie etwas dagegen gesagt. Du hast gewusst, was ich tue, und du wolltest es so, deshalb hab ich's getan. Also tu jetzt nicht so, als hättest du nichts damit zu tun.«

»Aber ich … ich wollte einfach …«

»Ich weiß. Deshalb hab ich's ja getan.«

»Aber warum hast du den netten Mann und die nette Frau und den Polizisten …«

»Weil es nicht anders ging. Weil wir wegen Sarah ziemlich in der Klemme stecken.«

»Aber du … du hast sie umgebracht …«

»Ja. Um die Familie zusammenzuhalten.«

Bee schnieft. Eine Zeit lang sagt sie nichts, bis sie sich die Lippen befeuchtet und ihn mit großen, hoffnungsvollen Augen anschaut. »Es ging wirklich nicht anders?«

Henry schüttelt den Kopf. »Ich konnte doch nicht zulassen, dass sie unsere Familie zerstören.«

»Sie wollten uns Sarah wegnehmen, oder?«

»Genau. Und das konnte ich nicht zulassen.«

»Es gibt nichts Wichtigeres als die Familie.«

»Genau.«

»Und du wolltest Sarah gestern gar nicht auf den Kopf treten?«

»Ich war wütend. Aber ich könnte ihr niemals wehtun. Nicht mit Absicht.«

»Weil sie zur Familie gehört.«

»Genau.«

»Und weil es nichts Wichtigeres gibt als die Familie.«

Er nickt.

»Ich liebe dich auch, Henry.«

»Ich weiß, Bee, ich weiß. Und jetzt wisch dir mal über die Augen. Ich kann es nicht mit ansehen, wenn du heulst.«

IAN STEHT REGLOS UNTER DER DUSCHE und genießt das heiße Wasser. Seine Augen sind geschlossen – er sieht nur, was in seinem Kopf Gestalt annimmt, und im Moment herrscht dort absolute Leere. Solche Momente sind selten genug; wann immer er einen davon erwischt, klammert er sich daran fest, so lange er kann, was nie besonders lange ist. Denn sobald seinem Bewusstsein auffällt, wie still es in ihm drin geworden ist, hat die Ruhe ein Ende.

In zahlreichen Windungen schlängelt sich der Katheter aus dem Loch knapp unterhalb von seinem rechten Brustmuskel zu der Thoraxdrainage, die gleich neben der Badewanne steht. Das Gerät ist noch immer in der Umhängetasche. Warum hätte er es auch rausnehmen sollen? Damit die Wunde nicht nass wird, steht er leicht nach rechts geneigt in der Wanne.

Schließlich öffnet er die Augen und tastet nach dem kleinen, abgepackten Stück Seife auf dem Fensterbrett. Er reißt das Papier herunter, lässt etwas Wasser drauflaufen und wäscht sich, so gut es geht.

Draußen versinkt die Sonne bereits am Horizont. Eine kleine Windhose tanzt über den Parkplatz in Richtung Imbissschuppen, vor dem er sein Auto hat stehen lassen. Es war ihm nicht nötig erschienen, es vor sein Motelzimmer zu fahren, besser gesagt vor seinen halben Wohnwagen, denn genau darum handelt es sich: um einen in der Mitte geteilten Reisewohnwagen. Wo eigentlich ein Flur in die hintere Hälfte führen sollte, wurde eine simple Rigipswand eingezogen. Ian ist in dem Teil gelandet, der normalerweise Küche und Wohnzimmer beherbergen würde, doch die Küche wurde in ein Bad und das Wohnzimmer in ein Schlafzimmer umgewandelt. Das Schlafzimmer wiederum besteht aus einem schmalen Bett, einer Kommode mit Spiegel und einem Tisch mit einem kleinen Fernseher. An der Decke rotiert ein altertümlicher Ventilator mit deutlicher Schlagseite, daneben hocken fette Fliegen. Fünf Blätter hat der Ventilator noch, und trotzdem sorgt er nicht im Mindesten für Abkühlung.

Ian stellt sich noch einmal unter den Duschkopf, bevor er das Wasser abdreht, den Plastikvorhang zur Seite schiebt und aus der Wanne steigt. Auf dem nassen Linoleum rutscht er beinahe aus. Er muss sich am Waschbecken festhalten.

Als er den Arm ausstreckt, um sich abzustützen, spürt er ein Reißen im Rücken. Er beißt die Zähne zusammen und flucht, verdammte Scheiße! Vor Schmerz schließt er die Augen. Tränen laufen über sein Gesicht. Als der Schmerz etwas nachlässt, öffnet er die Augen wieder. Nicht, dass es nun nicht mehr wehtun würde, ganz im Gegenteil, doch es lässt sich jetzt immerhin aushalten. Ian schnappt sich ein Handtuch vom Sideboard und trocknet sich ab. Erst die Arme, dann die Beine, den Rücken und das Gesi…

Das Handtuch ist knallrot.

Auf dem Linoleumboden glänzen zahlreiche Bluttropfen. Jetzt spürt er auch, wie es ihm die Wirbelsäule hinunterläuft. Er packt die Tasche neben der Badewanne und läuft rüber zur Kommode im Schlafzimmer. Vor dem Spiegel dreht er sich um und betrachtet seinen nackten Rücken: Mehrere Fäden haben sich gelöst, schäumendes, dickes Blut blubbert aus der Naht, eine Art leuchtend roter Honig. Überhaupt ist die Wunde deutlich größer, als er gedacht hätte. Die Kugel muss einen ganzen Brocken Fleisch mit herausgerissen haben.

»Verdammt.«

Lange bleibt er stehen und sieht zu, wie das Blut auf den Teppich unter seinen Füßen tropft, bis er schließlich zum Telefon greift und die Rezeption anruft.

»Motel/Bewirtung?«

»Monica?«

»Hier ist Betsy.«

»Ist Monica zu sprechen?«

»Ich kann dir sicher auch weiterhelfen.«

»Ich würde aber gern mit Monica sprechen.«

»In Ordnung. Einen Moment.«

Am anderen Ende wird der Hörer auf die Theke gelegt.

»Da will dich einer sprechen. Wahrscheinlich der Typ von vorhin.«

Sekundenlange Stille. Dann: »Hallo?«

»Monica?«

»Hey. Hast du's dir anders überlegt? Hatte ich mir fast gedacht.«

»Freu dich nicht zu früh. Habt ihr einen Verbandskasten?«

Ian schaut sich um. Seine Reisetasche liegt auf dem Bett. Er öffnet den Reißverschluss, kramt eine Boxershorts heraus und schlüpft hinein.

Es klopft.

Er geht rüber und öffnet die Tür: Vor ihm steht Monica, einen weißen Verbandskasten aus Metall in der Hand. Schweigend betrachtet sie ihn, während er sich fragt, was für ein Bild er wohl abgeben mag – ein übergewichtiger Mann mittleren Alters mit schütterem blondem Haar, nackt bis auf eine Boxershorts, dazu der Plastikschlauch, der sich aus seiner Brust in die schwarze Umhängetasche schlängelt, die er am Henkel hält wie ein Vertreter auf Kundenfang.

»Hallo«, sagt er.

»Um Himmels willen, was ...«

»Ich hab eine Kugel abbekommen.«

»Aus einer Pistole?«

»Aus einem Gewehr.«

»Du musst sofort ins Krankenhaus.«

»Da war ich schon.« Zum Beweis hält er die Tasche hoch. »Die haben mir das Ding hier gegeben. War bloß ein Unfall.«

»Aha. Aber was ...«

Er dreht sich um und präsentiert ihr seinen Rücken. Als er über die Schulter blickt, sieht er, wie sie das Gesicht verzieht. Doch sie schaut nicht weg, sondern beugt sich sogar vor, um die Wunde aus der Nähe zu begutachten.

»Bist du dir sicher, dass du nicht ins Krankenhaus willst?«

»Ist wirklich halb so wild.«

»Ich glaub dir kein Wort.«

»Wahrscheinlich kann ich es sogar selbst verbinden, wenn du mir kurz …«

»Red keinen Müll.«

»Was?«

»Das ist mitten auf dem Rücken. Du brauchst jemand, der dir hilft. Außer deine Arme sind aus Gummi.«

Ian sieht sie an. Bis er endlich von der Tür zurücktritt, um sie hereinzulassen.

Ian liegt bäuchlings auf dem Bett, und Monica sitzt breitbeinig auf seinen Oberschenkeln, den aufgeklappten Verbandskasten neben sich. Er sieht nicht, was sie tut, aber er spürt und hört sie. Er spürt ihr sanft geschwungenes Hinterteil auf der Rückseite seiner Beine, er hört, wie sie eine Papierverpackung aufreißt, er spürt, wie sie die Wunde mit einem Gazetupfer reinigt. Ganz vorsichtig.

»Hast recht«, sagt sie.

»Womit?«

»Ist wirklich halb so wild. Die meisten Fäden sind noch drin.«

Seit zwei Jahren hat ihn keine Frau mehr angefasst, seit er einmal im O'Connell's trinken war und eine Studentin vom Bulls Mouth College abgeschleppt hat. Doch mit Monicas zärtlichen Berührungen hatte das wütende, besoffene Geficke von damals nichts zu tun. Er hatte ganz vergessen, dass es so etwas wie Zärtlichkeit gibt.

Als die Wunde sauber ist, gießt sie irgendeine Flüssigkeit drauf beziehungsweise rein. Das Zeug brennt wie die Hölle. Ian beißt die Zähne zusammen und atmet scharf ein.

»Tut mir leid.«

»Schon gut.«

Monica wischt noch einmal drüber, bevor sie die Wunde abdeckt. Sie berührt ihn so sanft, dass er den Schmerz beinahe genießt. Dann kramt sie wieder im Verbandskasten. Irgendetwas klimpert, irgendetwas zerreißt. Ein Stück Klebeband wird abgerollt und abgetrennt, eine frische Kompresse befestigt. Nachdem sie noch eine Minute gewerkelt hat, wirft sie alles zurück in den Kasten und klappt ihn zu.

»Fertig.«

»Kannst du noch ein bisschen bleiben?«

»Ich fürchte, das wär jetzt wirklich keine gute Idee mehr.«

»Ich weiß. Das hab ich auch gar nicht gemeint.«

»Was dann?«

Ian liegt auf dem Rücken und sieht zu, wie Monica sich auszieht. Sie nimmt sich Zeit. Erst streift sie das T-Shirt über den Kopf, dann löst sie den BH, knöpft den Rock auf und lässt ihn auf den Boden fallen. Sie trägt eine schmucklose Baumwollunterhose. Ihre Daumen schieben sich in den Gummibund und drücken den Stoff nach unten. Dichtes rotbraunes Schamhaar kommt zum Vorschein. Ihre Hüftknochen ragen hervor, ihre Brüste sind klein, die Brustwarzen hellrosa, kaum vorhanden. Ein Muttermal auf der linken Brust. So steht sie vor ihm, nackt bis auf die Haut, und blickt ihm in die Augen.

Jetzt geht sie rüber zum Bett und legt sich neben ihn, auf seine linke Seite. Er spürt ihre glatten, warmen Beine an seinen Oberschenkeln, ihre warmen Brüste auf seiner Haut, ihr raues Schamhaar an seiner Hüfte. Ihren Atem auf seiner Wange, ihren Kopf in seiner Achselhöhle. Sie legt ihre Hand über sein Herz.

»Wie schnell es schlägt.«

»Ich weiß.«

Ian starrt auf den rotierenden Ventilator. Er versucht, einem einzelnen Blatt mit den Augen zu folgen, doch er verliert es immer wieder, nach vier, fünf Umdrehungen verflüchtigt sich der Umriss in den verwischten Kreisel der restlichen Blätter. Er malt sich sein Leben nach Maggies Rettung aus. Sie könnten nach Los Angeles ziehen. Mit Monica. Maggie, Monica und er in einem Apartment in L. A. Monica ist ein liebes, sanftes, ehrliches Mädchen. Mit ihr könnte es klappen. Die Vorstellung, wieder eine Frau, eine Partnerin in seinem Leben zu haben, gefällt ihm. Er denkt an Debbie, die seit zwei Tagen verwitwet ist. Aber da ist nichts mehr zwischen ihnen. Manchmal teilt man zu viel Geschichte miteinander, die falsche Geschichte. Aus dem Buch des eigenen Lebens kann man keine Seiten ausreißen, was dort eingetragen wird, bleibt für immer stehen. Aber mit einer neuen Frau, vor allem mit seiner Tochter, könnte er ein neues Kapitel aufschlagen. Das vierte Kapitel. Monicas Körper fühlt sich gut an. Bei dem Gedanken muss er lächeln. Natürlich weiß er, dass er einem kindischen Wunschtraum nachhängt. Und trotzdem lächelt er, trotzdem versucht er, den Gedanken so lange wie möglich festzuhalten.

»Vielleicht kannst du noch mal vorbeischauen, wenn du aus Kalifornien zurückkommst«, meint Monica.

»Ja«, sagt er. »Das wäre schön.«

»Ehrlich?«

»Ja.«

»Ich fände es auch schön. Ich mag dich.«

»Dann könnten wir zusammen ausgehen. Ganz normal.«

»Ja?«

»Ich würd dich zum Essen einladen, und wir könnten uns gegenseitig nach unserer Lieblingsfarbe fragen.«

»Fangen wir doch gleich damit an.«

»Okay.«

»Du zuerst.«

»Grün.«

»Auch Grün«, meint sie. »Und was ist dein Lieblingsgericht?«

»Fleisch.«

»Fleisch ist doch kein Gericht.«

»Aber ein Oberbegriff.«

»Dann ist mein Lieblingsgericht ... Zucker.«

»Na gut. Filet mignon.«

»Schon besser.«

»Und deins?«

»Aber lach mich nicht aus, okay?«

»Mach ich nicht.«

»Versprochen?«

»Hoch und heilig.«

»Okay. Also. Diese kleinen sauren Gummischlangen. Weißt du, welche ich meine?«

»Im Ernst?«

Sie nickt. Zumindest spürt er ihre Bewegung. Sein Blick ist an die Zimmerdecke geheftet. »Ist ja eklig.«

»Du hast versprochen, nicht zu lachen.«

»Ich lach doch gar nicht. Mir kommt eher das Kotzen.«

»Hör auf. Mach dich nicht über mich lustig.«

»Na gut. Tut mir leid. Wenn wir ausgehen, lad ich dich auf einen Teller saure Gummischlangen ein. Wenn du willst.«

»Schon besser. Nächste Frage. Was ist das Schlimmste, was du jemals getan hast?«

Ian schluckt den Kloß in seinem Hals herunter. »Die Frage gefällt mir nicht.«

»Komm schon, kann doch nicht so schlimm sein. Hast du was geklaut?«

»Nein, wir überspringen die Frage und ...«

Draußen fährt ein Auto vor. Ian verstummt und lauscht in die Stille – der Wagen hält vor der Rezeption.

Sofort sitzt er aufrecht im Bett. »Kannst du mal nachschauen?«

»Warum? Steckst du in Schwierigkeiten?«

»Tu's bitte.«

Sie steht auf, geht, nackt wie sie ist, zum Fenster, zieht den Vorhang zurück und schaut raus.

Er war unvorsichtig. Er hätte es wissen müssen. Er hätte niemals …

»Kannst du was sehen?«

»Sieht aus wie ein Polizeiwagen.«

Ian springt auf, doch als er sich nach der Tasche bückt, wird es grau vor seinen Augen – als hätte man ihm ein Laken über den Kopf geworfen, ein erstaunlich schweres Laken, das ihn erbarmungslos zu Boden drückt. Er bricht zusammen, fällt hin, stürzt ins Nichts.

MAGGIE ÖFFNET DIE AUGEN. Sie weiß nicht, wo sie ist, aber sie spürt etwas an ihrer Seite, etwas Warmes, Weiches. Ihr Kopf dröhnt. Was ist das für ein schlechter Geschmack in ihrem Mund? Müde setzt sie sich auf und guckt sich um. Sie sitzt in einem Pick-up, rechts von ihr Beatrice, links Henry. Beide essen Hamburger, die in gelbes Papier eingewickelt sind. Sie schaut durch die Windschutzscheibe – der Wagen steht vor einem McDonald's. Dahinter leuchtet der Abendhimmel in trübem Pink, mit grauen Wolken, die aussehen wie gemeißelt. Und die Dunkelheit breitet sich aus, kommt immer näher. Maggie fühlt sich sehr klein, gefangen im Führerhäuschen zwischen den massigen Körpern der beiden Erwachsenen.

Als sie sich die Augen reibt, wirft Beatrice einen Blick zur Seite. »Du bist wach.«

Maggie nickt, obwohl sie sich nicht besonders wach vorkommt. Sie fühlt sich schwach und umnebelt, wie in einem Traum. Einem schlechten Traum. Einem Albtraum.

»Tut dein Kopf noch weh?«

»Ja.«

»Du bist hingefallen.«

Sie erinnert sich: Der Boden ist auf sie zugerast. »Ja.«

»Willst du auch was?«

Beatrice beugt sich vor, kramt in der weißen Papiertüte zwischen ihren Füßen und holt einen Hamburger raus. Sie hält ihn hoch, Maggie nimmt ihn in die Hand und betrachtet ihn. Sie hat überhaupt keinen Hunger, denkt sie zuerst, sie wird den Burger gar nicht runterkriegen. Doch plötzlich grummelt ihr Bauch sehr laut, und sie merkt, wie hungrig sie in Wirklichkeit ist. Wahnsinnig hungrig. Es ist eine Ewigkeit her, dass sie was gegessen hat, ihr Magen zieht sich richtig zusammen vor Gier. Hastig wickelt sie den Burger aus und beißt rein. Sie schmeckt Ketchup und Essiggurke, würgt den ersten Bissen ohne Kauen herunter und beißt noch mal rein.

»Was sagt man da?«, fragt Henry.

Maggie sieht ihn an und schluckt den Bissen hinunter. »Danke.«

»Bedank dich bei ihr.«

Sie dreht sich nach rechts. »Danke.«

»Gern geschehen.« Beatrice lächelt.

Und Maggie beißt noch mal rein.

Eine Viertelstunde später sind sie wieder unterwegs. Maggie sitzt zwischen Beatrice und Henry und starrt durch die Windschutzscheibe. Die Sonne ist am Horizont versunken, und Dunkelheit breitet sich schnell über das ganze Land. Sie fragt sich, ob sie für immer gefangen sein wird. Und wo ihr Daddy ist.

Maggie schließt die Augen und zählt bis zehn.

Als sie die Augen wieder öffnet, kommt sie sich vor wie in einer Schneekugel. Der Himmel ist so nah, so unglaublich nah. Aber vielleicht war das schon immer so, vielleicht weiß sie es nur nicht, weil sie so lang im Albtraumland war. Kein Wunder, dass ihr die Außenwelt fremd ist.

Was Borden wohl grade macht?

Es gibt keinen Borden.

Alles wird gut, sagt sie sich. Alles wird gut.

Die Dunkelheit wird immer mächtiger, aber tief in sich hat sie ihr eigenes Licht. Und das ist nicht mal im Albtraumland verloschen. Was kann ihr also so ein Sonnenuntergang schon anhaben?

DIEGO HÄLT NEBEN IANS MUSTANG, auf dem einzigen Stück Parkplatz, das noch in der Sonne liegt. Er stellt den Motor ab und steigt aus. Die Augen auf den Interstate gerichtet, streut er Tabak auf ein Zigarettenpapier, rollt es zusammen, leckt über den Rand und steckt sich die Zigarette zwischen die Lippen. Mit dem Daumen reißt er ein Streichholz an, das Ende flammt auf, er gibt sich Feuer. Die Zigarette schmeckt gut, brennt aber schnell herunter. Zu locker gedreht, schon nach vier Zügen spürt er die Hitze an den nikotingelben Fingern. Er lässt die Kippe fallen, reibt sie mit der Ferse in den Dreck und geht zu dem Gebäude, an dessen Vorderseite in weißen, handgemalten Lettern steht: MOTEL/BEWIRTUNG.

Drinnen ist nur der Fernseher zu hören, der in der Ecke an der Wand hängt – ein penetranter Werbespot nach dem anderen plärrt aus den Lautsprechern. An einem Tisch sitzen eine brünette Frau und ein Koch, dem eine Zigarette an der Unterlippe hängt, und spielen Karten.

Auf das dumpfe Scheppern der Klingel über der Tür hin dreht sich die Frau um. »Tag, Officer.«

»Tag.«

»Dienstlich hier«, fragt der Koch, »oder zum Essen?«

»Essen klingt gut.«

»Was darf's denn sein?«

»Was können Sie empfehlen?«

»Cheeseburger.«

»Dann nehm ich einen Cheeseburger.«
»Spiegelei drauf?«
»Lieber nicht.«
»Was für Käse? Amerikanischen, Schweizer oder Cheddar?«
»Cheddar.«
»In Ordnung, dauert nicht lang. Pommes dazu?«
»Zwiebelringe.«
»Bleiben Sie über Nacht?«, fragt die Frau.
»Hmm. Weiß nicht. Ja, wahrscheinlich. Aber eigentlich bin ich auf der Suche nach einem …«

Da scheppert die Glocke in Diegos Rücken. Er fährt herum und sieht eine spindeldürre Frau in Jeansrock und T-Shirt in der Tür stehen, barfuß und mit wirrem Haar. Ihr Blick wandert durch den Raum, bis sie ihn entdeckt hat.

»Ian will dich sehen.«

Erst jetzt bemerkt er das verschmierte Blut an ihrem Shirt und den roten Streifen auf ihrer Wange. »Ist alles in Ordnung mit ihm?«

»Glaub schon. Vorhin ist er kurz ohnmächtig geworden, aber anscheinend hat er sich wieder gefangen.«

Diego nickt. »Wo ist er?«

Sie geht voraus durch die Tür und hinter das Gebäude, wo eine Ansammlung gewöhnlicher Reisewohnwagen steht. Da ist er – Ian tritt gerade aus einem der Wohnwagen, nackt bis auf eine Boxershorts und ein Paar schwarze Schuhe. Seine Haut wirkt blass, fast durchsichtig, wie glasig gebratene Zwiebeln, vor allem sein Bauch ist sehr weiß. Auf der rechten Schulter hat er ein Tattoo, zumindest glaubt Diego das, denn auf die Entfernung sieht es aus wie ein grünlich-grauer Fleck. Schweißtropfen schimmern auf Ians Stirn, ein Plastikschlauch windet sich von seiner Brust in eine schwarze Umhängetasche in seiner Hand. Mit der Tasche sieht er aus wie ein Bibelverkäufer.

»Diego.«

»Ist auch wirklich alles in Ordnung mit dir?«, fragt die Frau.

»Ja. Hab nur ein bisschen Blut verloren. Ich hätte mich nicht bücken sollen.«

»Ich dachte schon, du wärst tot.«

»Dazu braucht es ein bisschen mehr.«

Diego räuspert sich. »Aber nicht viel mehr. Du musst dich ausruhen, Ian.«

»Geht leider nicht.«

»Warum nicht?«

»Weil jemand hier vorbeikommen könnte. Ich darf nicht unvorsichtig werden. Also auch nicht schlafen.« Er wendet sich an die Frau. »Kann ich mich kurz unter vier Augen mit meinem Freund unterhalten?«

»Klar. Ich bin dann vorne. Kann ich noch irgendwas für dich tun?«

»Nein, danke.« Er nickt Diego zu. »Komm, wir gehen rein. Ich muss mich hinsetzen.«

Ian hockt sich auf die Bettkante, Diego nimmt sich einen Stuhl von der Wand und setzt sich ihm gegenüber. Als er seinen Freund zuletzt gesehen hat, hatte Henry Dean ihm gerade eine Kugel durch die Brust gejagt. Jetzt sieht er fast noch schlimmer aus: Er wirkt völlig überanstrengt, einfach nur krank. Eigentlich dürfte er gar nicht herumlaufen. Und erst recht nicht durchs halbe Land kurven.

»Du hast Donald Dean getötet«, sagt Diego.

»Er war Abschaum.«

»Er war ein Mensch, und du hattest kein Recht …«

»Ich weiß. Das weiß ich doch, Diego. Aber ich hab's nun mal getan. Richtig oder falsch, das ist mir völlig egal. Ich will nur meine Tochter zurück. Sobald sie in Sicherheit ist, trage ich gern die Konsequenzen für mein Handeln. Auch für das in der Zukunft. Aber bis dahin kann mich nichts aufhalten, weder Donald Dean noch eine Kugel in der Brust. Und ganz sicher nicht du.«

»Du willst dich in deinem Zustand mit Henry Dean duellieren? Das überlebst du nicht.«

»Ich hab keine Wahl. Kann sein, dass er in ein, zwei Stunden hier auftaucht. Außer er läuft vorher den Cops in die Arme, aber darauf kann ich mich nicht verlassen. Und deshalb kann ich nicht ins Bett gehen.«

»Es wird gleich dunkel. Vielleicht fährt er einfach vorbei.«

»Vielleicht, vielleicht auch nicht. Wenn ja, weiß ich wenigstens, wo er ist. Wenn nicht, muss ich bereit sein. Ist doch kein schlechter Ort, um die Sache zu Ende zu bringen, und ich kann mir gut vorstellen, dass Henry das genauso sieht ...« Ian hustet, ein feuchtes Keuchen tief aus seiner Kehle. Vor Anstrengung rötet sich sein Gesicht. Als er verstummt, betrachtet er seine Hand.

»Zeig mal her.«

Ian dreht die Handfläche nach vorne: In der Mitte klebt ein roter Klumpen. Das Wundmal Christi. Er wischt es ins Laken.

»Du musst ins Krankenhaus.«

»Vergiss es.«

»Ian.«

»Verdammt, Diego, ich hab dich nicht gebeten, hinter mir herzufahren.«

»Leg dich wenigstens ein bisschen hin. Wir fahren die Wagen hinters Haus, wo sie vom Interstate aus nicht zu sehen sind, du ruhst dich ein paar Stunden aus, und morgen bringen wir die Sache gemeinsam zu Ende.«

»Was, wenn er trotzdem hier anhält?«

»Ich halte Wache.«

»Meinetwegen. Aber dafür verschwindest du gleich morgen früh.«

»Das sehen wir dann. Jetzt ruhst du dich erst mal aus.«

Tatsächlich schließt Ian die Augen. Sein Unterkiefer sinkt leicht herab, als würde er im Sitzen einschlafen. Oder in Ohnmacht fallen, Diego ist sich nicht ganz sicher. Wahrscheinlich geht es Ian genauso.

Dann öffnet Ian die Augen wieder und blickt ihn an. »Du bist ein guter Freund«, sagt er nach einer Weile. »Du hättest ja auch …«

»Ich stehe zu meinen Freunden, und deshalb ruhst du dich jetzt aus. Ich fahr die Wagen hinters Haus.«

»Und … du hältst Ausschau nach Henry?«

»Natürlich.«

»Okay.«

IAN SIEHT ZU, WIE SICH DIE TÜR hinter Diego schließt. Morgen wird er ihn überzeugen müssen, nach Hause zu fahren. Wenn er Maggie retten will, muss er zu unschönen Mitteln greifen, dann sollte Diego möglichst weit weg sein. Aber es ist gut, dass er jetzt hier ist. Ian kann sich nicht erinnern, jemals so müde gewesen zu sein. Er kann kaum noch klar denken. Seine Augen brennen, seine Lider fallen immer wieder zu. Heißt es, dass er Maggie weniger liebt, wenn er jetzt kurz die Augen schließt? Oder dass er sie nicht zurückbekommt? Nein. Er macht nur kurz die Augen zu, das ist alles. Morgen wird er sie befreien, aber heute Nacht schläft er ein bisschen. Endlich schlafen. Sie hat doch nichts davon, wenn er sich unnötig quält, und seine Liebe beweist er ihr damit auch nicht. Nein, Diego hat recht. Er muss sich ausruhen. Sonst knallt Henry ihn einfach ab. Er liegt auf dem Bett, ihm ist gleichzeitig heiß und kalt, und ein bisschen schlecht ist ihm auch. Ja, er hat sich etwas Schlaf verdient. Wer macht denn ein Spiegelei auf einen Cheeseburger? Gott, ist er müde. Einer seiner Schulfreunde hat sich immer Kartoffelchips aufs Wurstbrötchen gepackt. Jetzt ein bisschen schlafen, und wenn er Maggie zurückhat: nur noch schlafen. Aber vielleicht schmeckt das gar nicht schlecht, so ein Spiegelei auf einem Cheeseburger. Kann bitte mal irgendwer den Vorhang schließen? Also wenn er noch mal gefragt wird, ob er ein Spiegelei auf seinem Cheeseburger will, wird er Ja sagen. Das Leben ist viel zu kurz, um Nein zu sagen. Man sollte nur Nein sagen, wenn es gar nicht anders geht.

FÜNF

IAN WACHT AUF, ALS ES AN DER TÜR KLOPFT. Er öffnet die Augen und sieht eine weiße Zimmerdecke. Einen Ventilator, der sich träge dreht. Daneben ein paar Fliegen, schwarze Punkte vor hellem Hintergrund. Seine Brust schmerzt, ein pulsierendes Stechen. Er richtet sich auf, tastet nach dem Fläschchen mit den Schmerztabletten und schüttet sich ein paar davon in den Mund. Dazu nimmt er zwei Koffeintabletten, die er einzeln aus der Blisterpackung drücken muss, dann schluckt er alles zusammen hinunter. Es klopft erneut. Er hievt sich aus dem Bett, bückt sich nach der Umhängetasche und geht zur Tür.

Draußen steht Diego. Er wirkt sehr müde, ist aber frisch geduscht und rasiert, auch wenn er ein paar Härchen unter dem linken Ohr und ein paar Stoppeln knapp unter dem Kinn übersehen hat. Außerdem trägt er ein sauberes Hemd.

»Wie spät?«, fragt Ian.

Diego schaut auf seine Uhr. »Halb zehn.«

»Halb zehn? Scheiße, warum hast du mich nicht früher geweckt?«

»Du hast den Schlaf gebraucht.«

»Irgendwas los gewesen heut Nacht?«

Diego schüttelt den Kopf. »Hab nichts gesehen. Sind 'n paar Autos vorbeigefahren, aber hier hat keiner gehalten.«

Ian nickt. »Auch gut. Dann hol ich ihn in Kalifornien ein.«

»*Wir* holen ihn ein.«

Ian schüttelt den Kopf. »Glaub ich kaum.«

»Jetzt zieh dich erst mal an. Ich lad dich zum Frühstück ein.«

Monica bringt ihnen Eier mit Speck und leicht durchgeweichte, dick mit Butter beschmierte Bagels. Ian bedankt sich höflich und blickt ihr hinterher, während er an seinem Orangensaft nippt. Er hasst die Leere in seinem Inneren. Er wünschte, er würde etwas fühlen, wenn er Monica ansieht, doch er empfindet nichts, er kann einfach nicht. Nicht jetzt. Selbst wenn er an die Zukunft denkt, spürt er nichts. Das war nicht immer so.

»Ich bin gar nicht da«, murmelt er.

»Wie bitte?« Diego beißt in ein Stück Speck.

Ian schüttelt den Kopf. Ach, nichts. »Im Ernst. Ich will, dass du nach Hause fährst. Ich will dich nicht in der Nähe haben. Du musst an Cordelia und Elias denken. Du hast hier nichts zu suchen.«

»Er wird dich umbringen.«

»Kann sein.«

»Und was wird dann aus Maggie?«

Ian blickt auf sein Essen und stochert mit der schmutzigen Gabel in den Eiern herum. Eigentlich hat er gar keinen Hunger. Nach einer Weile legt er das Besteck auf den Teller. »Das ist nicht dein Problem.«

»Du weißt, dass das Unsinn ist.«

»Ich kann dich nicht davon abbringen, oder?«

»Mitzukommen?«

»Ja.«

»Stimmt.«

Ian nickt. Und schweigt. Bis er endlich sagt: »In Ordnung.«

Dann hebt er die Gabel auf und schaufelt sich etwas Ei in den Mund. Es schmeckt nach nichts, eine klebrige, tote Masse auf seiner Zunge. Trotzdem kaut er, würgt das Zeug herunter und schiebt die nächste Ladung hinterher. Ihnen steht ein langer Tag bevor.

Ein langer Tag, den mindestens eine Person nicht überleben wird.

Ian wirft die Reisetasche auf die Rückbank seines Wagens.

»Eigentlich könnte ich gleich bei dir mitfahren«, meint Diego, der neben ihm steht, seine eigene Reisetasche in der Hand. »Dann kann ich ein bisschen schlafen. Wär nicht schlecht, nach der durchwachten Nacht.«

»Was wird aus deinem Wagen?«

»Den hol ich auf dem Rückweg ab.«

»Okay, steig ein. Ich bin gleich wieder da.«

Ian öffnet die Tür zum Imbiss. »Ich fahr los.«

Monica blickt von einem Kreuzworträtsel auf, das vor ihr auf der Theke liegt. Als sie den Bleistift ablegt, rollt er zur Kante und fällt auf den Boden. Kurz schaut sie ihm hinterher, bevor sie wieder zu Ian sieht. »Kommst du auch wirklich auf dem Rückweg vorbei?«

»Muss ich sogar. Wir lassen Diegos Wagen hier.«

»Ja?«

»Ja.«

Sie lächelt. »Schön. Dann kannst du mich vielleicht wirklich zum Essen einladen.«

Ian sieht sie an, bis er schließlich ebenfalls lächelt. »Ja, vielleicht.«

Um Viertel nach zehn sind Ian und Diego auf dem Interstate. Diego raucht aus dem offenen Fenster und starrt auf die Wüste, bevor er die Zigarette in den Aschenbecher drückt, den Sitz zurückschiebt und die Augen schließt.

Ian fährt durch die Stille.

Heute ist es so weit. Heute bekommt er seine Tochter zurück. Ein seltsamer Gedanke, seltsam und auch beängstigend. Warum beängstigend? Er weiß es nicht, vielleicht will er es gar nicht wissen. Aber so oder so wird er sie zurückbekommen. Er wird sie befreien und in die Arme schließen.

Sein Leben ist eine Abfolge von Fehlern, doch in dieser Sache wird er triumphieren.

NÄCHSTE AUSFAHRT KAISER steht auf dem Schild am Straßenrand. Während Henry den Blinker setzt und auf die rechte Spur wechselt, schaut Maggie aus dem Fenster auf die Wüste. Sie fühlt sich fast wie im Traum. Die ganze Nacht hindurch sind sie gefahren. Das heißt, beinahe die ganze Nacht. Einmal ist Henry eingenickt, und der Pick-up ist auf den Seitenstreifen gerollt. Dort hat es so stark geholpert, dass er sofort aufgewacht ist und das Lenkrad nach links gerissen hat. Kurz darauf hat er angehalten, und sie haben alle ein bisschen geschlafen. Aber anscheinend nicht besonders lange, denn als Maggie wieder aufgewacht ist, war es immer noch dunkel, und sie waren schon wieder unterwegs.

Jetzt fahren sie vom Interstate ab auf eine kleinere Straße. Rechts taucht ein Haus auf, davor ein Schild mit der Aufschrift DESERT CAFE. Maggie fragt sich, was es dort wohl zu essen gibt. Wahrscheinlich Sandburger. Und wenn man einen davon in die Hand nimmt, rieselt einem der ganze Sand aus dem Brötchen in den Schoß.

Na, wie schmeckt der Big Sand?

Gut, aber ein bisschen trocken.

Henry fährt weiter. Hinter dem Café kommt nichts als leere Wüste, und die Straße ist von Schlaglöchern übersät. Unkraut sprießt aus Rissen im Asphalt, in der Ferne flimmert die Luft.

Sie kommen vorbei an einem rostigen Schild voller kleiner Löcher, auf dem die Schrift kaum noch zu erkennen ist. KAISER 8 MEILEN steht darauf. Daneben zeigt ein weißer Pfeil direkt geradeaus.

»Wir sind fast da, Bee«, sagt Henry.

»Ich bin heilfroh, wenn ich hier rauskomme«, meint Beatrice.

Ich auch, denkt Maggie. Sie sind schon viel zu lange unterwegs, sie will endlich aussteigen. Gleichzeitig fürchtet sie sich vor dem Ende der Fahrt, denn sie weiß nicht, was dann passieren wird. Sie fragt sich, warum sie ihren Daddy seit gestern Nachmittag nicht mehr gesehen hat. Hat er sie etwa vergessen? Nein, ganz bestimmt nicht. Er hat sie bestimmt nicht vergessen. Vielleicht hat Borden ihn erwischt. Vielleicht hat er ihn umgebracht, im Auftrag von Henry. Nein. Es gibt keinen Borden, das weiß sie doch. Borden ist eine Einbildung, und selbst wenn er keine Einbildung wäre, könnte er das Albtraumland niemals verlassen. Er ist wie ein Fisch im Wasser – er muss immer an dem tiefen, dunklen Ort bleiben, an dem er geboren wurde. Also kann er Daddy nicht ermordet haben, selbst wenn er keine Einbildung wäre. Ist er aber. Daddy hat sie nicht vergessen, Borden hat ihn nicht umgebracht. Daddy ist auf dem Weg zu ihr, er wird sie retten. Maggie schaut aus dem Rückfenster: Straße, nichts als leere graue Straße. Alles andere ist weit, weit weg und wird immer kleiner, kleiner, kleiner.

Die Leere nimmt kein Ende. Wüste, Sträucher, merkwürdig geformte Bäume, sonst nichts. An manchen Stellen hat der Wind so viel Sand auf den Asphalt geweht, dass die Straße gar nicht mehr zu sehen ist, bis sie irgendwann doch wieder zum Vorschein kommt. Nach ein paar Meilen tauchen Hügel am Straßenrand auf, farblos wie Berge aus Asche. Der Boden wirkt nicht mehr ganz so weich. Dann eine große graue Grube – ihre Wände fallen stufenweise ab, immer tiefer und tiefer, wie eine Treppe für Riesenmenschen. Am Rand stehen kaputte Maschinen, am Grund glänzt blaues Wasser, das erste Wasser seit Langem.

»Eisenmine«, meint Henry. »Haben sie in den Siebzigern dichtgemacht.«

Fünf Minuten später erreichen sie eine kleine Stadt in einer Senke zwischen niedrigen Hügeln. Eine einsame, verfallene Stadt. Wohnt hier überhaupt noch jemand? Da sind Häuser, aber keine Menschen. Niemand zu sehen, völlige Ruhe. Nicht mal ein Hundebellen stört die klare, stille Luft.

»Scheiße«, sagt Henry.

Langsam rollen sie die Hauptstraße hinauf, vorbei an einer Tankstelle mit eingeschlagenen Fensterscheiben. Neben der Tür entdeckt Maggie einen umgestürzten Cola-Automaten, der mit einem Baseballschläger, einer Brechstange oder einem Vorschlaghammer bearbeitet wurde. Dahinter, auf der anderen Straßenseite: ein Supermarkt. Auch dort ist niemand zu sehen. Es ist mitten am Tag, doch bis auf die Büsche, die aus den Rissen im Asphalt wachsen, ist der Parkplatz leer. Die Fensterfront des Ladens wurde eingeschlagen, überall liegen Konservendosen herum. Vielleicht Rote Bete oder Limabohnen, denkt Maggie. Irgendwas, das überhaupt nicht schmeckt.

An der nächsten Ecke stoßen sie auf eine verlassene Schule. Unter der heißen Wüstensonne ist das Blau der Fassade abgeblättert. Neben dem Gelände ein Baseballfeld vor einer leeren Tribüne, das Gras ist nicht mehr grün, sondern bräunlich. Sie biegen ein weiteres Mal ab und erreichen ein Wohngebiet. Grau verwitterte Leitungsmasten säumen die Straßen. Zwei Drittel der Häuser sind verschwunden. Die Fundamente sind noch zu sehen, man erkennt, welche Form die Gebäude mal hatten und wo die verschiedenen Zimmer lagen, aber die Häuser selbst – weg. In den Gärten ragen rostige Stangen aus dem Boden. Die Wäscheleinen, die früher dazwischen aufgespannt waren, sind längst weggefault, nur hier und da hängt noch ein

T-Shirt an einer schlaffen Schnur. Weiße Fahnen am Ende der Schlacht.

»Bist du sicher, dass wir hier richtig sind?«, fragt Beatrice.

»Natürlich«, erwidert Henry.

»Aber wo sind die ganzen Häuser hin?«

»Verkauft. Abgetragen, auf Laster verladen und irgendwo anders wieder aufgebaut, wo noch ein bisschen Hoffnung war, noch ein bisschen was zu holen war.«

»Und hier wohnt dein Bruder?«

»Wir waren doch schon mal hier, Bee. Vor zwanzig Jahren.«

»Das war hier?«

»Hat sich ganz schön verändert, was?«

Vor zwanzig Jahren war Maggie noch gar nicht auf der Welt. Trotzdem glaubt sie nicht, dass die Stadt sich nur verändert hat. Sie ist gestorben. Damals im Keller, im Albtraumland, hat sie manchmal hohle Panzer von Käfern gefunden, deren Inneres von Ameisen aufgefressen worden war. Daran muss sie denken, als sie durch die verlassenen Straßen fahren.

Vor einem einstöckigen Haus hält Henry an. Die Wände waren wahrscheinlich mal weiß. Jetzt sehen sie aus, als würden sie jeden Moment zusammenstürzen.

Henry sieht sie an, sie und Beatrice. »Bin gleich wieder da.«

Er stößt die Autotür auf, steigt aus und geht zum Haus. Nach einem kurzen Zögern klopft er an die Tür.

HENRY KLOPFT AN UND WARTET. Die grüne Farbe der Tür ist zur Hälfte abgeblättert. Als sich nichts tut, klopft er noch einmal. Leider konnte er seinem Bruder nicht vorher Bescheid sagen, denn Ron hat seit Jahren kein Telefon mehr. Wahrscheinlich ist er auf der Arbeit. Als sie sich das letzte Mal geschrieben haben, was auch schon wieder vier, fünf Jahre her ist, hatte Ron gerade eine Anstellung gefunden, als Wachmann in der Joshua Tree Medium-Security Correctional Facility, einem privat betriebenen Gefängnis zwanzig Meilen vor der Stadt, dessen Insassen meist wegen minderschwerer Drogendelikte einsitzen.

Als sich immer noch nichts tut, geht Henry um das Haus herum. Vielleicht steht ja irgendwo ein Fenster offen. Er drückt gegen jedes Fenster, doch am Ende kommt er wieder vor der verschlossenen Tür an, ohne etwas erreicht zu haben. Natürlich könnte er eine Scheibe einschlagen, aber er kennt seinen Bruder – wenn Ron glaubt, bei ihm wäre eingebrochen worden, handelt er nach dem Motto: Erst schießen, dann fragen. Das hätte schon eine gewisse Ironie – Henry fährt fünfzehnhundert Meilen durch das Land, nur um von dem Mann abgeknallt zu werden, der ihm eigentlich helfen sollte. Ironie ist schön und gut, aber Henry ist nicht bereit, dafür zu sterben.

Er kehrt zum Pick-up zurück und schaut durchs Fenster. »Ist nicht da. Wir müssen warten. Aber ihr könnt ruhig aussteigen und euch mal ein bisschen die Beine vertreten.«

»Ich muss mal«, sagt Bee.

»Dann geh hinters Haus. Und nimm dir eine von den McDonald's-Servietten mit.«

Henry blickt die ausgeblichene Straße hinunter. Ron soll verdammt noch mal nach Hause kommen. Jeden Moment könnte Ian Hunt hier auftauchen, und er hat keine Waffen mehr. Die Lupara und die .22er hat er in Sierra Blanca verloren, seitdem kann er sich überhaupt nicht mehr verteidigen. Hunt könnte einfach anrollen und ihm eine Kugel in den Kopf jagen. Er kommt sich vor wie ein Schaf, das vor der Schlachtbank steht, und das ist kein schönes Gefühl.

Nein, das ist wirklich kein schönes Gefühl.

»Komm schon, Ron.«

Er wirft einen Blick auf die Uhr: erst Mittag. Sollte Ron immer noch von acht bis vier arbeiten, kommt er frühestens um halb fünf nach Hause. Außer er geht noch irgendwo saufen, dann wird's noch später. Henry muss also mindestens vier Stunden lang hier rumstehen und damit rechnen, dass Hunt ihm das Hirn rausbläst, und das in dieser toten, verwesten Stadt. Ja, Kaiser ist ein guter Ort, um die Sache zu Ende zu bringen: weit und breit kein Mensch, niemand, der die Bullen holen könnte, weil es ein bisschen Krach gegeben hat, und zahlreiche Möglichkeiten, eine Leiche verschwinden zu lassen. Lauter Vorteile, die jetzt seinem Gegner zugutekommen könnten.

Sofern er in den nächsten vier, fünf Stunden auftaucht.

Wäre der verdammte Hilfssheriff nicht gewesen, hätte er die Sache schon gestern über die Bühne gebracht. Doch als er plötzlich ohne Waffen dastand, blieb ihm nichts anderes übrig, als so schnell wie möglich zu Ron zu fahren und darauf zu bauen, dass ihm genug Zeit bleiben würde, um Hunt einen angemessenen Empfang zu bereiten. Aber wie es aussieht, bleibt ihm nicht genug Zeit. Und das alles wegen diesem Arschloch von einem Bullen. Gestern hat es ihm noch leidgetan, dass er den Typen erledigen musste – klar ist er ihm in die Quere gekommen, aber andererseits hat er bloß seine Pflicht getan. Doch wenn er jetzt darüber nachdenkt, in was für eine Lage er ihn gebracht hat, ist er froh, dass er den Hurensohn abgeknallt hat.

Noch ein Blick auf die Uhr. Henry kann nur warten.

UM ZWEI UHR NACHMITTAGS überqueren Ian und Diego die Grenze nach Arizona. Ein Schild heißt sie im GRAND CANYON STATE willkommen, doch die Wüste hier sieht auch nicht anders aus als vor zehn Minuten in New Mexico. Ian mag die

Wüste, er hat sie schon immer gemocht. Die Wüste ist hart und leer. Sollte es einen Gott geben, lebt er in der Wüste. Hier fallen die Masken der Zivilisation, hier schüttelt man sich nicht lächelnd die Hände, während man sich gegenseitig ein Messer in den Bauch rammt. Die Wüste ist ehrlich: Sie wird dich auffressen, bis nur noch deine Knochen übrig sind, und du wirst die ganze Zeit wissen, was mit dir geschieht. Die Wüste ist, was sie ist, ohne sich dafür zu entschuldigen.

Und das, findet Ian, hat auch seine Vorteile.

Er muss husten. Das Husten entwickelt sich zu einem ausgewachsenen Hustenanfall.

»Nimm mal das Steuer«, stößt er zwischendurch hervor. Er bringt die Worte kaum heraus, doch Diego versteht. Wieder schüttelt es ihn, ein feuchtes, schmerzhaftes Keuchen, das aus der Tiefe seines Körpers dringt. Und als es vorüber ist, laufen Tränen über sein Gesicht, und ein penetranter Metallgeschmack erfüllt seinen Mund.

Nachdem er sich die Finger an der Hose abgewischt und die Augen gerieben hat, legt er die Hände wieder aufs Lenkrad. »Danke.«

Diego sieht ihn an. »Sollen wir kurz anhalten?«

»Nein.«

»Alles in Ordnung?«

»Nein.«

Ian wirft einen Blick auf seinen Freund. Bestimmt wird er gleich etwas erwidern, zum Beispiel, dass er dringend ins Krankenhaus muss, dass er sich auch mal um sich selbst kümmern muss oder, zum wiederholten Mal, dass sie die Polizei einschalten sollten. Doch Diego sagt nichts, sondern nickt bloß kurz. Und dieses eine Nicken genügt, um Ian klarzumachen, dass er seine Antwort akzeptiert – solange ihm bewusst ist, was er sich antut, wird er ihn dabei unterstützen. Denn er lässt seine Freunde nicht im Stich.

Diego schaut aus dem Fenster und dreht sich eine Zigarette. »Was denkst du, wann wir da sind?«

»Bei Sonnenuntergang.«

Mit einem zustimmenden Grunzen gibt sich Diego Feuer und kurbelt das Fenster einen Spaltbreit herunter.

Heißer Wind braust durch den Wagen. Ian genießt die frische Luft auf dem Gesicht, auch wenn sie ihn nicht kühlt.

Vor ihm liegt die graue Straße.

Noch viereinhalb, vielleicht fünf Stunden, länger sollten sie nicht brauchen. Noch viereinhalb, fünf Stunden, dann kann er seine Tochter in die Arme schließen.

MAGGIE HÖRT DAS AUTO KOMMEN. Noch ist es nicht in Sicht, doch Henry hat es offensichtlich auch gehört, denn er steht auf und beugt sich vor, als könnte er es dadurch früher sehen. Beatrice und Maggie bleiben auf dem Bordstein sitzen. Sie hofft so sehr, dass es ihr Daddy ist. Ja, bestimmt ist es Daddy, er ist hier, er wird sie retten, er wird sie in die Arme schließen und von hier wegbringen, für immer weg von hier.

Ein weißer Toyota biegt um die Ecke. Maggie starrt auf die Gestalt hinter der Windschutzscheibe – das ist nicht Daddy. Der Mann hinter dem Steuer sieht ganz anders aus: ein uraltes, eingefallenes Gesicht, ausgehöhlt von der Zeit. Buschige graue Augenbrauen, geblähte Nüstern. Die Zunge, ein farbloser Fleischlappen, schiebt sich aus dem Mund, fährt einmal über die trockenen Lippen und verschwindet wieder in seinem Loch, wie ein blindes Nagetier, das eine Wildkatze gewittert hat.

Das Auto wird langsamer, es kriecht auf sie zu, als hätte es Angst vor ihnen. Dabei ist es bloß eine Maschine.

Henry hebt die Hand.

Der Mann hinter der Windschutzscheibe erwidert den Gruß, doch die Bewegung wirkt mechanisch. Er glotzt weiter ausdruckslos und stumpf vor sich hin. Doch dann öffnet sich sein Mund zu einem stummen *Ah,* und seine Lippen verziehen sich zu einem Lächeln. »Leck mich am Arsch«, dringt es aus dem Inneren des Wagens. »Das gibt's ja nicht!«

Der Fremde biegt in die Einfahrt, stößt die Tür auf, tritt ins Freie und breitet die Arme aus. Er hat dünnes graues, sehr kurz geschnittenes Haar und trägt eine beigefarbene Uniform und schwarze Schuhe. An seinem Gürtel hängen ein schwarzer Schlagstock, silberne Handschellen und eine Dose Pfefferspray.

»Henry«, sagt er.

»Ron.«

Die beiden Männer umarmen sich.

»Wie geht's, Bee?«

»Gut.«

»Freut mich. Und ich schätze, du bist Sarah?« Er schaut sie an. »Wahnsinn, dass wir uns noch nie gesehen haben. Ich bin dein Onkel Ron.«

Henry packt ihn am Arm. »Wir müssen reden. Sofort.«

»Klar«, meint Ron. »Dann gehen wir mal rein.«

Maggie hockt auf dem Boden, Henry und Ron sitzen auf der Couch. Sie hört zu, wie Henry redet und redet, ohne ihn zu unterbrechen, obwohl seine Geschichte mindestens zur Hälfte gelogen ist. Dafür beobachtet sie die beiden. Mit der Zeit verändern sich Rons Blick und seine Haltung: Seine Brauen ziehen sich zusammen, sein Blick verfinstert sich, während Schatten in die tiefen Augenhöhlen fließen. Die Mundwinkel sinken herab, die riesigen Nasenlöcher blähen sich auf. Gleichzeitig versteift sich sein schlacksiger Körper, die losen Knochen zurren sich zusammen. Am Schluss sitzt er da wie ein Roboter: Die vormals runden Schultern sind eckig, der C-förmige Rücken hat sich aufgerichtet. Und seine Fäuste öffnen und schließen sich, öffnen und schließen sich. Maggie weiß, was das zu bedeuten hat.

Wieder leckt er sich über die trockenen Lippen. Als Henry fertig ist, nickt er. »Wie viel Zeit haben wir?«

»Keine Ahnung. Er kann jeden Moment auftauchen.«

»Und du denkst, er kommt direkt hierher?«

»Schätze, ja.«

»Okay. Ich hab da schon eine Idee.«

Auf Rons Anweisung hin quetschen sich Henry, Beatrice und Maggie in den Toyota. Ron selbst ist im Flur verschwunden. Ein paar Minuten später tritt er aus der grün bemalten Haustür, zwei Gewehre unter dem Arm, eine Kiste Munition in den Händen, eine Pistole im Hosensaum.

Die Gewehre drückt er Henry in die Hand, der sie zwischen den Beinen verstaut, den Schaft am Boden, den Lauf nach oben gerichtet.

Ron steigt ein und schließt die Tür.

Maggie begreift nicht ganz, was hier passiert, aber sie weiß, dass es nichts Gutes sein kann. Henry und Ron wollen mit den Waffen auf Daddy schießen. Das kann sie nicht zulassen, aber was soll sie tun? Selbst wenn sie fliehen könnte, würde es nichts bringen. Hier ist niemand, und bis zur nächsten Stadt sind es viele Meilen. Dabei wollte sie nur nach Hause, nach Hause zu Daddy und Mommy und …

Stopp jetzt, Maggie. Reiß dich zusammen.

Eins zwei drei vier fünf sechs sieben acht.

Langsam atmet sie aus. Sie ist doch ein großes Mädchen. Sie muss ruhig bleiben. Nur wenn sie ruhig ist, bekommt sie mit, was um sie herum passiert, und nur dann kann sie Daddy helfen, nur dann kann sie überhaupt etwas tun. Deshalb darf sie nicht in Panik geraten. Panik bringt ihr überhaupt nichts. Sie schließt die Augen und flüchtet sich in die Dunkelheit. Als sie die Augen wieder öffnet, geht es ihr etwas besser. Aber Angst hat sie immer noch.

»Wohin fahren wir?«, fragt Henry.

»Zur Highschool.«

»Zur Highschool?«

Ron nickt und dreht den Zündschlüssel herum. »Lass mich nur machen.«

Sie biegen auf den völlig leeren Parkplatz ein. Es ist ein komisches Gefühl, in einem Auto allein auf einer riesigen Asphaltfläche zu stehen. Sie steigen aus. Auf dem Boden liegen offene Schulbücher, manchmal blättert der heiße Wind in den Seiten wie eine unsichtbare Hand. Henry gibt Ron eines der Gewehre, das andere behält er für sich.

»Hier lang«, sagt Ron.

Gemeinsam gehen sie zur Tür des zweistöckigen hellblauen Gebäudes. An vielen Stellen blättert die Farbe ab, an anderen ist schon der Untergrund zu sehen. Auch das Gebäude selbst löst sich auf – Wind und Wetter haben große Brocken aus der Außenwand herausgesprengt. Riesige Löcher klaffen im Beton, geben den Blick frei auf eine Art Taubendraht. Hinter den fünf Stufen der Vortreppe stoßen sie auf einen weitläufigen, leeren Gang. An den Seiten stehen Spinde, teils offen, teils geschlossen, einige noch mit einem Vorhängeschloss versehen. In den offenen entdeckt Maggie Bleistifte und Filzstifte und Hefte, Bilder kleben an der Innenseite einiger Türen. Bücher liegen wahllos über den Linoleumboden verstreut. Hier und da sieht man ein Tierskelett.

Direkt vor ihnen liegt eine Klapperschlange, die allerdings ziemlich mitgenommen wirkt. Ron stupst sie mit dem Gewehrlauf an. Tot. Einer nach dem anderen steigen sie über sie hinweg und gehen weiter.

»Am besten, Beatrice und Sarah warten so lang in einem der Klassenzimmer«, sagt Ron.

»Ich hab Hunger«, erwidert Beatrice. »Du auch, Sarah?«

Maggie nickt.

»Hätte euch das nicht ein bisschen früher einfallen können?«, schnauzt Henry.

»Ich wollte nicht stören«, flüstert Beatrice.

»Gerade eben waren wir bei Ron, da gab's genug zu essen. Wie soll ich hier was zu essen auftreiben?«

»Ich dachte, wir könnten was am Automaten ziehen.«

»Was für ein Automat?«

Beatrice deutet den Gang hinunter. Ganz am Ende steht ein alter Snackautomat mit genauso alten Snacks: Chipstüten, Schokoriegel und so weiter.

»Na gut«, meint Henry. »Dann holen wir uns was.«

Sie gehen den Gang hinunter. Schon aus ein paar Metern Entfernung kann Maggie Löcher in den Tüten sehen, kleine, ausgefranste Öffnungen, wo Tiere die Folie durchgenagt haben. Chipskrümel sind herausgerieselt, vermischt mit winzigen dunklen Klümpchen. Insektenscheiße.

»Also gut«, sagt Henry, »geht mal einen Schritt zurück.« Er knallt den Gewehrschaft gegen die Glasscheibe des Automaten. Ein lautes Knacken, als würde Gott in die Hände klatschen. Noch einmal. Diesmal zerbricht das Glas in viele kleine Scherben, die auf dem Boden zu noch kleineren Scherben zerspringen. Henry schlägt mit dem Kolben ein paar vorstehende Splitter ab, reicht das Gewehr an Ron weiter und zieht die ersten Snacks heraus.

»Das meiste haben sich die Viecher geholt«, meint er, während er seine Beute durchsieht.

Was nicht mehr zu gebrauchen ist, wirft er auf den Boden. Am Schluss haben sie sechs Chipstüten, drei Schokoriegel und zwei Tüten Schweinekrusten, die noch essbar zu sein scheinen oder zumindest nicht angenagt wurden. Beatrice lädt sich alles auf die Arme, und sie gehen zum nächsten Klassenzimmer.

»Ich muss kurz mit meinen Mädels reden«, sagt Henry.

»Tu dir keinen Zwang an«, erwidert Ron. »Aber beeil dich, okay? Ich will so schnell wie möglich aufs Dach.«

Mit einem Nicken schiebt Henry Beatrice und Maggie durch die Tür.

Der Raum ist lichtdurchflutet. Bis auf zwanzig Collegestühle mit aufmontiertem Schreibtablar, die in einer Ecke gestapelt sind, ist er leer. Ein zerfleddertes Poster mit dem Einmaleins hängt an der Wand, Rechnungen stehen an der Tafel, ausgeblichene Kreideziffern aus den Tiefen der Vergangenheit. Auf dem Boden liegen Schulbücher und Zettel mit Matheaufgaben. Durch eine Reihe Fenster, viele davon ohne Scheibe, sieht Maggie auf das Baseballfeld und die leere Tribüne. Eine rostige Spielerbank. Die drei Basen, immer noch farblich markiert. Der kleine Hügel für den Pitcher. Totes Gras.

Henry packt sie am Arm und zerrt sie zu den Stühlen, schnappt sich den obersten von einem Stapel, knallt ihn auf das Linoleum und schiebt sie hinter das Schreibbrett.

»Du bleibst hier sitzen.«

Plötzlich hält er inne. Anscheinend ist ihm eine Idee gekommen, denn er dreht sich um und verschwindet, ohne einen Ton zu sagen. Als er wieder auftaucht, hat er Handschellen, Rons Handschellen, in der einen und eine Pistole, ebenfalls Rons, in der anderen Hand. Er steckt die Pistole in den Bund seiner Jeans, marschiert zu Maggie und legt ihr die Handschellen an – den einen Ring schließt er um ihr Handgelenk, so weit, dass er sich nicht mehr enger zusammendrücken lässt, den anderen befestigt er an der geschwungenen Stange zwischen Sitzfläche und Schreibtablar, einer laminierten Spanplatte, die auf die sich oben einwärts biegende Haltestange geschraubt ist.

»Und wenn ich mal muss?«

»Pinkel neben den Stuhl.«

Damit dreht er sich um, geht rüber zu Beatrice und drückt ihr die Pistole in die Hand.

»Was soll ich damit?«

»Nur für alle Fälle.«

»Was für Fälle?«

»Pass auf. Das hier ist eine Halbautomatik, und das Ding ist entsichert. Also Vorsicht. Du musst nur zielen und abdrücken. Verstanden?«

»Warum soll ich zielen und abdrücken?«

»Du zielst und drückst ab, wenn irgendwer außer Ron und mir zur Tür reinkommt. Kapiert?«

»Aber ich will auf niemanden schießen, Henry.«

Er seufzt. »Was tun wir hier, Bee?«

»Was denn?«

»Wir tun, was getan werden muss, um die Familie zusammenzuhalten.«

Sie schweigt. Und nickt.

»Bist ein gutes Mädchen. Tu mir einen Gefallen und pass auf Maggie auf, okay? Meinetwegen kannst du ihr auch ein paar Chips geben. Aber wenn irgendwer außer Ron und mir zur Tür reinkommt ...«

Beatrice starrt ihn an.

»Bee?«

»Was?«

»Was tust du, wenn irgendwer außer Ron und mir zur Tür reinkommt?«

»Zielen und abdrücken?«

»Genau.«

Kaum ist Henry aus der Tür, versucht Maggie, ihre Hand durch die Handschelle zu zwängen. Es tut ziemlich weh, aber wenn sie die Finger ganz eng zusammenquetscht und den Daumen nach innen klappt, kann sie es bestimmt schaffen. Sie braucht nur etwas Zeit.

HENRY TRITT AUS DEM KLASSENZIMMER auf den Flur.

»Fertig?«, fragt Ron, der an einen Spind gelehnt gewartet hat.

»Fertig.«

»Gut.« Er gibt Henry eines der Gewehre, die alte .30-06 ihres Vaters, eine vorsintflutliche Army-Knarre, die Acht-Schuss-Ladestreifen schluckt. Wenn ihr Dad einen über den Durst getrunken hatte, ballerte er damit immer Flaschen vom Gartenzaun. »Patton hat mal gesagt, das Ding hier wär die beste waffentechnische Erfindung aller Zeiten«, erklärte er ihnen dabei. »Und wisst ihr was? Der alte Hurensohn hatte recht!« Henry überprüft, ob sie geladen ist. Sie ist geladen.

Er nickt. »Also rauf aufs Dach?«

»Rauf aufs Dach.«

Im Hausmeisterbüro führt eine schmale Leiter durch eine Luke auf das geteerte Dach. Es ist früher Abend. Die rote Sonne, die tief am Himmel hängt, erinnert Henry an ein befruchtetes Ei in der Pfanne – gelber Dotter mit rotem Samen in der Mitte, verkocht, tot. Henry dreht sich um seine Achse und lässt den Blick über die verwaiste Stadt schweifen. Als der graue Asphaltstreifen am Ortseingang in Sicht kommt, hält er inne. Er kann meilenweit in die Ferne sehen. Wäre er nicht kurzsichtig, könnte er wahrscheinlich sogar den Interstate erkennen.

»Gutes Plätzchen.«

»Ich weiß«, meint Ron. »Das Jackrabbit Inn ist zwar noch ein Stockwerk höher, aber der Blick auf die Straße ist nicht ganz so gut von da.« Mit einem Nicken deutet er darauf nach rechts und sagt: »Dann ruhen wir uns mal ein bisschen aus. Der taucht noch früh genug auf.«

Zwei bequeme Klappstühle, vom roten Abendlicht beleuchtet, stehen ein wenig abseits, dazwischen eine Kühlbox aus Styropor. Ron geht rüber, setzt sich und streckt die Beine aus. Das Gestell knarrt unter seinem Gewicht, als er den Deckel von der Kühlbox schiebt und eine Dose Coors rausholt. Er öffnet sie und schlürft den Schaum, der ihm entgegenquillt.

»Warmes Bier ist auch Bier«, meint er.

»Für wen ist der zweite Stuhl?«

»Für dich.«

Henry sitzt neben seinem Bruder und blickt nach Osten auf die schwindende Sonne, ein warmes Bier zwischen den Beinen. Vorhin, als er ohne Waffen war und nichts weiter tun konnte, als auf seine Hinrichtung zu warten, hat er beinahe Panik bekommen, aber jetzt ist er fast schon erschreckend gelassen. Er ist hier, er ist bereit. Beatrice ist in Sicherheit, Sarah kann keinen Ärger machen. Und Hunt? Hunt hat nicht mehr lang zu leben.

»Ist lang her«, sagt er mit einem Blick auf Ron.

»Ja. Schade, dass es kein schönerer Anlass ist.«

»Übrigens. Das hab ich dir vorhin gar nicht erzählt. Er hat Donald erwischt. Ich meine, woher konnte er sonst wissen, wo ich hinwollte?«

»Erwischt? Du meinst umgebracht?«

Henry nickt.

»Bist du dir sicher? Oder glaubst du's nur?«

»Ich bin mir ziemlich sicher.«

Ron schüttelt den Kopf. »Nein, das kann nicht sein.«

»Vielleicht hat er ...«

»Donald ist der Einzige von uns, der auch nur einen Pfifferling wert ist. Er darf nicht tot sein.«

»Vielleicht hat …«

»Pssst. Sei still und genieß den Sonnenuntergang.«

»Aber …«

»Sei verdammt noch mal still, Henry. Du hast noch nie gewusst, wann du besser das Maul halten solltest.«

Henry tastet nach der Bierdose und führt sie zum Mund. Dabei blinzelt er in den Sonnenuntergang, bevor er nach links blickt, nach Süden – auf die Straße, die vom Interstate zur Stadt führt.

Niemand zu sehen.

Nach dem zweiten Bier, als sie gerade die Dosen fünf und sechs aus der Box kramen, ist das Lächeln in Rons Gesicht zurückgekehrt. »Hab dich vermisst, Henry.«

»Ich dich auch.«

»Ist ein bisschen wie Angeln, was?«

»Ja. Wie früher.«

Plötzlich lächelt Ron nicht mehr. Außerdem sieht er Henry nicht mehr in die Augen, sondern schräg an ihm vorbei. Sein Kinn zuckt zur Seite. »Schau mal da.«

Henry blickt nach links, Richtung Süden. Da ist er – ein schmutzig roter Wagen rollt die Straße herauf, klein wie eine Streichholzschachtel, ein Spielzeugauto, das auf Nimmerwiedersehen unterm Bett verschwinden könnte. Kein Zweifel, das ist Ian Hunt. Auf einmal klopft Henrys Herz sehr schnell, eine blutige Totentrommel im pulsierenden Rhythmus seiner Angst. Selbst hier oben, an der Seite seines großen Bruders, mit zwei Gewehren und kistenweise Munition hat er Angst, als er Hunt entdeckt. Warum auch immer.

Eilig leert er das warme Bier, wirft die Dose weg und lässt sich auf den Boden fallen, in seine bevorzugte Schießstellung – den Oberkörper auf die Ellenbogen gestützt, den Schaft des Gewehrs in die Schulter gestemmt, die Beine zu einer flachen 4 verschränkt. Er nimmt den roten Mustang ins Visier und folgt ihm mit dem Lauf der Waffe. Langsam wird der Wagen größer. Was für eine Schrottlaube.

Henry atmet stoßweise ein und aus, ein abgehacktes Schnaufen. Er muss sich zusammenreißen, sonst verhaut er den ersten Schuss. Dann wäre Hunt gewarnt, also muss der erste Schuss sitzen. Und dazu muss er sich beruhigen, sich konzentrieren. Auf diese Entfernung geht die Kugel einen halben Meter daneben, wenn er nur minimal zuckt. Ein holpriger Herzschlag, ein unkontrollierter Atemzug, und schon hat er ihn verfehlt.

Ron bleibt sitzen. Erst nach einem letzten, geräuschvollen Schluck stellt er die Dose ab und lässt sich vom Klappstuhl auf das rechte, angewinkelte Knie gleiten. Henry dreht sich nicht um. Er weiß, aus welcher Position sein Bruder am liebsten schießt. Jeder, wie er mag.

»Hast du ihn?«, fragt Ron.

»Ruhe. Ich muss mich konzentrieren.«

»Also hast du ihn?«

»Ja. Und jetzt halt die Klappe.«

Der Mustang nähert sich. Mittlerweile kann Henry Hunts Gesicht erkennen – und das Gesicht des Typen neben ihm. Hunt hat sich Verstärkung geholt. Offensichtlich hat er den Typen unterwegs aufgegabelt, denn gestern auf dem Interstate war er ganz sicher allein. Aber wer ist das? Henry kneift die Augen zusammen. Scheiße. Das ist Officer Peña. Officer Diego Peña aus Bulls Mouth.

»Verdammt«, murmelt er.

»Was ist?«

»Ruhe, hab ich gesagt. Ich muss mich konzentrieren.«

»Dann tu das auch, statt hier rumzufluchen.«

Also hat Hunt doch die Cops eingeschaltet? Nein, das ergibt keinen Sinn. Peña arbeitet für die Polizei von Bulls Mouth, er ist ein einfacher Stadtbulle, der hier draußen überhaupt nichts zu sagen hat. So weit im Westen geht er nicht mal als Cop durch, hier ist er bloß einer dieser dunkelhäutigen *si hablo español* mit Pistole in der Tasche.

Henry späht an Hunts Mustang vorbei die Straße hinunter. Niemand zu sehen, Hunt und Peña sind allein. Sie sind allein gekommen, und Henry wird sicherstellen, dass sie Kaiser nicht wieder verlassen. Wenn sie tot sind, ist er alle seine Sorgen los.

Er leckt sich über die Lippen, atmet ein, hält die Luft an.

Die Welt ist ein Sturm. Ich bin das Auge des Sturms.

Henry zielt auf Hunts Gesicht und drückt den Abzug. Langsam. Vorsichtig. Er spürt, wie das kalte Metall seine Fingerkuppe eindellt – bis er den Punkt des größten Widerstands überwunden hat.

ALS IAN VOM INTERSTATE ABFÄHRT, ist es fast sieben – die Sonne steht bereits sehr niedrig und glänzt längst nicht mehr so hell wie zu Mittag. Der Himmel färbt sich allmählich rot. Sie passieren das Desert Café und ein zerschossenes Schild mit der Aufschrift KAISER 8 MEILEN. Dahinter zeugt nur noch die Straße selbst von der Existenz der menschlichen Zivilisation; zu beiden Seiten erstreckt sich endlose Wüste, aufgelockert durch vereinzelte Sträucher und Joshua Trees. Auf der linken Spur hat eine Klapperschlange es sich gemütlich gemacht, um die letzten Sonnenstrahlen einzufangen, ehe sie sich in der Dunkelheit weiß Gott wohin verzieht. Eine halbe Meile später liegt ein toter Hase auf der Fahrbahn.

Lange Zeit wird kein Wort gesprochen, bis Ian das Schweigen bricht. »Du musst das nicht machen.«

»Doch, muss ich.«

»Nein. Du hast eine Frau, ein Kind. Du hast andere Verpflichtungen.«

Einen Moment lang sieht Diego ihn an, bevor er wieder auf die Wüste starrt. Ian wirft einen Blick zur Seite, doch Diego schaut weiter schweigend aus dem Fenster.

»In der Grundschule«, sagt Diego nach einer Weile, ohne sich zu Ian umzudrehen, »da war ich zwölf oder so, hab ich in der Pause immer mit ein paar älteren Typen rumgehangen. Einmal sind wir rüber zu einem Typen, der auf einer Picknickbank neben dem Basketballplatz saß, ein ganz normaler Junge, ungefähr so alt wie ich. Er hat ein Buch gelesen, irgendwas von Stephen King. Meine Kumpels haben angefangen, ihn zu verarschen. ›Coole Schuhe‹, hat einer von ihnen gesagt. Dabei hatte er billige Plastiksportschuhe an, die oben schon Risse hatten. Er hat ›Danke‹ gesagt, aber ich hab gehört, wie seine Stimme gezittert hat. Das hör ich noch ganz genau, dieses Zittern in seiner Stimme. ›Sag mal, woher hast du die?‹, hat ein anderer gefragt, ›aus dem Müll?‹ Und so weiter. Ich stand einfach nur daneben. Kann sein, dass ich sogar ein bisschen mitgemacht hab, ich wollte halt dazugehören. Aber ich hab mich geschämt, Ian, ich hab mich die ganze Zeit geschämt. Ich fühlte mich von Grund auf schlecht. Das hab ich nie vergessen.«

Am Ortseingang drückt Ian auf die Bremse. Langsam rollen sie an einer verlassenen Tankstelle vorbei, vor der ein umgekippter Cola-Automat liegt oder was noch davon übrig ist. Gefallene Zivilisation. Totes Gras ragt aus Rissen im Asphalt. Dann passieren sie einen Supermarkt, auch er verwaist.

»Mein Gott«, sagt Diego. »Wie eine Vorschau auf den Jüngsten Tag.«

Ian nickt. »Wir müssen uns vorsehen. Ich hab gar kein gutes Gefühl dabei, hier einfach so reinzufah…«

Klack.

Zuerst kapiert Ian überhaupt nicht, was geschehen ist – bis er das kleine Loch in der Mitte der Windschutzscheibe entdeckt. Er sieht Diego an. Diego sieht ihn an.

»Du blutest am Ohr«, meint Diego.

Ian betastet sein rechtes Ohr. Ein stechender Schmerz, Blut an seiner Hand. Er dreht sich um und betrachtet die Kopfstütze: ein Loch, groß genug, um den kleinen Finger hineinzustecken. »Runter!«, brüllt er und duckt sich unters Armaturenbrett.

Klack.

Die Windschutzscheibe regnet auf ihn herab.

Und Ian steigt aufs Gas. Sie müssen hier weg, raus aus der Schusslinie, und zwar sofort. Doch in seiner Panik würgt er den Motor schon nach wenigen Metern ab. Was jetzt? Die Schüsse scheinen von dem zweistöckigen Gebäude im Nordosten zu kommen. Sie müssen den Wagen zwischen sich und den Schützen bringen. Also stößt er die Fahrertür auf und krabbelt raus auf die Straße. »Hier rüber. Und bleib verdammt noch mal unten.«

Ein gewaltiger Schmerz jagt ihm durch die Brust.

Er blickt an sich hinab: ein roter Fleck auf seinem Hemd, der sich rasch ausbreitet. Natürlich. Er hat den Katheter rausgerissen. Er hat ihn völlig vergessen. Der Schlauch hängt quer über dem Sitz, das Ende baumelt über dem schmutzigen Asphalt, eine rosafarbene Mischung aus Blut und Eiter tropft heraus. An der Mündung klebt noch der schwarze Faden, mit dem der Schlauch an der Brust fixiert war und der den Rand der Wunde nach oben gezogen hatte wie die dreieckigen Blätter einer hautfarbenen Tulpe. Ian atmet ein – ein Keuchen wie aus einem löchrigen Reifen. Schnell drückt er die Hand auf die Brust, damit nicht noch mehr Luft ausströmt. Jetzt kann er wirklich keine kollabierte Lunge gebrauchen.

Klack. Klack.

Zwei weitere Kugeln schlagen in den Wagen ein.

Diego wirft sich neben ihm auf die Straße. »Hat er dich erwischt?«

Ian schüttelt den Kopf. »Ich brauch eine Plastikfolie.«

»Was?«

Er schließt die Augen und verzieht das Gesicht. Als er die Augen wieder öffnet, kniet Diego über ihm, den Kopf unter die Motorhaube geduckt, und mustert ihn besorgt. »Im Wagen«, stößt Ian hervor. »Hinten im Fußraum, da müsste eine kleine Plastikfolie liegen. Die musst du mir bringen.«

Diego nickt und krabbelt zurück in den Mustang.

Klack. Klack. Klack.

Im Wagen rührt sich nichts mehr.

»Diego?«

Immer noch nichts. Als Ian sich so gut wie sicher ist, dass Diego nicht mehr lebt, taucht er wieder auf, in der Hand eine rechteckige Plastikfolie, etwa fünfzehn mal sieben Zentimeter groß, mit zwei kleinen Aufklebern – auf dem einen steht THUNFISCH-CHEDDAR-SANDWICH, der andere wird größtenteils vom Strichcode ausgefüllt und informiert über den Preis: $ 4,99.

»Die hier?«, fragt Diego.

Er nickt. »Genau die.« Mit der rechten Hand knöpft er sich das Hemd auf, die linke presst er weiter auf das Loch in seiner Brust. »Okay. Es muss schnell gehen. Wenn ich die Hand wegziehe, haust du die Plastikfolie auf das Loch. Verstanden?«

»Verstanden.«

Ian befeuchtet sich die Lippen. »Also gut.«

Im nächsten Moment zieht er die Hand weg. Er atmet ein, hört das schreckliche Pfeifen – und spürt einen Druck auf der Brust. Das Pfeifen verstummt. Diego stützt sich auf ihn, die Hand mit der Plastikfolie auf der Wunde.

»Gut«, sagt Ian. »Ich übernehme.« So schnell er kann, schiebt er die linke Hand auf die Folie. »Hilf mir mal. Ich muss raus aus dem Hemd.« Mit Diegos Unterstützung richtet er sich auf und fummelt seinen rechten Arm aus dem Ärmel. Danach legt er die rechte Hand auf das Loch und befreit auch den linken Arm. »Gut. Und jetzt fixieren wir die Plastikfolie mit dem Hemd.«

Diego nickt. »Okay.« Er schüttelt das Hemd aus – eine Staubwolke steigt auf – und schlingt es um Ians Rücken.

Ian sitzt, mit dem Rücken an den linken Kotflügel gelehnt, auf dem Boden und atmet tief ein und aus. Tränen des Schmerzes fließen über sein Gesicht, sein Herz holpert in der Brust. Einatmen, ausatmen. Scheiße, tut das weh. Er schließt die Augen, öffnet sie wieder. Tut das weh. Mit zittrigen Fingern tastet er nach dem orangefarbenen Fläschchen, drückt die Kappe herunter und schaut hinein. Noch drei Tramadol-Tabletten. Er kippt sich alle drei in den Mund, würgt sie hinunter und wirft das Fläschchen weg.

»Bist du dir sicher, dass du das schaffst?«

Er schüttelt den Kopf. »Nein. Aber jetzt sind wir nun mal hier. Also bringen wir es auch zu Ende.«

»Okay.«

»Holst du die Waffen von der Rückbank?«

MAGGIE VERSUCHT, IHRE FINGER durch die Handschelle zu quetschen. Sie beißt die Zähne zusammen, aber sie kriegt den Metallring einfach nicht über den vorstehenden Daumenknöchel.

Da hört sie den ersten Schuss.

Beatrice zuckt zusammen und lässt die Chipstüte fallen. Ohne sich weiter darum zu kümmern, geht sie zu der Pistole hinüber, die sie vorhin auf den Boden gelegt hat, und hebt sie auf. Mit gerunzelter Stirn beäugt sie die Waffe – als würde sie sich fragen, wie das Ding in ihren Besitz gekommen ist –, legt sie wieder hin und trottet zum Fenster. Die Abendsonne scheint auf ihr Gesicht.

Noch ein Schuss. Wieder zuckt Beatrice zusammen.

»Kannst du was sehen?«, fragt Maggie.

»Nein. Nur das Baseballfeld.«

»Mein Daddy ist da. Sonst würden sie nicht schießen.«

»Henry ist dein Daddy, Sarah.«

»Henry ist nicht mein Daddy.«

Zwei weitere Schüsse hallen durch das leere Schulgebäude. Der Schall wird von den Wänden zurückgeworfen und pflanzt sich weiter fort, ein Knall nach dem anderen, jedes Mal ein bisschen leiser.

»Henry wird nie mein Daddy sein«, sagt Maggie. »Und du wirst nicht meine Mommy sein.«

Beatrice betrachtet sie mit großen, traurigen Augen. Die eine Hälfte ihres Gesichts wird vom schwächer werdenden Tageslicht beleuchtet, die andere Hälfte liegt im Schatten. Auf der Seite wirkt sie jünger, denn die Dunkelheit verbirgt ihre Falten. »Das kannst du doch nicht sagen, Sarah. Du weißt doch, dass wir das alles nur für dich tun. Wir müssen die Familie zusammenhalten. Es gibt nichts Wichtigeres als die Familie. So wichtig bist du uns.«

»Ich will euch aber nicht wichtig sein. Ich will zurück zu meiner richtigen Familie.«

»Wir sind deine richtige Familie.«

Sie schüttelt den Kopf. »Nein. Mein Daddy ist da, mein richtiger Daddy. Das ist meine Familie, mein Daddy und meine Mommy und Jeffrey. Und mein Daddy ist Polizist. Er wird dich ins Gefängnis werfen, dich und Henry, und da werdet ihr nie wieder rauskommen. Ihr werdet für immer im Gefängnis sitzen, und mich wird er mit nach Hause nehmen. Dann muss ich euch nie mehr sehen.«

»Bitte, Sarah, sag so was nicht.« Tränen schimmern auf Beatrice' rundlichem Gesicht, doch ihre Augen glitzern nicht nur vor Trauer, sondern auch vor Wut. Ihre Arme hängen herab, ihre Hände ballen sich zu Fäusten. Fast glaubt Maggie, sie würde gleich zuschlagen.

So hat sie noch nie mit Beatrice geredet. Sie hatte viel zu viel Angst, dass Henry davon erfahren könnte, dass er sie dafür an den Bestrafungshaken hängen würde. Aber nicht nur deshalb. Nein, Beatrice hat ihr auch ein bisschen leidgetan. Sie hat immer so traurig geschaut. Jetzt tut sie ihr nicht mehr leid, und vor Henry fürchtet sie sich auch nicht mehr. Zumindest nicht so sehr, dass sie deswegen den Mund halten würde. Jetzt will sie nur noch nach Hause, nach Hause zu ihrer richtigen Familie. Sie will es so sehr, dass ihr richtig heiß wird, eine brennende Hitze in der Brust. Dabei hat sie schon gedacht, sie würde so etwas nie wieder empfinden. Sie hat gedacht, die Sonne in ihrem Inneren wäre erloschen.

Sie hat sich geirrt. Die Sonne war nur untergegangen. Jetzt geht sie wieder auf.

Drei weitere Schüsse, schnell hintereinander, gefolgt vom langsam abklingenden Echo.

»Henry ist bestimmt schon tot«, meint Maggie. »Du wirst allein im Gefängnis sitzen. Keiner wird dir schreiben. Keiner wird dich besuchen kommen.«

»Hör auf, so zu reden!«, ruft Beatrice, stampft auf sie zu und schubst sie mit aller Kraft. Der Stuhl kippt zur Seite, verharrt einen Moment auf zwei Beinen im Gleichgewicht und kracht dann auf den Boden. Als Maggie mit dem Ellenbogen aufschlägt, vibriert ein stechender Schmerz durch ihren Körper, ein merkwürdiges Zittern schießt ihren Arm hinauf. Den Ringfinger und den kleinen Finger spürt sie nicht mehr.

Sofort ist Beatrice neben ihr und versucht, den Stuhl wieder aufzurichten, mit Maggie auf der Sitzfläche. Sie muss sich ziemlich abmühen, aber irgendwann hat sie es geschafft. Mit der freien Hand reibt Maggie sich den Ellenbogen. Wenn sie doch nur aus den Handschellen schlüpfen, sich die Pistole schnappen und abhauen könnte! Daddy ist hier, aber sie kann doch nicht einfach rumsitzen und darauf warten, dass er sie rettet. Sie hat viel zu lang gewartet, damals im Keller, im Albtraumland, eine ewig lange Nacht hindurch, die längste Nacht ihres Lebens, und sie wird nicht zulassen, dass die Nacht noch länger dauert. Deshalb wird sie nie wieder rumsitzen und warten.

»Es tut mir leid«, wimmert Beatrice. »Das hab ich nicht gewollt. Es tut mir so leid.« Sie streicht ihr übers Haar und presst Maggies Stirn an ihren fetten Bauch. »Es tut mir so leid.«

Maggie schüttelt sie ab. »Lass mich in Ruhe.«

»Bald haben wir es überstanden«, beteuert Beatrice. »Dann wird alles gut.«

»Ich will nicht mit dir reden. Nie mehr.«

Beatrice wischt sich mit der Hand über die Augen, geht zum Fenster und schaut raus. »Das darfst du nicht sagen. Du meinst es doch gar nicht so.«

»Doch. Ich meine es so.«

Für einen Moment dreht Beatrice sich um und mustert sie, bevor sie wieder aus dem Fenster schaut. Sie steht da und starrt in die Dämmerung.

Maggie betrachtet ihr Handgelenk. Wieder versucht sie, ihre Finger durch den Ring zu zwängen. Bis zum Daumen ist es kein Problem, aber dann ist Schluss. Egal wie sehr sie sich anstrengt, sie kommt keinen Millimeter voran. Das Metall gräbt sich nur immer tiefer in ihr Fleisch.

Vor Enttäuschung schlägt sie mit der freien Hand auf das Schreibbrett, dessen anderes Ende dabei hochspringt und wieder runterknallt. Das Brett sitzt locker. Mit einem Blick auf Beatrice – nein, sie schaut nicht herüber – drückt Maggie es nach oben, so weit sie kann, und begutachtet die Unterseite: Zwei

Schrauben sind aus dem Material herausgebrochen, wahrscheinlich vorhin, als der Stuhl umgekippt ist. Es fehlt nicht viel, und sie könnte den Metallring einfach von der Stange schieben. Sie muss ihre Hand nicht durch die Handschelle quetschen, sie muss bloß das Schreibbrett abmontieren. Und dazu muss sie nur noch eine Schraube entfernen. Dann ist sie frei.

Beatrice starrt noch immer mit traurigem, schlaffem Gesicht aus dem Fenster. Wieder spürt Maggie Mitleid mit ihr. Sie wirkt so einsam, so leblos, als würde sie ganz viel Liebe brauchen. Und trotz allem, was sie ihr angetan hat, sehnt sich ein Teil von Maggie immer noch danach, ihr diese Liebe zu geben. Aber sie kann nicht. Sie kann sie ja nicht mal besonders gut leiden. Das einzige Gefühl, das sie für Beatrice empfinden kann, ist diese seltsame Mischung aus Mitleid und Hass.

Sie biegt das Schreibbrett nach oben. Bald hat sie es geschafft.

HENRY LIEGT AUF DEM DACH des Schulgebäudes. Eine ganze Weile schon. Er liegt da und späht auf den roten Mustang, wo sich seit einiger Zeit nichts mehr getan hat, und fragt sich, was die beiden da unten nur machen. Seine Arme verkrampfen sich bereits, lange kann er die Position nicht mehr halten. Außerdem irritiert es ihn, dass sich überhaupt nichts rührt. Die können sich doch nicht bis in alle Ewigkeit hinter dem Auto verstecken, irgendwann müssen sie doch handeln. Warum erwidern sie das Feuer nicht? Ein, zwei Schüsse, und er wüsste, wo sie sind. Und sobald sie das nächste Mal auftauchen, wären sie erledigt. Ganz einfach.

Oder sind sie vielleicht schon erledigt? Zeigen sie sich deshalb nicht? Nein. Bestimmt nicht. Wer so denkt, hat schon verloren. Wer unvorsichtig wird, hat bereits sein Todesurteil unterschrieben.

»Kannst du was sehen?«, fragt er seinen Bruder.

Ron kauert hinter ihm, das rechte Knie auf dem Boden, das linke Bein angewinkelt, die Waffe im Anschlag. »Nein. Scheiße, worauf warten die denn?«

»Keine Ahnung. Aber das gefällt mir ganz und gar nicht.«

Genau in diesem Moment schiebt sich der Fahrersitz des roten Mustang nach vorne und kippt aufs Lenkrad.

Und dahinter bewegt sich etwas – es sieht aus, als würde eine Hand auf die Rückbank greifen. Sicher kann er sich nicht sein, aber egal. Bewegung ist Bewegung.

Einatmen. Die Luft anhalten. Zielen. Konzentration.

Die Welt ist ein Sturm. Ich bin das Auge des Sturms.

Ausatmen.

Abdrücken.

ALS IAN HÖRT, WIE DIE KUGEL in den Wagen einschlägt, zuckt er zusammen – im Gegensatz zu Diego, der ruhig auf die Rückbank greift und die Waffen herausreicht, erst die Remington 11-87, dann die Remington-Pumpgun und zuletzt die .308er samt der Sporttasche, in die sie die Munition gepackt haben. Ian zerrt die Tasche zu sich herüber und öffnet den Reißverschluss, wirft dann Diego eine Schachtel .308er Patronen zu, kramt noch einmal in der Tasche und lädt schließlich seine beiden Remingtons.

Fertig. Er robbt am Kotflügel entlang zur Stoßstange, späht um die Ecke und hält Ausschau nach Henry. Vielleicht bewegt sich irgendwo was. Immerhin weiß er, dass die Schüsse von der anderen Seite der breiten Hauptstraße kommen, genauer gesagt von Norden. Und aus ziemlich großer Entfernung, wenn ihn seine Ohren nicht täuschen.

»Wo bist du, du gottverdammter …«

Schnell zieht er den Kopf zurück. Im selben Augenblick knallt ein Schuss, und einen Meter hinter der Stelle, wo eben noch seine Stirn war, bohrt sich eine Kugel in den Boden. Staub wird aufgewirbelt, Asphaltbröckchen spritzen an sein rechtes Hosenbein.

»Sie sind auf dem Dach der Schule«, meint er. »Entfernung um die vierzig Meter.«

Diego nickt. »Wie willst du vorgehen?«

Für einen Moment schließt Ian die Augen. Er wollte Diego nicht in die Sache mit reinziehen, er wollte sich nicht von ihm helfen lassen. Er kann kaum glauben, worum er ihn gleich bitten wird. Aber er wird es tun. Auch wenn er sich selbst jetzt noch wünscht, Diego hätte sich vorhin überreden lassen, nach Bulls Mouth zurückzukehren. Wäre er nicht da, müsste er sich was anderes einfallen lassen. Aber er ist nun mal da.

Ian öffnet die Augen und sieht seinem Freund ins Gesicht. Er weiß: Wenn Diego erst getan hat, worum er ihn gleich bitten wird, wird er nicht mehr derselbe sein. Nie mehr.

»Bist du ein guter Scharfschütze?«

Ian kauert hinter dem Mustang. Zu seiner Rechten bereitet sich Diego darauf vor, über die Straße zu einem verlassenen Eisenwarengeschäft zu sprinten. Hat er es erst mal hinter den Laden geschafft, kann er ohne größere Gefahr zu einem knapp dreihundert Meter entfernten Hotel namens Jackrabbit Inn laufen, und weiter in den dritten Stock des Gebäudes. Von dort aus sollte er freie Sicht auf das Dach der Schule haben. Und damit auf Henry Dean und seinen Bruder.

»Bereit?«, fragt Ian.

Diego nickt.

Ian atmet aus. Der Atemzug verwandelt sich in ein kehliges Husten. Flüssigkeit schiebt sich seine Lunge hinauf wie modriges Wasser in einem Brunnen. Er würgt das Zeug zwischen seinen Füßen auf die Straße. Sein Gesicht ist nass von Tränen, Schmerz pulsiert in seiner Brust. Die Stirn am Kotflügel, spuckt er noch einmal aus. Bei seinem letzten Schusswechsel hat er eine Kugel abbekommen. Gleich ist es wieder so weit. Und wie heißt es so schön? Immer wieder das Gleiche zu tun und dabei andere Ergebnisse zu erwarten, ist eine Definition von Wahnsinn.

Er sieht Diego in die Augen. »Eins.«

»Bist du dir sicher, dass du …«

»Zwei.«

Diego nickt – und Ian weiß, dass er verstanden hat. Dass er seine Antwort akzeptiert.

»Drei.«

Diego rennt los.

Und Ian springt auf die Füße, reißt die Remington 11-87 hoch, presst den Schaft in die Schulterbeuge und feuert auf das Dach des Schulgebäudes. Unermesslicher Schmerz. Keinen halben Meter unterhalb von Henrys hingekauerter Gestalt spritzen Betonsplitter durch die Luft. Eine weiße Hülse wird aus dem Gewehr geschleudert, segelt als verwischter Schemen durch die Luft und fällt zu seiner Rechten auf den Asphalt. Ian drückt noch einmal ab, und ein drittes, ein viertes Mal. Henry und sein Bruder fliehen nach hinten und verschwinden aus dem Blickfeld.

Trotzdem bleibt Ian stehen und späht hinüber zur Schule, auf die horizontale Kante des Dachs. Er wartet.

Auf seinem Bauch vermischen sich Schweiß und Blut, das Blut aus dem Loch in seiner Brust, in der der Schmerz immer stärker pulsiert. Er atmet schnell und flach, tiefe Atemzüge bringt er nicht mehr zustande, jeder Versuch endet in einem quälenden Hustenanfall. Natürlich weiß er, was mit ihm passiert: Ohne Katheter in der Lunge ertrinkt er an seinem eigenen Blut. Vorhin hat er sich nur gefühlt, als würde er ertrinken. Nun ertrinkt er wirklich.

Eine plötzliche Bewegung auf dem Dach. Ian drückt ab. Wieder fliegen Betonsplitter durch die Luft.

Jetzt rührt sich nichts mehr.

Er blickt sich um – Diego ist nicht zu sehen.

Gut so.

Schwarze Punkte tanzen vor Ians Augen. Bald wird er sich ausruhen müssen, ob er will oder nicht.

Er feuert die letzten drei Schüsse aus dem Magazin der 11-87 ab und lauscht dem Klimpern der Patronenhülsen auf dem Asphalt. Erst dann gibt er seiner Erschöpfung nach und sinkt zu Boden. Er bekommt keine Luft mehr, ihm tut alles weh. Der Rückstoß hat seine ganze rechte Seite durchgeschüttelt, alle seine Wunden schreien vor Schmerz. Schweiß rinnt ihm über das Gesicht und tropft von der Nasenspitze herab. Nachdem er ein paarmal geblinzelt hat, blickt er sich noch einmal um.

Diego ist weder zu sehen noch zu hören.

Stille, bis auf seine eigenen Atemzüge.

Dann hört er ihn plötzlich doch. Er hört den raschen Rhythmus seiner Stiefel, er hört ihn rennen. Diego ist bereits weit weg und entfernt sich immer weiter.

Ian nickt. Gut so.

Dann tastet er nach der Großkalibermunition, öffnet die Schachtel und lädt die Remington.

VORSICHTIG SCHIEBT MAGGIE den Metallring über die Stange. Wenn es bloß nicht zu laut klappert. Die letzte Schraube hat sie schon entfernt, sie kann den Ring also einfach durch die Lücke zwischen Schreibbrett und Halterung drücken. Und plötzlich ist sie frei. Die Handschellen baumeln vom Handgelenk. Ein merkwürdiges Gefühl. Die Enge in ihrer Brust verliert sich, löst sich auf – nur weil sie weiß, dass ihre Hände frei sind.

Ihre Hände sind frei.

Sie wirft einen Blick auf Beatrice.

Beatrice rührt sich nicht.

Die Pistole liegt auf dem Boden neben einem Haufen Chipstüten und Schokoriegel.

Ohne Beatrice aus den Augen zu lassen, rutscht Maggie vom Stuhl und schleicht quer durch den Raum. Gott sei Dank ist sie barfuß.

Trotzdem muss Beatrice die Bewegung aus dem Augenwinkel bemerkt haben, denn sie dreht sich um und starrt sie an. »Was machst du da, Sarah? Henry hat doch gesagt, wir sollen hierbleiben.«

Schnell rennt Maggie das letzte Stück und schnappt sich die Pistole.

Beatrice kommt auf sie zu. Doch als Maggie zielt, bleibt sie stehen.

»Ich will dich nicht erschießen.« Ihre Stimme zittert. »Aber wenn es sein muss ...«

Beatrice schweigt, die großen, glänzenden Augen auf Maggie gerichtet. Wie so oft rollen Tränen über ihr rundliches Gesicht. Ihr Kinn bebt, ihre Schultern sinken herab, als würde sie sich geschlagen geben. »Unsere Familie ist für immer kaputt, oder?«

»Wir waren nie eine Familie«, erwidert Maggie.

Beatrice lehnt sich gegen die Wand und lässt sich zu Boden rutschen, sie zieht die Beine an, schlingt die Arme um die Knie. So bleibt sie sitzen und blickt starr geradeaus. Maggie sieht ihre weiße Unterhose. Auf einmal hat sie das Gefühl, vor einem kleinen Mädchen zu stehen. Vor einem kleinen Mädchen, das dicke Tränen weint, die ihr vom Gesicht auf ihr Kleid kullern.

»Wir waren nie eine Familie«, murmelt Beatrice. Dabei starrt sie ins Leere, als würde sie eine fremde Sprache sprechen, die sie noch nicht ganz versteht.

Als sie wieder aufblickt, geht Maggie schon rückwärts zur Tür.

»Ja«, sagt Beatrice, »wir waren nie eine Familie. Aber ich hab dich immer lieb gehabt.«

»Ich hab dich nie lieb gehabt.« Damit dreht sie sich um und rennt in den Flur. Sie muss hier raus.

DER ERSTE SCHUSS SCHLÄGT ein paar Zentimeter links von Henrys Beinen ein. Er spürt die Druckwelle der verdrängten Luft und hört den Aufprall der Kugel auf dem Dach, ein feuchtes Krachen, das ihn an einen Knochen denken lässt, der aufbricht und sein Mark vergießt. Teersplitter prasseln auf seine Levis.

»Scheiße, was war das denn?« Ron, der immer noch hinter ihm kauert, sucht die umliegenden Gebäude ab. Das Echo des Knalls wabert durch die leeren Straßen, doch der Schütze ist nirgends zu sehen.

»Keine Ahnung«, meint Henry. »Auf jeden Fall kam's von oben. Der Winkel ...«

Der zweite Schuss schlägt gut zwanzig Zentimeter neben Ron ein. Splitter spritzen ihm ins Gesicht, er stürzt nach hinten, flucht, blinzelt. Tränen fließen über seine Wangen, mischen sich mit Blut von einem Dutzend winziger Schnittwunden.

Henry schaut runter auf die Straße. Eigentlich ist die Sache klar. Hunt hockt immer noch hinter seinem mittlerweile ziemlich durchlöcherten Wagen. Also haben sie es mit Peña zu tun, der offensichtlich im Jackrabbit Inn Position bezogen hat, dem einzigen Gebäude, das den Schulkomplex überragt. Und trotzdem kann er ihn nirgends entdecken. Auf dem Dach ist er nicht. Im dritten Stock stehen mehrere Fenster offen, lauter dunkle Löcher, in denen nichts zu sehen ist. Kein Wunder, denn die Sonne geht direkt hinter dem Hotel unter – Henry und sein Bruder sind für jeden bestens zu erkennen, während die Ostseite des Jackrabbit Inn, die ihnen zugewandte Seite, im Schatten liegt.

»Wir müssen hier runter«, sagt er. »Komm schon, wir müssen …«

Ron kniet auf dem Dach und reibt sich die Augen, als der dritte Schuss abgefeuert wird. Auf seiner linken Hand erscheint ein roter Punkt. Er nimmt die Hand vom Gesicht und betrachtet die Handfläche.

Doch die Kugel hat die Hand durchschlagen, und auf seinem linken Wangenknochen leuchtet ein zweiter roter Punkt. Die linke Augenhöhle füllt sich mit Blut. Ein rotes Rinnsal fließt aus dem rechten Nasenloch, zeichnet ihm einen blutigen Schnurrbart auf die Oberlippe und tropft auf den Boden.

»Ron?«

Ron schaut von seiner Hand zu Henry. »Was … was ist mit meiner … Hand?« Er dreht die Handfläche um, damit Henry einen Blick darauf werfen kann, blinzelt ein paarmal – und kippt zur Seite.

»Ron!«

Henry springt auf und blickt sich panisch um. Scheiße, was ist hier los? Das hat er sich ganz anders vorgestellt. Kurz und schmerzlos sollte es sein: ein paar Schüsse und Schluss. Er starrt auf das Jackrabbit Inn. Wieder sieht er nichts als dunkle Fenster. Schnell dreht er sich um und rennt zur Dachluke. Im selben Moment donnert der vierte Schuss. Er rattert die Leiter hinunter ins Hausmeisterbüro und kracht mit dem Rücken gegen ein Regal mit Putzmitteln.

Was, verdammte Scheiße, ist hier los?

Verzweifelt versucht er zu begreifen, was sich gerade vor seinen Augen abgespielt hat, doch sein Gehirn weigert sich, wehrt sich dagegen. Nein, sein großer Bruder ist nicht tot. Das kann nicht sein. Das darf nicht sein.

Doch. Ron ist tot.

Erst sein kleiner Bruder, jetzt sein großer Bruder.

Dafür wird Hunt bezahlen, allein dafür muss er sterben. Donald hätte ihn niemals verraten. Also hat Hunt ihn ...

Henry schließt die Augen. Reiß dich zusammen.

Bring es zu Ende.

Er öffnet die Augen wieder, verlässt das Hausmeisterbüro und läuft die breite Treppe hinunter ins Erdgeschoss, dann weiter den Flur entlang. Vor ihm liegt das Klassenzimmer, in dem Beatrice und Sarah warten. Die beiden werden sich noch ein wenig gedulden müssen.

Plötzlich öffnet sich die Tür des Klassenzimmers, und Sarah tritt auf den Gang, die Pistole in der rechten Hand. Die Handschellen baumeln von ihrem Arm und klimpern gegen den Lauf.

Sie hat ihn schon entdeckt. Kurz flackert Panik in ihren Augen, aber nur für einen Sekundenbruchteil – dann reißt sie die Waffe hoch und zielt auf seine Brust. »Keine Bewegung.«

Er bleibt stehen und hebt die Hände, ohne die .30-06 seines Vaters fallen zu lassen. Erst der kleine Bruder, dann der große, jetzt der mittlere. »Was soll das, Sarah? Du sollst doch im Zimmer bleiben.«

»Halt den Mund«, sagt sie. »Und leg das Gewehr auf den Boden.«

»Aber du weißt doch gar nicht, wie man mit so einem Ding umgeht. Du kannst mich gar nicht erschießen.«

»Das ist eine Halbautomatik, und das Ding ist entsichert. Ich muss nur zielen und abdrücken. Hast du selber gesagt.«

Behutsam tritt er einen Schritt vor.

»Keine Bewegung, hab ich gesagt!«

Er gehorcht.

»Und jetzt legst du das Gewehr auf den Boden.«

»Du kannst mich nicht erschießen, Sarah.«

Sie fährt sich mit der Zunge über die Lippen und hebt die Pistole, bis der Lauf auf seinen Kopf zeigt. Henry starrt sie an, erst auf die Waffe, dann an der Waffe vorbei auf ihr Gesicht. Mit einem Mal weiß er, dass sie schießen wird. Oder dass sie schießen könnte, wenn er nicht aufpasst. Er denkt an Beatrice' Knöchel. Was ist da eigentlich passiert? Jetzt, als er in Sarahs Gesicht blickt, hat er einen konkreten Verdacht. Er sieht es in ihren Augen – sie ist die Tochter ihres Vaters. Sie bringt zu Ende, was sie beginnt. Das hat sie von ihm.

»Leg das Gewehr auf den Boden«, wiederholt sie mit zittriger Stimme. »Sofort.«

Henry denkt an früher. Wie oft er sie gefesselt und an den Bestrafungshaken gehängt hat. Die vielen Jahre, die sie im Keller verbringen musste. Ihr endloses Geschrei, als sie noch klein war. Wie er zugehört hat, bis das Geschrei endlich verstummt ist.

Er nickt, beugt sich langsam vor und legt das Gewehr auf den Boden. »Hast du Beatrice erschossen?«

»Nein. War nicht nötig.«

»Gut.« Er bewegt sich nicht, sondern bleibt vornübergebeugt stehen. Jetzt ist sie fast in Reichweite. Er muss nur den Arm ausstrecken. Wenn er sich schnell genug auf sie stürzt, kann er ihr vielleicht die Pistole aus der Hand reißen. »Gut. Ich will nicht, dass du auf einen Menschen schießt. Glaub mir, das wäre nicht gut für dich.«

»Ich will es auch nicht. Aber wenn es sein muss …«

»Ich weiß, Sarah, ich w…«

Henry springt vor und schafft es gerade noch, sie am Handgelenk zu packen, als die Waffe losgeht. Der Knall hallt in seinen Ohren nach, er hört überhaupt nichts mehr. Verwundert stolpert er nach hinten, die Hand noch immer um Sarahs Arm geschnürt.

Dieses Miststück. Sie hat tatsächlich geschossen. In den letzten Tagen hat er ein halbes Dutzend Cops überlebt, ohne einen einzigen Kratzer abzubekommen, und jetzt bringt ihn ein vierzehnjähriges Mädchen zur Strecke.

So kann es nicht enden. So darf es nicht enden.

Sarah klammert sich immer noch an die Pistole. Aber nicht mehr lange.

IAN HOCKT HINTER DEM WAGEN, das Großkalibergewehr in der Hand, die Pumpgun hinten in der Levis. Vorhin hat er einen Schuss aus der Vordertür der Schule gehört. Jetzt wartet er darauf, dass sich irgendjemand zeigt. Wer auch immer.

Stille, gefolgt von Stille.

Als er schlucken muss, spürt er, wie sein Adamsapfel hüpft. Sein Mund ist trocken, seine Lippen sind aufgeplatzt, seine Augen brennen.

Hinter der Tür, im Halbdunkel des Eingangs, bewegt sich etwas. Am liebsten würde er einfach aufspringen und schießen. Aber erst muss er wissen, wer da aus dem Halbdunkel tritt. Es ist Henry. Aber er ist nicht allein. Er trägt Maggie vor sich her. Mit der einen Hand drückt er sie an seine Hüfte, mit der anderen presst er ihr eine Pistole an den Kopf. Er ist auffallend blass, Schweiß schimmert auf seiner Haut – und mitten in seinem Hals klafft ein kleines Loch. Es sieht ein wenig aus wie ein Luftröhrenschnitt. Blut läuft an seinem Hals herab und versickert in seinem Hemd, während Maggie verzweifelt versucht, seinen Arm abzuschütteln.

Dahinter taucht Beatrice auf, mit gebeugtem Kopf und hängenden Schultern. Sie wirkt kaum anwesend.

Ian steht auf, richtet die Remington 11-87 auf Henry und tritt hinter dem Wagen hervor. Seine Beine tragen ihn kaum noch, aber darauf kann er jetzt keine Rücksicht nehmen. So schnell wie möglich verringert er den Abstand zwischen sich und Henry um die Hälfte.

»Lass sie gehen.«

»Damit du mich erschießen kannst?« Henrys Stimme ist nur noch ein schwaches Krächzen. »Vergiss es.«

»Ich werde dich so oder so erschießen.«

Henry schüttelt den Kopf. »Oh nein. Du wirst es nicht riskieren, deine eigene Tochter zu treffen.«

»Ich sag's nur noch einmal. Lass sie gehen.«

»Nein. Ich weiß, dass du nicht schießen wirst. Ich weiß es, und du weißt es auch. Deshalb lässt du jetzt die Waffe fallen. Deshalb schaust du jetzt ganz ruhig zu, wie wir zu Rons Wagen gehen und einsteigen. Du hast verloren, Hunt. Sieh's ein.«

Langsam macht Henry sich auf den Weg, erst ein Schritt, dann noch ein Schritt. Offensichtlich will er zu dem weißen Toyota auf dem Parkplatz. Beatrice schleicht hinterher. Ihre nassen Augen glänzen im Abendlicht.

»Lass die Waffe fallen, Hunt.«

»Lass Maggie los.«

»Waffe auf den Boden oder ich erschieße sie.« Er presst die Pistole gegen ihre Schläfe.

Maggie sucht seinen Blick. In ihren Augen sieht Ian keine Angst, nur pure Wut. »Hör nicht auf ihn, Daddy! Du musst ihn aufhalten! Er darf mich nicht mitnehmen! Bitte … bitte mach, dass er mich nicht wieder mitnimmt!«

»Maul halten, Sarah!«, schnauzt Henry. »Und du lässt jetzt die Waffe fallen, Hunt. Sonst ist sie tot.«

Stechender Schmerz pulsiert in Ians Brust. Was jetzt? Wahrscheinlich könnte er Henry ausschalten, ohne Maggie zu treffen. Aber selbst das kleinste Risiko, sie zu verletzen, ist ihm noch zu groß. Es geht nicht. Also nickt er, auch wenn er weniger Henry meint als sich selbst, und legt die 11-87 auf den Boden. Als er sich wieder aufrichtet, flimmern schwarze Punkte vor seinen Augen. Das Licht verflüchtigt sich aus dem Himmel, als würde die Sonne im Zeitraffer untergehen. Gleich wird er in Ohnmacht fallen, er wird umkippen wie eine Lady in einem alten Film, deren Korsett zu eng geschnürt ist, nur dass ihm keine Gentlemen mit Fächern zur Hilfe eilen werden. Eine Endlosschleife aus zwei Worten dreht sich durch seine Gedanken: Nicht jetzt nicht jetzt nicht jetzt nicht jetzt.

Und tatsächlich gelingt es ihm, bei Bewusstsein zu bleiben. Er hält sich gerade so auf den Beinen. Das Licht kehrt in den Himmel zurück wie eine Flüssigkeit, die über eine umgedrehte Glasschüssel geschüttet wird.

»Bist ein schlauer Kerl«, meint Henry.

»Nein«, sagt Maggie. *»Nein!«*

Gleichzeitig rammt sie beide Ellenbogen nach hinten. Als der linke in Henrys Bauch versinkt, platzt ein merkwürdiger Laut aus seiner Kehle, eine Art Bellen wie von einer tollwütigen Bulldogge. Sein Griff lockert sich, Maggie schüttelt ihn ab und rennt weg, rennt zu Ian, eine Mischung aus Panik und Euphorie in den Augen.

Henry reißt die Pistole hoch. »Bleib stehen, oder ich …«

Weiter kommt er nicht, denn Ian greift nach hinten, wobei ein heftiger Schmerz von seiner Brust in den Rücken zuckt, als hätte man ihm einen heißen Schürhaken hineingerammt, und zieht die Pumpgun aus dem Hosensaum, schwingt den Lauf herum, bis er auf Henry zeigt, und drückt ab. Das Geschehen schaltet in Zeitlupe. Zuerst geht alles viel zu schnell: der Ellenbogen, das Bellen, die rennende Maggie. Doch als er die Pumpgun in den Fingern spürt, bremst die Zeit ab, als hätte sich eine zähflüssige Honigschicht auf alle Beteiligten gelegt. Maggie scheint zwischen ihren Schritten in der Luft zu hängen, und Henrys Arm bewegt sich langsam, ganz langsam nach oben, und seine Worte klingen wie eine 78er-Schallplatte, die mit 33 1/3 Umdrehungen abgespielt wird. Dafür knallt der Schuss umso lauter. Ian sieht, wie der Lauf die Kugel ausspuckt, gefolgt von ein paar Krümeln Schwarzpulver, die in der Luft verglühen, er sieht, wie sich ein dünner blauer Rauchfaden in die Höhe windet. Dann der Einschlag. Knackende Knochen. Ein Loch bohrt sich in Henrys Kopf, knapp über der rechten Augenbraue, groß genug, um einen ausgewachsenen Daumen hineinzubohren. Der Haaransatz dellt sich ein wie eine leere Bierdose, der Inhalt des Schädels verteilt sich auf dem sonnengebleichten Asphalt. Ein bisschen was spritzt auch auf Beatrice' Gesicht, auf ihre Haare und ihr Kleid.

Im nächsten Moment springt Maggie an ihm hoch. Ian bückt sich und schließt sie in die Arme, sie drückt sich an ihn und küsst ihn und sagt: »Du blutest ja, Daddy, du blutest ja«, während er ihre Wangen und ihre Stirn und ihren Mund küsst, während er ihren Herzschlag an seinem Bauch spürt. Seine Augen werden nass, zum ersten Mal seit langer Zeit kann er wieder richtig weinen.

Und Henry fällt hin. Blut ergießt sich aufs Pflaster, als würde sich eine rote Decke unter ihm ausbreiten.

»Maggie«, flüstert Ian. »Meine Maggie.«

Da sieht er, wie sich Beatrice nach Henrys Pistole bückt. Ian reißt die Pumpgun hoch – doch er erkennt sofort, dass sie aufgegeben hat. Als sie die beiden anschaut, Vater und Tochter, füllen sich ihre Augen mit Tränen. »Es tut mir leid«, sagt sie. Dann steckt sie sich die Pistole in den Mund.

Es ist eine Halbautomatik, und das Ding ist entsichert. Beatrice muss nur abdrücken.

Diego tritt auf die Straße. Ian und Maggie warten auf ihn, ihre kleine Hand in seiner großen Hand. Ian blickt zu ihr hinab und lächelt, sie blickt zu ihm herauf und lächelt ebenfalls. Auch ihre Augen lächeln, ihre grünen Augen, die einem das Herz brechen können, wenn sie es darauf anlegt. Noch kann er kaum fassen, dass er tatsächlich ihre Hand hält, die Hand seiner Tochter, seines kleinen Mädchens. Seiner Maggie. Er erinnert sich, wie er sie am Tag ihrer Geburt im Arm gewiegt hat. Wie er an ihrem Bettchen gestanden hat, um ihr beim Schlafen zuzuschauen. Wie sich ihre winzige Faust zum ersten Mal um seinen Zeigefinger geschlossen hat. Wie er ihr die Windeln gewechselt hat. Wie er ihr das Fläschchen gegeben hat. Was auch immer passieren wird – er weiß, was er getan hat, er weiß, welchen Preis er gezahlt hat, was aus ihm geworden ist. Und er weiß, dass er es wieder tun würde, wieder und wieder, so oft wie nötig. Aber er hat es schon getan, er hat den Preis schon gezahlt. Und egal, was jetzt noch kommt, er wird sich nicht beklagen.

Diego sieht nicht gut aus – er ist blass und verschwitzt, und seine Augen blicken in weite Ferne.

»Einen hab ich erwischt«, sagt er. »Er ist tot.«

»Es tut mir leid«, erwidert Ian. »Ich hab das alles nicht gewollt.«

»Genau da hab ich ihn erwischt.« Diego berührt sich an der Wange.

»Es tut mir leid.«

»Genau da.«

In Rons weißem Toyota fahren sie zu dem halb verfallenen Haus, in dem Henrys Bruder bis zu seinem abrupten Abschied von der Welt gewohnt hat. Hätte Diego sich nicht irgendwo in seinen Gedanken verirrt, würde er bestimmt auf Ian einreden, er solle sofort ins Krankenhaus fahren, doch so sagt er überhaupt nichts, und das kann Ian nur recht sein. Er wird heute nirgendwohin mehr fahren, dazu ist er viel zu müde. Sollte er morgen früh wieder aufwachen, wird er über alles Weitere nachdenken, aber diesen einen Abend mit seiner Tochter hat er sich verdient. Und sie hat sich einen Abend mit ihrem Daddy verdient.

Sie steigen aus. Die Haustür ist nicht abgeschlossen.

Diego verzieht sich in ein Schlafzimmer am Ende des Flurs und taucht nicht wieder auf.

Beim Essen redet Maggie ununterbrochen, sie redet und redet, als hätte sie seit Jahren mit keiner Menschenseele mehr gesprochen. Ian sitzt neben ihr und hört zu, wie sie vom Albtraumland berichtet. Sie erklärt ihm, wie sie gezählt hat, bis ihr Kopf voller Zahlen war, damit keine schlimmen Gedanken mehr hineinkonnten; sie erzählt ihm von Henrys Bruder Donald, der ihr Bücher gebracht und manchmal sogar Unterricht gegeben hat, in Geschichte und Mathe; sie erzählt ihm von Borden, ihrem einzigen Freund, und von ihrem Fluchtversuch, wie sie durch den Wald gerannt ist, wie ihr seine Stimme plötzlich wieder Hoffnung gegeben hat, wie etwas in ihrer Brust, das so lange kalt war, auf einmal ganz heiß geworden ist. Als sie nach Mommy fragt, sagt er ihr, dass Mommy auf sie wartet, dass Mommy sie sehr, sehr lieb hat, dass sie später bestimmt sehr lange bei Mommy im Bett schlafen darf. Und er sagt ihr, dass sie der bewundernswerteste, der mutigste Mensch ist, den er jemals kennengelernt hat. Dass sie ein Wunder ist.

Ihre gemeinsamen Stunden sind die besten, die wahrhaftigsten Stunden seines Lebens. Als sie schließlich einschlafen, Seite an Seite auf dem Ausziehsofa, Maggies Kopf an seiner Schulter, ihre kleine Hand in seiner großen Hand, lächelt er. Und er träumt, Träume von einer glücklichen Zukunft, einer Zukunft voller Freude und Lachen.

Träume, in denen er bis in alle Ewigkeit leben könnte.

ANMERKUNG DES AUTORS

Es gibt keine Kleinstadt namens Bulls Mouth, Texas, und auch das Tonkawa County, in dem sich das Nest befinden soll, ist frei erfunden. Kein einziger Bewohner von Bulls Mouth ist an einen Bewohner der realen Welt angelehnt. Die meisten anderen Orte, die in diesem Roman erwähnt werden, existieren auch in der Wirklichkeit oder orientieren sich zumindest an realen Vorbildern, doch das Verhältnis des Texts zu einer akkuraten Kartografie ist äußerst angespannt. Man kennt sich kaum. Aus Konflikten, die sich zwischen den Erfordernissen der Handlung und denen der Realität entspannen, hat die Realität nicht ein einziges Mal als Sieger hervorgehen können.

Wie meine ersten beiden Romane wurde auch dieser Roman von Will Atkins redigiert. Gemeinsam haben wir fünfzig Seiten rausgeschmissen, was die Qualität der verbliebenen Seiten nur gesteigert hat. In einer gerechten Welt stünde auch sein Name auf dem Cover; da wir leider nicht in einer gerechten Welt leben, muss er sich mit meinem herzlichen Dank begnügen.

Außerdem danke ich Mary (wie immer), Seán Costello, Sophie Portas, Sandra Taylor und allen Mitarbeitern von Macmillan.

Und ich danke Ihnen – schließlich lesen Sie mein Buch.

RDJ
August 2010